W9-BGY-507

# En el último azul

# Carme Riera

## En el último azul

Título original: Dins el darrer blau

Torrelaguna, 60. 28043 Madrid
Teléfono 91 744 90 60
Telefax 91 744 92 24
www.alfaguara.com

ISBN: 84-204-8217-X
Depósito legal: M. 20.500-2003
Impreso en España - Printed in Spain

Diseño:
Proyecto de Enric Satué
Cubierta:
Mapa de Palma de Mallorca.



PRIMERA EDICIÓN: MARZO 1996
SEGUNDA EDICIÓN: ABRIL 1996
TERCERA EDICIÓN: ABRIL 1996
CUARTA EDICIÓN: FEBRERO 2000
QUINTA EDICIÓN: MAYO 2003

*A mi padre*

PERES, JOÃO: marinero de origen portugués. Se establecerá en Livorno al servicio de la viuda del mercader SAMPOL.

PIRES, BLANCA MARÍA: viuda del mercader SAMPOL. Nacida en Portugal. Ha vivido en Ciutat y después en Livorno. Ayuda a los fugitivos.

POMAR, MARÍA: hija de los hortelanos PEP POMAR y MIQUELA FUSTER, prometida de RAFAEL ONOFRE VALLS.

POMAR, QUITERIA: mujer de PERE ONOFRE MARTÍ.

PUIGDORFILA, GASPAR: alguacil mayor.

RODRÍGUEZ FERMOSINO, NICOLÁS: Inquisidor de Mallorca. Insobornable y recto, a diferencia del alcaide y de otros carceleros y familiares.

SAMPOL: viuda de GUILLEM SAMPOL, llamada también BLANCA MARÍA PIRES.

SARA DELS OLORS: visionaria.

SEGURA, AINA: hermana de MADÓ GROSSA. Vive con sus nietos, que también serán encarcelados.

SEGURA, PRÁXEDES: llamada MADÓ GROSSA, curandera.

SEN BOIET: antiguo *bandejat*, alborotador profesional.

SOTOMAYOR Y AMPUERO, ANTONIO NEPOMUCENO DE: marqués de Boradilla del Monte, Virrey de Mallorca hasta unos meses antes de la quema. Administrador de los negocios del corso de su mujer DOÑA ONOFRINA.

TARONGÍ, ISABEL: casada con JOAQUIM MARTÍ y madre de dos niños.

TARONGÍ, JOSEP: apodado EL CÓNSUL.

TARONGÍ, RAFEL: hermano de ISABEL. Muere durante el tormento.

VALLERIOLA, JOSEP: amigo de GABRIEL VALLS.

VALLERIOLA, XIM: sastre, casado con RAFAELA MIRÓ, vecinos de COSTURA.

VALLS DE VALLS MAJOR, GABRIEL: llamado EL RABÍ, patriarca de los criptojudíos, casado con MARÍA AGUILÓ.

VALLS, MIGUEL: hijo de GABRIEL, establecido en Alicante.

VALLS, RAFAEL ONOFRE: hijo de GABRIEL, enamorado de MARÍA POMAR.

WILLIS: capitán. Pacta con PERE ONOFRE AGUILÓ y la viuda de SAMPOL el flete del *Eolo* para salvar a los criptojudíos mallorquines.

# Primera parte

# I

A ratos esperaba quieto, casi inmóvil; otros iba y venía con el mayor sigilo del que era capaz, sin perder de vista la puerta que de un momento a otro habría de abrirse. Pendiente sólo de la señal convenida, repasaba con minuciosa insistencia cada una de las contraseñas que el capitán Andreas Harts le había dado un año antes, y que desde entonces llevaba impresas en la primera página de su memoria para que, cuando llegara el momento, todo pudiera cumplirse con mimética exactitud. Convencido como estaba de que lo que le había ocurrido a Harts debería repetirse en su persona, tenía la seguridad de que muy pronto sería llamado y sus méritos apreciados en la medida exacta de su valor. Sin embargo, en esta ocasión no deseaba exclusivamente demostrar que estaba en plenitud de facultades, ni siquiera para dejar en ridículo al capitán Harts que, ya en la cuarentena, había visto mermada su virilidad, aunque continuara pavoneándose ante sus amigos de las fiestas y regocijos con que era recibido por doscientas casadas en veinte puertos distintos. No, lo que empujó a João Peres a zarpar en el primer barco que enfilara rumbo a Mallorca, y que le retenía allí, en un callejón de *Ciutat,* en plena noche, arriesgándose a que la ronda le apresara, era mucho más fuerte que su deseo de poseer o que su necesidad de alardear, puesto que creía que toda su vida dependía de la señal esperada tal y como, en sueños, lo había visto mucho antes de que la casualidad le hubiera llevado a oír la historia que relató el capitán Harts, probablemente para aumentar su fama y poner a prueba su facilidad de entretener a un público acostumbrado a escuchar, de boca de marineros, aventuras que sólo ocurren lejos a los atrevidos que son capaces de ir a buscarlas.

Debió de ser João Peres el único de los contertulios que creyó, sin sospechar que podía ser falso o exagerado, lo que, durante dos misteriosas noches de primavera, le había sucedido al capitán de El Cisne, la última vez que recaló en Mallorca. Le creyó, no porque le pareciera que el anillo que enseñaba Harts fuese una prueba, sino porque todos aquellos hechos —desmenuzados con parsimonia ante dos hileras de jarras, que se fueron vaciando a medida que iban llenándose de sentido las palabras que, a ratos, leía en unos pliegos donde aseguraba tener escrita su vida— coincidían, con escalofriante precisión, con aquel sueño tantas veces reiterado, añadiéndole una serie de pormenores que, en las imágenes captadas mientras dormía, no había acertado a observar, y que, ahora, le resultaban fundamentales para obtener las pautas imprescindibles con las que acercarse al lugar donde, despierto, todo volvería a suceder. Puesto que aquel jardín no había podido ocupar en su sueño un sitio determinado, en una determinada ciudad, hasta el momento en que conoció el relato del capitán:

*—Si queréis escuchar, comenzó Andreas Harts, con voz pausada, os contaré algo que os dejará cuanto menos tan asombrados como a mí, que todavía me hago cruces de mi ventura. Muchas cosas peregrinas me han pasado hasta ahora y de muchas otras he tenido conocimiento, pero ésta las supera a todas. Lo que os voy a contar me ocurrió hace tres años en una noche de junio. El lebeche que desde hacía días soplaba, aligeró la singladura de mi jabeque que desde Argel llevaba rumbo a Mallorca. Con aquella serían cuatro las veces que El Cisne fondeaba en Porto Pi. Aliado con los corsarios mallorquines desde hacía veinte meses, iba a cerrar un pacto con mis socios que me debían dinero y después de*

*cargar aceite, pensaba dirigirme hacia Livorno. El catalán, que aprendí de joven, me ayudaba en mis asuntos ya que los mallorquines usan una lengua muy parecida, aunque suena más dulce, porque reblandecen el tono suavizando el acento. Hacía dos días que había llegado, lo recuerdo bien, y era jueves. Al atardecer fui a ver al administrador del conde de Descós, con quien solía tratar de negocios ya que el señor y yo, aunque nos conocíamos desde antiguo, nunca hablábamos de dinero. En cambio, con Gabriel Fortesa no solíamos referirnos a nada más. Oscurecía cuando salí de su casa, con la promesa de que me pagaría, al día siguiente, las onzas que su señor me debía. Quizá porque estaba satisfecho me había entretenido más de la cuenta sin reparar en que las puertas de la muralla habían sido cerradas y no tenía más remedio que quedarme en Ciutat. Pero no lo sentí, me sobraban camas en las que sería recibido como un auténtico príncipe. Había refrescado un poco porque se había levantado el lebeche y la noche no era calurosa, así que me emboqué en la capa, cosa que no acostumbro, pues me gusta que los demás vean, incluso en mi porte, que soy de los que siempre dan la cara y no se acobardan ni disimulan ante ninguna provocación. Pero debo confesaros que sí tenía un temor, aunque fuera el único: encontrarme con la partida de la ronda y que el alguacil me obligara a dormir en prisión por no estar autorizado para hacerlo fuera de mi jabeque. Iba, por tanto, deprisa, hacia una de las camas que os he mencionado, pues ya había escogido a cuál de mis enamoradas contentaría primero, cuando al pasar por delante de la posada llamada de S'Estornell me pareció oír un rumor de pasos. Me volví pero no vi a nadie. Pensando que me había confundido, continué, aunque por precaución anduve por el borde de la calle y con la mano puesta en la pistola por si acaso. No os he dicho que los mallorquines son gente belicosa y que, hasta hace poco, han durado las luchas de los bandetjats, entre quienes ha habido bandoleros de renombre. Algunos campan todavía a sus anchas y no sería raro que, habiéndome visto salir de casa de Descós, me hubieran seguido para apoderarse del dinero que pudiera llevar encima.*

*Sin quitar la mano del gatillo, avanzaba tan sigilosamente como podía para oír mejor cualquier otro ruido. Iba a doblar la esquina cuando de nuevo percibí el rumor de pasos. Ahora tenía la certeza de que alguien caminaba justo detrás de mí. Me volví apuntando con el arma, pero la calle estaba desierta y no se veía ni la más leve sombra. Sin más posibilidad que seguir adelante aceleré, pero quien me iba a la zaga también intensificó el ritmo en la misma proporción. Me paré en seco y también se pararon. No penséis que aquella misteriosa duplicación, que empezaba a sacarme de quicio, era debida al eco. Había pasado en diversas ocasiones por aquel lugar y me constaba que no lo había. A punto estuve de retroceder lo andado e ir al encuentro de aquel fantasma para averiguar de una vez a qué se debía su persecución. Pero algo más fuerte que yo me lo impedía. Avancé a grandes zancadas y los pasos de mi escarnecedor también se alargaron. Soy enemigo de creer en espíritus, brujas o aparecidos, pero lo que me estaba sucediendo iba en contra de mis principios. Temeroso, ahora sí os lo confieso, más de lo sobrenatural que de otra cosa, me encomendé a Dios y me santigüé. Al trazar la señal de la cruz, volví la cara hacia la tapia que queda a la izquierda y fue entonces cuando tuve la absoluta certeza de que, en efecto, alguien me acompañaba desde el otro lado, quizá porque me había confundido o quizá porque sencillamente le divertía ponerme a prueba. Liberado de pronto de tantos temores inútiles, proseguí mi camino, pensando sólo en contentar a una casada que sin mí pasaba gran necesidad y decidido a no hacer ningún caso de aquella sombra empecinada en perseguirme. Iba a cruzar en dirección opuesta a la tapia, cuando me llamaron. Primero fue un chistido leve, casi imperceptible, como si quien lo emitiera no deseara levantar sospechas ajenas y sólo mi oído, acostumbrado al rumor de sus pisadas, hubiera de parar mientes en ello. Harto, pero picado por la curiosidad, me detuve. El muro era demasiado alto para que pudiera ver qué había al otro lado y también, o así me lo parecía, para que pudieran verme a mí. La voz se hizo mucho más audible:*

*—Eh, no huyáis. Escuchad. No os arrepentiréis...*

*—Decidme qué queréis de mí —contesté yo— ¿Estáis seguro de que no os confundís, hermano?*

*—En absoluto, señor. Perdonad la persecución, capitán Harts —respondió una voz de hombre joven—. Acercaos de nuevo a la tapia y conoceréis el motivo.*

*Intrigado como estaba por saber en qué acabarían todos aquellos sobresaltos le obedecí en seguida. Un pequeño postigo se abrió de pronto en mitad del muro con ruido de pestillos roñados. A la luz de un candil, que él mismo sostenía, contemplé a mi perseguidor. Era casi un niño. Vestido de criado, tenía, no obstante, buenas maneras y un rostro que me pareció de facciones bien proporcionadas y nada rústicas.*

*—Capitán Harts —me dijo—, os ruego que entréis un momento porque lo que debo deciros no es cosa que convenga ser explicada en la calle.*

*Confiando en que se trataba del ofrecimiento de un trato mucho más ventajoso que el que había cerrado con Fortesa por cuenta de su señor, entré. Junto al muchacho me esperaba una doncella. No llevaba, como suelen las criadas de Mallorca, ropas de campesina, ni se tocaba con el rebosillo. Vestía a la usanza mora con velos que le cubrían también parte del rostro. Con una mano sostenía un candil mientras que con la otra lo protegía del aire.*

*—Buenas noches, capitán Harts. Mi señora me manda pediros que le hagáis el honor de visitarla.*

*—Lo siento, tengo prisa y, además, no me parecen horas demasiado adecuadas para hacer visitas de cortesía. Si queréis que os sea franco, tengo otra cita pendiente, un compromiso...*

*—Retrasadla, señor —dijo ella con una sonrisa cómplice mientras me tomaba de la mano—. Mi señora no me perdonaría nunca que os dejara marchar. Debo conduciros cuanto antes a su presencia. No os arrepentiréis, estoy segura.*

*Me dejé guiar, si he de seros franco, orgulloso de que mis méritos hubieran llegado hasta una dama tan alta. Mientras nos adentrábamos por un huerto de naranjos, notaba los olores mezclados de los jazmines y los mirtos con tan dulce intensidad como si un finísimo tejido de perfume cayera sobre los demás sentidos, especialmente el de la vista ya que los árboles frutales se espesaban y la luna llena, que hasta entonces había lucido, acababa de desaparecer tras las nubes. Por más que pregunté a mi guía hacia dónde íbamos no quiso contestarme. Supuse que tenía intención de confundirme porque entrando por lugar excusado no supiese con exactitud dónde estaba el sitio al que me conducía. Después de andar todavía un buen rato tomamos un sendero que nos llevó hacia una pequeña gruta que desembocaba en un pasadizo.*

*—No os incomodéis, capitán Harts, no tenemos más remedio que atravesar este lugar inhóspito pero, como os he dicho, cumplo órdenes de la señora.*

*Avanzamos todavía un centenar de pasos hasta que la muchacha se paró bruscamente. Frente a una puerta angosta batió palmas y desde dentro nos abrieron. Pasamos a un recinto menos frío pero igualmente oscuro. El aroma de las albahacas era tan intenso que deduje que quizá nos encontrábamos en una antesala, puesto que en Mallorca acostumbran a llenarlas de esas plantas.*

*—Ahora debo dejaros, capitán —dijo mi acompañante, soltándome la mano que tan dulcemente me había llevado cogida durante todo el tiempo que duró nuestra peregrinación—. Otro criado os conducirá hasta la señora.*

*Debí de quedarme solo apenas unos instantes porque en seguida apareció un mozo que podía serlo de ciego, pues me guió a oscuras. Junto al lazarillo debí de cruzar diversas estancias. Finalmente, me aseguró que detrás de la última puerta me esperaba la señora y se despidió. Tras pasar el umbral, en la penumbra de la alcoba, vi una cama con los paramentos corridos. Oscilaban los dibujos de damasco rojo iluminados por una bujía que ardía sobre una mesa repleta de dulces y frutas. Desde detrás de los paramentos, una voz me dio la bienvenida.*

*—No temáis, capitán Harts. Os he mandado llamar porque vuestra fama me ha robado el corazón otorgándome el atrevimiento necesario. Comed y bebed cuanto os venga en gana, si el camino os ha abierto el apetito.*

*Probé sólo unos pasteles y caté el vino, mucho más deseoso de mirar y escuchar que de cenar. Pero al acercarme a la cama para comprobar cómo a tan hospitalaria voz habría de corresponderle una fisonomía pareja, la luz se apagó. Me hubiera parecido que por arte de magia si una ráfaga de aire no hubiera movido también el damasco en el mismo instante en que yo descorría el arambel.*

*—Señora, espero serviros como merecéis, pero me gustaría saber cuál es vuestro nombre y ver con mis propios ojos todas las perfecciones que sospecho —le dije.*

*—Capitán Harts —contestó ella, riendo, mientras con manos hábiles me acogía—. Mucho agradezco vuestras palabras, con las que me demostráis una educación que aprecio, pero de ningún modo puedo deciros cómo me llamo, ni mucho menos daros a conocer mi persona. Por eso mis criados os han conducido hasta mis habitaciones por lugares desacostumbrados. Soy, como imaginaréis, una señora principal de esta ciudad y sólo el afecto que desde hace tiempo os profeso a causa de vuestros méritos, me ha otorgado el atrevimiento de enviaros a buscar. Dejémonos de cumplidos, Andreas Harts, y que el alba tarde esta noche más que en ninguna otra.*

*La cama era mucho más blanda de lo que esperaba y el cuerpo de aquella bella desconocida que pronto dejó de serlo, mucho más agraciado y joven. Aquella noche se me antojó la más corta de cuantas he vivido y también la más intensa. A los hechos de amor sucedieron las palabras y a éstas otra vez los hechos. Mi dama, curiosa como todas la mujeres, quiso que le explicara cómo transcurría mi vida, de la que ya conocía detalles, desde cuándo navegaba como capitán, cuántos hombres formaban mi tripulación, cómo era mi jabeque, si admitía pasajeros, cuántos cabían y hacia dónde zarparíamos. Le di sobrada cuenta de todo cuanto deseó saber y en cambio fui incapaz de persuadirla para que me dijera cómo se llamaba y me descubriera la cara, los miembros y el cuerpo que yo había llenado de besos y acariciado durante horas y horas.*

*El canto de la maldita alondra precedió a nuestra despedida. Antes de marcharme le hice prometer que de nuevo aquella misma noche mandaría sin falta a su criado para que me franqueara la puerta de la tapia. Y a mi vez le juré que nunca le contaría a nadie aquel suceso, por lo menos mientras permaneciera en Mallorca. Se conformó. Sonriendo me confesó que consideraba que obligarme a guardar silencio para siempre era condenarme al perjurio, pues, por lo que había podido observar de mi persona, yo era de aquellos que gozan casi tanto con los dichos como con los hechos. Con idéntico ceremonial, sin dejar que viera los salones por donde pasábamos, me mandó salir de aquel palacio, por la misma puerta excusada que comunicaba con el huerto, acompañado por los mismos servidores. Al llegar a la calle, el criado que había escarnecido mis pasos duplicándolos me entregó una bolsa llena de doblones que me pareció de mal gusto rehusar. Me dirigí deprisa a la muralla. En cuanto abrieron las puertas salí de la ciudad hacia El Cisne. Reparé fuerzas durmiendo unas horas, pero el día se me hizo interminable esperando que anocheciera. Mientras vigilaba que mis hombres estibaran bien la carga no pensaba en nada que no fuera mi próxima cita. Cualquier cosa me arrastraba con fuertes reclamos hacia mi dama. Todo, hasta el color de melaza del aceite, que embarcábamos en grandes tinajas, me parecía que podía guardar relación con su invisible cabellera, abundante y suavísima al tacto, que, a ratos, suponía rubia y otros, del color de la brea.*

*Llegada la hora, anduve con un deseo desbocado hacia la calle adonde daba la tapia que rodeaba el jardín, con la intención de examinar dónde se abría exactamente la primera puerta secreta y con qué casas limitaba desde el otro lado. Pese a que había jurado no contar a nadie de Mallorca nuestro encuentro, y soy hombre de palabra, quería saber a quién pertenecía el huerto y averiguar donde fuera, donde pudieran darme razón, adónde llevaba el pasadizo por el que me condujeron. Pero no tuve apenas tiempo de fijarme en nada, ni de hacerme el encontradizo con nadie, porque me abrieron en cuanto llegué.*

*—Sed bienvenido, capitán Harts —me dijo el criado—, la señora os espera.*

*Sonriéndome, sin hablar, la muchacha que me había guiado el día anterior me tomó de la mano y otra vez cruzamos el huerto hasta topar con la entrada secreta que comunicaba con la gruta y ésta con el pasadizo que me pereció aún más largo y helado que antes. Al salir a la superficie deduje que no habíamos llegado al mismo lugar porque un olor a mar, algo putrefacto, mezclado con el de algas y valvas se me adentró por todos los poros de la piel mientras, por el oído, reconocía el ruido de las olas que, como podéis suponer, no confundo con ningún otro.*

*—Vamos a subir una escalera empinada, capitán —dijo mi guía—, tened cuidado.*

*Conté sesenta escalones separados por cuatro rellanos en los que la doncella se paraba para que pudiéramos tomar aliento. Al llegar al último, empujó una puerta.*

*—Capitán Harts, os pido disculpas, la señora me obliga a vendaros los ojos. Aquí hay más luz y ya sabéis que os impone no reconocerla.*

*No me quedó más remedio que acceder. Me puso una venda, que debía de ser de seda por lo suave que me pareció y me dejó solo. Me llegaba una música bien templada de laúd que alguien tocaba en la misma sala. De súbito, mi dama me saludó:*

*—Buenas noches, capitán Harts. Espero que esta cámara os resulte tan agradable como la de anoche. Acercaos, por favor.*

*Di dos o tres pasos hacia el lugar del que provenía la voz, con los brazos tendidos, no tanto porque quisiera abrazar ya a mi señora, sino para no tropezar. La verdad sea dicha me sentía ridículo y burlado. Ganas me vinieron de arrancarme la venda de un manotazo y dejándome de cortesías poseerla también con los ojos en aquel mismo instante. Su mano, conduciéndome del brazo, hizo que cambiara de intención.*

*—Sentaos, capitán —dijo, ayudándome suavemente—. Si queréis tocaré para vos. ¿Os gusta la música?*

*Le mentí. Acostumbrado a los infinitos rumores de la mar, no concibo otra música que no sea la de las olas. Además, la verdad, no estaba yo para muchas músicas. Y dilatar la tarea para la que había sido llamado, me parecía, en verdad, un fraude. Pero como debe hacerse en tales ocasiones, disimulé y le contesté de esta manera:*

*—Mucho, señora. La música eleva los espíritus y consuela de las aflicciones.*

*—Depende —replicó ella—, a veces aumenta las penas.*

*Y mientras hablaba suspiró melancólica.*

*—¿Os apetece comer algo, capitán? ¿O quizá prefiráis beber?*

*—No, señora, el deseo me sacia, y sólo tengo gana de vos.*

*—Tened paciencia, Harts, todavía es pronto y me gusta tanto oíros...*

*Tuve que llenar mucho rato con mis aventuras. Ella me escuchaba con atención. A veces, muy interesada, me preguntaba detalles sobre puertos lejanos de los que ya había oído hablar, pues parecía tener conocimientos de viajes y navegaciones.*

*—Señora —le dije por fin, cuando ya me había hartado de dar explicaciones—. No dilatéis más mi tormento. Dejad que calle la boca y que sólo hable el tumulto de mi sangre.*

*Y como en la noche pasada, emprendimos una incruenta batalla sobre el mismo estrado en el que nos habíamos sentado. Debía de faltar poco para que despuntara el alba cuando ella se durmió con la cabeza dulcemente apoyada sobre mi pecho, y fue entonces cuando decidí que había llegado el momento de quitarme la venda. Con sumo cuidado, sin moverme apenas, aflojé el nudo. La visión duró sólo unos instantes pero me bastó de por vida. Nunca la podré olvidar porque lo que contemplé me pareció cosa del paraíso. La cara tocada por la luz de la luna, que ya iba a retirarse, mostraba unas facciones armoniosamente proporcionadas. La frente, alta y blanquísima igual que el resto de la tez, casi transparente, me recordó la espuma de las olas. La larga cabellera se parecía más al azafrán que a la melaza del aceite. Las cejas eran dos pequeños arcos a punto de lanzar las saetas de los ojos de los que, por tenerlos cerrados, no pude averiguar el color. Los labios, gordezuelos y rosados, aun sin despegarse invitaban al beso. Los miembros y las otras partes del cuerpo que el respeto hacia aquella angélica beldad me impide describiros parecían bordados sobre un tapiz de los que a veces he contemplado en Flandes o en Venecia, dada su rara perfección. Dejo aparte los pies, que la maravilla de aquellos nevados miembros merece mención especial. Como sorbos de leche cuajada los gusté. Dulces y tibios, tórtolas dormidas sobre el tafetán de los almohadones, no resistí la tentación de besarlos, adorándolos casi como reliquias sagradas. No, la visión no me decepcionó, al contrario, aumentó mi deseo de que aquel cuerpo excelso fuera otra vez mío, aunque para conseguirlo tuviera que hurtarme al placer de la vista. Así que me ceñí la venda de nuevo y, acariciándola como casi no había dejado de hacerlo durante aquellas dos prodigiosas noches, conseguí despertarla y, otra vez, nos gozamos hasta que la alondra puntual e impertinente nos avisó de la llegada de la maldita aurora. No sin juramentos y llantos volvimos a despedirnos hasta la próxima noche, que sería la última, puesto que mi jabeque zarpaba rumbo a Livorno un día después.*

*A bordo del Cisne la tripulación me esperaba soliviantada ya que durante la noche había habido fuego a bordo. Por fortuna, mis hombres habían podido apagarlo, pero el contratiempo nos obligaba a retrasar la partida, hasta que los daños fueran reparados.*

*La noticia que en otros momentos me hubiera enfurecido, no me alteró. Inmerso como estaba en las imaginaciones de mi dama, barruntaba la manera de llegar a saber, sin perjudicar su honor, su nombre y su linaje. Me pareció que de los presentes, que también me había ofrecido su criado como en la primera noche, podría extraer algún indicio, puesto que, en un anillo de diamantes que me regaló junto con otra bolsa llena de onzas mallorquinas, aparecían grabadas las iniciales SP. Decidido a que mi dama viera cómo lo lucía en el dedo meñique, me lo puse, y antes de ir a mi dulce cita, decidí pasar por el obrador de un platero que conocía para indagar qué procedencia podía tener el anillo. El orfebre me recibió con amabilidad, pero no me sacó de dudas. Me aconsejó que consultara con otro más entendido. Y éste me sugirió que las iniciales tanto podían hacer referencia a un nombre como a las palabras Siempre Presente, sobre todo si, como parecía, era una dama enamorada quien me lo había regalado.*

*A la hora acostumbrada me dirigí al huerto. Caminaba deprisa, bordeando la tapia en dirección a la puerta, cuando oí rumor de pasos. Riéndome de los pasados temores, supuse que eran los del criado acompañándome al otro lado del muro. Sin embargo, pronto me di cuenta de que aquel ruido no correspondía a las pisadas de una sola persona, sino de varias, y me volví. Cuatro hombres armados se abalanzaron sobre mí sin darme tiempo a sacar la pistola o la daga para defenderme. Con saña me golpearon hasta dejarme malherido en medio de la calle y por mucho que les pregunté el motivo de la agresión, nada me contestaron. Huyeron al oír que se acercaba la ronda y gracias a eso estoy vivo y conservo el anillo que me habían arrancado del dedo y que para mi fortuna se les debió de caer en su precipitada fuga. Arrastrándome llegué hasta la puerta de la tapia para pedir auxilio, pero nadie me abrió, aunque sé que me oyeron, ya que, desde dentro, me arrojaron un billete, que la oscuridad y mis heridas no me permitieron leer. Con gran trabajo conseguí entrar en la casa del conde de Descós, donde Fortesa me dio cobijo. Pero no quiso decirme, si es que lo sabía, quién era aquella señora. El huerto pertenecía a un mercader rico y soltero y lindaba con un convento. Sobre pasadizos secretos el administrador del conde nunca había oído nada. Mientras dejaba que me vendasen las heridas, leí el papel: Capitán Harts —decía—, con mucha tristeza y dolor me doy cuenta de que no sois la persona que yo esperaba ya que, por dos veces, habéis roto vuestro juramento. No volváis a traspasar mis dominios bajo pena de la vida que todavía correría más peligro que ahora. Ojalá el viento no hubiera empujado jamás vuestra nave hasta nuestra isla, haciéndome abrigar esperanzas que en tan breve tiempo se han desvanecido. Maldito seáis y maldita sea yo misma por haber roto la fidelidad a aquel que, por mar, ha de venir a otorgarme lo que vos no habéis sabido ofrecerme.*

Paseaba la calle frente a la tapia que rodeaba el jardín, repitiéndose una vez más la historia que el capitán Harts a ratos había contado de memoria y otros había leído, en una posada de Amberes, que en tantos puntos coincidía con su sueño. Sólo que ahora era él y no Harts el mensajero que Cupido y su madre Venus enviaban a aquella dama que en los días claros oteaba el mar lejano, consignando los veleros que emproaban hacia Mallorca, por si en alguno viajaba aquel que jamás habría de traicionarla.

Iba y venía imaginando delicias voluptuosas, el aroma dulcísimo de los rosales, el rumor del agua prisionera y, finalmente, el tacto embriagador de la bella desconocida a quien él amaría ciego si ése era su deseo. Pero la campana de Santa Clara llamando primero a vísperas y luego a completas, le daba a entender que la espera, por lo menos aquella noche, había sido vana. Ya se retiraba cuando, de pronto, le llegó un rumor de pasos. Con el pulso acelerado se paró en seco para comprobar si también se paraban, como le sucedió al capitán. Pero esa vez el rumor no iba uncido a él. El ruido venía desde más lejos y fue haciéndose más audible a medida que alguien se acercaba desde el otro extremo de la calle. En la mísera claridad del alba que estaba a punto de despuntar creyó distinguir un bulto que intentaba correr a trompicones y que, de pronto, cayó al suelo. Picado por la curiosidad y por si aquel montón de sombras pudiera traerle el esperado aviso, se le acercó y comprobó que era una mujer. Sin atreverse a levantarla, se agachó para observarla mejor, intentando conjugar en los recuerdos de sus sueños un sitio para aquella figura sin encontrarlo. Como siempre que buscaba entre las viejas imágenes soñadas un hueco para poder colocar una nueva, cuya procedencia le resultara extraña, se entretuvo unos momentos en captar el olor de aquella persona. Pero el ramalazo de polvo y ceniza, en el que detecta luego un cierto perfume de almizcle, de nada le sirve. Peres se levanta y le pregunta si está herida. Ella no contesta, le mira con sorpresa y se oprime el pecho en el que aparecen manchas de sangre.

—Decidme adónde puedo llevaros para que os den cobijo.

Ella suspira profundamente y cierra los ojos de largas pestañas prietas. Se le endulza el gesto y Peres encuentra su rostro mucho más afable. Lleva mal abrochado el jubón, como si se hubiera vestido deprisa, y en la falda, de tejido basto, se adivinan manchas de barro. Por mucho que repasa el relato de Harts, está seguro de que la muchacha no aparece en él. Nada tiene que ver con la esclava mora, ni guarda la más leve semejanza con la bella desconocida de piel de ángel. Tal vez el capitán olvidó referirse a ella o, tal vez, la abandonó en la calle sin prestarle auxilio y por eso la pasó por alto en su historia. Pero no, esas cábalas no le conducen a nada. La muchacha está de más. No forma parte de la aventura, no pertenece a la acción. Ha surgido de pronto, expulsada del vientre de las tinieblas a las vislumbres de la madrugada, sin que nadie la haya llamado, sin que nadie la necesite. Rehúsa hurgar una vez más en los recuerdos de los viejos sueños por si acaso hubiese algún detalle que pudiera aclararle una situación a la que, no obstante, tendrá que enfrentarse sin antecedentes ni contraseñas.

—¿Adónde puedo llevaros para que os curen?

Nada le contesta porque ha perdido el sentido. Peres no sabe qué hacer. Apenas conoce la ciudad. Por su aspecto, la muchacha parece una criada o la hija de unos menestrales. ¿Adónde debía de ir a esas horas? ¿Huía o perseguía a alguien? ¿Venía o iba a su casa?

En el barrio hay palacios, casas señoriales, dos conventos. Algo más lejos, a doscientos pasos, la iglesia de Santa Eulalia. Peres no sabe hacia dónde tomar. Tal vez lo más sensato sea marcharse, ya pasará quien la ayude. Lo que debe hacer es irse. Afanarse hacia la puerta del muelle y en cuanto abran, llegar corriendo a Porto Pi, donde está anclado el Minerva. ¿Qué le importa a él aquella desgraciada? Más vale que llegue pronto, que nadie note que no ha dormido en su puesto, que no levante sospechas que puedan provocar un castigo, el peor de todos los castigos: la prohibición de no salir de la saetía. Eso por nada del mundo, piensa, mientras se aleja. No tiene otro interés que volver aquí mañana, en cuanto anochezca, para probar suerte de nuevo. Además, si pasara el alguacil y le detuviera lleva las de perder. A quién considerarían culpable si no a él, que es extranjero. Camina deprisa con miedo a que le prendan y nadie reclame una pizca de justicia para su causa. Al capitán, qué le importa aquel marinero sin fortuna, que embarcó sin recomendación de nadie. ¿Y a quién puede importarle? ¿A los curas del seminario de donde huyó hace dos años? ¿A su padre que nunca le ha ayudado aun siendo un poderoso mercader? No es precisamente él el predilecto entre sus bastardos. Su amigo Do Barros, el único a quien confió el verdadero motivo del viaje, le ha tomado por loco. Vete a saber qué hay de verdad en el relato de Harts, le dijo. Y si no es mera fábula, seguro que la bella ya debe de haber encontrado alguien llegado de lejos que la consuele... Cuatro años son muchos para esperarte sin saber que has de llegar, añadía burlón cuando él le repetía la seguridad de su fe, extraída de un sueño.

Huye sin correr por no levantar sospechas, porque las calles desde que rompe el alba empiezan a ser transitadas por mucha gente mañanera: curas que van a decir misa, albañiles contratados a destajo para fortificar el baluarte, cortejadores que, como él, se retiran, embozados en sus capas para que nadie pueda reconocerles. Ya está a punto de torcer hacia la calle de la derecha pero no puede evitar la tentación de volver la cabeza para ver si la muchacha permanece aún allí, tendida en el suelo. Distingue el bulto tirado como un montón de ropa sucia y le parece percibir un gemido. Y, de pronto, vuelve atrás a todo correr y recoge a la doncella entre sus brazos, decidido a llevarla a donde puedan prestarle auxilio. Cargado con su cuerpo, toma la dirección opuesta a la que había escogido para huir. Se dirige hacia la plaza de Santa Eulalia. En la calle polvorienta que ahora pisa hay un débil rastro de sangre. *Sabré de dónde venía*, se dice Peres, aunque quizá más valdría huir de allí. Se apresura, pidiéndole a Dios encontrar abierta alguna puerta por la que un buen samaritano salga a ayudarles. Pero todas están cerradas. Recurre de nuevo al relato de Harts y cree reconocer, en las casas del lado izquierdo, el portal que pertenece a la del conde de Descós, en cuyos bajos vive Fortesa, su administrador. El palacio tiene un ancho alerón y un escudo de armas en la fachada. Llamará por el postigo y se dará a conocer como enviado de Harts. Los golpes ya resuenan. Una mujer asoma la cabeza por una ventana.

—Vengo de parte del capitán Harts, señora. He encontrado en esta misma calle a esta muchacha herida.

—Mal recuerdo tenemos de Harts —le contesta la mujer—. Y no sé cómo auxiliaros. Pero a ésa la conozco, es Aina Cap de Trons. Vive en la calle Sagell. Lo tenéis a sesenta pasos, detrás de la iglesia. Su casa da a la esquina de la Argentería, es la última a mano derecha.

No le deja replicar. Cierra de golpe, con fuerza, y la madera cruje. Un rebaño de ovejas conducidas por el perro de guarda, llena de esquilas el día que comienza y obliga a Peres a arrimarse contra la pared. La polvareda levantada le hace toser y borra el rastro de sangre. El campanario de Santa Eulalia se perfila en el cielo todavía blancuzco como si esta mañana la luz perezosa hubiera tardado más de lo previsto. Al doblar la esquina del Sagell, vuelven a aparecer en el suelo manchas de sangre. Las tiendas y obradores aún no han sido abiertos y la calle está desierta. Tampoco sale humo de las chimeneas. La escasa luz no invita a madrugar, piensa Peres, que siempre suele despertarse más tarde cuando el día amanece nublado, como hoy. Por fin llega hasta la puerta indicada. La empuja y cede. Dentro todo está oscuro.

—¿Hay alguien en casa? —pregunta.

Nadie le contesta. La habitación no tiene ventanas. Un poco de luz se filtra por el hueco de la escalera, la justa para vislumbrar unos montones de ropa vieja esparcidos por el suelo. Huele a orines y a miseria. No, ahí no puede dejarla. Con las fuerzas menguadas sube los escalones que llevan al piso de arriba. En la cocina aún queda el rescoldo de la noche pasada. La loza humilde se apila en el vasar, pero en la mesa siguen puestos los manteles de hilo bordados, como si hubieran celebrado una fiesta. En el suelo, dentro de un cántaro, arde ya para nadie una bujía de aceite, junto a algunas ollas tapadas. Peres intenta acomodar sobre una banqueta a la muchacha, que no vuelve de su desmayo, pero no se atreve a aflojarle la ropa ni tentarle el cuerpo para comprobar dónde la han herido. Con un paño se seca las manos manchadas de sangre y para ocultar la que no consigue quitar las frota con ceniza. Oye gemidos que llegan desde dentro, probablemente desde alguna alcoba. Entra buscando a alguien a quien decirle cómo y dónde ha encontrado a Aina. Sobre una cama humilde, ve el cuerpo de un hombre mal cubierto por una sábana. Tiene la camisa ensangrentada y parece inconsciente. Pero no es él quien se queja. Los gemidos vienen de algún lugar, más al fondo. En otro cuarto un muchacho se revuelca en el suelo con las manos sobre el sexo.

—¿Qué os ha pasado? —pregunta el forastero con voz perpleja.

—Largo de aquí, ahora mismo. ¡Fuera, fuera! —insiste el herido.

Peres obedece y va hacia la puerta. Pero antes debe pararse. La boca le resulta pequeña para contener la bilis que le sube del estómago. Cuando sale a la calle las nubes se abren en grandes claros por donde cae el sol, espeso, como la yema de un huevo. Sin embargo, los vecinos parecen no haberse dado cuenta de que el día ha llegado, porque las puertas de las casas, de las tiendas y los obradores continúan todavía cerradas, igual que las ventanas. De las chimeneas tampoco sale humo. Peres se queda inmóvil unos segundos y luego grita:

—¡Ayuda!, por amor de Dios.

Su voz retumba. Es un bramido que se estampa contra cada pared, contra cada puerta, que se filtra por las rendijas adentrándose por las grietas hasta los más apartados rincones de cada casa. Golpea como un puño contra los muros y rebota sobre la arcilla. Pero nadie parece oírlo; nadie se asoma a las ventanas, ni sale a los portales. Peres espera en pie, quieto, alguna prueba, por pequeña que sea, de que el Ángel Exterminador no haya degollado a todos los habitantes de La Calle con su espada de fuego.

## II

—Medítalo bien, hijo mío, y cuando no te queden dudas ponlo todo por escrito, ven a verme con el papel y hablaremos con tranquilidad. *Ego te absolvo a pecatis tuis in nomini...* Los delgados dedos del padre Ferrando persignaron el aire impregnado de incienso en el preciso instante en que el órgano atacaba las primeras notas del *Tedeum* y la iglesia exultaba en cánticos. *Te Dominum confitemur...*

Rafael Cortés, Costura, volvió a su banco y, mientras se arrodillaba, acompañó en voz baja a los cantores. *Te aeternum patrem omnis terrae veratur...* A pesar de que el oficio se celebraba por la tarde, el sol se adentraba por las vidrieras a raudales tornasolándolas. Los colores del cristal reverberaban y las figuras de Cristo, Dios Padre Todopoderoso, la Virgen María y los santos del séquito divino, que ocupaban en segundo plano los rosetones, lucían con toda su magnificencia, como si verdaderamente la aureola de la santidad orlara sus cabezas y se derramara sobre sus cuerpos, que ya no eran de este mundo. *Tibi querubim et seraphim incessabili voce proclamant*. Por mucho que le atrajera la contemplación de los vitrales, no pudo mantener la vista fija en aquellas figuras cegadoras más que unos segundos y, deslumbrado, bajó los ojos hacia el tabernáculo donde había sido expuesto el Santísimo en la custodia de oro y plata que resplandecía igualmente. *Sanctus, Sanctus, Sanctus, Dominus Deus Sabaoth...* Miró unos instantes el viril en torno al cual el orfebre que había forjado la custodia había hecho surgir siete puntas de estrellas y luego inclinó la cabeza y se tapó la cara con las manos en señal de recogimiento. Acababa de ser absuelto y se sentía reconfortado. No sólo se había arrepentido de sus pecados sin dejar la más leve culpa por confesar, sino que además todo el mundo le había visto acercarse al confesonario y permanecer allí, de rodillas, el tiempo adecuado, ni poco ni mucho, con la devoción dibujada en el rostro. Ahora en su banco, con los oídos llenos del *Tedeum*, se esforzaba por concentrarse en la penitencia de un rosario, ya que el testimonio escrito que le había pedido su confesor, después de preguntarle qué sabía de los actos cometidos por su primo Rafael Cortés, Cap de Trons, le perturbaba. Sin embargo, estaba resuelto a que nadie, y mucho menos el padre Ferrando, pudiera poner en duda su fe cristiana.

Con la cabeza gacha y los ojos cerrados, no movía ni un músculo. Sólo sus dedos perseguían nerviosos los granos del rosario. Con toda la atención de que era capaz, recitaba mentalmente las avemarías, aunque a ratos se distrajera con el pensamiento de que él estaba en el recto camino de la salvación y no sus parientes, que continuaban perseverando en la ley de Moisés, orgullosos de pertenecer al pueblo de Israel, pese a que no les quedara más remedio que fingirse cristianos y participar de las ceremonias religiosas. A él, en cambio, le sucedía todo lo contrario. Había renunciado por propia voluntad a la religión vieja y, por mucho que su primo Rafael Cortés, Cap de Trons, siguiera amonestándole, no pensaba reincidir en la práctica de los antiguos ritos ni privarse de comer carne de cerdo ni pescado sin escamas. Estaba seguro de que no volvería a tener escrúpulos de conciencia cuando su pariente le hostigara, apelando de nuevo al ejemplo de su propia madre, que en la agonía retuvo en la boca la hostia consagrada para escupirla antes de morir, entregando así su vida a su único señor, Adonay. Ni dudaría tampoco de sus creencias cuando Cap de Trons se empecinara en asegurarle una vez más que judíos llegados del otro lado del mar traían noticias fiables de la inminente venida del Mesías. Ahora, rodeado de gente que no le rechazaba, casi acunado por la música, *Tu Rex Gloriae, Christe, Tu Patris sempiternus est Filius*, envuelto por la dulce emanación del incienso, se complacía en la ceremonia que le parecía mucho más hermosa que cualquiera de las de la religión de los suyos, practicadas en secreto. El hecho de asistir a aquellas solemnidades hacía que se sintiera, mucho más que espectador, protagonista, partícipe con todos los demás fieles, de toda aquella magnificencia. *Tu ad dexteram Dei sedes in Gloria Patris*, como si los tesoros guardados en la iglesia, las piedras preciosas tan finamente engastadas en el pie de la custodia, el pan de oro del retablo del altar mayor o la plata repujada de las puertas del sagrario le pertenecieran un poco también, como le pertenecían la luz del sol o la oscuridad de la noche.

A él, de niño, le hubiera gustado ser cura para poder lucir, como los que acababan de celebrar las Cuarenta Horas, una casulla blanca, bordada con hilos de oro, probablemente por manos consagradas a Dios, y recibir las nubes de incienso que los monaguillos les echaban, moviendo con fruición el incensario. *Te ergo quaesumus*. Poder decir misa, obrar el milagro de que el Señor bajara a sus manos sólo porque él pronunciara unas palabras santas, le parecía compensación sobrada de otras privaciones. Los rabinos no tenían tantas prerrogativas. Y las ceremonias del ritual judío, darse golpes de pecho, humillar la cabeza contra el muro de las lamentaciones hasta la extenuación, le parecían un espectáculo poco digno para ser contemplado con alborozo místico. En cambio, los movimientos de los sacerdotes en la misa eran mucho más armónicos y mesurados, igual que los gestos de sus manos. *Salvum fac populum tuum, Domine*. Ser cura significaba además poder dispensar perdones y bendiciones a manos llenas y también imponer castigos, saber de todas las flaquezas y conocer hasta los deseos más recónditos. Quizá por eso encontraba natural que el padre Ferrando escrutara con tanta meticulosidad su conciencia y no se interesara sólo por su vida espiritual, sino también por la de sus parientes, que no frecuentaban el confesionario tanto como era de desear. Convencido de que hubiera hecho lo mismo que su director espiritual en una situación parecida, no fue capaz de encontrar una excusa para evitar tener que escribir el papel, ni siquiera reparó en que le supondría un esfuerzo mucho mayor poner por escrito sus acusaciones que repetirlas de viva voz. Tampoco fue capaz de aplazar la cita pretextando algún inconveniente para, por lo menos, ganar tiempo. *Fiat misericordia tua, Domine, super nos.*

Ya se había acabado la solemnidad cuando decidió salir de la iglesia, que poco a poco se fue vaciando a medida que los sacerdotes iban retirándose hacia la sacristía. Tuvo, sin embargo, cuidado de que las personas que aún quedaban en el templo notaran su presencia. Por eso, antes de marcharse, se entretuvo todavía un rato en visitar la Capilla del Santo Cristo, donde continuaban rezando algunas devotas que le conocían. Luego, sin prisas, se dirigió a la entrada principal, no quiso salir por la puerta que quedaba más cerca de su casa, adonde no pensaba ir aún. Mojó en agua bendita las puntas de los dedos y se santiguó parsimoniosamente como solían hacer los clérigos. Después cruzó la plaza y avanzó por la calle que iba a parar a la posada llamada de S'Estornell, para ver si en el entresuelo de la casa de Descós se encontraba con la mujer de Fortesa, el administrador del conde. Quería escuchar de sus propios labios todo lo que le había llegado de los ajenos: que había sido ella la que había reconocido a Aina Cortés desmayada en brazos de un marinero y ella también quien le había dado las señas para que pudiera llevarla a su casa. Quería saber por qué no le había prestado auxilio allí mismo, pasando por alto su parentesco, y, sobre todo, qué le había dicho el muchacho. Si era verdad que éste había encontrado a Aina casualmente en aquella misma calle, tal y como habían difundido los hombres del alguacil que le habían interrogado: que, mientras paseaba la calle entre la posada de S'Estornell y el huerto de Maroto, esperando una cita de amor con una dama cuyo nombre se negaba a declarar, apareció una muchacha huyendo o persiguiendo a alguien y que, al acercársele, comprobó que estaba herida. ¿Había visto ella, Isabel Fuster, pasar a alguien antes que a Aina? Y ese alguien ¿era, por casualidad, el criado del canónigo Amorós, familiar del Santo Oficio que, ensangrentado, buscaba refugio lo más lejos posible de La Calle?...

Pero Isabel, que recelaba de Rafael Cortés —por su continuo trato con los curas—, le recibió con desgana y le contó lo que todos sabían: que se había limitado a dar las señas de Aina Cap de Trons porque consideraba que los cuarenta o cincuenta pasos que la separaban de su casa no harían que su estado empeorara y no deseaba que su marido, y menos aún el señor, la riñeran por haber dado cobijo a un desconocido, que además era forastero, y, como ella sospechó y se había comprobado después, marinero de un barco corsario con cuya tripulación Fortesa no quería trato alguno, pues los contratiempos surgidos con el capitán Harts, su antiguo socio, le habían escarmentado mucho.

Rafael Cortés, Costura, regresó a su casa contento por haber iniciado con un interrogatorio —como hacen los curas, se decía— la información que sobre su primo le había solicitado su confesor, pero más contento aún por el desasosiego que su visita le había producido a Isabel, tenida entre la gente de La Calle como judía de fuertes convicciones.

Aquella noche se pasó muchas horas despierto. Incluso, para ver si le entraba sueño paseando, había subido a la azotea de su casa, algo más grande que la de sus vecinos, desde donde se dominaban muy bien los alrededores. Vio, como tantas otras veces, la oscura silueta de Pere Onofre

Martí, que de pie, mirando hacia Oriente, parecía contemplar la tibia noche estrellada. *Reza*, exclamó Costura en voz alta, *que buena falta te hace. Adonay no protege a los cornudos*. Ésta era la explicación que Costura le daba a las desgracias de Martí, a quien todo comenzó a irle mal el día en que alguien le contó que su segunda mujer, Quiteria Pomar, diez años más joven que él, se entendía con otro. Creyó distinguir entre la ropa tendida la cabeza pelona de Miquel Bonnín en idéntica postura que Martí y pensó que al padre Ferrando quizá le gustaría acompañarle algún anochecer para percatarse del espectáculo que se divisaba desde su azotea, después de haberle invitado a cenar una buena langosta, cuyo caparazón troceado desparramaría luego delante de su puerta como provocación. Tal vez así Rafael Cortés, Cap de Trons, se consideraría definitivamente desengañado. Costura se acomodó, como solía, sobre un poyo y desde allí permaneció vigilante, al tanto de todo lo que pudiera suceder en el vecindario. Desde la muerte de su mujer —pronto se cumplirían cinco años— se había acostumbrado a no estar pendiente de los horarios domésticos. Nadie le esperaba, así que podía dilatar cuanto le viniera en gana su labor de espía. La criada dormía abajo junto al obrador, tenía el sueño pesado y, además, se estaba quedando sorda.

En el piso de arriba podía hacer todo el ruido que quisiera con la seguridad de que ella no lo notaría. Incluso, a veces, cuando un cliente le había hecho un encargo y el plazo acordado para la entrega se acercaba, se había subido las herramientas y, en su cuarto, a la luz de una bujía, había continuado con el trabajo hasta el alba, ahorrándose así apuros de última hora para poder cumplir con su palabra. Por eso, la noche de autos, que con tanto interés el padre Ferrando le había pedido que reconstruyera, la había pasado prácticamente en vela, engastando unos rubíes muy valiosos en un aderezo que un señor de Alaró le había encargado para regalarle a su hija casadera. Amanecía ya, iba a recoger sus utensilios, cuando oyó ruido en la calle. Desde la ventana pudo ver cómo un hombre embozado huía a toda prisa. Luego, pocos minutos más tarde contempló cómo Aina Cortés, la hija de Cap de Trons, salía de su casa y, dando traspiés, trataba de apresurarse dificultosamente hacia el lugar por donde había desaparecido el embozado. Sin respetar su honor ni el de su familia, sin preocuparse de que su nombre anduviera de boca en boca, huía persiguiendo a un hombre para que todo el mundo pudiera constatar aquello que sospechaba la mayoría: que el malnacido de Juli Ramis —ex seminarista y antiguo proscrito, aparte de servidor del canónigo Amorós, familiar del Santo Oficio— la visitaba todas las noches en su habitación. Todo eso vio, pero no oyó más que pasos. Ningún grito, lamento o amenaza. Se quedó, sin embargo, tras la ventana porque sospechó que muy pronto aparecería su primo persiguiendo a los prófugos o, por lo menos, maldiciendo a su hija, que le había puesto en evidencia, atentando en público contra su honor. Pero la calle permanecía desierta y, a pesar de que el día comenzaba a establecerse, blanquecino por culpa de las nubes, no salía humo de las chimeneas.

*Arderá poca leña hoy*, recordó Rafael Cortés. *Es sábado*. Y sonrió pensando en la observancia de sus parientes, que habían llegado a un trato: celebrarían el sabath cuantos pudieran, pero por turnos, sin trabajar ni encender fuegos mientras fuera posible, para no levantar sospechas. Iba a retirarse de la ventana para bajar al obrador, cuando vio cómo entraba por la calle del Sagell un muchacho llevando en brazos a una mujer. Avanzaba con dificultad, escudriñando cada una de las puertas cerradas. Al pasar por delante de su casa había levantado la cabeza, sospechando quizá que alguien le observaba. Unos metros más allá encontró la puerta que buscaba porque, de una patada, la hizo ceder y entró. ¿Era tal vez ese desconocido el mismo que había visto alejarse, confundiéndole con Ramis? ¿O se trataba de un buen samaritano que al encontrar a una doncella menesterosa la llevaba donde pudieran cobijarla?

*No me moveré de aquí hasta ver cómo acaba todo esto*, se dijo Costura, excitado por tantos acontecimientos extraordinarios. No necesitó esperar demasiado, porque al poco el muchacho salió de casa de los Cap de Trons y a gritos comenzó a pedir auxilio. Acompañado por su vieja criada Polonia Miró, que asustada por el alboroto había subido en busca del amo, Rafael Cortés continuó al acecho un buen rato. Luego, al comprobar que el forastero se alejaba y temiendo la llegada de la ronda, prefirió no salir a la calle para buscar noticias de aquellos sucesos, como hubiera sido su deseo, sino que volvió a subir a la azotea, porque tenía el presentimiento de que desde allí podría conocer más detalles. Desde su particular atalaya dirigió los ojos hacia la casa de su pariente, que, tal como había imaginado, rezaba contemplando la llegada del día, como todos los sábados. *A ti Adonay me acojo para no ser confundido eternamente. Por tu justicia, líbrame, inclina hacia mí tu oído y sálvame. Sé para mí como un puñal, una torre de fortaleza para preservarme. Oh Dios, líbrame de las manos del opresor, de las garras del perverso. Tú eres mi esperanza, Adonay, mi refugio desde la niñez, gracias a ti tengo vida, tú me has sacado del vientre de mi madre...*

La oración de Cap de Trons, entonada con mucha más convicción que otros sábados, le llegaba perfectamente audible. De sus cánticos de alabanza a Adonay no tenía por qué avergonzarse. También los cristianos utilizaban salmos para rezar a Dios Todopoderoso. Incluso él mismo le había confiado a su confesor que a menudo, a la hora de sus oraciones, prefería los salmos a los padrenuestros, no para satisfacer con ellos al mismo tiempo a Adonay y a Cristo, como hacían otros parientes suyos, sino porque le parecían más variados y eso habría de hacerlos también más apetecibles a los oídos divinos. Con la sospecha de que el enardecimiento de aquel cántico era un modo más insistente de buscar la protección divina antes de enfrentarse con las calamidades de su familia, Rafael Cortés, Costura, dejó a su primo Cap de Trons en comunicación con Dios y bajó a desayunar.

Ante la escudilla de sopa que la criada acababa de servirle, supo por boca de ésta, a quien la vecina se lo había contado, que aquella noche Rafael Cortés, Cap de Trons, había decidido acabar con su familia. *Reza en la azotea como todos los sábados*, observó Costura sin tomarse demasiado en serio lo que Polonia le aseguraba, ya que suponía que, como siempre, exageraba. *Podéis creerlo*, musitó ella, *he visto pasar a Madó Grossa con un cargamento de hilado para vendar las heridas de por lo menos media docena de personas*.

Rafael Cortés no comentó nada. Supuso que el hilado de Madó Grossa, la curandera, comadrona y saludadora, que tenía virtudes para sanar muchos males, no era tanto como Polonia aseguraba. Con Rafael Cortés vivía —además de sus hijos Aina y los dos varones, Josep Joaquim y Baltasar— su cuñado, tenido por algo simple y ya viejo, de quien no tuvo más remedio que hacerse cargo después de la muerte de su mujer. Aunque la ira de Cap de Trons hubiera alcanzado a todos, las heridas de los hijos debían de ser leves porque, por mucho que respetaran a su padre, eran jóvenes y fuertes para poder evitar sus golpes con facilidad.

Sin tomar demasiado en cuenta las informaciones de su criada, Rafael Cortés abrió el taller y se plantó en el umbral, decidido a entablar conversación con el primero que pasara, como solía hacer todos los días. Pero aquel sábado, obsesionado como estaba en no cejar hasta saber todo lo que había pasado en casa de su primo, sólo se interesaba por los detalles que uno u otro pudieran aportarle sobre el caso.

—Buena la han armado —le abordó Xim Valleriola, el sastre, que aquella mañana parecía más cargado de espaldas que nunca, como si la excitación que sentía influyera directamente en la pesadez de su joroba.

—¿Por qué lo dices? —le preguntó Cortés, que tenía la habilidad de hacerse el sorprendido para intentar sacar más de lo que quisieran confiarle.

—Ah, ¿no lo sabes? ¿No sabes nada de lo ocurrido? Pues te atañe... Se trata de tu primo —sonreía el sastre, frunciendo una nariz de martillo con mueca sarcástica.

—Ya me lo dirás si quieres. No sé de qué me hablas.

—Tu sobrina, Aina, la hija de tu primo Rafael, ha vuelto a casa herida en brazos de un forastero.

—Lo siento por su padre —musitó tan sólo a la espera de que el sastre le diera alguna noticia menos conocida.

Pero Valleriola se calló porque tampoco se creía que a su vecino todo aquello le viniera de nuevas. Se conocían desde niños y, desde entonces, el sastre sabía que Costura era el hombre más fisgón del mundo. Además, Polonia le había comentado alguna vez que su amo apenas dormía, que trabajaba de noche o que permanecía en vela, siempre pendiente de cuanto pudiera ocurrirles a los demás. Fue la mujer del sastre, que acababa de salir al portal, la que le preguntó, sin saludarle apenas, si los gritos del forastero le habían despertado como a ella o si ya llevaba rato levantado cuando los oyó.

Costura se hizo el desentendido y no le contestó. Añadió solamente que no debía de ser tan grave como ellos suponían cuando, como todos los sábados, Cap de Trons estaba rezando en la azotea.

—Lo sabremos cuando salga Madó Grossa, si es que nos lo quiere contar —concluyó la mujer del sastre con su voz aflautada—. A nosotros no nos afecta tanto como a ti, que eres pariente suyo.

Costura trata de recordar con exactitud cada una de las palabras de Valleriola y de su mujer, Rafaela Miró, con quien su madre había deseado que se casara cuando los dos eran jóvenes y ella parecía una muchacha cabal. Fue él quien no aceptó porque no le encontraba la más mínima gracia. Si de algo está satisfecho es de no haber cumplido aquel deseo de su madre, a pesar de que al contradecirla se había quedado sin descendencia. Si después de casarse había deseado tener hijos, ahora estaba contento de que el Señor no se los hubiera enviado. Tal vez así Dios evitó que en La Calle les despreciaran como «malmezclados». *Si te casas con Joana* —le había amonestado su primo— *te equivocarás. Adonay te pedirá cuentas. ¿Has pensado que delante de ella nunca podrás observar la ley de Moisés?*

Pero Costura no transigió. Pasó igualmente por alto los deseos de su madre, que, además de estar contrariada porque su futura nuera no pertenecía a su linaje, la consideraba poco para él. Joana era casi una niña cuando la panadera del horno de Santa Eulalia la sacó del hospicio para que le ayudara a despachar y la aliviara en los trabajos más pesados de la casa. Graciosa, con unos ojos que tiraban a verde olivo, creció, casi de rodillas, fregando suelos, con un dolor de espinazo que le duró hasta la muerte. Sopesando los ratos que podría pasarse sentada como una señora, más que otra cosa, consintió en casarse con Costura, que ya sobrepasaba la cuarentena, el día en que ella cumplía los diecisiete. El cortejo fue breve. Rafael Cortés no necesitó imaginarse cómo había sido su vida antes de que él la pidiera como esposa, porque la había visto crecer hora tras hora desde que, a los nueve años, salió del hospicio para servir a la panadera. Muchas tardes de verano, mientras se paseaba por la azotea al anochecer, había contemplado a la muchacha tendida sobre el camastro en el desván de sus amos, rendida por el cansancio. Y, muchas veces también, Costura se había sentido turbado imaginando aquel cuerpo joven, tan maltratado, abandonado al sueño tanto como a la intemperie. En su decisión de casarse con Joana no bastó sólo el deseo de tener a una mujer entre las sábanas. Había algo más, una especie de ternura por aquella niña que nunca conoció a sus padres, y que él vio hacerse mayor confundiendo en una mezcla difícil de separar los sentimientos de protección y posesión. Si algo le había salido bien a Costura había sido su matrimonio, pese a los disgustos que le había acarreado con su madre, porque Joana le sirvió en todo con sumisión y además, devota como era, su presencia en misas y novenas influyó para que aumentara su clientela, que acudía a él, en perjuicio de los otros plateros, que ofrecían menos garantías de haberse convertido.

Costura, siempre que podía, acompañaba a Joana a la iglesia y, poco a poco, fuese porque su ejemplo minara sus viejas convicciones, fuese porque se sentía menos preocupado por la vigilancia de los suyos, abandonó la antigua ley. La muerte de su mujer, sólo siete años después de la boda, le dejó desconsolado y mucho más huérfano que si hubiera perdido a su madre, que, aunque había dejado de ponerle mala cara a su nuera, respiró a sus anchas el día en que la enterraron. Delante de ella, la vieja Aina Bonnín se había visto obligada a disimular sus creencias por temor de que la denunciara. A partir de entonces ya no habría de soportar el olor a tocino de sus frituras ni tendría que papar el aire con los labios en vez de rezar el rosario. Para Costura, en cambio, su pérdida representó un castigo divino que no supo si atribuir a Adonay o a Dios Padre, ya que ambos tenían motivos para descargar la fuerza de su brazo sobre su cuerpo pecador. Durante los años de su matrimonio cumplió como buen cristiano los mandamientos pero, al mismo tiempo, de vez en cuando siguió practicando esporádicamente algunos ritos, instigado por su madre y por el entrometido de su primo, que, siempre que podía en sus encuentros casuales y todavía más en las visitas que hacía a su tía Aina, no dejaba de insistirle sobre la necesidad de cumplir los preceptos de la antigua ley, a la que él estaba doblemente obligado como judío y como descendiente de la tribu de Leví, de la que provenían los Cortés de Mallorca.

Al poco de enviudar se acercó al padre Ferrando, que solía confesar a Joana, buscando algo de consuelo, y le pidió que le ayudara. Le contó lo que ella había significado para que su fe se afianzara y cómo su ejemplo le había llevado a abandonar sus antiguas creencias. En sus largas conversaciones con el confesor, Costura se acostumbró a hablar sin tapujos de la vida en La Calle; lo hacía sin ánimo de delatar a nadie, para poder vaciar por completo su honda pena en una oreja amiga, que nadie entre los de su casta le había prestado. Algunos le dieron el pésame de pasada, sin disimular apenas que se alegraban de su desgracia. Otros ni eso. Y fue de nuevo su primo Cap de Trons quien le ofendió más que ninguno, asegurándole que la muerte de Joana era una prueba de la venganza de Adonay, que, irritado como estaba en divina cólera, pronto le enviaría sufrimientos todavía peores. Por primera vez en su vida, Costura se enfrentó abiertamente con su primo y le dijo que también era posible que Dios Todopoderoso le hubiera castigado con la pérdida de su mujer precisamente por no haber perseverado en su fe de bautizado, ya que, a instancias de él y de su madre, había jugado un doble juego que molestó al Altísimo y le arrebató lo que más quería en el mundo, la única persona que le importaba y con la que deseaba compartir la eternidad en un mismo cielo.

En las horas vacías que siguieron a la muerte de Joana, muchas noches, sus ojos de un verde apagado, un poco hipnóticos, le acompañaban hasta que por fin conseguía dormirse pensando que lo hacía entre aquellos jóvenes brazos hospitalarios. Luego, con el paso de los años, la presencia de ella comenzó a diluirse, pero con frecuencia los recuerdos, como bandadas de pájaros imprevisibles, cruzaban su memoria y se posaban de pronto como si buscaran guarecerse al amparo de las viejas imágenes queridas, que se desplegaban ante sí al paso lento de las procesiones. No, no deseó nunca volver a casarse. Una segunda mujer hubiera sido un obstáculo para su decisión de no abandonar la fe católica, si, como imponía su madre, tenía que ser de La Calle. Ni siquiera después de que ésta muriera lo consideró, aunque hubiera podido casarse con una cristiana, como le sugirió el padre Ferrando. Para los trabajos de la casa, con Polonia tenía suficiente y, desde hacía tiempo, ya no necesitaba de aquellos otros servicios que, de soltero, había obtenido a buen precio en el burdel. Ni siquiera el recuerdo de los pasados placeres con Joana, que todavía volvían a su memoria con precisión y lujo de detalles, le excitaban como para tener que ir a vaciar en otro cuerpo su simiente. Prefería el contacto de su propia mano contra su miembro hasta el orgasmo liberador. Además el padre Ferrando, aunque le reprendiera por no mantenerse casto, apenas si daba importancia a esa culpa, interesado como estaba en su perseverancia en la fe, mucho más transcendental, según le aseguraba, para su salvación eterna.

Repasaba de nuevo los hechos, tal y como el confesor le había aconsejado, con parsimonia, mientras hacía el propósito de no dejarse arrastrar por las lejanas fechorías de Cap de Trons, que su confesor ya conocía; tampoco debía enredarse en los recuerdos de Joana, a quien siempre se encomendaba cuando hacía examen de conciencia, para que le sostuviera en su propósito de enmienda. Temía olvidar cualquier detalle, por nimio que fuera, y que luego pudiera resultar importante a los ojos del padre Ferrando, por eso tomó la decisión de hacer una relación tan rigurosa como fuera posible, en la que cupiera desde la reproducción exacta de la conversación mantenida con Valleriola, hasta los comentarios de su criada, aunque lo que el jesuita buscaba no era la descripción de todo cuanto había sucedido en La Calle, las idas y venidas de Aina o la presencia del forastero, sino lo que había pasado en casa de su pariente, y de eso nadie, a excepción del propio Cap de Trons, le había contado nada, demostrándole así su confianza. Todos le habían rehuido. Madó Grossa, al salir de sus curas, pretextó un parto inminente para no contestar a sus preguntas. Polonia enmudeció de pronto para no confesarle lo que en voz baja murmuraba con los demás. Sus vecinos los Valleriola olvidaron sus comentarios anteriores y minimizaron su importancia. Sin embargo Costura, sin necesidad de volver a interrogar a nadie, pronto habría de obtener la información que tanto deseaba, fidedigna y de primera mano, ya que su propio primo le mandó llamar para contárselo todo:

*Un ángel del Señor* —le dijo—, *un ángel resplandeciente de alas de plumas más blancas que las de las tórtolas, con una espada de fuego entre las manos, se me apareció en sueños. Al notar su presencia me desperté. No estaba, pues, dormido cuando me habló, sino despierto. El arcángel Rafael, nuestro patrono* —prosiguió Cap de Trons bajando la voz en un tono más confidencial—, *ha venido en nombre de Adonay para acompañarme, como lo hizo con Tobías, y recordarme lo que nuestro nombre quiere decir: salvación de Dios. Temblé al verle y su resplandor me cegó. Pero él me dijo:*

*—No temas, Rafael, la paz sea contigo. Bendice al Señor por los siglos de los siglos y haz que su nombre sea bendecido por los tuyos. He bajado del cielo, donde asisto la cámara secreta de Adonay con otros seis ángeles. Siete somos, como dice la Biblia, y es cierto que dice verdad. He venido por mandato del Altísimo, quien también me confió guiar a Tobías por el camino de Ragués hasta la casa de su tío Ragüel y salvarlo del gran pez y de los diablos que habrían acabado con su vida como acabaron con la de los maridos de Sara, que luego le di por esposa, como me lo ordenó el Señor.*

*—Ya te conozco —le dije sin levantar la cara, para que no volviera a herirme con su resplandor—. No comiste en el viaje, ni siquiera bebiste, y te alimentaste de un manjar invisible y de una bebida misteriosa que tampoco vio nadie. Don del Altísimo fue ese milagro.*

*—Por mandato de Adonay he bajado del cielo —prosiguió el ángel— y he venido hasta aquí. Es Dios Todopoderoso quien me envía. Ve y habla con mi siervo Rafael, que lleva tu mismo nombre, y dale mi bendición porque su vida de justicia ha encontrado misericordia a mis ojos y porque nunca ha renunciado a mi ley y ha querido perseverar en ella y hacer perseverar a los suyos en tiempos de oprobio y adversidad. Sobre quienes le aman y obedecen será benévola la mano del Señor, pero sobre aquellos que le ofenden y escarnecen, sobre aquellos que han dejado el recto camino, sobre tu primo Rafael, indigno de llevar nuestro nombre, el puño de Adonay golpeará con todas sus fuerzas ya que por sus pecados será castigado su pueblo... Tú eres justo y tu bondad ha sido considerada a los ojos de Dios, sin embargo Adonay tiene de ti una queja que enciende su ira.*

*—He hecho cuanto me ha sido posible para que mi primo retorne a la fe de Israel —me atreví a interrumpirle.*

*—No basta. Hasta que no consigas hacerle retornar enteramente, no debes cejar —me replicó—. Pero Dios se queja no sólo por eso, sino porque has olvidado el pacto que selló Abraham, el patriarca, en su propio nombre y en el de su descendencia, y que cumplieron tus antepasados en libertad o cautividad. Sin el cumplimiento del pacto, ningún hijo de Israel entrará en el Paraíso.*

*—No lo he olvidado, señor —le dije—. Desde los doce años estoy circuncidado.*

*—Pero no tus hijos, ni tu familia —replicó el ángel—, y sobre ti caerá este pecado, sobre ti y tu descendencia, a la que privas de la gloria del Altísimo.*

*—Señor —le dije yo, con la cabeza a ras de suelo—, ninguno de mis hijos lo aceptaría porque ésta es la señal inequívoca de pertenecer a la antigua ley que los cristianos tienen como prueba más absoluta: la carne que nos falta en el prepucio nos lleva sin remisión a la hoguera.*

*—Adonay todopoderoso te maldecirá por los siglos de los siglos a ti y a tu descendencia. Él dijo que la señal de su pacto era la circuncisión, sin la cual nadie puede entrar en el Paraíso. Peor*

*que tu primo Rafael, que ha abandonado a Adonay, serás si no cumples el pacto con tu Dios.*

*—¿Cómo puedo hacerlo? —le pregunté.*

*—Añade zumo de adormidera en el vino que tomarán en la cena del viernes. Eso reforzará su sueño y, en la noche consagrada al Señor, mientras duerman, procede a ejecutar el mandato de Adonay. Impón primero tus manos sobre sus cabezas y reza las oraciones que habrán de hacer el sacrificio agradable a los ojos de Dios, que todo lo ve en su sabiduría infinita.*

*Un sudor frío me recorrió el cuerpo y no me salían las palabras. Cuando pude hablar, el ángel de Adonay ya había desaparecido, pero mi cuarto aún resplandecía. El miedo de cumplir la orden del Señor se desvaneció como humo de pan caliente. Busqué con presteza los instrumentos necesarios para llevar a término lo que me había encomendado el ángel y entre plegarias esperé la noche. El sueño de mis hijos era profundo. Con sumo cuidado conseguí que el cuchillo penetrara en sus partes, como me lo ordenó el Señor. Luego, creyendo que despertaban de una pesadilla, tentaron sus heridas, con dolor pero sin escándalos. Sabiendo que Dios me guiaba, entré en la habitación de mi cuñado para ejecutar también el mandamiento del Poderoso. Estaba a punto de poner manos a la obra, cuando oí un ruido que me desconcertó en el cuarto de mi hija. Acabaré primero lo que Dios me encomendó, me dije, y luego me ocuparé de mi honor. Pero, con las prisas, erré el corte, acuchillé su muslo y no su prepucio. A causa del dolor se revolvió contra mí, luchamos y a punto estuve de no poder llevar a término mi propósito. Al entrar en el cuarto de Aina, la ira me cegó. Juli Ramis acababa de ponerse los calzones y aún no se los había ajustado. Aina, avergonzada todavía en la cama, intentaba cubrirse. Sin entrar en razones ni dejar que Ramis empeñara su palabra de casamiento sólo para que le dejara marchar, arremetí contra sus partes con mi cuchillo. No tenía intención de circuncidarle, sino de caparle para siempre. Aina, cacareando como una gallina, se interpuso entre los dos y también recibió en el pecho un par de cortes. El resto ya lo sabes. Te he mandado llamar porque me parece que mis días están contados, y me alegro. Dios Todopoderoso tendrá piedad de mí y me impedirá asistir al oprobio que supone el deshonor de mi hija. Sin embargo, no quiero morirme sin que sepas hasta qué punto deseo tu salvación y cómo el ángel del Señor me habló de ella en su visita.*

—Deja de amenazarme —le interrumpió Costura—, porque si añades una palabra más, ahora mismo iré a contárselo todo al padre Ferrando y morirás sambenitado.

Cap de Trons parecía no prestarle atención, porque no tomó en cuenta las palabras de Costura, que, encolerizado, había enrojecido y a gritos repetía: *Te lo juro, te lo juro como que me llamo Rafael.* Su explosión final tenía que ver con el miedo que había pasado escuchando el relato de su pariente, puesto que había llegado a sospechar que Cap de Trons podría arremeter contra él con el mismo afán circuncitorio con que había arremetido contra su familia y, aunque él era más fuerte, no tenía arma con que defenderse si su primo le atacaba con el cuchillo del sacrificio, que probablemente debía de seguir escondiendo entre sus ropas. Pero nada de eso sucedió. Rafael Cortés se limitó a oírle y luego, desatendiendo las posibles delaciones de Costura, le dio las gracias por haberle escuchado, asegurándole que él era la única persona que conocía el milagro de la aparición del arcángel y sus advertencias; que le había mandado llamar porque se consideraba obligado a que supiera de su boca todo cuanto había sucedido. Y le advertía que a partir del momento en que su patrono le honró con su visita, la inspiración divina guiaba todos sus pasos.

Amparado por sus insomnios, Costura desmenuzaba parsimoniosamente todos aquellos hechos que el confesor únicamente conocía a medias, sin saber cómo debía relatárselos por escrito, si debía contarlo todo o podía limitarse a una versión abreviada más parecida a la de su confesión de aquella tarde, en la que sólo le había proporcionado algunas referencias que aludían a Cap de Trons y a su hija, pero sin atreverse a acusarle de la circuncisión. Estaba convencido de que, en cuanto contara con su papel, el padre Ferrando procuraría que se abriese causa contra su primo, de la que toda La Calle le echaría la culpa. Aunque no pudieran demostrar que él era el malsín, no en vano había amenazado a su pariente. Por otra parte, a estas alturas Juli Ramis ya debía de haber difundido todo cuanto había visto y su testimonio sería otro más. También estaba el asunto del marinero. Quizá Cap de Trons no había conseguido circuncidarles, aunque se lo hubiera asegurado. Tal vez sólo se había extralimitado en sus funciones de padre ofendido y había extendido su cólera a toda su familia. Pero, si era eso lo que había ocurrido, ¿por qué todos en La Calle se lo ocultaban? Si Cap de Trons había obrado con justicia defendiendo su honor, ¿a qué venía esconderle las consecuencias de su comportamiento? No, a buen seguro las intenciones de su primo eran las que confesó, aunque él no creyera en la aparición del arcángel resplandeciente con su espada flamígera. Los ángeles tenían cosas más interesantes en las que ocuparse que bajar a la tierra para hablar con el loco de su pariente. En cuanto a él, estaba claro que las amenazas de san Rafael eran las mismas que tantas veces había esgrimido su primo, aunque esta vez no había mezclado en los asuntos religiosos el aplazamiento de la deuda, como solía hacer desde que se había visto incapaz de devolverle las cincuenta onzas mallorquinas que le debía más los intereses. Con el dinero que Costura le había prestado, Cap de Trons había querido comprar una partida de lino para que sus hijos aprendieran a tejer, enseñándoles así el oficio que él tenía de joven, antes de casarse, y heredar de su suegro el negocio de ropavejero. Sin embargo el préstamo tenía otra finalidad más rentable: preparar su huida de Mallorca, para lo cual envió a Ferrara a su hijo mayor, que se quedó para siempre allí sin devolver el dinero a su padre.

También aquella vez, como siempre que hablaban, habían acabado discutiendo sobre el plazo del pago de la deuda. Costura, envalentonado ante la actitud mansa de su primo, le había amenazado con llevar el asunto ante Gabriel Valls, que solía dirimir con ecuanimidad las controversias y ejecutaba la justicia entre los habitantes de La Calle, que casi nunca acudían a los tribunales ajenos a sus leyes. Gabriel Valls, de eso estaba seguro Costura, le daría la razón, porque sin duda la tenía. Cap de Trons se había comprometido a devolverle todo el préstamo al cabo de cinco años; ya habían pasado seis y todavía le debía más de la tercera parte. ¿Qué culpa tenía él de que su hijo Onofre no hubiera vuelto?

¿Era él acaso responsable de las desgracias de Cap de Trons, de la deshonra de su hija o de la simpleza de su cuñado? Pero eso más valía no mencionarlo en su papel de descargo, no fuera cosa que el padre Ferrando sospechara que sus acusaciones contra su primo pudieran haber sido motivadas por la venganza, lo que no era cierto o, al menos, no lo era del todo. De las molestias que la Inquisición causara a Cap de Trons, él sólo sacaría inconvenientes, puesto que le constaba que, en las confiscaciones de bienes, no se tenían en cuenta las deudas.

Costura, que ya no se sentía envuelto por la dulce untuosidad del incienso sino impregnado del olor de fritura rancia que llenaba su casa, y que tampoco se consideraba en aquel momento partícipe de ninguna ceremonia solemne, pensó que quizá fuese mejor ir a ver a Gabriel Valls antes de acusar a Cap de Trons, porque, si la Inquisición abría una causa contra su primo, podía dar por seguro que jamás recuperaría sus dineros. Sin embargo también estaba claro y le constaba que, aunque el padre Ferrando nunca se lo hubiera insinuado, las posibilidades de que el Virrey le encargara la custodia que pensaba regalar a las clarisas eran directamente proporcionales a su buena conducta de cristiano probado, y eso pasaba por la delación. Ejecutar aquella obra era la ilusión de su vida. A Joana le hubiera llenado de orgullo que fueran las manos de su marido las encargadas de labrar el oro y la plata que servirían de tabernáculo en el que Dios Todopoderoso sería expuesto a los fieles. A él le parecía que, al arrodillarse frente a su custodia, frailes, curas, inquisidores, obispos, nobles, ciudadanos honrados, gentecillas menudas y todo el pueblo de Dios no sólo se humillarían ante del cuerpo de Cristo sino también ante el receptáculo que le amparaba y que él, un pobre orfebre converso, habría labrado para que la hostia consagrada luciera con toda su magnificencia. Tenía listo el boceto con el que pretendía mostrar la filigrana perfecta de su trabajo. Hacia el viril convergían todos los rayos del sol más ufano, como si fueran puntas doradas de saetas, a imitación de la custodia de la catedral, que todos los orfebres de Mallorca debían tomar como modelo. Pero, en su proyecto, los rayos de punta de saeta se entrecruzaban con dos estrellas de oro y plata. La estrella de David y la de los Reyes de Oriente bajaban del cielo para iluminar la custodia, como prueba absoluta de acatamiento al cuerpo de Cristo. En el pie quería engastar unos diamantes que había conseguido que el capitán Andreas Harts le trajera de Amberes y que guardaba como su mejor tesoro, decidido a no utilizarlos más que en una ocasión semejante. Al recibir la luz los diamantes, la retornaban expandiéndola en infinitos haces. La custodia podría ser la gran obra de su vida, la obra que le hiciera pervivir aun después de muerto, puesto que no tenía descendientes que le sobrevivieran. La obsesión por labrarla había hecho que sopesara muy a menudo las posibilidades que tenía de que el encargo del Virrey le tocara a él y no a cualquier otro platero de Ciutat. Siempre acababa por llegar a la conclusión de que, muerto Pere Valls, artífice de la custodia de San Miguel, sólo podía rivalizar en la calidad de su trabajo con Nicolau Bonnín, pero Bonnín tenía muchas menos probabilidades porque, aunque cumpliera con los preceptos, el padre Ferrando no lo consideraba un cristiano irreprochable, como parecía que era él, especialmente si el papel, que le había pedido que escribiera con la información más rigurosa, le convencía enteramente.

## III

Rafael Cortés, Costura, acabó de firmar el papel cuando la oscuridad de la noche se diluía en las pálidas livideces del alba. Rendido por la tensión del examen de conciencia y el esfuerzo por encontrar las palabras adecuadas, renunció a releer su acusación y, sin desvestirse, se tumbó en la cama. Únicamente se desabrochó los botones del jubón y se aflojó el cinto de los calzones, para descansar un rato antes de que la luz y el trajín de Polonia en la cocina se lo impidieran. Pero sólo consiguió cerrar los ojos porque el cansancio y la agitación acumulada durante tantas horas le desvelaban. Ni siquiera cobijando sus pensamientos en los recuerdos más amables, consiguió conciliar el sueño. Y ante la imposibilidad de pegar ojo, se levantó dispuesto a comenzar el día con el sol que ya despuntaba. Se lavó en la jofaina que la criada le dejaba siempre preparada, se rasuró la barba que ya empezaba a blanquecer, se peinó los pocos cabellos que le quedaban y se puso ropa limpia. Luego, recogió los papeles escritos y, tras doblarlos en cuatro pliegues, los escondió bajo el jubón, en contacto directo con su pecho. Con la capa sobre los hombros y el sombrero en la mano, se despidió de Polonia para ir a misa, y le aseguró que después, ya que el día era agradable, daría una vuelta hasta la Riba, como solía hacer algún domingo.

Las calles de Ciutat, que a esta hora en los días laborables se llenaban de gente, ya que con la llegada del buen tiempo, los boneteros, zapateros, cordeleros, sastres y demás artesanos salían de sus obradores oscuros para trabajar junto a las puertas, estaban vacías. Ni siquiera los mendigos que dormían al raso habían madrugado para esperar a los feligreses camino de las iglesias, con la cantinela de sus rezos y el responso de sus miserias. Costura, que los detestaba, se alegró de no encontrarse con ninguno. El estrépito de un carruaje lejano rompió de pronto la tranquilidad de la mañana de fiesta y unas palomas asustadas levantaron el vuelo tras la tapia del huerto junto a la que caminaba el orfebre. Sus leves siluetas se recortaban precisas en el cielo, hacia el que se abría majestuoso el escobón de una palmera conventual. Siempre que Rafael Cortés pasaba por allí, no podía dejar de asociarla a los altos techos de la Lonja. Envidiaba al artífice del edificio y pretendía, si no emularle con el encargo de la custodia, al menos, que alguien le recordara por los méritos de su obra, como él recordaba a Sagrera. El padre Ferrando le reprendería si supiera hasta qué punto deseaba obtener una fama que le sobreviviese. En alguna ocasión ya le había advertido que al buen cristiano poco ha de importarle la opinión del mundo y mucho, en cambio, la del cielo, al que conducen de manera directa las privaciones y sacrificios y no la gloria mundana. Sin embargo, su confesor comprendía y estimulaba su interés por la custodia, que debía considerar sólo fruto de su devoción.

Costura caminaba sin prisas hacia Montisión, gustoso del silencio de las callejas dormidas, en las que sólo las campanas de las iglesias habían empezado a propagar la alegría del día con el estrépito de sus redobles. Todavía le sobraba un rato para llegar a misa de ocho; luego, tal como le había dicho a Polonia, y en este punto no le había mentido, daría un paseo hasta que fueran las diez, hora en que el padre Ferrando le esperaba. Quizá le haría pasar al locutorio, o tal vez, para aprovechar el buen día, le recibiría en el jardín, donde, sin testigos, le entregaría el papel. Sumido en sus cavilaciones, repitiéndose que no era un malsín sino un buen cristiano, Costura no se dio cuenta de que la persona con la que iba a toparse no era otra sino Gabriel Valls. Sin apenas reparar en que éste le estaba clavando los ojos acerados, de un azul intenso, tan distinto de los ojos de cobarde azul de la mayoría de los habitantes del Sagell, el orfebre, azorado, se quitó el sombrero. Valls se limitó a llevarse una mano al ala. Los dos se pararon y fue éste quien inició una conversación banal sobre el buen tiempo de aquella primera semana de junio, comparándola con la del año pasado, de vientos enfurecidos que arrasaron los campos y dieron al traste con las cosechas. A Costura, pasado el primer momento, el encuentro con Valls le pareció de muy buen augurio. Precisamente deseaba verle, aunque no se atrevía a ir a su casa, pues no sabía hasta qué punto sería bien recibido. Desde que pasó lo de Harts, sus relaciones se habían enfriado mucho, de manera que aprovechó aquella casualidad benefactora y, como quien no quiere la cosa, le dijo que deseaba consultarle sobre la deuda de su primo Cap de Trons. Fue entonces cuando Valls le aseguró que él también iba en su busca y que había sido su criada Polonia quien le había comentado sus planes para aquella mañana y le había dicho dónde podía encontrarle. Y por eso le invitaba a acompañarle a su huerto, pues también él quería hablarle de Cap de Trons.

—Te convido a comer —le dijo, sin dejar de buscarle los ojos para calibrar mejor la impresión que sus palabras producían en Costura—. No es un banquete, pero la compañía te gustará: mis hijos, el mercader Serra, Pons, El Cónsul, Josep Valleriola, y Pere Onofre Aguiló, que está de paso y cuenta cosas nunca oídas.

Incapaz de decirle que tenía una cita con su confesor e incapaz de ponerle un pretexto convincente que no levantara sospecha en Valls, Costura no sabía cómo excusarse. Además tenía miedo de que, si perdía aquella oportunidad y dejaba para más adelante la conversación sobre las deudas de su primo, Valls se le mostrara menos favorable de lo que parecía serle ahora. Estaba claro que no podía rechazar aquella posibilidad, aunque le preocupara tener que faltar a la cita con el padre Ferrando, a quien no tenía manera de avisar. Contarle a Valls que su confesor le esperaba a aquella hora desacostumbrada, le parecía muy imprudente, en especial si Cap de Trons le había hecho saber sus amenazas de delatarle. No, de ningún modo debía sincerarse con él. *El padre Ferrando confía en mí, me ha dado suficientes pruebas, y en cuanto le diga lo que ha sucedido lo comprenderá. Además, del convite seguro que podré sacar informaciones nuevas.*

Gabriel Valls no le había invitado nunca a visitar su huerto, aunque todos sus vecinos habían asistido a las comidas y meriendas que organizaba. Más de una vez el padre Ferrando le había preguntado en confesión si él había estado en aquel lugar, donde se decía que Valls adoctrinaba a los asistentes en la ley de Moisés. Ahora podría contestarle por experiencia propia. Todo el mundo sabía que el mercader había comprado el huerto hacía un par de años, cuando sus negocios empezaban a rentarle, y que no había querido aceptar más hortelanos que los de su misma casta. Los que contrató el *amo* Pep Pomar y la *madona* Miquela Fuster procedían de Porreras. Madó Miquela tenía la virtud de que todo cuanto sembraba florecía enseguida. Sus rosales daban unas rosas carnosas y enormes, cuyos capullos reventaban de repente con un perfume dulce y misterioso que llenaba la atmósfera de deliciosa suavidad y, como si tuvieran efectos balsámicos sobre el humor de las personas, mermaban las querellas y diluían las divergencias. Bajo el perfume de los rosales, a la sombra deleitosa de las parras, Gabriel Valls mandaba poner la mesa a la que sentaba en los días de fiesta a sus invitados, tan satisfechos por la abundancia de la comida como por la apacible tranquilidad del lugar. No sólo convidaba Valls a sus parientes y amigos del mismo linaje, sino que a menudo compartía los manteles con viajeros de paso o con mercaderes de probada limpieza, lo que contradecía las murmuraciones de quienes aseguraban que en el huerto sólo se celebraban cónclaves judaicos.

Costura dejó de atormentarse en cuanto decidió que faltar a la cita con el padre Ferrando era un mal menor, comparado con los beneficios que podría sacar del convite. El hecho de llegar a comprobar si las verduras del huerto eran tan frescas como se decía y si las parras daban la sombra deliciosa que tanto elogiaban los asistentes, le llenaba de satisfacción. Además, tampoco le hacía ascos a una buena comida, y si todo ello redundaba en el pago de la deuda de Cap de Trons, no podía más que congratularse de aquel azar beneficioso al que ahora él ayudaba con su decisión.

Oyó misa junto a Valls, fijándose en su manera de seguirla, y le pareció que lo hacía mecánicamente, por pura necesidad de aparentar, sin que su cara dejara traslucir devoción alguna. Al acabar la ceremonia intentó que todos vieran que salía acompañado por Gabriel Valls, le cedió el paso y le ofreció agua bendita, como acostumbraba a hacer con las personas mayores en categoría o edad. El mercader tenía casi veinte años más que Costura y mucho más prestigio. Su fama de hombre cabal, entendido en diversas materias ajenas a su oficio, había sobrepasado los límites del barrio en que muchos de los cristianos nuevos se habían instalado cuando, tras la masiva conversión de 1435, abandonaron la judería. En diversas ocasiones, personas de los linajes más encumbrados de Mallorca le habían mandado llamar para proponerle negocios o pedirle dinero prestado.

Al salir de la iglesia decidieron volver hacia el Sagell antes de dirigirse al huerto, porque Costura quería avisar a Polonia de que no comería en casa. Luego, con la capa doblada sobre el brazo, porque el sol comenzaba a picar, se marcharon hacia la Puerta de San Antonio.

—Tu primo Cap de Trons vino a verme para contarme que le habías amenazado con delatarlo a la Inquisición —le espetó Valls de pronto.

Rafael Cortés enrojeció. Intentando que no se le notara la rabia que le hinchaba las venas y sobre todo que la voz no le delatara, aseguró que si había amenazado a su pariente había sido para que éste dejara de incordiarle y no le enredara con falsas apariciones de arcángeles. Pero Valls, como si no hubiera oído las excusas de Cortés, prosiguió con el mismo tono parsimonioso y contundente con que había comenzado a hablar.

—No te lo aconsejo. Si le delatas nunca cobrarás lo que te debe, porque le abrirán proceso, puedes estar seguro. Su deuda es alta, ya lo sé. Él está dispuesto a hacer un esfuerzo y a pagarte dentro de unos meses, al menos una parte. Del resto me hago fiador: Te lo devolverá en tres años. Supongo que retirarás las amenazas si el trato te parece aceptable.

El platero, antes de contestar, se llevó instintivamente una mano al pecho para asegurarse de que el papel seguía allí, a buen recaudo sobre su piel, y que la ropa con que lo cubría no se había convertido en aire y, transparente, ofrecía a la vista de Valls las acusaciones escritas contra su primo.

—Me parece bien —dijo por fin, intentando disimular su turbación—. No dudo de vuestra palabra. No en vano sois el más respetado de los nuestros —añadió con afán de halagarle—. Y os agradezco mucho vuestra mediación. Yo mismo había pensado en pedírosla. Cap de Trons está loco, pero a vos siempre os ha hecho caso.

—No siempre, por desgracia. Yo jamás le hubiera aconsejado hacer lo que ha hecho. Además del daño que ha causado, se ha puesto en evidencia. A estas horas Juli Ramis ya se lo habrá comunicado todo al canónigo Amorós. Y esto quiere decir que habrá que ponerse en guardia. A Cap de Trons le dio un ataque de locura, supongo que tú eres de mi opinión... Antes te has referido a la aparición del arcángel Rafael... ni los ángeles ni los arcángeles han escogido jamás a los flojos de mollera para difundir sus mensajes entre los judíos, ni siquiera entre los cristianos. Basta leer la Biblia... Además, Cap de Trons es viejo y está enfermo. Digamos que el arcángel es fruto de su chochez. La aparición es falsa, eso está claro. Nadie con dos dedos de frente le creería. No hay que darle mayor importancia, pero los hechos que ha desencadenado son muy graves. Sus hijos se recuperan de las heridas en el vientre, ya que por fortuna no consiguió su propósito... En cuanto a Aina, está fuera de Ciutat. Yo mismo me he encargado de alejarla una temporada, después de que el alguacil le tomara declaración para ver si concidía con la del marinero que la recogió, un buen samaritano. Por lo que he podido averiguar, has preguntado por él a Isabel Fustera.

Costura se agarró con fuerza al cabo que le tendía Valls, intentando alejar la conversación de la carnicería de Cap de Trons, el asunto más delicado de su escrito, que Valls pretendía minimizar como si lo hubiera adivinado todo.

—Le vi por casualidad cuando llevaba a Aina herida en brazos. Y a Isabel Fustera le pregunté por qué se había negado a auxiliarles, faltando a la caridad...

—Sus razones tendría —apuntó Valls con una sonrisa afable.

—Me dijo que el forastero era amigo del capitán Harts y eso le bastó para no querer tratar con él.

A Valls las palabras de Costura le trasladaron de repente cuatro años atrás, como si montara un caballo mágico que, a galope tendido, reculara hasta una noche de comienzos de junio que se obsesionaba en enterrar en el rincón más oscuro de su memoria. Nunca hubiera podido llegar a imaginarse con qué deleite fue capaz de ensañarse con el capitán, con mayor ímpetu que El Cónsul, mucho más joven que él, o que su hijo mayor, Miguel, capaz de medirse con un toro. Recordó cómo le acometieron por sorpresa, a traición, sin que pudiera defenderse. Le pegaron fuerte, tan fuerte que al dejarle era un guiñapo ensangrentado que hubiera atemorizado a los fantasmas. Recordó que mientras le golpeaba, furioso, con los puños cerrados, no sintió ni miedo ni piedad, ni mucho menos lástima, sólo rabia, una rabia densa, compacta, y no por lo que había difundido Harts, bocazas como pocos, sino porque, pegando de aquel modo, sus puños se volvieron de hierro, certeros y contundentes como nunca hubiera sospechado. Recordó que esa sensación le acompañó durante mucho tiempo y le demostró hasta qué punto encubría instintos violentos, él, que hasta entonces se había tenido por hombre pacífico.

Tampoco el orfebre se había olvidado de Harts. El capitán le había vendido diamantes en alguna ocasión, y la última vez que le vio le pidió que le tasara un anillo que llevaba unas iniciales comprometedoras, pero él no quiso hacerlo. Se limitó a mandarle a otro platero, aunque tampoco avisó a Valls ni a nadie de los suyos para prevenirles, sólo se lo contó al confesor.

Pasaban por delante de la iglesia de la Consolación cuando se cruzaron con el cronista Angelat, su hermano Príamo, que acababa de cantar misa, y el notario Salleras. Únicamente Angelat les devolvió el saludo que, obsequioso, había iniciado Costura. El misacantano, por el contrario, había vuelto la cara para no corresponderles, mientras el notario sonreía burlón.

—Son ellos los que se ofenden a sí mismos —exclamó Valls, sin darle importancia, pero en voz alta para que pudieran oírle—. La virtud hace nobles a los hombres más que el linaje.

—No os lo toméis a mal —siguió Costura—. Hoy deben de estar de mal humor, antes siempre me habían saludado. Además el cronista...

—Vienen malos tiempos.

—¿Cómo lo sabéis?

—Lo huelo. Adonay nos dotó de grandes narices por alguna razón, ¿no crees?

En el huerto, cerrado por una tapia de la que únicamente sobresalían las ramas más altas de los naranjos, les recibieron la mujer de Valls, María Aguiló, y sus hijos, Miguel, el mayor, que estaba en Mallorca de paso, puesto que vivía en Alicante, adonde había conseguido marcharse para abrir allí un negocio de ropa vieja, y el pequeño, Rafael Onofre, a quien su hermano llevaba quince. Al platero le sorprendió la amabilidad de todos al acogerle y le pareció como si aquel convite casual hubiera sido planeado con antelación para obsequiarle.

Enseguida María Aguiló les ofreció un vaso de agua fresca acabada de sacar del pozo. La polea gemía aún y el cubo descansaba sobre el murete esperando llenar más vasos. Desde lejos le llegaba el caminar acompasado de un mulo que daba vueltas a la noria y la música del agua era interrumpida a intervalos por los golpes de azada de un hortelano que abría surcos en los terrones. *No respetan el domingo*, pensó Costura, extrañado de la desenvoltura con que aquel muchacho faenaba ante los invitados.

—En este huerto tenemos suerte con el agua. Nos llega del canon y no de la tanda —dijo de pronto María Aguiló, como si hubiera leído los pensamientos del orfebre—. Cuando nos toca, hay que aprovecharla, aunque sea domingo. También lo hace la curia, no os vayáis a creer...

María Aguiló hablaba de manera nasal y ponía la boca en forma de culo de gallina, tal vez para intentar ocultar los agujeros dejados por los dientes caídos, que eran muchos. Presumida, a pesar de sus cuarenta años cumplidos, vestía de seda sin acatar la prohibición que, como conversa, se lo impedía y llevaba los dedos salpicados de anillos. Con un gesto acogedor, indicó con la mano derecha a Rafael Cortés su sitio en el banco, en el que también estaban sentadas ella y su madre Caterina Tarongí.

—Me parece que todos os conocéis —dijo Gabriel Valls, dirigiéndose a los invitados que habían llegado antes que Costura—. Todos son de los nuestros —añadió con intención mirando a Cortés—, todos menos el guarnicionero Pons, y señaló a un viejo que sonreía enseñando unas encías color de pulpa de sandía que parecían hechas como en broma, y Jordi Serra. Los considero muy buenos amigos —añadió con complacencia.

—Amigos, amigos... —deletreaba monótonamente Caterina Tarongí, como si rezara una letanía, sin que nadie le hiciera caso, convencidos como estaban de que repetiría lo mismo obsesivamente durante un buen rato, hasta que otras palabras, extraídas también de la conversación general, le hicieran cambiar de sonsonete. La suegra de Valls participaba de esa manera tan peculiar de las tertulias familiares cuando estaba de buenas. A menudo tenían que encerrarla en su cuarto porque gritaba y se golpeaba contra las paredes y aseguraba que las brujas la perseguían para llevársela, después de haberle robado cuanto tenía.

A la sombra de las parras, la luz durísima del sol de mediodía se esparcía dulce y caía blandamente. Sobre la mesa larga lucía un mantel blanco de hilo, donde Mariana, la hija mayor de los hortelanos, acababa de poner unos platos con aceitunas verdes y picantes, negras partidas y un par de jarras de vino tinto, vino de las viñas de Binisalem, que pertenecían a Gabriel Valls por herencia de su hermano José.

—Cortaré pan —dijo la muchacha que servía—, o ¿preferís coca? La ha hecho mi madre —insistió, porque nadie se decidía—, ha sido amasada por manos limpias, de toda confianza...

—Mucho sabor a aceite debe de tener —interrumpió el guarnicionero Pons con ironía.

—Probadla y lo sabréis —contestó Mariana, a quien no había pasado por alto el comentario.

El olor de las rosas se mezclaba con el perfume de las albahacas que en grandes matas crecían en los barreños, bordeando los bancos donde estaban sentados. El verde de los sembrados y el ruido manso del agua en las acequias se fundían como un óleo santo que se desparramara con parsimonia sobre la frente de Costura, proporcionándole la serenidad que le era tan necesaria para llegar a discernir qué debería contarle al confesor sobre cuanto había visto y oído, y vería y oiría durante algunas horas, y qué podía ocultar sin cometer pecado de omisión. Intentaba que nada le pasara por alto. Pero hasta entonces sólo el hecho de aprovechar el agua en domingo le parecía censurable, aunque fuera *peccata minuta*, ya que, como había asegurado María Aguiló, también la curia, los frailes y las monjas hacían lo mismo en sus huertos. Mucho más grave era, por ejemplo, que las del convento de Santa Margarita se quedaran con la que no les pertenecía, obturando la salida de la acequia con trapos de hábitos viejos... Ningún testimonio podía levantar, de momento, contra aquellos hermanos suyos que le acogían en la quietud del huerto para celebrar el domingo con los amigos. El comentario de Pons sobre la falta de manteca en las cocas era una broma que no podía tomarse en serio, y, aunque fuera verdad, afectaba a la familia de los hortelanos y no a la de Valls. Sólo lo aprovecharía si no encontraba nada más importante que contar. Pero no quería entrar de nuevo en su obsesión de anoche, en los escrúpulos y el examen minucioso de cualquier detalle que pudiera interesar al confesor. Para olvidarse de sus cavilaciones trató de tomar parte en la conversación, pero nadie le hizo caso porque en aquel momento entraba El Cónsul con sus hijos Pere y Mateu, los únicos invitados que faltaban.

Josep Tarongí, llamado El Cónsul porque desde hacía algunos años lo era de los ingleses, abrazó a Pere Onofre Aguiló, a quien le unía una estrecha amistad desde mucho antes de que éste consiguiera un salvoconducto para dejar Mallorca, representando a ciertos mercaderes y señores de

Ciutat en el negocio de la exportación de aceite y la importación de piezas de lino. Había llegado hacía apenas unos días a Mallorca y volvería a marcharse muy pronto, con el encargo de los síndicos de establecer un pacto entre el puerto de Ciutat y el de Liorna que favoreciera el comercio entre las dos ciudades, ya que Aguiló era persona respetada en aquella república, donde tenía casa y había dejado mujer e hijo.

La presencia de El Cónsul fue lo que estimuló la lengua de Pere Onofre, que antes, mientras le esperaba, apenas había abierto boca, para comenzar a contar sus aventuras y en especial los prodigios que en sus largos periplos había podido contemplar. Mientras probaba las aceitunas partidas, les dijo que en el puerto de Génova, y dio las señas exactas del lugar en donde había sucedido, en un oratorio dedicado a San Telmo, un fraile había resucitado delante de sus propios ojos a un hombre que apenas unos minutos antes había caído fulminado, echando espuma por la boca, después de denunciar que el mendicante utilizaba reliquias falsas para obtener dineros. Según su testimonio, no habían pertenecido a San Lucio las que exhibía, sino que eran huesos robados en un cementerio cualquiera, huesos de un pobre muerto innominado cuya tumba había sido profanada para burlarse de los hombres de buena fe. Pero el fraile, sin tomar en cuenta las acusaciones, rogó a Dios que perdonara la desgraciada alma del mentiroso, impuso sobre la cabeza del muerto la tibia santificada y le devolvió la vida. Con lágrimas en los ojos, el resucitado pidió perdón, jurando que todo lo que había dicho eran infundios, y alabó a Dios, como hicieron todos los feligreses, que llenaron de limosnas las alforjas del santo fraile milagrero.

Nadie interrumpió a Aguiló excepto El Cónsul, que aventuró que probablemente el fraile y el hombre resucitado eran socios en el negocio de las reliquias, porque la historia le resultaba familiar. Gabriel Valls añadió que había muchos clérigos y frailes falseadores y perjuros e incontables eran los pobres de espíritu de la tierra.

Cuando empezaron a comer, la escudilla de sopas escaldadas de Pere Onofre se enfrió sin que apenas hubiera metido la cuchara. Les contó cómo en Marsella había conocido a un capitán corsario que tenía un mono que le servía con mucha más diligencia que el mejor esclavo. Así mismo, el capitán, de nación flamenca por más señas, poseía un criado que con un grito estridente, preciso igual que un disparo exacto de saeta, se clavaba en el cristal y como un estilete lo atravesaba, rompiéndolo en incontables trozos. Pero sus poderes iban todavía más allá de acribillar cristales con la voz, también tenía la virtud de doblar los cubiertos de plata con la fuerza reconcentrada de su poderosa mirada.

Entre el segundo plato y el postre, aseguró que había conocido a un hombre cuya obsesión era volar, y por eso había almacenado en la azotea de su casa una montaña de plumas con la excusa de renovar los colchones, para evitar sospechas. Ya le faltaba poco para llevar a cabo el proyecto. Había observado con mucho detenimiento el vuelo de las aves, entreteniéndose en calcular qué proporción de plumas correspondía al peso del cuerpo de cada pájaro, y había comenzado ya a hacer probaturas para aplicarse un engrudo sobre la piel con que pegarse unas alas.

La historia del hombre volador fue la que más interesó a la concurrencia, y todos hicieron preguntas y pidieron aclaraciones. Pero fue El Cónsul quien con más conocimiento de causa opinó. Josep Tarongí conocía un libro publicado en Londres, obra de un tal Goldwin, donde se podía leer la aventura de un bonetero de Sevilla, por más señas llamado Domingo González, que volando había llegado a la luna.

—Pero no lo hizo como ese conocido tuyo —dijo El Cónsul muy serio—, ni tomándoles prestadas las alas a las águilas, como lo intentaron algunos en la antigüedad, sino gracias a un capazo uncido mediante unas poleas a veinticinco ocas amaestradas que así se repartían el peso y podían volar con ligereza.

—Todo eso, o son supercherías, o cosas del diablo —interrumpió Pons.

Pero El Cónsul, sin hacerle caso, le aseguró que todo era cierto, puesto que lo había leído, y que podía incluso enseñarle el libro.

—No lo entenderás porque está en inglés —aseguró—, pero te lo puedo traducir si quieres.

—Ahora me hago cargo —volvió a interrumpir Pons—. Si está en inglés... lo habrás leído mal.

—¿Y llegó a la luna, Domingo? —preguntó fascinado Miquel Valls, sin hacer caso de las ironías del guarnicionero.

—Claro que sí, y allí encontró un mundo maravilloso, mucho mejor que el nuestro. Los selenitas, que así se llaman los habitantes del satélite, son más altos, más fuertes que nosotros y mejores, mucho mejores. Nunca dicen mentiras y su mayor virtud es la fidelidad. Jamás un hermano ha traicionado a su hermano, ni un amigo a su amigo... Cuando nace un niño, saben ya por las trazas si será bondadoso y practicará la virtud, y si le ven una mala predisposición llegan a la tierra y lo cambian por uno de los nuestros, por uno de los mejores de los nuestros.

—¿Eso significa que te crees todo eso, Cónsul?... —ahora era el mercader Serra el que interrumpía—. Yo, en cambio, pienso que ese tal Domingo debía de estar para atar, y Goldin, o Golduin, como diablos se llamara el que se creyó la historia y la escribió, como un rebaño de cabras.

—No les acompañé —terció El Cónsul—, eso está claro, pero, por las mismas, nadie hubiera creído a Colón, y ya ves, llegó a las Indias.

—Por mar, en carabelas como Dios manda —volvió a insistir Serra—. El aire no está hecho para que el hombre lo cruce. Pertenece en exclusiva a los pájaros.

—No, no es cierto —era la voz gruesa de Valleriola la que ahora se oía—. No sé si sabéis que el profeta Abacut fue llevado por un ángel desde Judea a Babilonia, volando, naturalmente, para ir en ayuda del profeta Daniel. Los ángeles, algunos diablos y las brujas vue...

—Brujas, brujas —gritó interrumpiéndole Caterina Tarongí, que había estado tranquila hasta aquel momento, pero a quien aquella palabra había excitado y trataba de levantarse de la mesa.

—Nosostros no lo veremos, claro, pero llegará un día en que el hombre, igual que domina la navegación por mar, dominará también la navegación por el aire y habrá naves que crucen el espacio. Podéis estar seguros —sentenció Valls.

—Ya que has hablado de libros de viajes, Cónsul —dijo Rafael Onofre Aguiló—, también yo leí en un libro viejo la historia de un gallo que llegaba hasta el cielo y allí conocía los misterios de la creación de la Naturaleza. Sabía el porqué de las estrellas y los cambios de la luna, y la causa de los terremotos y las tempestades, pero se guardó el secreto.

—¡Qué dices! —le reprendió El Cónsul—. ¿Cómo quieres que no sea una broma lo del viaje del gallo? Así también te creerías aquello que cuenta Sopete, que hubo, en tiempos en que los animales hablaban, águilas que llegaban hasta el cielo, y no sólo águilas, sino también camellos y hasta escarabajos.

Ya comían membrillo confitado, cuando Costura, con unos ojos de palmo, se atrevió a preguntarle a Pere Onofre más detalles sobre aquel conocido que quería volar, si le podía decir su nombre y dónde vivía.

—El nombre, de ningún modo —contestó Pere Onofre—. En cuanto al lugar, está fuera de Mallorca. Pero si lo que quieres es huir, Costura, yo de ti pediría un salvoconducto y lo haría por mar, que es la manera más segura de alejarse de Mallorca.

—No lo digo por mí —añadió enseguida Cortés molesto—, yo no tengo ninguna necesidad de marcharme. Lo digo por curiosidad, hombre, por nada más.

—Pero si te creo —contestó Pere Onofre, cortándole inquieto, tal vez porque con todos aquellos comentarios no veía manera de continuar con otras facecias dignas de ser contadas—. Ya que hablamos de la mar —añadió enseguida, para que nadie le quitara la palabra—, ya que hablamos de la mar, ¿sabéis que en Flandes unos sabios están calculando cuántas esponjas se necesitan para chupar el agua del puerto de Amberes?

—Mejor sería que emplearan ventosas o fuelles —apuntó Miquel Valls—. Se darían más prisa.

—Puestos a inventar —sentenció su padre—, mejor sería aún inventar una máquina que chupase los malos pensamientos y los eliminara.

—Y otra —y era Pere Onofre quien hablaba de nuevo— que reprodujera nuestras palabras con toda fidelidad.

—Una máquina —propuso Valls— que lo registrara todo sin que faltara una palabra, sin cambiar una sola letra. Así siempre podríamos comprobar lo que hemos dicho o dejado de decir. Los tribunales nos juzgarían con mayor facilidad —y miró a Costura con intención, pero éste no se dio cuenta. Había repetido postre y estaba paladeando, goloso, el último trozo de membrillo, concentrado en su delicioso sabor.

La tarde comenzaba a caer, descolorida entre nubes grisáceas, cuando Costura, acompañado por Pons, salió del huerto. En silencio, porque el guarnicionero era hombre de pocas palabras, entraron en Ciutat por la puerta de San Antonio y caminaron deprisa hacia la Quartera, donde se despidieron.

A partir de aquel momento, el orfebre se volvió tres o cuatro veces para ver si alguien le seguía. Había decidido, en vez de ir directamente a su casa, llegar hasta Montisión, por si todavía el padre Ferrando pudiera recibirle. No pensaba entregarle el papel, sólo pedirle excusas contándole el motivo de su ausencia. Lo que había oído durante la comida, y en especial la historia del hombre volador, le pareció bastante interesante y hasta barruntó añadirlo. En cambio sopesó si le convenía rebajar las acusaciones contra su primo, ya que, como se había comprometido con el confesor, no podía eliminarlas por completo, tal como le había aconsejado Valls. Pero cambió de opinión al parecerle ver entrando por su calle a Pere Onofre, y para comprobar si se había confundido, le esperó junto al umbral de su puerta. Aguiló le saludó con cordialidad, pero rehusó la invitación a entrar que el platero, con la llave en la mano, le hacía.

Costura le dijo a Polonia que no cenaría y se encerró en su cuarto. Ni siquiera se paseó por la azotea aquella noche. Como estaba cansado, decidió acostarse pronto. Quizá el sueño acumulado le fuera propicio y podría, por fin, dormir. Se desvistió cuidadosamente porque llevaba ropa de domingo. Al doblar el jubón, cayó a sus pies el papel que, como un escapulario, había apretado todo el día sobre su pecho. Lo recogió y lo dejó junto a la almohada. Se tumbó en la cama y, sin taparse, acercó la luz de la bujía y empezó a leer.

*Jesús, María y José.*

*A requerimiento de mi confesor, yo, Rafael Cortés, apodado* Costura, *empiezo a escribir este papel en la noche del sábado, primero del mes de junio del año del Señor de 1687, para descargo de mi alma, que Dios ampare.*

*El jueves pasado, mi primo Rafael Cortés, alias* Cap de Trons, *me mandó llamar a su casa para decirme que el ángel San Rafael se le había aparecido para decirle que debía amonestarme por no perseverar en la antigua ley. Así mismo, para decirle que debía circuncidar a sus hijos. Los dichos hijos supe que había cir-*

*cuncidado aquella misma noche en que su hija Aina comparecía herida en brazos de un marinero, como Vuesa Reverencia sabe. Así mismo, a Cap de Trons le dije que dejara de molestarme y no me amenazara, porque yo era católico, apostólico y romano, y nunca volvería a creer en la ley de Moisés, y por eso no guardo el sábado sino el domingo y como carne de cerdo y me da igual el pez con escamas que sin escamas. Y de eso fue de lo que hablamos yo y Cap de Trons el pasado jueves en la tienda de ropa vieja en su casa, sin ningún testigo. La gracia de Dios Nuestro Señor me acompañe y la Virgen Santísima madre de Dios tenga piedad de mí. Firmado:*

*Rafael Cortés,* Costura
*7 junio de 1687*

Sin embargo, después de aquel domingo pasado en el huerto y, sobre todo, después del ofrecimiento de Valls de hacerse fiador de la deuda y de la promesa de Cap de Trons de devolverle enseguida parte del dinero, no sabía hasta qué punto el papel era oportuno. Si se le abría un expediente a su primo, como muy bien le había advertido Valls, jamás cobraría, porque los bienes de Cap de Trons serían confiscados de inmediato. No, de ninguna manera debía hacer referencia a la circuncisión, y debía aligerar por todos los medios posibles las acusaciones contra su pariente. Pero tal vez, si obraba así, el padre Ferrando le consideraría culpable como encubridor y no sólo peligraría el encargo de la custodia, sino también toda su hacienda, y quién sabe si hasta su vida. No tenía más remedio que dar por perdidos los dineros de la deuda y obrar según su conciencia de cristiano, la cual, como tantas otras veces le había recordado el padre Ferrando, le abocaba a actuar de acuerdo con los intereses de la Iglesia, que no estaba empeñada en perseguir judíos, sino en escarmentar a aquellos cristianos que, habiendo aceptado el bautismo, se volvían herejes, renunciando a la gracia de Cristo.

*Debe de haber una manera*, rezaba Costura, *debe de haber una manera, Señor, para que vuestra justicia se manifieste sin que tenga que convertirme en malsín...*

Si acusaba a Cap de Trons y el proceso se llevaba adelante, era casi seguro que nunca recobraría el dinero; si no lo hacía, el padre Ferrando le consideraría un mal cristiano y perdería la custodia. Cap de Trons, que tantas veces le había incordiado, merecía la cárcel. *Pero ¿si el padre Ferrando, que tan bien conoce los engranajes de la Inquisición y sabe de sus mecanismos, pudiera conseguir, a cambio de mi papel, que el Tribunal tuviera a bien devolverme el dinero de mi primo?* Nada le había dicho al padre Ferrando sobre la deuda, para que no pudiera sospechar que le movía la venganza. Ahora se sinceraría con él del todo. De Cap de Trons, a lo largo de su vida, no había recibido más que coces. Además, Cap de Trons era viejo y estaba enfermo, y el proceso podía no ser inmediato. En La Calle muy pocos sentían aprecio por él, al contrario: casi todos habían tenido que sufrir sus malos modos, sus accesos de ira, y a nadie le gustaba el fanatismo que demostraban sus convicciones religiosas. *No ganaré nada dejando de acusarle, por mucho que Valls me lo pida, invitándome a su huerto y entreteniéndome con historias de hombres voladores.*

De aquel domingo tan placentero, de aquellas horas tan agradables, Costura sólo estaba dispuesto a declarar que aprovechaban el agua en día festivo, que el guarnicionero Pons había hecho una broma sobre las cocas que no sabían a manteca, cosa que él no notó, y que Pere Onofre Aguiló había contado que conocía un hombre de fuera de Mallorca que se estaba construyendo unas alas para poder volar. Extenuado por tantas cavilaciones, el platero se quedó dormido. Se despertó a medianoche, sudado y tembloroso, porque acababa de soñar que unos hombres enormes y fuertes le habían cambiado sigilosamente por un niño que dormía en una cuna. Trastornado por el sueño, se levantó para mirarse al espejo, temeroso de que todo aquello hubiera sucedido en realidad y, durante aquella noche, alguien procedente de la luna hubiera sido intercambiado por la persona que él creía ser.

## IV

Gabriel Valls despidió a los últimos invitados y, acompañado sólo por Josep Tarongí, se adentró en el huerto, buscando el fresco del atardecer y un rincón propicio para conversar. El Cónsul le manifestó su sorpresa por haberse encontrado a Costura y su perplejidad al observar la deferencia con que le había tratado. Pero, como le conocía y confiaba plenamente en él, sospechaba que debía tener un motivo importante para haber invitado al platero. No en vano le consideraba el jefe espiritual de los judíos mallorquines y le llamaba Rabí en la intimidad, como hacían los demás. Gabriel Valls recibió con una sonrisa irónica los recelos de su amigo, pero no protestó ni le interrumpió. Sólo cuando El Cónsul le preguntó abiertamente: *¿Le has convencido, Rabí? ¿Ha vuelto a la antigua ley?*, decidió contarle que Cap de Trons le había asegurado que Costura le había amenazado con delatarle a los tribunales y que, para saber hasta qué punto aquel loco decía la verdad, había ido a buscar a Cortés. Con el convite había pretendido, por un lado, captar su confianza y, por otro, demostrarle que la gente de La Calle dedicaba los domingos a las mismas cosas que los de fuera de La Calle. Así, Costura había podido constatar que en el huerto los días festivos no se celebraban cónclaves judaicos, como chismorreaban por ahí. Ciertamente detestaba al orfebre. Consideraba que los hombres sólo podían ser tenidos por tales cuando seguían fieles a su linaje, a la religión de sus antepasados, a la tradición compartida con los suyos, por eso opinaba que Rafael Cortés no alcanzaba esa categoría, y agradeció a El Cónsul aquellas referencias a los selenitas, que a Costura debían de haberle hecho poca gracia. Valls admiraba de El Cónsul su capacidad para hacer una cita oportuna en el momento preciso, y envidiaba sus conocimientos, casi siempre aprendidos en los libros, que podía leer en diversas lenguas, aunque no le gustaba su carácter entrometido y soportaba mal su incómoda curiosidad.

Hacía rato, desde que Valls acabó de contarle los motivos de su invitación al platero, que El Cónsul llevaba la voz cantante, insistiendo sobre el desprecio que le inspiraba el orfebre y enumerando detalles de su beatería, la manera frailuna con que se frotaba las manos o el aire compungido con que acompañaba sus devociones. El Rabí apenas le prestaba atención, más bien esperaba ansiosamente que terminara, porque quería hablarle del asunto por el que le había pedido que se quedara un rato más a solas. Sin embargo, dilataba el interrumpirle porque sabía que, indefectiblemente, lo que le contase El Cónsul le abocaría al cosquilleo de emociones viejas. Pese a sus años, al recordar a Blanca María Pires se sentía turbado como un adolescente. Una lasitud extraña parecía apoderarse de su cuerpo y le reblandecía hasta la médula. Era como si todo él, por dentro, estuviera en maceración y, embebido de humor acuoso, tuviera que acabar licuándose por entero, diluyéndose en un tormento de innumerables lágrimas. Para Valls, que nunca, ni de joven, se había dejado llevar por voluptuosidades parecidas y había rehusado, por indignas, imágenes que podían resultar concupiscentes, tener que aceptar hasta qué punto le conmovía la evocación de Blanca le resultaba inadmisible. Intentando sobreponerse y aprovechando una pausa de El Cónsul, que seguía refiriéndose a Costura, le preguntó si había podido hablar con el marinero que recogió a la hija de Cap de Trons.

—Esta mañana he conseguido que el alcaide me dejara entrar; me ha dado pena. Es un pobre muchacho portugués, se llama João Peres y viene de Amberes. No sabes cuánto me ha agradecido que me ocupara de él. Aunque es mi obligación como cónsul, me ha dado infinitas gracias. Su capitán, a quien conozco desde hace años, me lo encargó. Mañana o pasado zarpa una saetía hacia Liorna, y si todo sale como espero, convenceré a Giacomo Tadeschi, ¿te acuerdas de él?...

—Cónsul, todo eso está muy bien y dice mucho a tu favor, pero lo que me preocupa es saber qué te ha contado de Harts y, sobre todo, qué le ha dicho al alguacil.

—Es lo primero que le he preguntado, Rabí. Lo primero —repitió con vehemencia—. Qué sabía de Harts y si era él quien le enviaba. Y me ha asegurado que conoció a Harts en Amberes y que le contó que en su último viaje a Mallorca había gozado de los favores de una dama cuya belleza coincidía con la de una mujer que él había podido contemplar en sueños muchas veces y por eso, por esta coincidencia, y con la seguridad de que correría mejor fortuna que Harts, había venido a Mallorca... Pero Harts le aseguró que no conocía el nombre de la dama, ni él tampoco lo pudo averiguar.

—¿Y tú qué le has dicho?

—Que el capitán le debió de engañar, que aquí en Ciutat no vive ninguna señora como la que él me ha descrito y que historias como ésa de mujeres seductoras y crueles, que envían a sus criados a solicitar la presencia de desconocidos para gozar de sus favores, se cuentan a puñados...

—Debe de ser muy inocente el tal Peres, si dice la verdad.

—No creo que mienta, Rabí, le he dejado muy decepcionado negándole la existencia de la dama.

—Esperaba cumplir mejor que Harts...

—¡Maldito Harts! Hubiéramos tenido que acabar con él.

—Ya conoces mi opinión, Rabí. No toda la culpa fue de Harts. Yo creo que el camino no fue el acertado, que la señora...

—Cónsul, no voy a permitirte... Si no puedo hacerte cambiar de opinión, al menos debo hacerte callar. Blanca María Pires comprometió parte de su fortuna y hasta su buen nombre para prestarnos ayuda. Merece todo nuestro respeto y agradecimiento...

La presencia de un hortelano que se acercaba para acompañar a El Cónsul hasta la puerta de Sant Antoni impidió que se enzarzaran de nuevo en la vieja discusión. Valls se despidió de su amigo y se internó en el huerto para pasear junto a las sementeras, contemplando las estrellas. Siempre que podía, antes de rezar sus oraciones vespertinas se entretenía mirando largo rato el cielo, en busca de paz. Pero las estrellas, que en aquella noche de junio parecían más nítidas y próximas que en otras, no le serenaron. Al contrario, le desasosegaron más porque una noche como aquélla había hablado por primera vez con Blanca María Pires durante largo rato. Fue entonces cuando se dio cuenta de que aquella mujer no era como ninguna de las que él había conocido, y no sólo porque sus ojos fueran de color violeta y en sus cabellos se hubieran cobijado los rayos más espesos del sol de agosto, sino porque las aventajaba en coraje y en serenidad. La había visto algunas veces antes porque su marido y él habían llevado negocios juntos, pero nunca se había fijado en otra cosa que en su belleza y en la amabilidad de su trato. Aquella noche, sin embargo, cuando a deshora pidió que le anunciaran y solicitó ser recibido, pudo constatar sobradamente la fortaleza de su ánimo. Aunque presintió, mucho antes de que él se lo dijera, que las noticias que traía de su marido eran funestas, sólo cuando le devolvió la alianza con la inscripción de su nombre rompió a llorar. Pero no gritó ni se mesó los cabellos, como había visto hacer a otras mujeres, ni siquiera llamó a los criados. Lloró durante un buen rato mansamente, sin gemidos. Abstraída en su pena, parecía haber olvidado que él seguía allí, sentado a su lado, y que sus brazos la habían sostenido un momento cuando creyó que iba a desmayarse. En aquel instante sus cabellos le rozaron las mejillas y olió a jazmín y a tibieza femenina, y aquella mezcla de olor se le quedó clavada para siempre en el olfato, y siempre, al evocar a Blanca María Pires, le invadía aquel perfume, que era el de la cabellera de Judith aunque la Biblia no hablara de jazmines. Los jazmines de cualquier jardín le devolverían desde entonces a la cabellera de la viuda de su antiguo socio Andreu Sampol, por cuyos intereses todavía velaba con más dedicación que si se tratara de los propios.

Saboreaba los recuerdos, pues había caído una vez más en las tentaciones de la memoria, pero ya se estaba arrepintiendo pensando qué castigo sería el más adecuado para mortificar su carne, que, vieja y marchita, todavía parecía estar dispuesta a rebrotar si un poco de savia nutría sus raíces. No obstante, era injusto con su cuerpo, porque las añagazas del deseo provenían de algún otro lugar más sutil, escondido e incontrolable que la carne, de una facultad del alma, la memoria, que no sabía cómo mortificar para obligarle a trocar en olvido todo lo que con tanta exactitud le presentaba. A menudo, las pasadas imágenes turbadoras aparecían de repente, sin que él tuviera la más mínima intención de ir a buscarlas, en los momentos más inoportunos, cuando estaba concentrado en rezar a Adonay, cuando debía cerrar un trato especialmente difícil. Los recuerdos le mortificaban porque le hacían sentirse más débil y pecador de lo que él hubiera llegado a considerarse nunca, ya que creía que la concupiscencia era propia de hombres indignos, hombres que se parecían demasiado a los animales. Reconocerlo en sí mismo le humillaba. Intentaba a la vez ejercer la voluntad y con voluntad vencer los estímulos de la propia memoria. El entendimiento permanecía alerta, mientras las dos potencias establecían un combate singular en el que casi siempre vencía la voluntad, imponiéndose sobre los maltrechos recuerdos. La voluntad le otorgaba la posibilidad de querer a Blanca como a la viuda de un amigo, como a una hermana con quien compartir no sólo la fidelidad al muerto, sino también una serie de intereses comunes, más espirituales que temporales. A menudo sus conversaciones trataban sobre el alma, e incluso sobre el amor. Amor de las almas, Blanca insistía en ello, libre de ataduras físicas, amor puro que con sólo pureza conducía por la secreta escala al paraíso. Las almas, aseguraba ella, no son ni varón ni hembra, las almas son iguales y tienen la misma obligación de perfeccionarse. Es el hecho de habitar en diferentes cuerpos lo que puede, en apariencia, hacerlas distintas. A él todo aquello le parecía atrevido y hasta peligroso, y por eso prefería desviar la conversación por terrenos más conocidos o tocar aspectos en que sus convicciones fueran totalmente firmes, como su seguridad en la venida del Mesías, de la que tenía datos que le permitían asegurar su inminencia.

—¿Para cuándo, Rabí? —preguntaba ella alegre—. ¡Oh, Rabí, si yo llegara a verlo, sería la mujer más dichosa de la tierra! —y los ojos se le volvían aún más resplandecientes, y entonces él solía citar al profeta Daniel cuando asegura que la redención final sólo comenzará cuando el pueblo de Israel esté en la diáspora, y añadía, refiriéndose a un texto del *Deuteronomio*, que la dispersión debía ser universal, desde un extremo al otro de la tierra, desde uno a otro confín del mundo. Tal como había podido saber, y tenía pruebas incluso escritas, un viajero de su linaje, un marrano llamado Aarón Leví Montesinos —Antonio de Montesinos le llamaban fuera de los suyos—, había descubierto en 1642 cerca de Quito, en Ecuador, a unos indígenas que pertenecían a las tribus perdidas de Rubén y Leví... En Inglaterra, en el fin de la tierra, los judíos empezaban a tener ciertas perrogativas. Cromwell readmitía a los exiliados que habían ido a parar a Holanda... Si en Inglaterra los judíos podían practicar libremente sus cultos, cosa que El Cónsul creía más que probable, muy pronto la dispersion sería total, y el advenimiento del Mesías casi inmediato. Y con la llegada del Mesías sus penalidades se habrían acabado para siempre.

—El Mesías reunirá a los judíos de las cuatro partes del mundo y los devolverá a la Tierra Prometida, y el templo de Salomón será reedificado. El Mesías nos dará un corazón sin malicia.

Sin embargo, poco después no tuvo más remedio que admitir que, como le había hecho saber El Cónsul, el asentamiento en Inglaterra de una comunidad judía sólo había sido tolerado, no autorizado, y, en consecuencia, a la llegada del Mesías aún le faltaba tiempo, siglos quizá, para dejar de ser sólo una obstinada esperanza. Pero él, Gabriel Valls, llamado El Rabí, Gabriel Valls de Vallmajor, hijo de Miquel Valls, mercader, nieto de Gabriel Valls, del mismo oficio, biznieto de Miquel Valls, cirujano, tataranieto de Gabriel Valls, físico, llamado también Absalón, descendiente de Jafuda Cresques, el cartógrafo, no quería dudar de su fe, porque tampoco dudaron su padre, ni su abuelo, ni el abuelo de su abuelo, convencidos como estaban de que gracias a la perseverancia en la antigua ley pronto los tiempos en que les había tocado vivir, tiempos de humillaciones, oprobio, miseria y calamidades, tiempos de lobos, de escorpiones, eran sólo tiempos de espera, tiempos de prueba que el Señor Todopoderoso les enviaba. Él, por tanto, se mantendría firme, jamás renegaría como Costura, que renunció a la ley de los suyos, ni vacilaría como Miquel Miró o los hermanos Vallariola: él sabía, porque lo llevaba marcado sobre su corazón, impreso sobre su propia carne, que la salvación sólo podía conseguirse siguiendo la religión judaica, que los demás, aquellos que rezaban a aquel montón de imágenes que llenaban sus iglesias y les encendían cirios, les ofrecían oraciones, les entonaban cánticos y conservaban como reliquias sus despojos, no eran otra cosa que un montón de idólatras que se equivocaban, inmolando sacrificios, ofreciendo dones y cantando himnos al gran becerro de oro, en vez de adorar al verdadero Dios. Había tenido la suerte de nacer judío, como ella, como Blanca María Pires, y como ella, que gracias a su trato había vuelto al recto camino, quería morir judío. Y se sentía orgulloso de sus orígenes, más nobles y más antiguos que los de muchos mercaderes de Ciutat, que a fuerza de dinero habían conseguido escudo y a fuerza de ganancias en el corso podían mantener la nobleza inventada por ellos mismos, falsos descendientes de los conquistadores catalanes que llegaron a Mallorca cuando ellos ya estaban asentados en la isla y tenían buenas casas, buenas haciendas, y mantenían una espléndida sinagoga y con sus oficios se ganaban dignamente la vida. Por eso, si a alguien pertenecía esta tierra, esta isla querida, un pequeño paraíso surgido como un milagro en medio del mar, reino cerrado como Arca de la Alianza, Tierra de Promisión, la única Tierra de Promisión posible, como aseguraba su padre en los momentos más bajos, era a ellos, a los judíos, y también a aquellos que se llamaban Bennàsser, Arrom, Alomar, Aimerich, Maimó, aunque todos los que conocía con estos apellidos le mirarían como a un demente y le obligarían a callar a las malas, si se atreviera a decirles que podían sentirse orgullosos de descender de los moros, de moros honrados, gentes de paz, y no de piratas, no de quienes con sus razias, llegados casi siempre de Argel, amedrentan las aldeas de la costa y pasan a sangre y a cuchillo todo cuanto encuentran, respetando únicamente la vida de quienes piensan vender como esclavos. No de los moracos, sino de los que eran señores de esta tierra, señores que señoreaban esta tierra, los moros que les permitieron vivir en paz y practicar su religión durante tantos años. Pero nunca más volverá a insinuar nada de todo esto a nadie que se llame Bennàsser o Arron, o Massutí, o Aimerich, por muy amigo que pueda ser, por mucho afecto que le tenga y crea que la confidencia habrá de unirles más, al pensar en un pasado común mucho más glorioso que los tiempos en que les ha tocado vivir.

Llorenç Bennàsser tiene catorce años, igual que él, y se conocen desde que eran pequeños, desde que él, Gabriel Valls, le enseñó a acertar con un tiro de piedra a las cabezas de las salamandras y le regaló el arma que tanto le envidiaban los demás niños: su honda. Pero Bennàsser no le ha comprendido. *¿Moro, yo?*, le ha dicho intentando zarandearle, sin conseguir moverle porque es más bajo y enclenque y tiene huesos delgados, como de niña. *Retíralo, animal, perro de mierda. ¡Ya me dirás qué tengo yo que ver contigo, judío, yo con los clavos que cortasteis para clavar a Cristo! Judío, más que judío*. Y él se lo quita de encima de dos manotazos, y le dice que no se lo tome a mal, que no le ha querido ofender, que es él quien le está insultando, él quien le ofende. Bennàsser se aleja, pero de pronto se vuelve y le escupe que algun día le forzará a que le enseñe la cola que tienen todos los judíos, una cola que les sale del culo, una cola de diablo... Se ve perseguido por una caterva de chicos que ha reclutado Bennàsser entre sus vecinos, por la puerta de Sant Antoni, un jueves de mercado. Huye pisando las verduras, esquivando las ollas y platos de loza, espantando pollos y pavos, reprendido por los vendedores que ven peligrar su mercancía, aunque toman aquel alboroto por un juego de pillastres que se enfrentan. Intenta correr hacia la calle de la Butzería para ir hacia su casa y entrar a refugiarse en el cuarto más apartado, junto a su padre, bajo las faldas de su madre si es necesario. Tiene miedo, mucho miedo, pero no teme los golpes. Teme la humillación. Teme que le bajen los calzones y se los quiten y no se los devuelvan, y así, con el culo al aire, deba volver a casa, donde su padre le recompense con una paliza de perro. Ya conoce los ásperos latigazos de su cinto, a los que de ningún modo quiere acostumbrarse. Corre aterrorizado, perseguido por las piernas enemigas tanto como por las amenazas de *judío, judío, vas a enseñarnos la cola.* A los gritos de los chicos se unen los de los hortelanos que han venido a Ciutat a vender, y que ahora se han dado cuenta de que no se trata de una burla de muchachos sino de algo más importante: castigar a un habitante de La Calle. A los insultos de la caterva se añaden risas y se suman voces desapacibles y chirriantes, voces de campesinos, de gañanes, de porqueros. Y ya son veinte o treinta las que se levantan: *Muchachos, hala, acabad con ellos.* Él intenta huir, corre con toda su alma, con el alma escapándosele por los pies. No les puede hacer frente. Son cinco contra él. *Judío, más que judío, enséñanos la cola...* Están a punto de atraparle, les separan sólo veinte pasos, quizá quince, van a caerle encima. Pugnan por desnudarle, intentan bajarle los calzones, se resiste, se los quitan degarrándolos a tiras. Y le dejan con el culo al aire. *No, no, soltadme. Basta. Basta.* Ya tiene suficiente. No quiere verse de nuevo allí, dando patadas y escupiendo gargajos y maldiciones. Intenta alejar las imágenes de aquel adolescente humillado ante la puerta de su casa, aparta con fuerza la mano untuosa de Llorenç Bennàsser a punto de posarse sobre su sexo. No, no las quiere volver a ver. Y no es por lástima o piedad. Nunca ha tenido demasiada por sí mismo. Es por asco, por el asco infinito que le provocan. Por eso las sumerge en el pozo más profundo, las arrincona en el escondite más secreto. Le hacen daño, le impregnan de un sentimiento confuso en el que el odio y la venganza se mezclan en un oscuro magma. La ley le ampara: Adonay no le condena. Ojo por ojo. Diente por diente. Pagará con la misma moneda. Devolverá con idéntico rigor. Ahora es Llorenç Bennàsser el que corre con los calzones bajados cerca de la Plaza Nueva y él, Gabriel Valls, quien le persigue con una estaca, una estaca que le clavará en el culo, y así le hará entender que es a los malnacidos a quienes les sale una cola. Burlas de muchachos, dice el ayudante del alguacil, sin darle importancia porque anoche sucedieron en Ciutat cosas mucho más trascendentes que esa pelea, por más que uno de los jóvenes sea de La Calle. El ayudante del alguacil, medio dormido, tiene todas las campanas de todas las iglesias resonándole en el armazón del cuerpo. Todas las campanas tocando a rebato haciéndose eco de la campana de las monjas de Santa Magdalena, que después de la medianoche ha despertado a la ciudad con su estruendo de bronce. Él, Gabriel Valls, que todavía está despierto, ha oído cómo le contestaba Na Figuera de Ciutat, N'Eloi de la Seo, y luego más cerca, ensordecedora, la de Santa Eulàlia, después Sant Jaume, Sant Nicolau y Santa Creu. *¿Qué pasa, qué pasa?*, pregunta su pobre madre, que acaba de despertarse y se pasea en camisa, aterrada por la casa. *Nos debe de atacar la escuadra francesa*, dice su padre, *pero no se oyen cañones*. Pronto saben que el alboroto lo ha causado el conde de Ayamans, que ha intentado raptar, sin conseguirlo, a su mujer, que vive refugiada en el convento de Santa Magdalena desde que él la abandonó, marchándose a la Corte, desoyendo sus ruegos. Mientras el conde huye y se esconde y las tropas del alguacil retiran las escalas usadas por la partida de forajidos que acompaña a Ayamans en el asalto, Gabriel Valls decide que mañana, o mejor, hoy mismo, porque son casi las tres de la madrugada, será un buen día para vengarse de Bennàsser, porque si éste le denuncia a la justicia, el alguacil, tras la gravedad de lo ocurrido, le hará poco caso.

No, tampoco se gusta ahora, con el palo en la mano persiguiendo a Bennàsser, que de tan aterrado, porque es cobarde y está solo, ni siquiera le ha opuesto resistencia. Le ha obligado a arrodillarse a sus pies y seguir sus órdenes. Bennàsser llora y se queja, pero no se atreve a desobedecerle. Él mismo se ha bajado sumiso los pantalones y ha ofrecido el culo al palo de Gabriel Valls, y él, con rabia y asco, se lo ha hundido entre sus nalgas, hasta penetrarle.

No ha cejado hasta que ha visto cómo la sangre brotaba y resbalaba por sus muslos. Luego le ha perseguido hasta cerca de Sant Nicolau, donde su padre tiene taberna abierta, y le ha visto entrar tapándose con las manos sus vergüenzas, llorando de dolor. No, no. También rechaza aquellas imágenes, quizá con mayor fuerza que las otras, a pesar de que ha obrado de manera justa infligiéndole un castigo merecido y lo ha hecho solo, sin ayuda. Su padre no le reprenderá pero él se siente en falso, a disgusto. Y en la distancia de tantos años sigue viendo los ojos cobardes de Bennàsser, atemorizados, que se le humillan. Los ojos mansos de aquel cordero que hizo todo cuanto le mandó, y en los que creyó descubrir una brizna de placer. De mayores, cuando se encontraban, hacían como si no se conociesen, pero Gabriel Valls notaba su turbación. Una mañana, Ciutat se despertó con la noticia de que Bennàsser había muerto apuñalado. El autor, que confesó enseguida el crimen, era un esclavo moro de Ca'n Torrella, que le mató para defenderse de sus sodomizaciones. De nada le sirvió la excusa. Le colgaron y su cabeza se exhibió en la reja de la cárcel para escarmiento de pecadores nefandos.

De repente se preguntó por qué en la quietud del huerto, al amparo de la tranquila noche de junio, le asediaban aquellas imágenes turbulentas y cómo había pasado de los recuerdos de Blanca Pires, dulces a pesar de los remordimientos que le acompañaban, a la evocación de los primeros enfrentamientos y disgustos causados por su condición y linaje. Después, a menudo, a lo largo de su vida, había tenido que aprender a no ser aceptado, a considerarse diferente. Aunque estaba orgulloso de ser diferente. Diferente igual que sus antepasados, descendientes de aquellos israelitas a quienes Adonay, Señor único, envió el maná como alimento. Nutriéndoles del néctar y la ambrosía venida directamente del cielo, les otorgó una inteligencia mucho más despierta que la del resto de los mortales. Pero eso, y Gabriel Valls se lo repetía con frecuencia a los suyos, no era por méritos propios, sino porque Adonay había tenido la generosidad inmensa de elegirlos como a su pueblo. Comieron el maná del desierto, el maná enviado por Dios, a quien únicamente debían agradecimiento, incluso ahora que el Señor, distraído, parecía no escucharles. Algunos de los suyos no hacía muchos años que habían padecido cárcel y sus bienes habían sido enajenados. Sin embargo, al salir de la Casa Negra habían empezado de nuevo y, con esfuerzo, otra vez comenzaban a levantar cabeza. Otros de fuera de La Calle hubieran sido incapaces de su tesón y se hubieran dejado morir o vivirían de limosnas. Ellos, el pueblo de Dios, el pueblo escogido, con su gracia conseguirían salir del cautiverio en el que vivían, como salieron del de Babilonia. Siempre, entre los de su linaje, había alguien dispuesto a conducir a los demás, que necesitaban ser guiados. Alguna vez el Altísimo se había servido de mujeres, como Esther y Judith, sus reinas, los ejemplos predilectos de Blanca María Pires. De nuevo se le hizo presente el rostro de la señora, enmarcado por la espesa cabellera que exhalaba aquel embriagador perfume de jazmines. Instintivamente volvió a mirar las estrellas. Lucían los animales de piel plateada, altos por miedo de mirarse en el mar, como decía su amigo Sampol cuando desde proa observaba cómo el capitán ordenaba el rumbo de la nave pendiente de las constelaciones. De sus varias navegaciones, de sus viajes por Europa, le quedó el gusto por la libertad y la improvisación, que al llegar a Mallorca perdía. Pero de todo aquello hacía más de treinta años. Entonces corrían otros tiempos. No le hubiera sido difícil quedarse en Ferrara al amparo de los descendientes de los Mendes, o incluso, establecerse en Burdeos, pero sabía que no podría resistir las horas vacías cuando se acababa el día, las horas oscuras, sin los suyos, y que se moriría de pena, de pura melancolía, sin volver a ver a sus padres, que eran demasiado mayores para abandonar

Mallorca. Luego, cuando murieron, no abrigaba más idea que marcharse donde libremente pudiera cumplir con los preceptos de su religión, y no tener que hacerlo a escondidas, aceptando de puertas para fuera que era cristiano, obligado a vivir dos vidas, obligado a disimular y a fingir. Luego, ya no pudo escapar. Ya no concedían salvoconductos. El de Pere Onofre fue un regalo, una chiripa que debía a su socio Pere Desbrull, a quien le convenía que Aguiló entrara y saliera libremente. Pero, a excepción de éste, nadie más había conseguido instalarse en tierras de libertad. *En Liorna*, le había dicho Aguiló, *todo el mundo es rico. Yo mismo, puedo mantener coche. En Ciutat ningún judío puede tenerlo. Es un lujo prohibido igual que las sedas y las joyas. En Liorna Pere Onofre va en coche hasta las puertas de la sinagoga. Nadie se esconde de nadie. Todo el mundo vive a sus anchas, sin recelo*, le repetía Aguiló. *Deberíamos buscar de nuevo el modo de que tú y El Cónsul...* Pero Gabriel Valls piensa que han de ser más los que se beneficien de la huida, porque él no puede abandonarles. Deben salir los que más lo necesiten, los más sospechosos a los ojos inquisitoriales, los más fieles a Adonay. *Liorna, Liorna, qui hi va no torna*. En Liorna vive la señora, de allí le han venido regalos y recuerdos por medio de conocidos y amigos comunes, pero ni una palabra escrita, ningún billete de su letra que hubiera aprendido de memoria para confiárselo, en una noche como ésta, únicamente a las altas y mudas estrellas.

## V

El padre Ferrando recibió a Costura con prisas y le despidió con prisas. Apenas le dejó que le contara los motivos por los que había faltado a la cita, ni prestó demasiada atención a los detalles que Rafael Cortés le daba sobre la reunión del huerto. Tampoco, contrariamente a lo que esperaba el orfebre, ponderó su conducta, ni le dijo que Dios Nuestro Señor le premiaría por su celo en impedir el daño que los enemigos de Dios hacían contra la única religión verdadera. Ni siquiera, como acostumbraba últimamente, se refirió al encargo de la custodia.

Mientras Costura se marchaba decepcionado, sin saber adónde ir ni qué hacer, pues había previsto que aquella entrevista de apenas cinco minutos fuera mucho más larga, el padre Ferrando leyó deprisa el papel que el platero acababa de entregarle y lo guardó en el bolsillo de la sotana, junto al breviario que solía llevar siempre encima. Con paso rápido se encaminó hacia el segundo piso del convento. Deseaba llegar antes que nadie a la celda del padre Amengual, donde, como cada lunes, a las cuatro en punto de la tarde, comenzaba una tertulia en la que tomaban parte, además de ellos dos, el cronista Angelat, el Juez de Bienes Incautados por la Santa Inquisición y un sobrino del Virrey. Sin testigos, quería que el padre Amengual, su contrincante más directo para ocupar el cargo de rector, supiera que, a partir de ahora, él contaba con un aval que, a buen seguro, le reportaría la predilección de sus superiores. Había conseguido, mediante *la persuasión de su inflamado verbo, encendido en amor al Redentor* —fueron exactamente éstas sus palabras—, que Rafael Cortés, Costura, firmara un papel en el que delataba a la Inquisición a su primo Rafael Cortés, Cap de Trons, lo que suponía la apertura de un nuevo proceso para probar que ninguno de los reconciliados hacía diez años se había mantenido en la fe católica y que, por el contrario, habían vuelto a judaizar. Por eso le pedía, ya que él iba a dar curso a la delación de inmediato, que retirara su candidatura a ocupar el cargo de rector. El padre Amengual ni siquiera replicó. De pie, observaba desde la ventana la torre de señales y un pedazo de mar. Hacía cinco años que le habían destinado a Ciutat de Mallorca, o mejor dicho, que le habían arrinconado, después de una brillante carrera comenzada en Valencia y acabada en Manresa, donde, sin explicarse el motivo, cayó en desgracia.

Muchas veces, ante aquella ventana, el padre Amengual se había preguntado por qué en los momentos en que había estado a punto de conseguir un cargo, una prebenda o una mejora, sin ayuda de nadie, por méritos propios, cargo, prebenda, o mejora se le escapaban de entre las manos como por ensalmo, y lo que él se merecía era otorgado a un advenedizo, alguien sin méritos, alguien que casi por casualidad, o por equivocación, acababa de llegar. Y eso estaba a punto de volverle a ocurrir. Ahora, después de cinco años de hacer exactamente lo que le mandaban sus superiores, de escribir por encargo de los benefactores del convento vidas de santos, o memorias e informes por orden del Padre General de la Provincia, ahora que todo parecía favorecerle, llegaba el padre Ferrando con la pretensión de que él renunciara a lo que le correspondía. Pero esta vez no estaba dispuesto a ceder. Recurriría al Padre General de la Compañía si era necesario, removería Roma con Santiago. Esta vez, además, podía oponer todo aquel trabajo ingente, que le había costado cinco años, a la mejor de las recomendaciones que su contrincante pudiese aportar. Sus merecimientos estaban claros: tenía pruebas tangibles, inmediatas: esparcidos sobre la mesa había dejado aposta los papeles fruto de tantos desvelos, informaciones e inquisiciones personales y también de un sinfín de enmiendas y tachaduras. Así que su obra no sólo sería un cántico de alabanza a Dios y un ejemplo para los pecadores, sacado de la santa vida de la venerable sor Noreta Canals, sino también un conjunto de recetas de estilo que, incluso en aquel tipo de libros religiosos, consideraba útiles para que se cumpliera el precepto horaciano del *delectare prodesse... Y eso, ese malnacido del padre Ferrando, por muy bruto que sea, por poco ingenio que tenga, debe reconocerlo. Porque, en verdad, ¿qué obra ha escrito él que pueda oponerse a ninguna de las mías? Si apenas sabe hacer la o con un canuto. Lee, lee, bobo, mi manuscrito, mientras yo disimulo como si contemplara el paisaje, plantado ante la ventana...*

*«Las virtudes de esta ejemplarísima religiosa fueron tantas y tan sólidas que constituían un vivo retrato de perfección de tan irreprensible vida que al parecer no tenía resabios de hija de Adán. Aún de pocos meses, los días de ayuno rechazaba el pecho de su nodriza, y fueron sus primeras palabras: Quiero ser monjita...»*

—Veo que ya corregís la vida de la venerable. Eso quiere decir que en breve la daréis a la estampa —dijo el padre Ferrando sin disimulos.

—Ya lo creo, y espero que mis propios méritos me sirvan de aval. Yo, al contrario que Vuesa Paternidad, padre Ferrando, no fío mis posibilidades en papeles ajenos.

El padre Ferrando no contestó, pareció que había acusado el golpe y que buscaba, antes de devolverlo, una posición más ventajosa. El padre Ferrando, al contrario que el padre Amengual, no había nacido en la isla. Procedía de Alcoy, pero llevaba más de veinte años en Ciutat, donde era muy conocido, no sólo porque confesaba a mucha gente, especialmente del barrio del Segell, sino también porque era hombre influyente, y lo había sido todavía más en épocas pasadas, cuando el antiguo Virrey le tomó como director espiritual. Si aspiraba al cargo no era, como el padre

Amengual, para escalar deprisa otro puesto o hacer carrera, sino porque su hermano, a quien llevaba ocho años, era rector del convento de Zaragoza desde hacía tres y él, que pronto cumpliría cuarenta y cinco, no había conseguido en toda su vida ser otra cosa más que un reputado confesor en una alejada ciudad insular.

—Supongo, padre Amengual, que hoy nos delectaréis, tal como prometisteis, con la lectura de los párrafos más importantes. ¿Conoce ya el manuscrito la Virreina? Espero que todo lo que atribuís a la santidad de sor Noreta haya sido fielmente comprobado, os lo digo por vuestro bien, cualquier falsedad puede resultar peligrosa, y eso de que ayunaba desde tan pequeña...

—Me he informado con la hija de su nodriza, que todavía vive, y ella me lo ha asegurado. Es una buena mujer, en verdad, de toda confianza. Una campesina de Algaida, de sangre limpia, cristiana vieja por los cuatro costados. ¿Por qué habría de mentir?

—Yo no digo que mienta. Digo sólo que a la gente sencilla, rústica, como esa mujer, es más fácil hacerle comulgar con ruedas de molino... Cualquiera le haría creer que los burros vuelan...

—Yo no sé si creería que los burros vuelan, aunque en los tiempos que nos ha tocado vivir pasan cosas muy raras, pero estoy seguro, padre Ferrando, de que hay algunos que hablan...

—Y otros que, además de hablar, rebuznan y dan coces.

*Ha sido ingenioso esta vez*, pensó Amengual. *Se lo ha merecido*, sopesó Ferrando. Ambos se quedaron mudos, como si cada cual esperara del otro el primer ataque. Tal vez hubieran permanecido así un buen rato, si no hubiera sido porque en el pasillo ya se oían voces. Eran las del cronista Angelat y el sobrino del Virrey, el capitán Sebastià Palou, que tenía a su cargo parte de la vigilancia de las obras del baluarte de San Pedro y, contrariamente a lo que pudiera suponerse admirando sus prendas, era letrado, aunque no tanto como el cronista.

El padre Amengual salió a recibirles. Procurando disimular el estado de crispación en que le había puesto el padre Ferrando, compuso el gesto más afable que fue capaz y, entre inclinaciones de cabeza y frotar de manos, les hizo pasar y les rogó que se acomodaran. El padre Salvador Ferrando, para no ser menos que el padre Vicente Amengual y para demostrarle que estaba dispuesto a superarle en el dominio de sí mismo, recibió a los invitados con una sonrisa casi seráfica.

—Tanto el padre Amengual como yo, o, mejor dicho, yo en particular, pues soy mucho más ignorante, les estamos muy agradecidos, señores. Vuesas mercedes nos ilustran, sobre todo a mí, con su sabiduría... Gracias a vuesas mercedes sabemos cómo ruedan las cosas del mundo...

—Padre Ferrando —le interrumpió el cronista con cierta sorna—, ni que los jesuitas fueran monjas de clausura...

—No he querido decir eso, *misser* Angelat, no —matizó enseguida Ferrando, algo turbado, porque notó la burla—. No obstante, convendrá conmigo en que es muy distinto vivir en el siglo que estar, como el padre Amengual y yo, retirados en la paz de este convento, alejados de los negocios terrenales.

El padre Amengual no replicó, insistió en que sus huéspedes, que aún seguían de pie, ocuparan sus asientos y, en cuanto cada uno estuvo en su lugar, llamó a un lego para ordenarle que cuando llegara el Juez de Bienes Incautados por la Santa Inquisición le hiciera pasar y subiera los *quartos embatumats* que, todos los lunes, le enviaban las clarisas, para ofrecerlos a sus contertulianos.

El cronista Angelat, que tenía la risa fácil y estallaba de pronto y sin motivos aparentes, con el mismo ruido que un plato al hacerse añicos contra el suelo, celebró, como siempre, la mención de los *quartos* de las clarisas.

—Los mejores de Ciutat —advirtió, tan exquisitos que los había sacado a relucir en la *Historia de Mallorca* que estaba acabando de escribir y que, por las trazas, sería su obra maestra. *La isla de Mallorca,* empezaba, *excede en hermosura a cuantas en el Mediterráneo emergen de las aguas. La variedad de sus tierras, la altura de sus montes, que casi pujan con las nubes, y la extensión que configura el llano, así como sus bosques y tierras de regadío, hacen de ella un microcosmos en el cual la Divina Providencia derramó su generosa mano...*

Este *incipit*, leído no hacía mucho en la tertulia, había sido muy celebrado por todos y especialmente por el sobrino del Virrey, que ya había encontrado las rimas para la décima que abriría el libro de su amigo junto con las poesías de otros ingenios locales, entre los que se contaba, naturalmente, el reverendo padre Amengual, que también, porque le gustaba tomarse las cosas con calma, había empezado a hacer probaturas.

Sebastià Palou envidiaba a Bartomeu Angelat la facilidad de pluma que a él, a pesar de su obstinación en frecuentar las musas, le faltaba. Jamás un sólo verso le había salido sin esfuerzo. *La seca ubre del ordeñado pecho*, escribió una vez refiriéndose a lo mal que lo pasaba manoseando, imparable, su inspiración. Las palabras escogidas acababan pudriéndosele entre las manos a fuerza de sobarlas inútilmente. Sus partos poéticos daban siempre criaturas pálidas, casi contrahechas, sin ningún vigor. Sin embargo, Sebastià Palou no era corto de alcances, incluso era más listo que el cronista Angelat —el más importante letrado local, autor también de dos comedias y dos volúmenes de versos, uno de ellos muy bien recibido en la Corte, y alabado por los más grandes poetas, como Calderón, con cuya amistad se honraba—, sólo que, sencillamente, Dios no le había llamado para el cultivo de las letras, como le advertía su tío para que dejara de atormentarse con comparaciones odiosas. Hacía tiempo que el Virrey se burlaba de su tendencia a frecuentar aquellas tertulias de curas, las únicas en Ciutat donde se tenía en cuenta la poesía, y le amonestaba con frecuencia para que se tomara más en serio su carrera de armas, en la cual, a buen seguro, le esperaba mejor porvenir. Su sobrino solía objetarle aquello de que lo cortés no quita lo valiente, y que si Garcilaso, de quien creía ser un poco pariente, y, en consecuencia, le podía considerar un antepasado, en el triple sentido, familiar, militar y poético, había conseguido ser las dos cosas a la vez, *tomando ora la espada ora la pluma*, no veía cómo a él no le podía pasar lo mismo. *Déjate de puñetas, sobrino*, se imponía el tío, *y ándate con cuidado, que todo eso de la pluma apesta a leguleyos, jueces y eclesiásticos, y si me apuras, a alguna damisela bachillera, pero no se aviene con los hombres hechos y derechos como a ti te corresponde ser. Si necesitas versos para enviárselos a alguna señora, tómalos prestados, como hace todo el mundo. Ellas ni lo notan, y los efectos incluso son mejores con versos de segunda mano...*

Sebastià Palou, igual que el cronista Angelat y los dos jesuitas, se levantó en cuanto entró en la celda el Juez de Bienes seguido del lego con la bandeja de la merienda, que dejó sobre el escritorio, junto al montón de páginas que aquella tarde el padre Amengual pensaba someter al juicio de los tertulianos, a quienes también quería solicitar unos versos para abrir su libro, aunque los de devoción no los requirieran.

El Juez de Bienes, el muy reverendo canónigo de la catedral, Jaume Llabrés, tenía, como el cronista Angelat, unas papilas gustativas muy desarrolladas, tanto que la boca parecía prolongársele en una especie de buche. Los otros tertulianos habían comentado a veces que lo que más les interesaba a ambos de aquellas reuniones eran los *quartos embatumats*, especialmente si, como los de aquella tarde, iban acompañados de *bescuits* y mermelada de azufaifas, que sólo manos vírgenes, manos consagradas a Dios, como las de las clarisas, eran capaces de elaborar.

Llabrés saludó a todos con el aliento todavía entrecortado por el esfuerzo de subir las diez arrobas de su propio peso por una escalera algo empinada, que más lo parecía a aquella hora que el resto de los mortales, para él los miembros de la curia, destinaban al reposo de la siesta, por costumbre más que por la necesidad de reparar esfuerzo alguno. El canónigo venía de su casa, pero antes había estado en la catedral, e incluso aquel mismo día había comido con el obispo. Por eso traía noticias calientes y de primera mano, siempre las más apreciadas, acabadas de salir de la boca de su eminencia reverendísima el señor obispo de Mallorca.

—Y, en verdad, ¿qué de bueno dice el señor obispo? —preguntó enseguida el anfitrión, mientras ofrecía los *quartos* y los *bescuits* a sus huéspedes.

—Que también ha recibido, como el señor Inquisidor, las amonestaciones del Santo Tribunal de Aragón.

—¿En verdad? —exclamó muy interesado el padre Ferrando, sin darse cuenta de que remedaba a su enemigo.

—Tan en verdad —repitió burlón el Juez de Bienes— que desde hace un par de semanas el Tribunal de Aragón no hace otra cosa más que acuciar al Tribunal de Mallorca con la cantinela de que aquí hicimos la vista gorda hace diez años cuando reconciliamos a todos los encausados, que se nota que no aplicamos suficiente celo en velar por la Santa Fe Católica, Apostólica y Romana, que somos poco entusiastas... Como pueden imaginarse sus mercedes, todo eso, ni al señor Obispo ni principalmente al señor Inquisidor les ha hecho maldita la gracia.

—Su Eminencia Reverendísima hace bien en mostrar preocupación —interrumpió el padre Ferrando, en cuanto pudo tragarse el trozo de *quarto* que le impedía hablar—, pero no todos dormimos en esta isla, querido Juez de Bienes. No, en absoluto. Yo, por mi parte, y con toda humildad, naturalmente, ya que desde hace tiempo confieso a alguna gente de La Calle, he procurado buscarles las cosquillas, averiguando hasta qué punto su catolicismo es sincero o si han vuelto a judaizar. Como saben vuesas mercedes, soy el confesor de Costura, y..., por cierto, don Sebastianet —añadió con voz melosa dirigiéndose al caballero, que estaba untando de mermelada de azufaifa el *bescuit*—, a ver si le da un toque a su tío, el señor Virrey, y de una vez por todas nos hace un poco de caso con el encargo de la custodia... Como les decía, señores, he procurado que Costura, a quien creo convertido de corazón, dicho sea de paso, me informara de todo cuanto pudiera saber, precisamente después de todo el alboroto de la semana pasada. Costura me ha dado un papel que quiero que conozcáis primero vos, señor Juez de Bienes, para que luego se lo paséis al señor Inquisidor...

Con las manos pringosas, el canónigo Jaume Llabrés tomó el papel que el padre Ferrando acababa de sacarse del bolsillo de la sotana, doblado en cuatro pliegues. El Juez ni siquiera lo miró y, como pudo, cuidando de no ensuciarlo, lo tomó con las puntas de los dedos y lo guardó. Le pareció del todo improcedente desdoblarlo para leerlo ante los demás. Y más improcedente aún juzgaba la actitud del jesuita, que, para quedar bien y hacerse valer ante los tertulianos, declaraba quién era el informante. *No imaginaba que en un asunto tan delicado el padre Ferrando pudiera ser tan indiscreto. Hay algo que se me pasa por alto*, sospechó el Juez mientras pensaba de qué modo podía hacerse con el último *quarto* que quedaba, en el primer descuido del cronista, que, seguramente, también le habría echado el ojo. Pero mientras se decidía, Angelat, más rápido, le arrebató la presa y la engulló apenas sin masticar, como si temiera que el Juez le reclamara una parte. Molesto, tanto porque no había conseguido aquella delicia azucarada como por la inoportunidad del padre Ferrando, el reverendo Jaume Llabrés se limitó a asegurar que, sin pérdida de tiempo, mañana mismo, el papel llegaría a su destinatario.

—Naturalmente —insistió todavía el padre Ferrando, que parecía no haber notado que al Juez aquel encargo no le gustaba—, si el señor Inquisidor quiere verme, estoy a su disposición. No hace falta decirlo...

—Vuestro celo nos tiene admirados a todos, padre Ferrando —intervino ahora el padre Amengual, con sorna demasiado evidente para que no fuera notada.

—Me crucé con Costura el domingo, sobre las diez —dijo el cronista Angelat, que ya no tenía la boca llena, ni satisfecha la gula, pues segregaba abundante saliva con la que asperjaba con generosidad a sus amigos—. Acompañaba a Gabriel Valls. Imagino que irían al huerto...

—Debían de infestar el aire con su tufo —aventuró riendo el Juez de Bienes.

—El tufo no es suyo, quiero decir que no por ser judíos huelen mal... Huelen a aceite refrito porque no utilizan manteca... —aseguró el cronista mirando a Sebastià Palou, que parecía asentir.

Como los demás tertulianos, aunque menos que Angelat y Llabrés, el sobrino del Virrey había dado buena cuenta de la merienda. A él, sin embargo, aunque valoraba como se lo merecían los dulces que las manos virginales de las clarisas habían elaborado, le parecía mucho más sabroso imaginarse aquellas extremidades divinas, *nieve licuada, cuando no cristales*, había escrito en su mejor poema, dedicadas a otros menesteres.

El padre Amengual consideró que había llegado el momento de tomar la iniciativa de la conversación, no fuera cosa que el padre Ferrando volviera a imponerse, y por eso, después de limpiarse los labios minuciosamente para evitar que algún grano de azúcar le arrastrara a la tentación de pasarse la lengua por las comisuras, cosa que consideraba de muy mal gusto, se levantó para coger el manuscrito y leer a sus amigos los párrafos que le parecían más satisfactorios.

—Según tengo entendido —dijo el padre Ferrando en cuanto vio que su contrincante recogía los papeles—, la venerable Eleonor Canals es pariente de su excelencia el Virrey, ¿no es así, don Sebastià?

—Es tía de mi tía, padre Ferrando. Conmigo no tiene ningún parentesco. Yo no estoy hecho de pasta de santo —añadió con una sonrisa.

—Almas más verdes que la suya han madurado, don Sebastià —terció el padre Amengual—. En verdad, no nos dirá su merced que está hecho de pasta de demonio, que de todos modos no le vamos a creer, y si me permite...

El cronista Angelat intentó divisar si era un jabeque o una galera el barco que se perdía en el último azul, junto a la raya del horizonte, enmarcado por la ventana de la celda del padre Amengual, que ya había empezado a leer:

*«Esta serenísima perla y muy preciosa margarita, encerrada en la concha o religioso claustro, se formó con el rocío celestial que Dios Padre Todopoderoso directamente le otorgó, y era tanto su celo que, por obedecer con mayor prontitud a la maestra de novicias, saltó por la ventana para acudir con mayor rapidez al patio donde se la requería, sin hacerse daño alguno aunque la distancia medía seis varas, cosa que la madre abadesa tomó por muy milagrosa pues parecióle que los ángeles del cielo hubieron de sostenerla...»*

—¡Menos mal! ¡Tuvo suerte al no caer de cabeza, sino de pie! —exclamó don Sebastià con sorna—. Si llega a caer de cabeza, se mata y adiós santa...

Rieron y nadie le amonestó. En según qué, el sobrino del Virrey tenía bula.

*«Otras veces, cuando la llamaban, obedecía tan presto que si estaba hablando dejaba la palabra a medias, a medias la labor y hasta los pasos... En cuanto a las otras virtudes, todas las practicó, especialmente aquéllas que tenían que ver con la mortificación de los sentidos. Así, para que las comidas le supieran mal y tuvieran peor sabor, mezclábalas con trozos de naranjas agrias y ajenjos...»*

—Yo sería incapaz de hacerlo —interrumpió el cronista, y cruzó una mirada cómplice con Sebastià Palou, que por la cara que ponía tal vez pensaba que estas humillaciones tan zafias no satisfacerían nada a su tío. *A la tía, quién sabe. Es tan devota... Además, ya ha encargado el cuadro de santa de la pariente venerable. Será capaz de conseguir que la canonicen... Y mientras tanto, si quiere, la acompañaré a Roma y, con la excusa de Roma, ya que estaré en Italia, Livorno... Pere Onofre me aseguró que lleva vida recatada, que casi no sale... No duda amor en cuál su color sea / Blanca es el alba y Blanca es la aurora... Los versos no estaban mal, se los mandaría hoy mismo...*

*«A los quince años después de tomar el hábito decidió que no levantaría más los ojos del suelo a no ser para fijarlos en su Esposo sacramentado. Su humildad era tanta que le oyeron decir que sentía verse amada por las religiosas y quisiera que nadie se acordase de ella ni la apreciase porque se reputaba por la criatura más vil y de peores inclinaciones del mundo. Menos que basura quisiera ser y que todas las criaturas me aborreciesen. ¡Cuánta pena tengo cuando veo que todos me aman! Lo que quisiera es ser aborrecida de todos y olvidada, igual que mi Esposo es aborrecido y olvidado de las almas...»*

—¡Lecciones deberíamos tomar de sor Noreta! —dijo el Juez de Bienes, que ya estaba harto de escuchar la lectura de la *Vida de la venerable*, que el padre Amengual a veces hacía con el tono engolado de predicar sermones, con el mayor énfasis, y otras, identificándose con su biografiada, se volvía malabarista de voz, casi ventrílocuo, y era la de la santa la que parecía reproducir. Por eso todos habían estado a punto de soltar una carcajada cuando había pronunciado con voz meliflua, voz de monja en el coro, aquello de: *Menos que basura quisiera ser y que todas las criaturas me aborreciesen...*

—Creo que Su Reverencia ha hecho un gran trabajo —añadió el cronista Angelat—. Supongo que ha pensado publicarlo también en latín. Se lo aconsejo. Mi *Historia de Mallorca* verá también la luz en la nobilísima lengua que todas las demás debieran imitar. ¿Nunca habéis hecho versos latinos vos, don Sebastià?

—No, nunca, la verdad es que no...

—Pues yo de vos lo intentaría. Creo que os saldrían con facilidad. Vuestro admirado Garcilaso, vuestro pariente, quiero decir, escribió algunos, si no me equivoco, Yo, entre los clásicos latinos y todos los demás, escogería siempre los latinos. No hay punto de comparación. ¿No están de acuerdo vuesas mercedes?

—Por mi parte, en verdad, sí. Ellos han llegado al Olimpo —asintió Amengual.

—Depende —se incomodó el padre Ferrando, que desde hacía un rato callaba como si estuviera al acecho—. Si los comparamos con los autores profanos en lengua vernácula, claro que sí, pero con la Biblia no tienen comparación. Prefiero una palabra inspirada por Dios que todas las *Églogas* de Virgilio juntas.

—La Biblia queda aparte, hombre de Dios. No seáis tan remilgado —advirtió el cronista.

—Hace bien en serlo —dijo el Juez de Bienes, que se aburría. Además el lunes era el día que la tertulia le impedía echar la siesta a gusto. Acabaría por no asistir. Claro que los *quartos...*—. En los tiempos que corren, el toro nos puede coger cuando menos lo esperemos.

—¿Llamáis toro al Santo Tribunal? —preguntó espantado el padre Ferrando.

—No he dicho tal cosa, padre Ferrando, sois vos quien lo suponéis...

—Y el Santo Tribunal ¿tiene intención de revisar casos ya cerrados —preguntó el sobrino del Virrey— o de abrir nuevos expedientes? Quiero decir si aprovecharán las informaciones viejas o comenzarán de nuevo.

—No lo sé —contestó el Juez con contundencia—. Mañana tenemos junta. Esperamos órdenes de los superiores. Naturalmente, el Virrey será informado, como corresponde.

—No lo decía por eso, canónigo. ¡Por Dios bendito! Pensaba sólo en los desgraciados que ya vieron confiscados sus bienes. Si ahora vuelven a encarcelarles no podrán resistirlo.

—Os veo muy preocupado por la gentuza de La Calle, don Sebastià —dijo Ferrando—. Habéis salido a vuestro tío —se atrevió a insinuar—, que siempre los ha defendido.

—Cuando se lo merecían —contestó el Juez—. El Virrey ha obrado con justicia.

Nada replicó don Sebastià para no complicar más el asunto. En Ciutat todo el mundo sabía que el Virrey, el excelentísimo señor marqués de Boradilla del Monte, como muchos de los miembros de la nobleza, hacía prósperos negocios, aunque de manera encubierta, gracias al corso, en el cual andaba a medias con algunos de los más importantes individuos de La Calle.

—Permitidme, señores —volvió a insistir el padre Amengual—, que os lea un último párrafo para que vuesas mercedes puedan señalarme los defectos que deberé corregir... Si luego tienen, en verdad, la amabilidad...

—No os preocupéis, padre Amengual, no os preocupéis. Os loaremos también las virtudes —añadió Angelat, que parecía conocerle bien.

—Si las encuentran —volvió a insistir con una delicada humildad, contagiada aparentemente por *aquella florecilla del claustro* sobre la cual trabajaba—. Leeré la parte final: «*En su muerte demostró Dios su gran afecto haciendo vivas expresiones y singulares indicios en su cadáver de cuán especialmente le era agradable su alma y su espíritu; pues en vida no gozaba de hermoso o agraciado semblante, muerto quedó su cuerpo con singulares esmaltes y brillos de hermosura y beldad de haber sido precioso engaste del rico diamante de su alma tan perfecta.*»

—Ah, ¿eso quiere decir que era fea la parienta de mi tía? —preguntó Sebastià Palou—. ¡Oh, padre Amengual, cuánto lo sentirá la Virreina! ¿No podríais pasar por alto este punto?

—Don Sebastià —dijo paternalmente Angelat—, si era fea, el padre Amengual no la puede convertir en hermosa, por muy santa que haya sido. Lo primero que debe hacer el historiador es ser fiel a la verdad. Las mentiras quedan para vosotros, los poetas. Nosotros tenemos la obligación de contarlo todo tal y como sucedió, sin añadir ni quitar un punto. Y aunque yo he escrito versos, como sabéis, os hablo ahora como cronista.

—Pues yo, cronista, creo que el padre Amengual ha quitado y ha puesto cuanto le ha venido en gana, todo para satisfacer a mi pobre tía, gran benefactora de este convento y de otros muchos, como su hermana...

—En verdad, en absoluto —replicó el padre Amengual con desagrado—. Me he informado bien antes de escribir. Tengo pliegos de papel llenos de declaraciones de testigos. En verdad, he preguntado dentro y fuera del convento de la venerable, pueden estar seguras vuesas mercedes. Y vos, señor Juez, ¿qué pensáis?

—Yo creo, padre Amengual, que habéis escrito una gran vida de santa con el estilo apropiado para que almas como la suya, pías y sencillas, puedan entenderla. Me parece que, dado el público al que os dirigís, habéis sabido guardar perfectamente el decoro. Ahora bien, eso no quita el hecho de que vuestra pluma no pueda lucirse con mayores merecimientos en un tema más sublime, más..., cómo os lo diría..., de mayor aliento....

—Gracias, muchas gracias, Reverencia. Vuesa Paternidad me comprende. Por descontado que tengo todo el interés del mundo en encontrar un tema, también religioso, naturalmente, que merezca el ardoroso celo de mi pluma, siempre dispuesta en favor de Dios...

*Siempre dispuesta en favor de Dios*, repitió mentalmente otra vez, contento con aquella frase que le había quedado redonda. En verdad, en cuanto se marcharan, la apuntaría. Seguro que le sería tan útil para escribirla como para soltarla en el próximo sermón.

—Si vuesas mercedes desean beber un poco de agua fresquita —ofreció Amengual—, me parece que se acerca el hermano Nicolás.

Unos golpecitos ligeros en la puerta precedieron al mismo lego que había entrado con la bandeja de la merienda.

—Gracias, hermano. Podéis retirar los platos. ¿Un vaso de agua, señores? Si nos hacéis el favor...

—Claro que sí, padre Amengual, pero no venía para retirar nada todavía. Me lo llevaré si lo deseáis, por supuesto. Venía porque en la portería, padre Ferrando, hay un hombre que insiste en veros, dice que es imprescindible, cosa de vida o muerte. Tanto me ha suplicado que no he tenido más remedio que subir. No sé qué le pasa, pero algo grave debe de ser, muy grave, por el estado en que se encuentra...

—¿Quién es?

—El mismo que hace una horita habéis despedido... Me parece que le llaman Costura.

—Juez, devolvedle el papel —dijo en voz baja el padre Amengual—. Lo que ocurre es que se ha arrepentido y lo viene a buscar. Le habréis de persuadir mejor, padre Ferrando —y se le escapó un esbozo de sonrisa—. Fiáis muy poco del aval...

El padre Ferrando mascaba clavos. Rojo como el pimentón, no contestó. Sin decir nada, ni tan siquiera disculparse por el hecho de dejar la tertulia, interrumpiéndola, abandonó la celda deprisa, arremangándose el hábito para no tropezar con las faldas, que siempre le estorbaban cuando estaba nervioso. Bajó los escalones de dos en dos, decidido a enfrentarse con el orfebre. Por nada del mundo pensaba devolverle el papel, ni aunque le jurara que las acusaciones eran falsas. Además, ¿a qué venía ahora todo aquel alboroto? Encontró a Costura en la portería, en un rincón, hecho un ovillo, lloroso. La voz no le salía. Hipaba.

—Pero, hombre de Dios, ¿qué te pasa, si puede saberse? Tenía..., tengo una reunión muy importante, con personas eminentes, y la he tenido que dejar... ¿Qué hay de nuevo?

—Cap de Trons, mi primo...

—¿Qué le pasa a Cap de Trons?

—Cap de Trons se muere, padre Ferrando —y rompió en gemidos.

—¿Cómo lo sabes?

—Me acaban de avisar. Antes de ir a su casa he vuelto aquí para pediros que vengáis a verle, a confesarle, a llevarle el viático. Es todo cuanto puedo hacer por él. Ay, Rafaelito, Rafaelito, irás al infierno... Yo no puedo dejar que se condene, padre Ferrando...

—¡Mala suerte! —exclamó el jesuita, traicionando sus pensamientos en voz alta. Si Cap de Trons se moría antes de que le encausaran, su celo apostólico tendría consecuencias más que imprevisibles. Al Inquisidor no le gustaban los procesos a los difuntos.

—Mi testimonio es inútil, padre Ferrando. Ya no puedo hacer nada por su alma —gemía el platero.

—No es verdad, la intención es lo que verdaderamente cuenta.

—Por favor, venid conmigo, padre Ferrando, y ayudadle a bien morir.

—Avisa a la parroquia, Rafael, el rector podría tomárselo a mal. Conviene que vayas cuanto antes.

De pie frente a la puerta que comunicaba la portería con el patio que él acababa de cruzar, esperó a que Costura se calmara, mientras pensaba que, ahora más que nunca, necesitaba su ayuda. Necesitaba que le diera pruebas, las que fuesen, para que sirviesen a la noble causa de la Inquisición y también a la suya. Cuando el orfebre terminó de sonarse los mocos y tragarse las últimas lágrimas, el padre Ferrando se le acercó y, con su voz más persuasiva, le musitó casi al oído:

—Por cierto, Costura, ya sé que en estos momentos tan tristes no te va a satisfacer, que no estás para nada, pero don Sebastià, el sobrino del Virrey, me ha dicho que cree que ya es seguro que el encargo de la custodia será para ti.

Costura le miró transido de agradecimiento. Con los dedos húmedos de mocos y lágrimas, tomó la mano todavía un poco pringosa del padre Ferrando y la besó con unción, varias veces, sin que éste, a pesar del asco, lo pudiera evitar. Rafael Cortés notó un sabor dulce y creyó que era el sabor de la santidad.

## VI

Costura corrió hasta la parroquia de Santa Eulalia en vano. En la sacristía le dijeron que el hijo mediano de Cap de Trons acababa de marcharse y el rector estaba poniéndose el alba. De pie, junto a la puerta, esperó a verle salir, precedido por el monaguillo que tocaba la campanilla, y le siguió cuatro pasos detrás, más sereno, masculando avemarías en voz baja. Las gentes de la calle Sagell iban asomándose a los portales y, al paso del sacerdote, se arrodillaban santiguándose. En sus caras compungidas nadie hubiera sido capaz de adivinar que para muchos la desaparición de Rafael Cortés constituía un alivio, en tanto que la presencia de Costura les parecía un terrible mal agüero. Ni siquiera a los que, con los ojos cerrados, aparentaban estar concentrados en rezar a Dios Uno y Trino, a Adonay, o a los dos a la vez, se les pasó por alto que el orfebre acababa de entrar en casa de su primo, escoltando al viático.

La muerte empollaba ya sus huevos en el cuerpo de Cap de Trons, que respiraba fatigosamente. En sus ojos vidriosos debían de confundirse las formas porque no reconoció al cura y, posiblemente por eso, no le recibió de mala manera. Tampoco protestó cuando éste, dispuesto a confesarle, mandó que todos salieran de la habitación.

Fuera de aquella alcoba oscura, detrás de la puerta, intentando escuchar todo cuanto su padre pudiera decir si recobraba el conocimiento, Josep Joaquim Cortés montaba guardia. Los demás habían ocupado la cocina. En una olla grande el agua hervía a borbotones, preparada para cuando la necesitaran. El rector, que estaba acostumbrado al trato con moribundos, se dio cuenta enseguida de que el estado del ropavejero era muy grave y de que posiblemente no recobraría la consciencia. Por eso, viendo que era imposible arrebatarle confesión alguna, volvió a salir del cuarto para decir a la familia que iba a impartirle la extremaunción y que para administrar este sacramento rogaba su presencia. Cap de Trons apenas debió de percibir la imposición de los santos óleos sobre sus miembros, porque no se movió, ni abrió los ojos, ni despegó los labios. Sin embargo, poco después de la ceremonia, de pronto, pareció resucitar, pero fue sólo para morirse de un modo más ostentorio. Dando grandes bocanadas, como un pez, Cap de Trons se despedía de la vida. Debía de sufrir mucho porque su cara reflejaba la angustia de sus últimas horas. En la palidez macilenta se imponía ya el color del inmediato cadáver y en el rictus desencajado se afilaban las mandíbulas de la futura calavera. Costura, no obstante, tomó aquella mortal reanimación como un buen auspicio, casi como un milagro, y así se lo hizo saber al cura, que ya recogía los utensilios sagrados para retirarse, convencido de que nada más podía hacer por el agonizante. El rector de Santa Eulalia, aunque por supuesto creía en los milagros, y sabía que en más de una ocasión la extremaunción los había obrado, le aseguró que la vida de Cap de Trons tenía los minutos contados y que el agua que hervía en el fuego no tardaría en servir para lavar su cadáver. Detrás del sacerdote, tal como había venido, se marchó el orfebre. Se ofreció antes a la familia para cualquier cosa que necesitaran y les dijo que volvería a interesarse por su primo en cuanto pudiera. En la calle, sin saber qué hacer, incapaz de encerrarse en su casa para trabajar, y con la certeza de que si volvía a Montisión el padre Ferrando no le recibiría, tomó el camino de la puerta de San Antonio para pasearse un rato fuera de las murallas.

Hacía apenas una hora que el padre Amengual había despedido desde la portería a sus tertulianos, acompañado por el padre Ferrando, malhumorado y preocupado por la noticia que le había traído Costura y que tuvo que comunicar a los reunidos. Tal y como preveía, el Juez de Bienes puso una cara muy larga porque tampoco a él le gustaban los complicados procesos póstumos, y menos todavía el jaleo que suponía desenterrar los despojos de algun protervo para ser quemados. El padre Amengual, por el contrario, parecía sumamente satisfecho. Preveía que el Inquisidor, en vez de agradecer al padre Ferrando sus buenos oficios con una recomendación para el cargo de rector a su poderosísimo amigo el General de la provincia, cogería un berrinche de los suyos e incluso sería capaz de ordenar que el padre Ferrando retirara el papel del platero. Al quedarse solos, el padre Amengual no pudo abstenerse de darle su opinión, porque sabía hasta qué punto eso atormentaba a su contrincante. Pero tuvo que dejarlo correr porque el padre Ferrando insinuó con toda sutileza que le constaba que él tenía parientes dudosos, cosa que si, tal como había asegurado el Juez de Bienes, la Santa Inquisición aumentaba su celo, podía resultar de lo más sospechosa.

El caballero Sebastià Palou acompañó al canónigo hasta palacio. Allí le dejó con el propósito de coronar la tarde degustando al lado de su eminencia reverendísima el señor obispo alguna otra mística golosina. Luego aceleró el paso hacia la Almudaina, procurando no detenerse a hablar con ninguno de los conocidos que saludaba, quitándose el sombrero o esperando que fuera el otro quien tomara la iniciativa, según el grado de respetabilidad que creía merecer. Al llegar, preguntó en primer lugar por su tía, que, como todas las tardes, recibía en su estrado a las damas más nobles de Ciutat. Para combatir el aburrimiento en el que últimamente se había convertido su vida no disponía de más entretenimiento que los chismorreos y habladurías. Durante aquella temporada la conversación solía tratar sobre los trámites que se estaban llevando a cabo para la beatificación —¡por fin!— de su parienta, la santa monja Noreta Canals.

—Sólo tengo una pena —oyó Palou que decía la Virreina, con su voz de canario, antes de que el criado le anunciara— y es que mi tía no fuera mi madre.

—Esto sería imposible, querida Onofrina —le interrumpió la mujer del Jurado Mayor—. No hubiera podido ser virgen... ¿O acaso la santa no lo era? —preguntó con una inocencia fingida que hizo reír a Sebastià.

—Si Dios Nuestro Señor lo hubiera querido, hubiera podido ser virgen y madre, como Nuestra Señora —aseguró doña Onofrina con una sonrisa que pretendía ser casi beatífica—. Ya sabéis lo devota que soy de María Santísima. Yo creo firmemente en su Inmaculada Concepción. Santa Ana, la abuela del Niño Jesús, también fue virgen... Así la maternidad debe de ser una delicia, una gracia del Señor... —y suspiró aliviada, como si verdaderamente acabara de dar a luz.

—Los hijos, Onofrina, dan muchos dolores de cabeza —interrumpió la condesa de Bellumars, que tenía cinco hijas imposibles de casar—. Si Dios no te los ha dado, puedes estar contenta. Él sabe lo que conviene...

—Me ha dado a Juanito... Soy su madrina... Le quiero como a un hijo...

La sala en la que la excelentísima señora recibía tenía el techo artesonado, y las paredes encaladas estaban repletas de cuadros. No hacía dos años —y ella lo recordaba con precisión— que habían sido colgados los últimos. Un Zeus tonante que tenía las facciones del Virrey —todos reconocían el parecido, un gran honor para el señor marqués— y una Dánae que recibía gustosa la lluvia de oro con la misma sonrisa bobalicona que la marquesa, y cuyas facciones parecían también haber sido copiadas del modelo mal amasado de doña Onofrina. Malas lenguas decían, además, que aquella opulenta figura que escondía sus carnes opíparas y amondongadas detrás de unos velos, demasiado delicados, correspondían igualmente a la señora. El pintor, un veneciano mandado traer de aquella república por el propio Virrey, había retratado, según aseguraban, además de la cara de la marquesa, su cuerpo, al que había tomado las medidas centímetro a centímetro. El recuerdo del maestro Chiapini llenó durante mucho tiempo las horas vacías de la Virreina, que en la compañía de Gaetano, en su conversación, encontró un aliciente importante para su vida de esposa cansada de un marido que seguía buscando lejos la diversión que ella no había sabido proporcionarle. El pintor no sólo le dejaba hablar, sino que incluso parecía escucharla con complacencia.

El año y medio que vivió en la Almudaina, ocupándose en la pintura de un par de cuadros, además de unos frescos del Salón del Trono, fue la época más feliz de la marquesa, que, a punto de sobrepasar la treintena, se vio por primera vez solicitada con el ingenio y la consideración que nadie hasta entonces había sido capaz de manifestarle. Chiapini procuró, no obstante, no verse obligado a tener que suplantar al marqués en los deberes maritales. No le merecía la pena jugársela por una mujer fea, entrada en años y que no le gustaba. Además, tampoco era cosa de dilapidar energías, sino más bien de ahorrarlas. La camarera de la Virreina mostraba hacia su persona un entusiasmo que a duras penas podía saciar. Por eso intentaba satisfacer a la señora sólo con las artes de la conversación y disimulaba su falta de interés con la gentileza más exquisita. Ella se conformó. Pensando que el pintor se abstenía de entrar en sus habitaciones para no comprometerla, le imaginaba despierto luchando desesperadamente entre el deseo de poseerla y la necesidad de no afrentar su honor porque por encima de todo, como tantas veces le había repetido, la consideraba la mujer más excelsa de la tierra, íntegra, fiel y castísima, *un angelo di paradiso.* Sólo cuando a la camarera no le quedó más remedio que confesar que esperaba acontecimientos y que el padre de la criatura que con tan provocativa obstinación le hacía crecer la barriga era el maestro Gaetano, sospechó que todo lo que le había dicho, repetido y vuelto a repetir —y ella escuchado con la misma expectación deliciosa que la primera vez, como si fuera nuevo, insospechado y diferente—, no era más que un engaño monstruoso. Pero una vez más, cuando él, arrodillado a sus pies, besando, ahora sí, sus manos, con una pasión que la hizo estremecer, y refugiando luego en su regazo la cara llena de lágrimas, le pidió perdón y le aseguró que era el hombre más desgraciado de la tierra, porque en efecto había poseído a Inés, pero, mientras la poseía, su deseo, todo él en cuerpo y alma, poseía a la dama de sus pensamientos, a su *angelo*, volvió a creerle y le perdonó.

Suerte tuvo Gaetano de que sólo faltasen las últimas pinceladas al cuadro de Dánae, porque la larga abstinencia de la marquesa, mezclada con el efecto que poco a poco habían ido obrando sus palabras, provocaron en ella una pasión tan absoluta que prontó le dejó exhausto. El pintor precipitó su partida falsificando una carta en la que su principal protector, el Dux de Venecia, le reclamaba con urgencia. Al despedirse, una madrugada, en el secreto de la alcoba de la Virreina, vigilados por una Inés furiosa y celosísima, doña Onofrina le juró dedicar toda su vida a Dios, olvidando para siempre jamás las pasiones humanas. Y él, fiado de su generosidad, le pidió que protegiera a su hijo, al hijo que él hubiera deseado hacer germinar en su vientre, el hijo que, de todos modos, espiritualmente le pertenecía.

Juanito, el hijo de la camarera, que a la Virreina se le antojaba igual que su padre, y la causa de beatificación de la pariente monja, cuyo retrato ya había encargado, eran sus únicas obsesiones, después de que se le pasara el capricho de abandonar al Virrey para entrar en un convento, cosa que éste, aunque le diera igual perderla de vista, no estaba dispuesto a consentir.

Sebastià Palou besó la mano de su tía y saludó gentilmente a las otras señoras, que le recibieron con agrado, deseosas de oír hablar de otra cosa que no fueran las gracias del niño o los milagros de sor Noreta. El caballero no quiso sentarse. Se quedó de pie junto a la hija del Jurado Mayor de Ciutat, una jovencita escuálida a quien de vez en cuando hacía la corte para no disgustar a su tío, que le aconsejaba aquella boda. Ella enrojeció cuando él se inclinó haciendo una reverencia tan cumplida que la punta de la espada dio casi con el suelo. *Tus desdenes me matan, Lisi mía...*, le soltó luego, como fineza particular, recordando un soneto que le había mandado hacía tiempo y que todos habían leído en su casa, esperando que después de aquel billete llegaran otros más comprometidos. La pobre Luisa Olandis nunca entendió de qué menosprecios le hablaba Sebastià Palou, porque ella había procurado estar siempre de lo más amable con él.

—No quiero interrumpir sus confidencias, señoras —dijo Palou con una sonrisa que pretendía ser agradable—. No se preocupen, me iré enseguida.

—¡Oh, Sebastià! —suspiró la futura suegra cerrando el abanico, que sabía manejar con gracia—. Qué cosas tiene. ¿No se da cuenta de que nos alegramos mucho de que esté un ratito con nosotras?

—Vuesa merced lo ha dicho, un ratito, el tiempo para anunciar a mi tía que el padre Amengual ya ha terminado la *Vida* de su antepasada.

—¡Alabado sea Dios! —exclamó la marquesa muy complacida—. ¿Cómo no me lo ha hecho saber enseguida? Ahora mismo le mandaré a buscar.

—Todavía no ha podido sacar copia, tía. Supongo que por eso. No debe de hacer ni veinticuatro horas que la tiene acabada. Hoy mismo, en la tertulia, nos ha leído los principales párrafos. Señoras...

—¡Oh, cómo me gustaría ir a Roma! —suspiró la Virreina con sentimiento.

—Y a mí acompañar a vuesa merced. Eso querría decir que nos la suben a los altares, tía. Señoras —repitió inclinándose—, no quiero ser un estorbo; ahora que ya he tenido el placer de saludarlas, me voy...

Hizo una reverencia larga y pausada y salió con el mismo aire de gallito marcial con el que había entrado. A Sebastià Palou le interesaba más ver al Virrey que pegar la hebra con aquellas damas sombrías que no le gustaban en absoluto, por mucho que entre ellas estuviera Luisa Olandis, a quien en algún momento, lo más tarde posible si de él dependía, debería tomar por esposa. Después de cruzar seis salones amueblados con lujo austero, a la moda de Mallorca, entró en la biblioteca de palacio, donde el Virrey solía retirarse, decía que a trabajar, aunque todo el mundo sabía que se refugiaba allí únicamente para que le dejasen tranquilo y no le molestasen con banalidades.

—Bienvenido, sobrino —dijo el marqués, un poco extrañado de verle por allí a aquellas horas—. ¿Ocurre algo?

—Según cómo se mire, tío. Vengo de la tertulia y traigo dos noticias que pueden ser importantes. Una para la tía, y ya la sabe, otra para vos.

—Tú dirás... ¿De qué habéis hablado hoy?

—De la venerable, en primer lugar, pero eso ya se lo he contada a la tía. Y en segundo lugar, de la Inquisición. El Juez de Bienes nos ha dicho que han recibido órdenes de abrir procesos y parece que la cosa va en serio. Por otro lado, el padre Ferrando le ha dado delante de todos una acusación escrita contra alguien de La Calle, y nos ha dicho quién era el informante.

—¿Y quién es el malsín?

—Rafael Cortés, el platero.

—¿Costura?

—Sí, el mismo. Por cierto, el padre Ferrando me ha pedido que os lo recomiende otra vez; si recordáis, ya os hablé del asunto de la custodia...

—Roma no paga a traidores, sobrino, y menos en los tiempos que corren... El padre Ferrando se ha vuelto loco... ¿Y no hay manera de saber a quién acusa ese desgraciado?

—Me parece que sí, que todo tiene que ver con Cap de Trons, pero Cap de Trons está agonizando, según tengo entendido...

—Mandaré a buscar a Gabriel Valls y lo aclararemos todo. ¿Algo más, Sebastià?

—Nada más, tío. El Juez de Bienes os ha defendido de Ferrando, que cree que os preocupáis demasiado por los judíos.

—¡Ése es tonto! Me preocupo por mí, o mejor dicho, por mi mujer. Yo soy pobre..., ya lo sabes.

El Virrey alargó el brazo para alcanzar una campanilla y la hizo sonar con fuerza. Un criado apareció enseguida entre reverencias.

—Envía ahora mismo a Antonio a buscar a maese Gabriel Valls. Y que venga enseguida.

El criado, a la manera de los cangrejos, retrocedió hasta la puerta sin volver la espalda y se inclinó antes de salir, de una manera tan devota como si en vez de al Virrey tuviera delante al Santísimo.

—Tengo que irme, tío. Mañana se marcha Pere Onofre Aguiló y quiero hacerle un encargo.

—¿Sedas? ¿Especias? ¿Tabaco? No creo que te manden nada a cambio de versos. Deberías pensar en casarte, sobrino, y dejarte de historias... Livorno está demasiado lejos y además nunca va a corresponderte... Es fría y más altiva que una princesa. No te conviene, créeme. Vuelve un día de éstos y te enseñaré algo que te gustará, tenlo por seguro...

Hacía ya rato que Sebastià Palou había dejado la sala, donde el Virrey seguía sentado en la misma postura en que le encontró su sobrino: con la mano sostenía un papel que el secretario le había dado para firmar, rogándole que lo hiciera con urgencia, pero cuando intentaba fijar la atención en lo que decía, conseguía tan sólo leer un par de frases: *Ordenamos que el trigo sea tasado en once sueldos...* y enseguida se abstraía evocando las delicias voluptuosas que le habían proporcionado la noche anterior aquellas dos esclavas perfectamente amaestradas en un serrallo de Alejandría, regalo de un capitán corsario especialmente agradecido por sus benevolentes favores. Hasta ayer mismo, Su Excelencia, acostumbrado primero al cuerpo de marmota de su primera mujer, que se fue a cenar con Cristo al año de haberse casado, y después al de doña Onofrina, basto y poco agraciado, y de vez en cuando, a los cuerpos sin particular interés de amantes ocasionales y busconas, no había descubierto todavía que uno de los mejores placeres que le había negado la vida era la contemplación de la belleza en cueros, encarnada en las juveniles formas de aquellas criaturas que con docilidad, sin ninguna vergüenza, se habían ido desnudando delante de él y, mientras ofrecían a sus ojos ansiosos una mayor superficie de carne, mientras se desprendían de los velos que las cubrían, danzaban con suavidad como debió de hacerlo Salomé delante del tetrarca, seguras, a pesar de sus pocos años, trece o catorce, de que ejercían sobre quien las contemplaba el mismo poder de fascinación que un encantador de serpientes ejerce sobre el reptil. Después de la danza, y cuando sobre sus cuerpos desnudos sólo quedaban las ajorcas que llevaban en los tobillos, imposibles de sacar sin romperlas, ya que se las pusieron de niñas, se inclinaron oferentes, dispuestas a complacer todos los caprichos del Virrey. Sin embargo, don Antonio Nepomuceno de Sotomayor y Ampuero no les pidió más que, después de vestirse de nuevo, volvieran a desnudarse repitiendo todos y cada uno de los gestos con la misma exacta precisión con que los habían ejecutado. Sabiéndose, por derecho propio, amo y señor de aquellos cuerpos, no tenía ninguna prisa por poseerlos. Además, estaba dispuesto a compartir con sus amigos más íntimos aquel placer, siempre que su mujer, que había acogido la llegada de las esclavas con total indiferencia, no lo supiera. Ya que, si esto ocurría, la noticia llegaría hasta la curia, que, llena de satisfacción por haberle cogido en falta, podía moverle un buen escándalo, del que saldría sin duda perjudicado.

La vida no había sido con él desafecta. Y tal vez por eso ya no esperaba demasiadas cosas. Dios no quiso darle hijos de sus dos matrimonios, pero engendró dos bastardos sanos y fuertes que medraban en la Corte, al amparo de la Serenísima Reina Madre, con quien él siempre había mantenido magníficas relaciones, en especial después de la muerte del Rey cuando procuró que su majestad doña Mariana de Austria aceptase su pésame con el regalo de una piedra salutífera, engastada en oro y rodeada de diamantes, que la Reina le había hecho el honor de lucir. Y no sólo eso: en una audiencia, siendo Regente del Reino, le aseguró que desde el momento en que su dedo fue prisionero del anillo, aquella jaqueca que siempre la perseguía había disminuido considerablemente. La Reina le protegía, eso estaba claro, y prueba de ello era aquel virreinato que tanto le interesaba desde que se casó con su parienta Onofrina, y que había obtenido gracias a la soberana. Con el cargo pensaba aumentar las ganancias de su mujer, cuyos dineros manejaba como propios, y no porque fuera hombre venal, o, al menos, no más que otros, ni porque estuviera dispuesto a cobrar favores o influencias, sino porque de este modo podría vigilar mejor la actividad corsaria, fuente importantísima de la economía marital, ya que al morir su suegro, su primogénita, con quien acababa de casarse, le transmitió la voluntad paterna de que mantuviese por encima de todo los negocios de mar que habían enriquecido a la familia. El marqués de Llubí, como muchos de los nobles mallorquines, se dedicaba a la actividad corsaria encubierto por sus socios judíos, con los que el Virrey seguía contando. Ahora, sin embargo, si venían mal dadas, aunque Valls fuera persona de su máximo agrado y de toda confianza, no podía correr el riesgo de verse involucrado en posibles confiscaciones. Con la excepción de los días que siguieron a su llegada como Virrey, durante los que algunos antiguos aspirantes a la mano de su riquísima esposa, nada más que por envidia, le hicieron el feo de no parar las carrozas para saludarle cuando le encontraron paseándose cerca del muelle, el resto de su mandato había transcurrido sin apenas altercados, tal vez porque desde el primer momento hizo valer su autoridad y, después de un consejo en la Audiencia, desterró al castillo de Bellver a los caballeros que tan groseramente se habían comportado y encerró en la torre del Ángel a los cocheros a los que sus amos habían achacado la distracción.

Las nuevas que le había traído su sobrino, el mejor espía que nunca hubiera podido conseguir, y también un amigo, casi un hijo, que en otro momento le hubieran sacado de sí, sumiéndole en la preparación de un inmediato plan de ataque, o al menos de defensa, le inquietaron moderadamente, pues no se superpusieron a la suavidad de las dulces formas en las que seguía pensando. *Esperaré a que llegué Valls*, se dijo. *¿Qué sacaré con empezar a hacer cábalas antes de tiempo?*

Costura vagó sin saber qué hacer por los caminos que desde la puerta de San Antonio bordeaban la muralla fuera de la ciudad. Vestido con la ropa solemne de los velatorios, su figura negra llamaba la atención de los hortelanos que salían o entraban de Ciutat a pie, a horcajadas de mula o sentados en los carros de hortalizas. El platero no parecía ir a ninguna parte ni venir de ningún sitio. Caminaba atontolinado por en medio del sendero y sólo se apartaba cuando iba a tropezar con alguien o se apercibía del sonido cercano de las ruedas de un carro o del trote de una cabalgadura. Iba tan abstraído que apenas notó las salpicaduras de los orines de una mula que mancharon sus calzones y provocaron primero las risas y los insultos de unos muchachos y después una lluvia de piedras que sólo a medias pudo esquivar. Una le hirió en plena pierna y a duras penas pudo seguir su camino. No se atrevió a retroceder hacia Ciutat, puesto que de ahí había partido el ataque de aquellos galloferos, y cojeando se dirigió hacia el huerto de Valls, el único lugar que conocía por aquellos contornos donde podía pedir auxilio. Preguntó por el amo en cuanto cruzó la cancela, pero un hortelano que faenaba podando un granado le dijo que no le habían visto en todo el día. El aparcero sí que estaba y el hijo menor de Valls había quedado en volver. El hortelano pareció no fijarse en el estado de excitación de Rafael Cortés ni en su aspecto endomingado y ni siquiera le preguntó si su cojera era fruto de la herida que le manaba de la pierna. Costura avanzó renqueante, porque acusaba el dolor cada vez con mayor intensidad, para ir a sentarse en un poyo. A la sombra de las parras, descansó un rato y se sintió algo recuperado. *Es el lugar, que tiene propiedades salutíferas*, se dijo, y respiró profundamente, como si tratara de beber el aire, con cuyo bálsamo pretendía aliviar su interior de todas las dolencias que le atormentaban. Cap de Trons se moría. Estaba claro que ya no le devolvería el dinero de la deuda. Sólo Gabriel Valls podía conseguir que sus hijos se aviniesen a pagársela, pero eso llevaba tiempo y muchas complicaciones... Peor aún era tener la certidumbre de que su primo se moría sin haberse reconciliado con la Iglesia y que ardería para siempre en los infiernos. Y él, Costura, ¿qué había hecho para ayudar a salvar su alma? Ir a buscar a un cura, pero el cura había llegado tarde. Quién sabe si en aquellos momentos Cap de Trons ya había entregado su alma, judaizando, cara a la pared, como vio morir a su madre, sin poder hacer nada por evitarlo.

—¿Estáis herido? —oyó que le decía una voz joven, casi infantil, antes de fijarse en la persona a quien pertenecía.

—Un poco..., de una pedrada que me han tirado unos malnacidos cuando paseaba cerca de aquí.

—No os mováis, llamaré a mi madre y os curaremos. Tenemos un ungüento que no escuece, es de miel...

—Tú sí que eres de miel, hija mía —musitó casi hablando consigo mismo, porque el cabello de aquella muchacha, recogido en una larga trenza, parecía fabricado por todas las abejas del huerto y su voz libaba directamente de las flores. *Es como una santita*, pensó Costura, que no recordaba haberla visto el día antes, aunque supuso que también era hija de los aparceros.

Fue ella y no su madre, que sólo le sostenía la jofaina, la que lavó y puso el ungüento sobre la pierna de Costura.

—Pronto dejará de doleros. Ayer no estaba y por eso no me visteis —aclaró ella, como si se hubiera percatado de la pregunta que se hacía el platero—. Fui a casa de la abuela. Los domingos le gusta que vaya a comer con ella. Veamos si podéis sosteneros sin ayuda... Intentad caminar, por favor...

Y ella misma le ayudó a levantarse y le ofreció apoyo. Costura se sentía aliviado, pero aún cojeaba.

—Os traeré un bastón —y desapareció hacia la casa.

—Tenéis un tesoro de hija. ¡Qué encanto de criatura!

—¿Os lo parece? —contestó la *madona*, que apenas había dicho esta boca es mía en todo el rato, y que ahora parecía conmovida por las alabanzas de Costura a su hija menor, su predilecta—. Si queréis, podéis quedaros a dormir. Mañana, cuando ensillemos para ir al mercado, aprovechad el carro... No os conviene andar en estas condiciones...

—Preferiría volver a casa, pero agradezco vuestra hospitalidad, de corazón.

El padre Ferrando era incapaz de concentrarse en la lectura del breviario, pendiente sólo de todo cuanto había sucedido aquella tarde y más aún de las noticias sobre la muerte de Cap de Trons.

El padre Amengual, en cambio, seguía paladeando su satisfacción. Los acontecimientos se estaban poniendo de su parte y eso le llenaba de optimismo. En un abrir y cerrar de ojos, había acabado la décima para encabezar la *Historia de Mallorca* del cronista Angelat, que le había traído de cabeza:

*Mallorca, patria dorada,*
*por hechos de tanta suma*
*no sabe si a vuestra pluma*
*deberá más que a la espada.*
*Cuando mira celebrada*
*su forma de polo a polo*
*a vos la atribuye sólo,*
*que si con esfuerzo y arte*
*mil trofeos le dio Marte,*
*vos le dais luz como Apolo.*

Repitiéndola en voz alta se paseaba por la celda, contento del resultado, aunque quizá demasiado hiperbólico, eso sí, pues Angelat, más bien barrigudo y paticorto, no se parecía en absoluto a Apolo. En cuanto a la luz que iluminaría la isla para hacerla relucir, su libro sobre Noreta Canals, constituiría mejor alimara, ya que trataba de la luz divina, del cauterio místico, de la lengua de fuego del Espíritu Santo. Pero al final le había salido así casi de corrido y no pensaba retocarla. Con aquellas alabanzas el cronista le podía quedar más que agradecido de por vida.

Cuando Micer Angelat llegó a casa, se encontró con la sorpresa del regalo que un amigo suyo de Barcelona le enviaba. Al deshacer el paquete, comprobó que Agustí Pons había cumplido fielmente la promesa de hacerle llegar *La pâtisserie française, où est enseignée la manière de faire toute sorte de pâtisseries très utiles à toutes sortes de personnes*, que tanto le había ponderado, en especial por los resultados que su cocinera había podido sacar, después de que él, naturalmente, le tradujera algunas recetas. El cronista Angelat notó cómo el paladar se le iba aguando sólo de pensar en todas y cada una de las puras delicias que el libro incluía en potencia. Pero al comenzar a leer las recetas se dio cuenta de que casi no entendía nada. El significado de la mayoría de palabras le era desconocido. Sin saber con exactitud los ingredientes necesarios, Joana María no podría sacar ningún provecho. Era inútil aquel manantial de saliva que sus glándulas habían empezado a segregar en honor de las futuras exquisiteces. *Estoy perdido. ¿Cómo puedo pedir auxilio a nadie si paso por ser quien mejor conoce el francés de Ciutat?*

Y mientras sus ojos ávidos leían aquí y allá *Oranges à la neige de claire avec soufflé*, *Biscuit flambé au vin doux*, *Omelette farcie au cerises*... su imaginación se desbordaba en bandejas y platos repletos de dulces.

Gabriel Valls de Valls Major, un poco aturdido por la urgencia con que el Virrey le manda llamar, corre a palacio. Acaba de ser anunciado por el mayordomo y ya se inclina con respeto ante Su Excelencia. El señor marqués le hace pasar empleando su tono más afable, el que usa para hablar con quienes considera viejos amigos. Sentado detrás de la mesa escritorio sobre la que don Antonio Nepomuceno acababa de dejar el papel que durante tanto rato ha tenido entre las manos, Gabriel Valls se limpia el sudor de la cara con un pañuelo y pide excusas a Su Excelencia por aquel gesto impropio. Pero las gotas que perlan su frente y le bajan por las mejillas hasta el cuello le hacen sentirse incómodo y le privan de poner los cinco sentidos en aquello que el Virrey debe comunicarle, un asunto grave, sin duda, dada la urgencia con que ha sido convocado.

—Te he mandado llamar, Gabriel, para hacerte saber... —comienza el Virrey, y hace una pausa...

La campana de la catedral acaba de tocar las seis de la tarde. Sebastià Palou se despide de Pere Onofre Aguiló con un abrazo, ante los ojos pasmados de los parroquianos que esperan ser atendidos detrás del mostrador de la tienda de su madre. La demostración pública de afecto del caballero por aquel hombre tan inferior en estamento y, sobre todo, de sangre contaminada, les ha extrañado mucho. Sebastià lo nota pero no se arrepiente. El agradecimiento al mercader está por encima de cualquier otra consideración. Gracias a su amistad, Valls le fió sin interés cien onzas mallorquinas. Y todavía le debe parte del dinero. Aguiló es más que un amigo, un confidente de las penas amorosas del caballero, y acaba de recibir un pliego de papeles perfumados con agua de olor, atados con un fino cordón de oro, con el encargo de llevárselos hasta Livorno.

Costura acepta quedarse a dormir en el huerto porque no se ve con ánimo de andar hasta su casa cojeando. Además, la presencia de aquella muchacha dulce, que aún no debe de haber cumplido quince años, le llena de una ternura antigua y soterrada que desde la época en que conoció a Joana no ha vuelto a sentir, una ternura que le hace olvidar las obsesiones que le atormentan.

A la tarde, todavía le quedan unas cuantas horas de vida, bastantes más que a Cap de Trons. En la puerta del cuarto de la agonía, todo está preparado. Hace rato que Madó Grossa ha comparecido con los artilugios mortuorios que desde hace más de veinte años maneja con gran naturalidad y especial diligencia, tanta que alguna vez ha recibido también encargos de personas de fuera de La Calle para amortajar a sus difuntos. Los paños para secar el cadáver y el sudario para envolverlo ya están a punto, dispuestos sobre una silla. Madó Grossa saca el Santo Cristo que depositará entre las manos de Cap de Trons mientras esté de cuerpo presente, bajo la vigilancia de los ojos de posibles malsines, y luego, en el momento de cerrar el ataúd, entre lágrimas y gemidos, lo retirará para ofrecérselo al hijo mayor como reliquia. Así evitará que Cap de Trons se presente con aquella imagen abominable ante Adonay.

Una vecina acaba de subir los huevos duros y las aceitunas para el banquete funerario haciéndose cargo de que falta la hija y no es propio de hombres cocinar y menos en tales circunstancias. Madó Grossa comprueba que en la casa no hay más agua, en jofaina, bacía, tinaja, cubo, escudilla, plato, taza, tazón o vaso, que la que habrá de servirle para lavar el cadáver, no sea cosa que el alma de Cap de Trons se entretenga en el agua y, prisionera, no pueda hacer su camino hacia el eterno reposo, y pregunta con qué lienzo ha de cubrir los espejos, para que al espíritu del ropavejero no se encierre en su azogue. No hay más que uno, le dicen. No es como en casa de Sampol. Todos recuerdan todavía cómo la señora doña Blanca, al morir su marido, hizo cubrir con velos de blonda negra todos los espejos de la casa, y así se quedaron durante más de medio año en señal de luto. Aquello sí que fue de ver.

Gabriel Valls desanda deprisa el camino hacia el Sagell, acortando por callejas para llegar a casa de Aguiló. Lleva la preocupación esculpida en el rostro. Al entrar en la tienda de la madre de su amigo ni siquiera repara en que hay gente que le mira con extrañeza, pues sin saludar llama a gritos a Pere Onofre y con su nombre en los labios se adentra buscándole.

—¿Qué de bueno te trae? —le pregunta Aguiló.

—No podemos perder un minuto —contesta Valls, sudoroso.

—Reposa un poco —le pide Pere Onofre, y le ofrece una silla—. ¿Que ocurre?

—Costura ha denunciado a alguien de los nuestros a la Inquisición. El canónigo Llabrés tiene un papel que le ha dado el padre Ferrando de parte del malsín.

—No debe sorprenderte. Tú ya sospechabas de Costura.

—Sí, amenazó a Cap de Trons... Pero no imaginaba que iba a darse tanta prisa.

—Cap de Trons agoniza, no durará mucho, y ya no tendrán tiempo de abrirle proceso.

—Vivo no, pero muerto... Jamás me ha gustado, pero de ninguna manera quisiera verle desenterrado y ardiendo.

—Los procesos son lentos y Cap de Trons es pobre. La otra vez le esquilmaron bien. Gracias podemos dar al Señor si Costura sólo ha delatado a Cap de Trons.

—Eso es lo que no sabemos. Además, una acusación trae siempre otra...

—¿Cómo lo has podido averiguar tú?

—El Virrey me ha mandado a buscar para decírmelo. Don Sebastià Palou, su sobrino, frecuenta la tertulia de Montisión...

—Hace un rato estaba aquí. ¿Ves aquel pliego? Es para ella. Pero ella no hará ni caso. Estoy seguro. Ya te dije que no ve a nadie. Que apenas sale. Reza. Sólo reza...

—Ahora volveremos a necesitarla. Diselo de mi parte. Si vienen mal dadas, no será como hace diez años. El Virrey ha podido saber que el Tribunal se prepara. Necesitan dinero y quieren darnos un escarmiento. Deberíamos intentarlo otra vez...

—No será fácil. Desconfío de muchos capitanes. Después de lo que sucedió con Harts... Sólo Willis...

—Tendremos que arriesgarnos. De aquí a mañana no podré reunir una gran cantidad, pero haré lo que pueda. Dile a la señora que te entregue lo necesario. Todo le será devuelto, naturalmente. Confío en ti, Pere Onofre.

—Si se tratara de ti y de tu familia, todo sería más fácil. Vosotros y El Cónsul con sus hijos. Pero, si como me pediste la otra vez, he de buscar sitio para muchos...

—Hay gente comprometida. Sería indigno abandonarlos.

—Lo comprendo, pero cuantos más seáis, peor.

—Por eso hay que darse prisa. Tenemos poco tiempo. Hemos de conseguir huir antes de que comiencen los procesos. Desde la cárcel no habrá ninguna posibilidad.

—A lo mejor tardan. Los engranajes son lentos y ruedan despacio. Lo que no sabemos es si Costura delató a alguien más.

—Puede haber involucrado a muchos. Pero Costura está sentenciado. Puedo asegurártelo.

—Ándate con cuidado, Rabí, cualquier sospecha puede ser peligrosa.

—Lo sé. Y por eso hay que buscar la manera de huir cuanto antes. Nuestra gente está cansada. Nadie soportaría más años de prisión sin acusarse mutuamente. La complicidad nos ayudó mucho entonces, pero ahora todo sería distinto. Además, el Virrey tiene razón, las cosas han cambiado. El celo inquisitorial es mucho más fuerte. Necesitan dinero, mucho dinero, y no cejarán hasta encontrarlo. Gracias podremos dar si no la arman con fuego, humo y grandes regocijos.

La *madona* ofreció a Costura una habitación que daba a la parte trasera del huerto, justo por encima de los parterres bordeados de granados. El orfebre aceptó compartir la cena con sus anfitriones y no quiso que se la sirviesen en su cuarto, donde desde hacía un rato había subido a descansar. Ayudándose con el bastón bajó los pocos escalones que separaban la cocina del piso de arriba y se sentó ante una escudilla de sopas.

—Bendecid vos la mesa —dijo la *madona*—, ya que sois el invitado.

—Con mucho gusto —contestó él, que no esperaba tal muestra de religiosidad.

Luego comieron en silencio. El platero, con la excusa de que la herida le escocía, se retiró enseguida. Al día siguiente, muy de mañana, le avisarían para acompañarle a Ciutat. *Si pudiera pasear por el huerto*, se decía, *seguro que me dormiría luego, con facilidad*, pero en su estado más valía ni intentarlo. Rezó casi un rosario completo, y cuando llegaba al último misterio sintió que se le aflojaban los músculos y notó los ojos llenos de arena... Pero aquella sensación de abandonarse por entero al sueño, que ya le tomaba, duró unos segundos. Volvió a abrir los párpados porque le pareció oír el sonido de una música de guitarra que le llegaba desde muy cerca, ahora acompasada por la voz de un muchacho que cantaba bajito:

*Vós que amb so mirar matau*
*matau-me sols que em mireu*
*que més m'estim que em mateu*
*que viure si no em mirau.*

*Entona bien, y la voz no parece de ningún gañán. ¿Y ella? ¿Quién debe ser? Seguro que es la hija pequeña de los aparceros. No me extraña que la ronden.*

La curiosidad pudo más que el dolor en la pierna y que la pereza. Sin hacer ruido se acercó a la ventana. A la luz de la luna reconoció al hijo pequeño de Gabriel Valls, que ya no cantaba. Con la cabeza levantada miraba hacia arriba, hacia la ventana que había sobre la del cuarto que él ocupaba, y llamaba a alguien en voz baja. Con suavidad infinita susurraba, como si lo besara, un nombre: María, María...

## VII

A mano derecha, sobre la raya del horizonte, se difuminaban los últimos perfiles de la costa. A cada lado de la saetía, de babor a estribor, las aguas, de un azul espeso, se volvían cada vez más hostiles. En el cielo unas nubes hoscas, con máscaras de espantajos y formas monstruosas, custodiaban como centinelas sus dominios disuadiendo a las aves que acercasen su vuelo. En la bodega, los marineros aseguraban las maromas para proteger lo mejor posible las mercancías de deslizamientos más que probables. En el puente, el capitán se preparaba para afrontar el mal tiempo que ya había adivinado en cuanto, al doblar el Cap Blanc, observó las primeras tintadas rojas en el horizonte y notó la embestida del viento que rolaba a norte enfureciendo las olas.

La noche se acercaba deprisa con lejanos tambores de sombras que ahora, instantes después de que el cielo se abriera con un desgarrón sangriento, redoblaban con fuerza, mientras el velamen comenzaba a crujir y la nave aproaba a duras penas la fuerza de la marejada.

Pere Onofre se despertó de repente, sin saber qué sucedía en la oscuridad de su camarote, porque un golpe de mar le tiró de la cama. Se levantó a tientas, volvió a tumbarse y se ató con las correas. Cerró los ojos y se agarró con fuerza a los extremos de la litera para intentar capear el temporal sin volver a caerse. Aguiló no era hombre de mar, pero las largas navegaciones por el Mediterráneo le habían acostumbrado a tomarse con paciencia tanto las traiciones del viento como las de las olas, y a aguantarlas con resignación.

Prefería que la saetía tuviera que luchar contra la tempestad a que lo hiciera con los corsarios, cuyos ataques hubieran puesto la vida de la tripulación en un peligro mayor que el que procedía de una naturaleza furiosa que, al fin y al cabo, acababa siempre por contentarse con unas horas de tormento y, al escampar, no les tomaría como rehenes, ni se apoderaría de ninguna de sus mercancías, y luego les enviaría otras horas de bonanza para resarcirles de su ferocidad. Guardaba uno de los peores recuerdos de su vida de un enfrentamiento con corsarios cuando navegaba con el capitán Esteve Fàbregues por cuenta de la casa Sureda, con patente de corso otorgada por el virrey Ponce de León. Todo parecía serles favorable, ya que fueron los suyos quienes primero avistaron al enemigo y abrieron fuego sin temor, pensando que aquel ataque por sorpresa les reportaría sin apenas peligros un sustancioso botín. Pero la suerte se les volvió contraria de repente, porque la nave abordada no era más que un cebo que el capitán de una pequeña escuadra sarracena les tendía para llamar la atención de quienes pronto serían apresados y vendidos luego como esclavos. A punto estuvo de ser comprado por un turco en el puerto de Tabarka, adonde fueron conducidos desde el golfo de Génova, a punto de tener que ofrecer su espalda a la marca de fuego de su amo, si no hubiera sido por la inmensa misericordia de Adonay, que le envió un amigo, un mercader de su nación que pagó al capitán corsario tres veces más de lo que le ofrecía el turco y nunca le quiso cobrar aquel favor, que Aguiló, ya libre, juró devolverle. *Ya que os debo la vida*, le dijo al despedirse, emocionado, *dejadme, al menos, que no os deba dinero. Me resulta demasiado insoportable,* añadió con sorna, *pensar que cualquier día podáis arrepentiros y reclamarme como dueño.* Salomó Abrahim, que no se hubiera perdonado jamás no ayudar a un correligionario, se mostró más que liberal con Aguiló, pues, con cartas para la comunidad de Livorno, le embarcó hacia este puerto, ofreciéndole trabajar para él, en vez de hacerlo para los nobles mallorquines. Sin embargo, Pere Onofre Aguiló prefirió no romper los lazos con los corsarios de Mallorca y desde Livorno envió cartas en las que narraba el desgraciado abordaje de la *Santa María del Socorro* y la cautividad de su gente, incluido el capitán, a la vez que manifestaba su deuda con Salomó Abrahim, deuda que por lo menos durante un año le hacía tributario suyo y le obligaba a establecerse en el puerto mediceo, tal como le pidió Abrahim, desde donde podía seguir cuidándose de los negocios de mar de sus socios mallorquines.

A don Juan José Sureda la propuesta le pareció magnífica. Contar con un agente fijo en Livorno que además mantuviera contactos con el puerto de Tabarka, le facilitaba mucho los negocios de importación de trigo. Él mismo obtuvo de las autoridades el salvoconducto que permitía a Pere Onofre ausentarse durante un tiempo de la isla y volver con absoluta inmunidad siempre que quisiera.

Pere Onofre Aguiló tenía veinticinco años cuando desembarcó en Livorno, pasajero del *Nueva Jerusalén*, con recomendaciones de su protector para la comunidad judía. Aunque desde hacía un año navegaba con el capitán Fàbregues, no había tocado aquel puerto. Como toda la gente marinera, sabía de la importancia que iba adquiriendo, y que su pujanza era debida principalmente a los marranos emigrados de España y Portugal o rebotados de Amberes y Ferrara. Por eso, a lo largo de su vida nunca dejó de agradecer a Adonay aquel mal trago del enfrentamiento con los corsarios que, de manera casi milagrosa, le proporcionó el encuentro con su salvador y le puso en el camino de la libertad.

Zarandeado por la violencia del temporal que empujaba la saetía a empellones y le daba igual hundirla cubriéndola de agua que alzarla a la cresta más alta de las olas, Pere Onofre Aguiló pensaba en los suyos. Saberles tranquilamente instalados en Livorno, fieles sin temor a Adonay, bien vistos por todos, incluso por los cristianos, que jamás se atrevían a molestarles, ricos sin olvidar a los más pobres, especialmente a los desvalidos y perseguidos, como aquellos hermanos de Mallorca, le tranquilizaba. Los baúles de su equipaje, a pesar de que eran grandes y pesados, se movían y entrechocaban por el suelo de su cámara y se golpeaban con un estrépito que, sin embargo, al perderse en el ruido ensordecedor de las olas contra el casco, parecía insignificante. Aguiló seguía con los ojos cerrados, agarrándose a los costados de la litera. Pero, más que con la fuerza de sus brazos, con la fuerza de su voluntad y la de la memoria se agarraba a los buenos momentos vividos en la isla con sus amigos, especialmente los largos paseos con El Cónsul, recordando los días dulces de la infancia compartida, cuando todavía ninguno de los dos sabía de su condición y el buen pasar de sus familias, de prósperos comerciantes, les alejaba de cualquier peligro de incertidumbre. Recordaba con melancolía a su madre, viuda, a quien había abrazado hacía sólo unas horas con el temor de que quizá sería la última vez que estrechara aquel cuerpo consumido por los años, un cuerpo de palomino, sin apenas pulpa y huesos fragilísimos, cuya piel arrugada y sarmentosa parecía que de un momento a otro se diluiría en un suave serrín. *No te preocupes, Onofre,* le había dicho*, Dios Nuestro Señor tendrá piedad de esta sierva suya y me otorgará una buena muerte*. Se lo dijo sin sombra de pena, convencida de la infinita misericordia de Adonay, a quien había servido con humildad, en la medida de sus posibilidades, cumpliendo con la obligación de transmitir a Pere Onofre la fe secreta que, de generación en generación, desde que les obligaron a un bautismo fingido y a tener que disimular de por vida, las mujeres revelaban a sus hijos en el momento en que despertaban de la niñez. Cumplía trece años Pere Onofre el día que su madre, al desearle larga vida, le dijo que tenía un presente para él, algo que desde su nacimiento le había destinado, esperando que llegara aquel aniversario que le convertía no sólo en un hombre sino en un judío, como lo eran sus padres y sus abuelos, y sus bisabuelos, judíos descendientes de la casta de Leví, los de mejor linaje entre las doce tribus. Judíos en secreto, sin embargo, por miedo a los cristianos, que vigilándoles continuamente les obligaban a practicar los ritos católicos. Judío quería decir elegido por Adonay entre todos los pueblos, predilecto de Adonay, el innombrable, que incluso en el exilio no les dejaba de proteger. Pere Onofre tenía los ojos llenos de la estrella de David de oro que su madre le dio, besándole en la frente, y le pareció la más brillante y pesada de cuantas joyas había visto. Muchas tardes, a partir de aquel día, sentado en un escabel en la alcoba de su madre, sin que nadie lo supiera, ésta le aleccionaba en la nueva religión que a partir de aquel momento juró como única verdadera, igual que poco tiempo después hizo El Cónsul, su mejor amigo, aunque a él no le hiciesen ningún regalo. Al establecerse en Livorno se llevó la joya sobre su corazón, colgada de la cinta de la cual también pendía la bolsa de lino blanco en la que guardaba el dinero. En un gesto mecánico se llevó la mano al pecho, donde descansaba la misma bolsa llena de las onzas de oro que Gabriel Valls había podido reunir, y que por nada del mundo debía perder. Sólo una vez las mercancías transportadas en aquel escondrijo íntimo no habían llegado a buen puerto. Pero eso nadie lo sabía, era el secreto mejor guardado de su vida que nadie hubiera sospechado. En este último viaje había sentido el impulso de contárselo todo a su madre, a instancias de quien corrió aquel riesgo que tanto respeto le otorgó ante la comunidad de Mallorca. Pero al final desistió, porque ganar la tranquilidad de su conciencia suponía dar a la pobre vieja un disgusto inmenso del que no podría ya recuperarse. Y otra vez, como siempre le sucedía ante un peligro, compareció el huracán de los remordimientos.

*Tuve miedo, Adonay, un miedo infinito, mucho más que ahora. Miedo de no saber defenderme, de no poder luchar, miedo de no poder ofrecer nada a cambio de aquel tesoro que iba a ser escarnecido y vejado, aventado, esparcido y pisoteado sin que yo pudiera hacer nada más que aceptarlo. Aceptar mi condición de judío por la que tendría pena de la vida. Pero lo intenté. Fue en el último momento cuando abandoné, seguro de que me prenderían, seguro de que al registrarme me encontrarían la bolsa que me comprometía. Tuve miedo, Señor, mucho más que a las manos sacrílegas que habrían de arrebatarme la bolsa, que a las noches pasadas a la intemperie de los bosques, rodeado de los colmillos de lobos y los ojos fijos de los búhos, vigilantes, inmóviles como luciérnagas, como espíritus devueltos a la vida para llevarme hacia a la muerte hipnotizado, cuando ya estaba a punto de llegar a mi destino y había superado el miedo a los bandoleros, al cruzar la sierra de Tosses, y a los soldados famélicos de la partida de desertores que asaltaron la posada, miedo, Adonay, miedo a las alimañas y los colmillos afilados, las torturas, los cuchillos, y los brazos que se quebrantan hasta romper los huesos, miedo a las llamas... Miedo. Pero sois misericordioso, Señor, y sabéis que lo intenté, que hice cuanto supe y que en penitencia haré cuanto pueda para conseguir que lo que Valls me encargó se cumpla con celeridad, pero necesito vuestra ayuda, Señor, Dios mío, Adonay, Padre Todopoderoso...*

Poco a poco, Pere Onofre fue calmándose, dejó de rezar y comenzó a cavilar de qué modo podría ayudar a sacar de Mallorca a los suyos antes de que se iniciaran los procesos. Y cómo podría involucrar a su socio Salomó Abrahim, a quien acababa por pedir consejo en los momentos difíciles, para que tomara parte en la expedición y cuál sería la mejor manera de organizar el embarque, si desde algún puerto de Túnez o desde Livorno. Imaginaba que la viuda de Sampol se avendría a colaborar con lo que hiciera falta, aunque ahora no parecía tan afecta a Valls como antes y confiaba mucho más en el rabí de Livorno, que la visitaba con asiduidad. Pero eso no se atrevió a comentárselo a Gabriel Valls, ni tampoco que aquél ejercía sobre Blanca María Pires una influencia más que poderosa, igual que sobre otras muchas señoras de Livorno que seguían sus doctrinas con exaltación. También él durante una época, sobre todo a causa de su mujer, que creía firmemente en las doctrinas predicadas por Jacob Mohasé, se consideró seguidor de éste, que a su vez lo había sido de Sabatai, tomándole por el verdadero Mesías. Precisamente el año 1666, señalado por el Zoar como el año de la Redención, el año de la nueva era, en la que Sabatai sería elegido rey de Jerusalén, Pere Onofre Aguiló acababa de regresar a Mallorca de uno de sus largos viajes por los puertos de Europa, donde había podido escuchar de labios de distintos miembros de las diferentes comunidades judías la buena nueva, que también exaltó a la mayor parte de los hermanos de Mallorca, llenándolos de alegres esperanzas. Pero contrariamente a lo que habían empezado a hacer algunos judíos de Amberes, de Ferrara y hasta de Salónica, los mallorquines no se prepararon para el retorno a la Tierra Prometida. Sabían que las leyes del Reino les impedían emigrar y sabían también que si ponían sus bienes en venta levantarían la liebre de sus intenciones, y sin dinero no tendrían posibilidades de sobornar a ningún capitán para que los admitiese en una nave en la que poder huir. Además no todos estaban convencidos. Muchos dudaban. Sospechaban que todo aquello podría ser la hábil maniobra de un impostor para ganar adeptos y quién sabe si en aquel asunto no estaba involucrada la Inquisición para tenderles una trampa y hacerles caer con mayor comodidad. Pere Onofre se sentía molesto cuando tenía que contradecirles, pues había visto cómo era de firme la esperanza de otras comunidades más observantes que la mallorquina y mucho más estrictas en el cumplimiento de la antigua ley. Incluso llegó a discutir violentamente con Gabriel Valls, que tenía otras informaciones llegadas a través de la comunidad de Burdeos, contrarias a las de Aguiló, mediante las que sostenía que Sabatai era un loco, un iluminado cuya exaltación todos podían llegar a pagar muy cara. Y cuando Sabatai acabó por convertirse al islamismo, bajo la amenaza de ser quemado vivo por el sultán Ibrahim de Constantinopla, a quien pretendía arrebatar el trono, Valls supuso que a Aguiló ya no le quedarían argumentos para defenderle. Pero no fue así. Como otros judíos de la diáspora, el mercader aceptó el mensaje de Sabatai: *Dios me hizo musulmán. Él lo ordenó así y esto pasó el noveno día de mi nuevo nacimiento*, e incluso trató a Gabriel de ignorante. En Amberes había escuchado a uno de los rabinos más prestigiosos, Jacob Judá, interpretando la apostasía de Sabatai según la Cábala y presentando aquella traición como una prueba de su mesianismo, como la verdadera pasión del único y verdadero Redentor que, para expiar los pecados de su pueblo, cometió el terrible pecado de la abjuración. La apostasía sería desde aquel momento su martirio, su cruz, pero también la más importante de sus acciones y su mayor mérito. A él, a Sabatai, iban destinadas, sin duda, las palabras de Isaías que los cristianos habían aplicado injustamente a Cristo, *Varón de dolores*, ya que con el suyo redimía también las culpas de los que igualmente habían tenido que apostatar. Pero Gabriel Valls no admitía este razonamiento, más bien le parecía poco serio y no entendía cómo Pere Onofre y, más que él, los rabinos de diversos lugares del mundo, que citaba como autoridades, podían sostenerlo. Para Gabriel Valls el Mesías, siendo uno de ellos, no podía ser como ellos, hipócritas y mezquinos que en público vivían como cristianos y sólo en privado, en el secreto sombrío de sus casas, se mostraban como lo que eran. *Es la única manera de sobrevivir que nos han dejado,* gritó de repente Pere Onofre, exaltado por los reproches de su amigo, que le escuchaba perplejo. *El Mesías sale de nosotros y es como nosotros.* De pronto, Aguiló oyó su propia voz diez años antes, discordante, una voz nasal, menos grave de lo que le hubiera gustado. La oyó desde los recovecos de la memoria, por encima de la voz más apagada de Valls, de tono más convincente, tal vez porque era menos nasal y más armoniosa. Y, al recobrar las voces, recobró también las palabras exactas de aquella discusión con Valls a raíz del mesianismo de Sabatai, a finales de 1666, cuando al regresar a Mallorca desde Burdeos, después de realizar aquella misión que sólo él sabía que no había llevado a cabo, les trajo noticias de primera mano. Ahora, mientras amainaba la tempestad y parecía que la saetía iba dejando de ser gobernada por las fuerzas del mar y que, poco a poco, acabaría por obedecer a los golpes del timonel, lejos de aquellas esperanzas frustradas, pensó que El Rabí tenía toda la razón: Sabatai Leví no era otra cosa que un falsario, un demente demoníaco que había osado ordenar que los diez mandamientos otorgados a Moisés directamente por Adonay en el monte Tabor, la ley de Dios en la que había creído el pueblo judío por los siglos de los siglos, fuera sustituida por las dieciocho reglas de Sabatai, la primera de las cuales mandaba tenerlo como único Salvador.

Por eso, porque todo había sido una terrible impostura, era necesario seguir esperando al Mesías, los signos de cuya llegada aseguraba conocer Jacob Mohasé, seguidor arrepentido de Sabatai, y estaba dispuesto a revelarlos únicamente a los elegidos, entre quienes se encontraba el Salvador, que aún no había llegado a la edad adulta. Todos en la comunidad de Livorno interpretaron que el rabí aludía a alguno de sus hijos. La mujer de Aguiló comenzó a sospechar la posibilidad de que se tratara de su primogénito, Samuel Pere, y así se lo comunicó a su marido, a quien la noticia provocó más inquietud que alegría. Con renovadas fuerzas le invadió el remordimiento por no haber cumplido la misión que le había sido encomendada y tuvo la certeza de que aquella culpa, transmitida a su hijo en el momento de ser engendrado, era el impedimento para que Adonay le otorgara la gracia de su elección. Por eso procuraba que su mujer se quitase de la cabeza la posibilidad de ser la madre del Mesías, haciéndole observar que el carácter de su hijo, que acababa de cumplir trece años, no se avenía con el que parecía adecuado al nuevo Salvador. Al contrario, Samuel Pere mostraba el mismo espíritu mercantil que su padre, si no le aventajaba. A menudo le había sugerido que almacenara trigo en vez de embarcarlo, para esperar a que su precio subiera. Incluso, cuando él salía de viaje, su hijo se encargaba de llevar los libros, en los que apuntaba ganancias y gastos con rigurosa meticulosidad. Esas virtudes, que, por otro lado, enorgullecían a Aguiló, no eran sin embargo las más apropiadas para un futuro Mesías. Ni tampoco el aire burlón de Samuel, siempre dispuesto a reírse, sobre todo a costa del prójimo, rasgo heredado de su abuelo mallorquín, que respondía al mote de *Vadebromes* por su afición a tomar el pelo a los demás. *Los tiempos han cambiado desde la Biblia,* argumentaba la mujer de Pere Onofre, *y Adonay puede obrar milagros,* añadía, cuando su marido le aseguraba que el hijo andaba detrás de las criadas de la casa y mostraba un entusiasmo, bastante comprensible a su edad, por los escarceos amorosos. *Los caminos del Señor son inescrutables,* insistía Esther Vives, entusiasmada con la idea de que el Salvador hubiera salido de sus entrañas tras nueve meses de permanencia en su vientre bendito. Además, todavía estaba a tiempo de reconducir al primogénito por senderos más devotos, de hacerle caminar recto, inculcándole la necesidad de una estricta observancia a la ley de Moisés, de imbuirle conocimientos de la Torá obligándole a asistir a la escuela de Jacob Moashé. Ante la cabezonería de su mujer, Pere Onofre insistía en que el rabí jamás había asegurado nada, se había limitado a insinuar la presencia mesiánica entre un grupo de adolescentes de Livorno entre los que se encontraba Samuel Pere. Por eso no dejó, como pretendía Esther, que el hijo cambiara de vida, y prohibió a ésta que volviera a hablar de todas aquellas fantasías. Ahora, pasado el tiempo, se alegraba mucho de la firmeza con que había llevado a cabo su decisión, sin escuchar los ruegos y las lágrimas de su mujer, que aceptó a regañadientes la determinación de su marido. Ni siquiera cuando le hizo observar que la comunicación menudeada y casi íntima entre Jacob Moashé y Blanca Pires y la instrucción personal dedicada a su hijo hacían suponer que el rabí ya tenía candidato, Esther se convenció. Argumentaba que el padre de José, el mercader Sampol, no era judío sino cristiano, descendiente de cristianos por los cuatro costados, pero Aguiló le respondía afirmando que esa circunstancia sería pasada por alto: Moashé debía de considerar que Blanca Pires era virgen, igual que aseguraban los cristianos de María, antes y después del parto. Pero todo esto no eran otra cosa que suposiciones alentadas por su mujer, que disponía de mucho más tiempo que él para perderlo en cábalas y sacarle jugo a los comentarios con las amigas sobre la viuda de Sampol. Porque en el fondo, y así quería hacérselo entender, Jacob Mohasé todavía no se había manifestado. Si el hijo de Blanca tomaba con él lecciones particulares era porque así se lo había pedido ella. La señora, por muy rica que fuera, estaba sola y era normal que confiase en personas de probada sabiduría y moralidad lo que más quería en el mundo, y tampoco era nada extraño que pasase con quien dirigía la educación de su hijo las horas más agradables del día, tratando de los avances espirituales de José. Si sus pláticas no transcurrían en la sinagoga sino en casa de Blanca, casi un palacio, de los más lujosos de Livorno, era sencillamente porque la señora apenas salía. ¿Qué mal podía haber en que todas las tardes paseara por el huerto de naranjos protegido por cipreses que, a imitación del que tenía en Mallorca, había hecho plantar en Livorno, acompañada de Jacob Mohasé, como en Ciutat solía hacerlo con Gabriel Valls? Además, ¿no costeaba de su bolsillo una nueva sinagoga?

Todavía con los ojos cerrados, Pere Onofre Aguiló había aflojado la tensión de sus manos para sostenerse, pues el temporal parecía amainar, y sonreía al evocar la cara adusta de su mujer, celosa de Blanca cuando no le quedaba más remedio que admitir que la viuda se dedicaba con gran entusiasmo a ejercitarse en la caridad. *Eso es cierto*, acababa por ceder Esther Vives, *pero tiene los ojos demasiado alegres para ser beata y los alcohola en exceso para no interesarse por los asuntos del mundo. Lo que desea es rendiros a todos con una sola mirada...*

Esther Vives, que llegó a Livorno con su familia tras ingentes peregrinaciones, de Valencia a Amberes, de Amberes a Roma y más tarde a Ferrara, solía acertar sus pronósticos. Esta cualidad, además de la capacidad manual de convertir en una madeja de seda las más ásperas crines, acentuó el interés de Aguiló, que buscaba una mujer para casarse. En el fondo, todo cuanto Esther afirmaba de la viuda de Sampol, pese a la envidia que podía deformar en parte sus opiniones, no le parecía tan desencaminado. Incluso él, que no se había sentido especialmente atraído por aquellos ojos de garza, ni espoleado por su mirada profunda, consideraba que Blanca María Pires era de una belleza poco corriente y que poseía el secreto de las serpientes al imantar los pájaros con sólo clavarles las pupilas y lo demostraba a placer. Pere Onofre sonrió de nuevo al imaginar el enfado de Esther si supiera que en medio de aquel desbarajuste de temporal había aparecido la viuda de Sampol para mirarle como sólo ella sabía hacerlo.

Suerte había tenido Aguiló de haber podido tomar la única cámara individual con que contaba la nave y por la que había pagado sus buenas onzas. Si algo le disgustaba era compartir un espacio cerrado en medio de una tormenta y tener que soportar la angustia y los vómitos de los demás pasajeros. Siempre que volvía a embarcarse comprendía el miedo de su madre a dejar Mallorca y su temor a pasar la mar. *La mar fa forat i tapa*, aseguraba cuando su hijo le proponía buscar alguna manera para que pudiera cuanto menos visitar Livorno. Por mucho que Pere Onofre quisiera convencerla de que no siempre la tempestad se enseñoreaba de las aguas y que navegar en mar bonancible y con buen viento insuflando el velamen era pura delicia, Aina Bonnín no deseaba hacer la prueba. Lo sentía porque le hubiera gustado conocer a los nietos, pero el pavor al mar le parecía superior a cualquier otro, incluso al de las llamas.

El rumor de las olas hirviendo a borbotones como olla que hace tiempo que está al fuego, y el balanceo cada vez más amansado de la nave propiciaron el sueño de Aguiló, rendido por el temporal. Pero su descanso duró poco. Un gemido le hizo abrir de nuevo los ojos y aguzar los oídos para distinguir de dónde procedía. No percibió, sin embargo, más que el ruido del mar y el tráfago en cubierta. Volvió a cerrar los párpados pero sólo un segundo porque notó otra vez la queja, ahora con perfecta nitidez.

—Ya me diréis quién sois y cómo habéis entrado —preguntó Aguiló sin que nadie le contestara—. No seréis un pez, por ventura —volvió a insistir, sentado en la litera, intentando deshacerse las hebillas para buscar una bujía. Mientras se levantaba a tientas pensó en el caso de un hombre, que conoció en el puerto de Génova, y que había sobrevivido durante más dos meses al naufragio de un galeón, dejándose llevar por las corrientes y viviendo de los peces, sin embargo había perdido el habla y emitía sólo un gemido. Aunque el suceso no era demasiado extraordinario si lo comparaba con el que había ocurrido en el Reino de Sicilia y que formaba parte de las facecias que él tan aficionado era a relatar cuando tenía un auditorio dispuesto. Cuantos le habían contado la historia coincidían en que, desde pequeño, aquél a quien denominaban el peje Colás mostró tanta atracción por el mar que no pasaba día en que no desapareciera nadando durante horas y horas, y que cuando alguna obligación se lo impedía se ponía tan triste como si se fuera a morir. Al hacerse hombre su deseo no mermó, al contrario. Aseguraba a quien quisiera escucharle que la mar le parecía mucho más bella que la tierra, y que bajo las aguas se encontraban parajes tan maravillosos que ni los prados más amenos se les podían comparar. Su habilidad de nadador era tal que, aunque hubiera tempestad y olas crecidas como campanarios, no se acobardaba y se alejaba nadando hasta perderse tras el horizonte.

Recordaba la historia del pez Nicolás mientras seguía buscando a tientas la bujía sin conseguir encontrarla, cuando oyó pasos ante su puerta y que llamaban.

—¡Abridme, señor! —pidió una voz joven—. Soy el gaviero Arnau Mulet. No quiero haceros ningún daño.

—Eso espero —dijo Pere Onofre Aguiló descorriendo el pestillo—. Dime, ¿qué te trae? —preguntó, contento de ver que el muchacho llevaba un candil—. Pero déjame que busque antes con tu luz mi bujía... Este tiempo ha organizado un buen berengenal... ¿Sabes qué hacía? Intentaba saber de dónde vienen unos gemidos que acabo de oír. ¿No serías tú detrás de la puerta?

—No, señor. Pero creo saber de quién son y de dónde salen. Por eso venía a liberar a la persona que ha embarcado en uno de vuestros baúles.

—¡Esto es un abuso! Me quejaré al capitán.

—Podéis hacerlo, señor, pero el capitán tiene conocimiento de ello. No pensábamos encontrar tan mal tiempo y yo mismo tenía orden de venir a liberarlo en cuanto dobláramos el Cap Blanc, y a entregaros este escrito... Es para vos, señor —y le ofreció un pliego lacrado que se sacó del pecho—. Si te has quejado, aún estás vivo, hermanito —dijo luego, refiriéndose al encerrado—. Enseguida te abriré...

—Me gustaría saber a quién tengo el honor de acoger —preguntó Aguiló con ironía. Después, rompió el lacre y vio que era letra de su amigo El Cónsul.

—Espero que pueda contestaros él mismo, señor. Lo que está claro es que huye de Mallorca.

# VIII

*Jesús, María y José:*

*Yo, Rafael Cortés, de sobrenombre Costura, con toda verdad declaro que en el día lunes de la primera semana de junio del año de Nuestro Señor de 1687, mientras agonizaba mi primo Cap de Trons y sin poder hacer nada para ayudarle a bien morir, después de que el dicho Cap de Trons recibiera la extremaunción, fui a pasear extramuros, y porque unos muchachos me hirieron de una pedrada y con la dicha pedrada la pierna derecha se me resentía, me quedé en el huerto de Gabriel Valls, que no estaba lejos del lugar donde sucedieron los hechos. Declaro que fui para pedir cobijo y también porque el padre Ferrando, mi confesor, me pidió que abriera bien los ojos para ver si era verdad que en el dicho huerto sucedían cosas contra la verdadera religión de Nuestro Señor Jesucristo. El día antes ya había sido invitado por Valls, y estuve con El Cónsul, el mercader Serra, el guarnicionero Pons y Pere Onofre Aguiló, que hablaba de los sucesos acaecidos fuera de Mallorca, donde algunos que él conocía se ingeniaban con máquinas voladoras, como ya manifesté. Pero nada vi aquella noche que pudiera tener por dudoso en lo tocante a la sagrada religión y me infundiese sospechas de que los hortelanos, los únicos que estaban en el huerto junto con los mozos, eran judaizantes. Pero hacia medianoche oí cómo el hijo menor de Gabriel Valls cantaba bajo mi ventana y cómo llamaba a una muchacha de nombre María, y cómo ésta salía a la ventana y cómo él, en amoroso coloquio, le hacía rezar una oración que tengo para mí que es judía y que dice:*

Pare Nostre poderós
que tot jorn féu meravelles.

Apiadau-vos gran Déu del Cel
de nostres ximples ovelles
que són fiblades d'abelles
en tan gran afabliment.
Vós que sou Déu vertader,
Mercè i pietat tingueu d'elles.
Santificat sia el seu nom
ara i tota la vegada.
Nostro Senyor lo teu llum
no en tingueu més amagada.
Si la vostra gent passada
en algún temps ha errat,
Vós, Senyor, haveu perdonat
com ho diu la llei sagrada.

*La cual cosa quiero manifestar como descargo de mi conciencia de católico, apostólico y romano, y porque el Santo Tribunal de la Inquisición obre también en consecuencia, ya que la sospecha que tenía el dicho Tribunal me temo que la podré confirmar, ya que sospechaban que en el huerto de Gabriel Valls de Valls Major se enseñaba la ley de Moisés, y lo que yo había oído y visto en aquella noche que andaba cojo de la pierna izquierda era a Rafael Onofre Valls Major adoctrinando a la hija pequeña de los amos, María Pomar, hija de Pep Pomar y Miquela Fuster, naturales de Porreres.*

*Y si los Señores Inquisidores se preguntan por qué sé tan bien el padrenuestro judaico es porque a mí me lo quisieron enseñar, y yo lo sé pero nunca lo he rezado porque soy católico, apostólico y romano.*

*En el dicho día en que dormí en el huerto de Valls, sin poder encontrar cosa de más importancia por lo que atañe a los errores de la santa religión cristiana que lo que ya he manifestado, no me desperté al despuntar el alba, como acostumbro, que ya ella me encuentra trabajando, porque el sueño nunca me ha acompañado demasiadas horas, fuese porque el daño en la pierna me rindió, fuese porque la tranquilidad del lugar me dejó sosegar mejor. Nadie me despertó y el jornalero debió de marcharse sin mí. Por eso Gabriel Valls me encontró todavía en su huerto cuando llegó sobre las diez, y me amonestó otra vez lo mismo que había hecho el domingo pasado, camino del mismo huerto: que no debía tomar en cuenta el comportamiento de Cap de Trons, que todavía no había muerto, y después de decirme esto en un tono de voz bajo, mirándome como si me quisiese robar el alma, me amonestó que había hecho mal en acusar a Cap de Trons. Nada le contesté, pero por la manera como lo aseguró, sospeché que era capaz de adivinarlo y me puse rojo como un tomate. Antes de mandar enganchar una cabalgadura para que me llevara a Ciutat, mandó a la* madona *que me subiera coca bamba para que tomase alimento, y como yo la alabé mucho, ordenó que me llevase un buen trozo. De este presente deduje que no estaba enfadado conmigo, y más cuando me ha hecho llegar unos buenos trozos todos los días mientras he estado enfermo de la dicha pierna. Los dichos dolores no han amainado, al contrario, en vez de bajar me han subido y ahora es todo el vientre el que me duele y atormenta, pero lo tomo con santa paciencia, ya que me lo envía Dios Nuestro Señor, y mis sufrimientos nada son comparados con la Pasión y Muerte de Jesús Cristo.*

*Todo esto que he declarado afirmo que es verdad, y lo firmo de mi puño y letra, hoy día 12 viernes de junio del año del Señor de 1687.*

*Rafael Cortés,* Costura

El muy reverendo inquisidor Nicolás Rodríguez Fermosino acabó de leer los papeles que el mismo padre Ferrando le había dado y, mientras los guardaba, le miró sin decir palabra. Sentado ante la mesa detrás de la que le escrutaba el Inquisidor, el jesuita esperaba que fuera don Nicolás quien tomara la decisión de pronunciarse. Deseaba adivinar, según el tono de voz empleado, si con las palabras no se notaba, si aquél sería un buen momento para tratar de sus negocios personales o todavía debería exigir a Rafael Cortés más delaciones. Pero Rodríguez Fermosino debía de divertirse haciéndole esperar porque tardó algunos minutos en abrir la boca. Se acarició la barbilla, se quitó con parsimonia los lentes y, sin dejar de clavar en el padre Ferrando el aguijón de sus ojos, se levantó. Lo hizo lentamente, retirando con cuidado el sillón frailuno en el que había estado sentado, para que no rozara la pared encalada hacía poco, pasó al centro de la habitación y comenzó a pasearse desde la puerta que daba al claustro hasta la pared de enfrente, cuya ventana se abría a las azoteas. Astuto como una comadreja, se había dado cuenta enseguida de que el padre Ferrando se moría por escuchar su opinión, y consentía en ponerle nervioso disfrutando con aquel silencio que tanto incomodaba al jesuita. Acostumbrado a los interrogatorios, el Inquisidor sabía hasta qué punto angustiaban a los acusados sus pausas, sospechosas de intenciones malévolas, de preguntas todavía más capciosas, premonitorias de los peores tormentos. Había observado que, a menudo, el silencio podía resultar más elocuente que las palabras, y por eso solía emplearlo como una de sus tácticas más efectivas, aunque él, durante aquellas pausas, durante aquellos tiempos muertos, no se dedicase a sopesar los pros y los contras de las acusaciones ni a calibrar la culpabilidad de los reos. Al contrario, sin prestar atención a lo que sucedía en la sala del Tribunal se tomaba aquellos ratos para descansar, y aunque no dejaba de clavar los ojos en sus presuntas víctimas, con los del recuerdo contemplaba otros lugares y examinaba otras gentes. Podía ser una palabra ajena, del juez, del fiscal o del presunto protervo, un buen punto de partida. La palabra, como si tuviera alas, le conducía a otras pronunciadas por otras gentes, y luego él, aferrándose a aquellas voces como a una jaculatoria para evitar los malos pensamientos, se alejaba deprisa de aquel lugar. Otras veces, si los recesos eran muy largos, y eso sí que descomponía a los acusados, durante un tiempo prudencial descansaba, sólo pendiente de sus cosas como si meditara, con la cabeza entre las manos rememorando épocas de juventud mucho más amables, y solía echar el ancla un rato en su estancia en Roma, al servicio del cardenal de Angelioto. En aquellos momentos, sin decidirse por ninguna palabra que pudiera serle provechosa o por alguna imagen que le distrajera, se regodeaba exclusivamente en el mal rato que le estaba haciendo pasar al padre Ferrando, que se frotaba las manos, nervioso, a punto de estallar.

—Vuesa Reverencia me ordenará qué debo decirle a Costura —preguntó, sin poder callar por más tiempo.

El Inquisidor sonreía satisfecho: *si no hablas revientas*, y contestó a Ferrando con otra pregunta:

—¿Y vos qué pensáis de las declaraciones de Costura? Le conocéis bien, sois su confesor.

El Inquisidor se había vuelto a sentar y lo había hecho con estrépito, dejando caer su pesada osamenta sobre el sillón, cuyo cuero crujió. El padre Ferrando no esperaba que empezara a hablar interrogándole, como si también él fuera objeto de sospecha. Y, sin embargo, aquel paseo por la habitación le hubiera podido inducir a imaginar que venían mal dadas, pues el Inquisidor tenía la costumbre de levantarse cuando se sentía incómodo, sin importarle que pudieran tacharle de maleducado. Sin embargo, el jesuita prefirió no tomar en consideración la actuación del Inquisidor ni tampoco su pregunta. Pensó, quizá para darse ánimos, que también podía ocurrir que Fermosino tuviera en cuenta su criterio en un asunto tan delicado. *Lo aceptaré como un cumplido*, se dijo, y contestó en tono humilde y complaciente que Costura le parecía un buen cristiano y que creía que todo cuanto decía era verdad. Además, estaba enfermo, no sólo a consecuencia de la herida de la pierna, que no terminaba de cicatrizar, sino de un terrible dolor de barriga que no le dejaba tregua ni reposo. Por eso, porque temía por su salud, no se atrevería a decir mentiras. Pero estos males, insinuó el Inquisidor, podían influir negativamente en su estado de ánimo haciéndole ver espejismos. El padre Ferrando replicó a Su Reverencia que el orfebre estaba dispuesto a testificar mucho antes de caer enfermo precisamente porque, como buen católico, no podía permitir que algunos de sus hermanos de raza, que no de religión, hubieran vuelto a judaizar después de las reconciliaciones. El Inquisidor sentía una profunda antipatía por Ferrando. Nunca le había gustado aquel jesuita enclenque que intentaba, a fuerza de confesar gente de La Calle, congraciarse con él sin conseguirlo. *No es el celo lo que te mueve, bergante*, se decía Fermosino hablando consigo mismo, *es el cargo de rector lo que quieres conseguir con todo ese brujulear. Que me asen si me equivoco...*

—Vuesa Reverencia —continuó Ferrando— ha podido comprobar cómo el primer papel de Costura, aquél que os envié por medio del Juez de Bienes, coincidía con las declaraciones de Juli Ramis. Costura dice la verdad, estoy seguro.

—Juli Ramis es un sinvergüenza, el mismo canónigo Amorós me lo ha hecho saber. ¿Quién nos asegura que no miente? Acusando a Cap de Trons de estos crímenes, la afrenta a su honor queda mermada. Yo os aseguro que, si fuera un padre ultrajado, también acometería contra el infamador de mi sangre con el mismo afán castrador.

Rodríguez Fermosino calló un rato y esta vez sí que a lomos de sus propias palabras viajó lejos y se vio huyendo a galope por la puerta de una ciudad amurallada, perseguido por otro jinete. ¿Podría alguien en Verona darle el nombre de padre, como quisieron hacerle creer?

—Reverencia, Cap de Trons circuncidó a sus hijos, o por lo menos lo intentó, antes de comprobar que Juli Ramis había deshonrado a su hija. Eso parece probado.

—¿Lo visteis vos, padre Ferrando? —preguntó el Inquisidor, levantándose de nuevo para enderezar el cuadro de Santo Domingo, que parecía haberse torcido un poco—. ¿Ha examinado sus partes pudendas Vuesa Paternidad?

—Claro que no, Reverencia —contestó Ferrando, a quien no le gustaba en absoluto el cariz que tomaba la entrevista—. Quizá no llegó a circuncidarles, pero es la intención la que cuenta, y su deseo era claramente circuncisorio...

—Cap de Trons ha muerto, padre Ferrando. Podemos echar a la hoguera sus huesos, pero no examinarle... En cuanto a sus hijos, será fácil probar hasta dónde llegó la insensatez del padre.

El silencio se espesaba como el calor. El jesuita se pasó un pañuelo por la frente. El sudor le impregnaba. El bochorno era casi magmático. El padre Ferrando notaba su pesadez por partida doble: estaba incómodo y no veía la manera de ser grato al Inquisidor. De ningún modo se atrevía a pedirle, en esas condiciones, la recomendación que había venido a buscar. Al contrario, le parecía que en vez de ver en su actuación el celo de un fervoroso miembro de la Iglesia católica, le observaba como a un insecto repulsivo que hubiera caído en un tazón de aromático caldo, sólo para incordiarle. Si el Inquisidor no fuera tan poderoso y no tuviera tanta fama de incorruptible, podría encontrar la manera de hacerle pagar sus humillaciones, denunciando aquel comportamiento tan poco claro..., tan..., por qué no decirlo, sospechoso.

—¿Creéis conveniente, Reverencia —se atrevió finalmente el padre Ferrando—, que exija a Costura que siga comunicándonos por escrito cuanto sepa o pensáis que...?

El Inquisidor fijó de nuevo los ojos en los del jesuita.

—Seríais un mal cristiano y, lo que es peor, un mal ministro de Dios, si no velaseis por el triunfo de nuestra fe católica. Y ahora, si me permitís —dijo, tocando una campanilla de plata—, tengo diversos asuntos urgentes por despachar.

Los dos se levantaron. El padre Ferrando agradeció con disimulo exquisito que le hubiera recibido y el Inquisidor, correspondiendo a la cortesía, le dijo que dispusiera siempre y que en todo momento sería acogido con agrado.

Don Nicolás Rodríguez Fermosino empujó sus lentes con el dedo índice para evitar que se le cayeran, y se inclinó de nuevo sobre los papeles que llenaban su mesa. Retiró la delación de Costura, doblándola por los mismos pliegues en que se la entregó el padre Ferrando, y abrió el expediente en el que trabajaba antes de la visita del jesuita. También él, ahora que estaba solo, se pasó un pañuelo por la frente y luego lo metió por el cuello de la sotana intentando liberarse de aquella humedad untuosa que le impedía concentrarse en el protocolo que de mala gana debía examinar aquella tarde. Desde hacía más de dos años, desde que murió su madre en un villorrio de Galicia sin que él llegara a tiempo de cerrarle los ojos y darle el último beso, su entusiasmo inquisitorial, que le había otorgado fama merecida de estricto e incorruptible, había decrecido bastante. No es que no se tomara en serio sus obligaciones, sino que le costaba mucho más esfuerzo trabajar al mismo ritmo. Había pedido a Dios, prometiendo someterse a las privaciones más difíciles, que el temporal amainara para que la galera donde finalmente consiguió embarcarse rumbo a Barcelona pudiera proseguir su camino. Pero las olas eran tan altas que el capitán no tuvo más remedio que buscar cobijo en el puerto de Sóller, donde durante dos días y medio aguardaron una bonanza que se hizo desear en vano. Cuando al fin llegó, la calma dificultó otra vez la travesía, alargándola más de la cuenta... Desembarcó el Inquisidor en Tarragona, y a caballo, sin esperar un correo que iba al norte, galopó sin otro sosiego ni más reposo que el obligado por la noche. Cabalgó durante cuatro días con la obsesión de llegar a tiempo, pero cuando por fin avistó la aldea, exhausto, hacía dos que a su madre la cortejaban los gusanos en la fosa. De nada sirvieron los ruegos y las promesas, ni la extenuación de sus miembros. *Dios Nuestro Señor dispuso de su alma al rayar el alba del día de San Mateo*, le dijo el cura, que, aparte de aquélla, atendía a dos parroquias más. *Desde el cielo pedirá por vos, como lo hacía desde la tierra. Arrepentida como se mostró por sus pecados, y dejando para misas todo cuanto tenía, que me corten la mano derecha si no está en la gloria.*

Don Nicolás Rodríguez Fermosino decidió comprar caballos nuevos para regresar a Valencia y embarcar hacia Mallorca cuanto antes, pero se quedó más de veinte días en la aldea que le había visto nacer una noche de Navidad también de manera casi milagrosa, pues su madre tenía sólo doce años y todos la consideraban virgen. La suavidad del verde, la esponjosidad de los prados donde crecían los castaños, le retuvieron prisionero como si alguien le hubiera exorcizado. No se marchó hasta que el Tribunal de Aragón le mandó llamar, recordándole cómo su antecesor había sido castigado por su comportamiento irresponsable y conminándole a que volviera de inmediato. En su ausencia, los familiares andaban alborotados con las apariciones de una tal Sara dels Olors que él, en su día, no tuvo en cuenta porque la consideró una pobre loca. Obedeció y volvió, pero aquellos días fueron decisivos, como lo fue la muerte de su madre. *Dejadme cerrarle los ojos, Virgen bendita, y prometo que un cilicio de púas me oprimirá el muslo derecho todos los Viernes de Dolores para acompañaros en vuestros padecimientos... No me has hecho caso*, le dijo después de conocer la noticia, como si estuviera enfadado con una amante. *Tú que podías detener la muerte pidiéndoselo a tu Hijo Todopoderoso... Podía, pero no lo he hecho*, oyó que le contestaban. *No me gusta que me pongan a prueba. ¿No has repetido muchas veces en tus sermones que la Providencia no debe ser juzgada, que Dios dispone siempre lo mejor para todos? ¿Y si tu madre te hubiera confesado en su lecho de muerte la verdad de tu origen? ¿Si te hubiera dicho que en vez de haber sido engendrado por un obispo, cuya protección no te faltó, ya ves adónde has llegado, lo fuiste por el primer zarrapastroso que se la llevó a la era?...*

El Inquisidor de Mallorca se santiguó antes de inclinarse sobre los papeles, recobró de este modo la concentración que aquella tarde tan calurosa le faltaba, pero de nuevo, al volver a enfrentarse con las declaraciones de los testigos, notó, como le sucedía desde que el caso en el que se ocupaba había sido abierto, la lluvia delgada cayendo sobre los campos ya mojados, sobre la tierra porosa en la que germinaba deprisa cualquier simiente. *Debe de ser culpa del calor*, se dijo, *debe de ser por culpa de este calor insoportable, de este infernal mes de junio. ¡Dios mío! Qué será de nosotros en agosto, si esto sigue así. Arderemos en la hoguera... ¿Y si los testigos, como tantas otras veces ha ocurrido, fueran falsos? ¿Y si se tratara de nuevo de una venganza? Pero cómo hacerles comprender que los ojos de Dios, infinitamente misericordioso, todo lo ven y lo miran con mucho más cuidado, mucha más limpieza que los ojos humanos. ¿No había dicho Cristo que primero buscasen la viga en el propio ojo y luego la paja en el ojo ajeno?...*

*En el dicho día del mes de mayo del año de 1687 la dicha Margarita Antich, mujer de Pere Antich, me vino a buscar para recitar con ella la oración de Santa Elena que dice:*

Santa Elena filla de Rei
Vós que la mar saciau,
que la mar passau,
Vós que en Betlem anau,
Vós que amb els apòstols taula posareu,
Vós que amb els apòstols taula llevareu,
Vós qui a Judes cridareu,
Vine aquí, tu, Judes,
diguem a on són els tres claus de Cristo.
Elena, vés a la muntanya del Tabor,
ficaràs tres vegades i los tres claus encontraràs:
un lo tiraràs a la mar roja
i un lo clavaràs en el cor de Sió
que no pugui cessar ni reposar

fins que a les meves plantes serà,
mal foc l'abrasi com a mi farà.

*Porque yo quería y le pedía remedio para que mi marido no me dejase. Luego hizo un corazón de papel y lo clavó en tierra con un clavo y con un martillo lo golpeó, y tomó luego el corazón y mojándolo en el agua lo envolvía en otro papel seco. Entonces encendió una vela y volvía a decir la dicha oración y dijo* Sió, Sió, Sió, *y me lo hizo decir a mí. Y me dio el corazón mojado y como estaba mojado al pasarlo por la llama no se consumió y me hizo ponerlo debajo de la almohada de mi marido y me pidió que con mis manos tomase un poco de la semilla de Sió y le dijera para qué la necesitaba.*

La lluvia menuda caía sobre los protocolos esparcidos sobre la mesa. La lluvia, como si fuera arena, le empañaba la vista. Se quitó los lentes y se frotó los párpados y vio a lo lejos, mucho más lejos, vio los campos verdes y los prados húmedos. En la luz difusa de la tarde abrió la ventana del desván desde donde tantas veces había observado cómo entraba hasta sus ojos un pedazo de campo, y se acercaba la vastedad del prado y hasta la aguja del campanario perdido en el fondo del valle. Se vio a sí mismo, aquél que ya no era pero que había sido, tendido indolentemente sobre un camastro de paja con los ojos entornados. Tenía cerca el cuerpo de Margariña, que lloraba con suavidad acompañando la lluvia que mansamente seguía cayendo. *No llores mujer*, le dijo. *No podemos hacer nada. Estoy segura*, contestó ella. Luego le enseñó un corazón de papel que le había dado su madre para que lo pasase por sus partes, después de haber consumado el acto, mientras ella repetía:

*Señora Santa Elena*
*amada de Dios y de su madre,*
*... mesa pusisteis,*
*... mesa quitasteis,*
*...*

El caso de la Antich no era el único que debía revisar aquella tarde, pero era el que de peor humor le ponía, porque le obligaba a enfrentarse con una parte de su pasado que no le gustaba nada y porque le hacía darse cuenta de que juzgaría a la Antich y también a aquel testigo con mayor rigor y de modo más estricto que a la madre de Margariña, la impulsora del conjuro, preocupada por la mala suerte de su hija, y especialmente a aquélla a quien todavía, mientras la lluvia caía, convocada por una memoria tan porosa como su tierra, recordaba con toda la ternura de la que era capaz, a pesar del tiempo y la distancia. La buscó en aquel último viaje y una noche, al volver a visitar a un amigo, en un cruce de caminos, creyó reconocerla junto a otras compañeras. Se frotó los ojos para tratar de evitar aquella lluvia como arena y concentrarse de nuevo en el proceso. Antes, para aliviar el calor, se pasó el pañuelo por la cara y se levantó para ver si podía despegar de su piel la camisa que llevaba debajo de la sotana, casi uncida a su cuerpo. Al volver a sentarse, retiró el protocolo que contenía el caso de la Antich, como si hubiera cambiado de parecer y ya no se obstinara en examinarlo. Lo cerró, ató con cordeles la carpeta que lo preservaba, y volvió a tomar los papeles de Costura. Como acostumbraba, mojó en el tintero la pluma para tenerla preparada para apuntar cualquier detalle que le llamara la atención en una nota de uso personal, antes de decidirse a dar la orden de abrir el proceso que con tanto interés esperaba el padre Ferrando. Eso era lo que más le molestaba. Estaba seguro de que el jesuita, aunque había tenido la delicadeza de no mencionarlo, quería servirse de todo aquello para obtener su recomendación para el mismo cargo que pretendía Amengual. Los dos le parecían igualmente despreciables, pero por lo menos el padre Amengual nunca le había incordiado pidiéndole favores. Confiaba en sus vidas de santas como mérito máximo. Pero, por otro lado, las informaciones de Costura, si se probaba que eran ciertas, no podían tomarse a la ligera, especialmente ahora que acababa de recibir amonestaciones de los superiores, ahora que tenían las arcas vacías y muchas grietas en la casa. No obstante, el testimonio de Costura también le incomodaba y volvió a rechazarlo. Nervioso, cogió otro expediente que desde hacía meses tenía que resolver y que sólo tomaba cuando los demás se le hacían demasiado insoportables. Pero en aquel momento debía decidirse. El caso involucraba al obispo anterior con una pupila del burdel, quien a su vez había tenido tratos con el Inquisidor que le precedió. Fermosino leía de nuevo:

*Vi cómo las babosas y los gusanos entraban y salían por los agujeros de aquellas almas, tantos y tan apretados como si fueran hormigas junto al hormiguero, y con humo espesísimo me nublaron la vista. Las fieras bramaban, los diablos rugían, los dragones mugían como vacas y las serpientes ponzoñosas silbaban ayudando a este infernal concierto. Vi grandes tempestades, grandes vientos, grandes turbulencias y borrascas, truenos y relámpagos espantosos que caían sobre los condenados y los desmigajaban y pulverizaban...*

*Vi almas de todas las órdenes religiosas y de todas las altas dignidades dorándose como capones en el horno. Los papas y los cardenales estaban en sus tronos y altas sillas de fuego. Allí estaban, abatidas y abandonadas sus dignidades y privanzas, y en vez de mitra llevaban coroza, y a menudo les sacaban y metían en las calderas hirviendo y en lagos de aguas putrefactas. También les ordenaban revolcarse en un lodazal de excrementos de diablo. Pero aún era mucho peor lo que les sucedía a quienes se encontraban en el último círculo, tocando el fondo de las llamas, quienes a todas horas eran atormentados por las lenguas de los diablos, lenguas como terribles falos quemantes que a la vez exhalaban un tufo repulsivo que todo lo corrompía...*

*Esto vi con visión tan clara y segura como que me llamo Benet, obispo de Mallorca, pecador que he sido de muchos pecados cometidos con todas las partes de mi cuerpo, especialmente de las llamadas pudendas. En penitencia los confieso y quiero que los confiese Beatriu Mas, llamada La Coixa, manceba del burdel, con quien durante muchos años he mantenido tratos carnales.*

# Segunda parte

# I

Amanece y aún están despiertos. A manjar agridulce les sabe el alba nueva. La mayoría ha pasado la noche en vela, desenterrando tinajas, rebuscando en escondrijos, revolviendo cajones. Todo cuanto pueda serles útil ha sido apartado, y en especial oro, joyas, dinero. Las mujeres han cosido faltriqueras y bolsillos a las ropas, han añadido forros a las faldas. Han amasado para varios días, y almacenado provisiones. Pero al oír las campanadas de Eloi, han dejado las agujas, han apagado los hornos, han cerrado los obradores y todos se han puesto sus mejores vestidos para ir a misa. Ya toman el agua bendita y se disponen a cumplir con el precepto. Diseminados por el templo, no escatiman devoción.

Al acabar, han vuelto al Sagell y a la Argentería, pero ninguno se ha cambiado. Conservan las ropas de domingo para ir a dar un paseo. Han cargado con los hatillos de las provisiones, porque van a aprovechar el buen día, templado y con un cielo de gloria, para comer en la riba y gozar de una primavera adelantada. No han salido juntos. Lo han hecho en pequeños grupos, algunos con la familia, otros solos. Nadie llama la atención, saludan a los conocidos, se inclinan ante los señores de categoría y hasta besan la amatista purísima del obispo al encontrárselo, casualmente, cerca de la Portella, cuando vuelve a palacio desde la catedral. El obispo les bendice y acaricia con la mano izquierda a los niños que se le acercan. Los niños enredan junto a sus madres jugando a voces. Van limpios, con la raya del peinado perfectamente recta. Los hombres, al llegar al

Huerto del Rey, se reúnen. Ahora forman un grupo compacto. Preceden a los suyos al pasar por la Puerta del Mar, como otras veces. Algunos viejos se han quedado rezagados. Arrastrando los pies, intentan darse prisa, ante el temor de no llegar a tiempo. Les ha costado muchos dineros y también muchas palabras conseguir ser admitidos, y más de uno se hace cruces de que por fin haya llegado el momento. Van cargados. Llevan cuanto tienen en los bolsillos falsos pespunteados a los forros añadidos a las camisas; en los calzones, disimulados entre los pliegues, esconden el oro y las joyas.

En la Riba, los primeros que llegan escogen los mejores sitios para sentarse entre las rocas y se preparan con calma para comer tortillas y *cocarrois*, además de *crespells*. No todos tienen hambre. Hay familias en las que nadie ha podido probar bocado. Inquietos, miran primero hacia la ensenada de Porto Pi para atisbar la silueta del barco inglés, un jabeque oscuro con el casco pintado de verde y negro, que otras veces ha fondeado en el muelle. Luego contemplan la ciudad, que se arracima a la izquierda, color dorado de piedra de Santanyi, la ciudad que la riera divide en dos, encerrada tras murallas y baluartes. La ciudad hostil que les rechaza y les ahuyenta, pero que es la suya. La de sus padres y los padres de sus padres, y de los abuelos y tatarabuelos, y aún más allá, más lejos: la ciudad adonde llegaron, cuando empezó la diáspora, sus antiquísimos antepasados. Conocen cada una de sus piedras, todas las grietas de sus muros. Con los ojos cerrados adivinan sus calles, se saben de memoria las fisuras, las manchas de las fachadas. Han comido el fruto de sus huertos, se han acostumbrado al viento que a veces mueve guerra y arremete contra todo, a la falta de lluvia y a las tempestades del septiembre airado, como aquélla que desbordó la torrentera y arrastró con sus aguas embravecidas todo lo que encontró por delante. Más de cuatro mil muertos en una noche. Los cadáveres, hinchados y tumefactos, flotaban en la bahía horas después de la desgracia, y todavía siguieron flotando al día siguiente y al otro, nuncios de la peste que se declaró, el peor mal entre todos los males, del que ellos y sólo ellos fueron considerados culpables. Muchos les acusaron de haber provocado las inundaciones, de haber llamado a la tempestad, de haber convocado la lluvia que hizo bajar las aguas turbias y voraces. Como si el poder de sus antepasados, para vengarse de la imposición del bautismo, fuese como el poder de Adonay, Señor, Dios Único del Cielo y de la Tierra, que tiene el privilegio de enviar el rayo y detener el sol.

La ciudad queda atrás. Bajo el campanario de Santa Eulalia, el Segell y la Argentería, sus calles; *gente de La Calle*, les llaman. Algunas casas se han quedado sin nadie. Pero hay platos sucios en la pila, a la espera de que al atardecer vuelva la criada, a quien hoy han dado permiso para ir a visitar a los suyos. Se quedará de piedra cuando comprenda lo ocurrido. La criada cristiana ante la que disimulan y rezan el rosario y encubren el asco por el tocino. Por fin se ha acabado la farsa. Basta de disimulos. Ya está bien de teatro. Se marchan. Huyen. Se escapan. Saben que violan la ley que les prohíbe abandonar esta tierra. Saben que si les cogen pagarán con la vida. Pero si se quedan, también. Desde que murió Costura, desde que el padre Ferrando, con la excusa de asistirlo en sus últimas horas, no le dejó ni de noche ni de día, las cosas se han complicado. Pronto comenzarán a abrirles procesos. Pronto el alguacil llamará amenazante a sus puertas o las derribará sin ningún miramiento. Los hombres de su partida ya tienen las hachas preparadas. Llegarán de madrugada, a la mala hora, para aterrorizarlos y acobardarlos más aún. Con malos modos les obligarán a vestirse y de un golpe les arrebatarán el sueño que aún anida en sus párpados. Ya perciben el ruido ferruginoso del descorrer de los pestillos y los gritos y los lloros de los niños. Como a bestias les clavarán las espuelas y se los llevarán a rastras a la Casa Negra, a la Casa Oscura de donde quién sabe si sólo saldrán para ir a la hoguera.

Abandonan. Se van, pero no renuncian. *Un día nuestros hijos, o los hijos de nuestros hijos, volverán a buscar lo que es nuestro, lo que dejamos, lo que no hemos podido vender por no levantar sospechas. Las casas y las tiendas y los obradores. Las herramientas, los muebles, el ajuar.* Han cerrado y se han llevado las llaves. Las llaves que no deben perder, las llaves y las escrituras ante notario que dan fe de sus propiedades, aunque todos sus bienes les sean confiscados en cuanto noten la casa vacía y ellos, a buen seguro, quemados en efigie. *Nunca más te veremos, tierra nuestra, madrastra más que madre, por todo lo que nos haces, por todo lo que has dejado de darnos. Nos hemos calentado con cenizas, hemos comido escorpiones, hemos bebido aguas venenosas...* Cuentan facecias. Hablan de todo con tal de no hablar de nada, para no aumentar la angustia, el miedo de atravesar la mar grande que pocos conocen. Miedo a los ataques corsarios, a las tempestades que hunden los barcos. Hablan del tiempo, que ahora tanto les importa, de la calma de la mar, quizá demasiado inquietante, porque si la brisa no entra y el viento no se mueve, las velas no podrán inflarse. *¿Qué te parece, Cónsul?*, pregunta el sastre Valleriola. *No veo claro que podamos zarpar.* Pero El Cónsul nada contesta. Es Rafael Valls quien responde con una mirada que taladra. *Es un día glorioso, un día espléndido que Dios nos envía*, añade, antes de irse con los suyos: su hijo, su mujer y la hija pequeña de sus aparceros, que es la prometida de Rafael Onofre; sólo faltan su suegra, a quien no se han atrevido a embarcar porque está mal de la cabeza, grita y patalea y asegura que ve brujas y ladrones por todas partes, y su hijo mayor, que vive en Alicante y nada sabe de la huida. Tiempo habrá de avisarle desde Livorno.

Sólo Gabriel Valls ha tomado con apetito un trozo de la coca amasada por la *madona* de su huerto que tanto gustaba a Costura. Los demás han comido con desgana. Una vez más, El Rabí ha enumerado a los suyos cuanto de bueno encontrarán en Liorna, tanto que se dice que quien allí va no retorna; les ha asegurado que la travesía durará sólo unos cuantos días, que lo sabe con seguridad porque Pere Onofre Aguiló le ha contado con pelos y señales sus viajes. Les convence de que allí todo será diferente y mejor, que serán acogidos con agrado en el puerto mediceo. Intenta consolar a su mujer, que se siente culpable de haber dejado a su madre, aunque su tía se hará cargo de ella hasta que Adonay la vaya a buscar. *Ni siquiera se dará cuenta de que no estamos*, dice El Rabí. *La pobre tiene perdida la razón... Has sido tú quién no ha querido que viniera con nosotros*, le recrimina María Aguiló. *Tu madre no corre peligro, y hubiera ocupado el lugar de alguien mucho más necesitado. Nos echa la Inquisición. No abandonamos Mallorca por gusto, María, nos empujan los procesos.*

Son más de veinte, contando a los niños. El Rabí no les pierde de vista, por mucho que se hayan desperdigado entre las rocas. Ve a El Cónsul con sus hijos Pere y Mateu. Los dos hijos de Cap de Trons, Josep Joaquim y Baltasar, y Aina con el recién nacido, hijo del maleante de Juli Ramis. Falta el cuñado inocente que tuvo la feliz ocurrencia de morirse hace un mes, liberando así a los sobrinos de su carga. Ve al viejo Valleriola, *Xoteto*, su amigo de las tertulias del huerto, hablando con su pariente el sastre Xim Valleriola y Rafaela Miró, su mujer. Los dos hijos de Pere Onofre Martí, *Moixina*, que juegan atolondrados, bajo la mirada vigilante de su madre, Quiteria Pomar. La vieja Polonia Miró, criada de Costura, que pega la hebra con Madó Grossa, a quien acompaña su hermana viuda, con los nietos que tiene a su custodia. Aina Fuster, la mujer del administrador del conde de Descós. Los hermanos Tarongí, el tío de Costura, Miquel Bonnín y su hija, Sara dels Olors... Están todos. No falta nadie. Todos han seguido al pie de la letra sus instrucciones y todo rueda según él dispuso. Hasta el momento nadie puede acusarles de haberse saltado prohibición alguna. Han cumplido con el precepto dominical y ahora comen *crespells* y los más ricos frutas confitadas. Dentro de un rato, después de recoger sus pertenencias y doblar los manteles, tal como han venido, *gento con gento*, llegarán hasta Porto Pi. Otros domingos han escogido el mismo itinerario. Nada de particular tiene el hecho de que hoy vuelvan del muelle, adonde han ido para aprovechar que hace bueno. El aire del mar ventila los pulmones y espabila el apetito.

Se levantan. Algunos empiezan a andar. *No llores, Isabel*, le dice Rafael Tarongí a su hermana, que desde que se fue de casa lucha por evitar las lágrimas. Caminan algo apartados porque ella se avergüenza de que la vean tan abatida. Pero no puede disimular su desconsuelo. En casa deja dos niños, lo que más quiere en el mundo. *A estas horas*, exclama porque ha oído a Eloi tocar las dos de la tarde, *ya se habrán despertado de la siesta. Tomeu ya debe de preguntar por mí... Beleta andará buscándome por toda la casa. No te vuelvas, no lo pienses*, le dice su hermano. *Tu marido es un poco cabezota, pero no es malo. Ten por seguro que no los desamparará.* Con suavidad la toma del brazo y nota cómo tiembla. *Volverás a verles, hermana. Ya verás cómo Adonay velará por ellos. Los niños son demasiado pequeños para ser procesados. En cambio tú corres mucho peligro, Isabel mía.*

Isabel lleva el *rebosillo* de fiesta, de seda bordada con hilos de oro. Un rayo de sol cae sobre el *guatlereto* que lo cierra y se expande en otros rayos, como si saliesen del corazón de un Santo Cristo o de una Dolorosa. *Vuelvo a casa*, dice Isabel. *Sálvate tú, Rafael. Yo no puedo dejar a mis hijos.* Y con suavidad se desprende del brazo de su hermano y retrocede un par de pasos. Rafael impide que siga. La abraza, la consuela. *Es mejor para los niños tenerte lejos que muerta, carbonizada en la hoguera. No te queda más remedio que huir.*

Su tío Costura le aseguró al padre Ferrando que con ellos no había nada que hacer, que eran recalcitrantes. *Son judíos y morirán judíos*, oyó Rafael que le decía dos días antes de entrar en la agonía, cuando el jesuita, más que confesarle, le interrogaba sobre cuantos encontraba dignos de sospecha. *Debería habérmelas ingeniado para llevarme a los niños. Me necesitan,* dice entre sollozos. *No quiero verte hecha una Magdalena, hermana. No me gustas con esos ojos enrojecidos y la cara abotargada. Te pones fea, tú que eres la más preciosa de La Calle...*

Madó Grossa casi les ha dado alcance. Se mueve con agilidad, a pesar de sus años. *Debe de llevar todas las faldas que tiene*, sospecha Isabel. *Parece la ballena que se tragó al profeta.* La hermana y los dos nietos caminan un poco más atrás. *Si ella va en el lado de proa*, ha dicho Polonia Miró, *los demás deberemos colocarnos en la popa. Ha arramblado con cuanto tiene. ¿No lo ves, Polonia?*, interrumpe su vecina, Rafaela Miró, colgada del brazo de su marido, Xim Valleriola, que la arrastra muy a su pesar. Eso de tener que cargar con aquel adefesio que tiene por mujer le incomoda. Preferiría estar hablando con los hombres para preguntarles por ciertos aspectos del viaje que le preocupan. Él es uno de los que más han contribuido a la fuga, y es de justicia que le corresponda un buen lugar.

El niño de Aina reclama el pecho de su madre y los hermanos Cortés se paran. Aina se sienta en el primer poyo que encuentra y amamanta a aquel hijo de su oprobio. En casa de los Caps de Trons todos rechazan al recién nacido. Sólo su padrino, Josep Joaquim, ha sido capaz de hacerle una caricia y le ha regalado un *siurell.*

El Rabí se ha levantado de los últimos. Ha emprendido el camino junto a su familia, pero luego se ha adelantado para alcanzar a El Cónsul y a Pere Onofre Martí, los amigos que más le han ayudado.

El atardecer hace palidecer el cielo, pero la brisa no entra. El mar permanece terso como una sábana acabada de poner. Sólo un bote de remos rompe la lámina intacta. *¿Y si no hay viento?*, pregunta Valleriola a Gabriel Valls un poco inquieto. *Lo habrá*, contesta Valls, sin perder la sonrisa que todo el día le ha acompañado, dando a su rostro una serenidad casi beatífica. *Hombre de poca fe, ¿cómo quieres que Adonay no lo mueva por nosotros? ¿Cómo quieres que nos abandone?*

Y vuelve a repetirles lo que saben: que la Providencia de Adonay se ha mostrado magnánima enviándoles aquel jabeque nada sospechoso que muchas otras veces ha fondeado en el muelle de Ciutat, y cuya tripulación incluso es conocida por Pere Onofre, que tanto les ha ayudado desde Livorno. Pondera Gabriel Valls la conducta del capitán, que ayer mismo, todavía no hace veinticuatro horas, se acercó hasta la casa de El Cónsul para quedar con él en que entre las tres y las cuatro del día siguiente embarcarían en un bote que les conduciría hasta el *Minerva*, fondeado en la bocana del muelle. Ellos se habrían acercado a Porto Pi como si estuvieran dando un paseo extramuros, como hacían muchos domingos si el tiempo acompañaba. Hasta en que fuera domingo les había favorecido Elohim, porque así nadie podría sospechar nada raro.

Han dejado atrás el buen olor a resina de los pinos de Bellver. Están a punto de llegar. La torre de señales parece acogerlos. Avanzan en procesión. No tienen manos, ni boca, ni orejas, ni ojos. Sólo olfato. Un olfato preciso que les hace mover los pies siguiendo el rastro impuesto por El Rabí, que representa a Adonay. El bote les espera. Ahora puede que de tanto desearlo hayan conseguido que se levante brisa. Elohim ha insuflado ese aire que comienza a encrespar las olas. La barca tendrá que hacer por lo menos tres viajes, porque son muchos. En el primero, los niños y las mujeres. En el segundo, los viejos y el resto de mujeres. En el último, los hombres.

La ciudad es tan sólo una mancha pardusca a oriente. La mar ha cambiado de rostro. Ya no se parece a la sábana perfectamente lisa de esta mañana. Ahora las olas muestran sus colmillos de lobo amenazante. Las salpicaduras jabonosas, como saliva rabiosa, les atrapan de lleno. Todos se han mojado, algunos chorrean. Suben con dificultad. Los marineros han ayudado a los pasajeros de los primeros botes. Los hombres de este último viaje abordan el barco a duras penas porque el jabeque se mueve sin compasión. Les han hecho pasar a una de las bodegas. Están casi a oscuras. Los niños gritan de miedo. Les han ordenado que se sienten en el suelo, arracimados, muy juntos, casi uno encima de otro. Un fuerte olor a especias se mezcla con el de melaza de aceite. El Cónsul y Gabriel Valls salen a cubierta y le dicen al capitán que los dineros pagados han sido muchos para verse tratados como esclavos. Éste les asegura que, cuando hayan levado anclas y naveguen en alta mar, podrán acomodarse arriba, en la cubierta, o resguardarse en algunas cámaras. *Con los niños no contaba*, les hace saber. *Siempre hablamos de una docena de personas, y sois más de veinte. La paga ha sido espléndida*, replica Valls, *no lo negaréis... No, pero corro muchos riesgos*, contesta Willis. *Si no fuera porque, como sabéis, soy muy amigo de Pere Onofre Aguiló, que me lo pidió por favor, ni por todo el oro del mundo os hubiera embarcado.*

Vuelven para llevar las noticias y consolar a los suyos con la promesa del capitán. *Lo primero que debemos hacer es dar gracias a Dios porque hemos embarcado*, amonesta Valls. *Las daremos cuando lleguemos*, exclama Aina Cortés. Pero nadie le hace caso. La voz de El Rabí acalla todos los comentarios: *Alabad a Adonay, implorad su nombre, anunciad a otros pueblos sus promesas. Cantadle, entonando himnos, haciendo mención de todas sus maravillas.* Todos le siguen. El rumor de sus rezos se oye desde cubierta, donde faenan los marineros del *Minerva* aparejando la nave para emprender el viaje en cuanto el capitán lo ordene. *Recordad las maravillas de Adonay, los portentos obrados por sus manos, oh hijos de Abraham, servidor suyo, hijos de Isaac, su elegido...*

Es el capitán en persona quien baja a pedirles que no griten, que no manifiesten su religión, que ya tendrán tiempo para plegarias cuando alcancen el último azul. *Rogad dentro de vuestros corazones*, dice El Rabí, sin despegar los labios. *Rogad con fe, agradeced a Adonay el favor que nos dispensa y la ayuda que nos envía. Rogad también por los nuestros que todavía permanecen en Ciutat, para que Adonay les ampare...*

Isabel Tarongí no puede evitar un sollozo que se le escapa del fondo de las entrañas. Otras mujeres lloran en silencio. *No quiero plañideras a bordo*, exclama Valls con voz firme. *Hoy es un día de alabanza, de agradecimiento, no de llantos. Un día grande para todos nosotros. Los llantos no son gratos a Elohim, que hoy nos pide alegría. Huimos para poder cumplir libremente con los preceptos que nos impone nuestra religión, para no tener que escondernos, para poder decir en voz alta que somos judíos y moriremos judíos... Huimos para evitar el brasero*, murmura en voz baja el hijo mediano de Cap de Trons, que es casi tan exaltado como su padre. *Tienes razón, también por esto, porque Adonay nos necesita vivos y no muertos para su gloria*, le contesta Valls. *Rabí*, dice Valleriola, que nunca hasta ahora le ha llamado de esta manera, *¿no te han dicho cuándo zarparemos? Porque el viento sopla con fuerza... Lo tenemos en contra*, responde El Cónsul, *hasta que no amaine no podremos partir... ¿Hasta cuándo esperaremos?*, pregunta Aina Cortés, que no tenía ningunas ganas de embarcarse. *¿Tendremos que volver a tierra?*, interrumpe Valleriola. *Si volvemos, verán que hemos intentado escapar*, apunta la hermana de Madó Grossa. *Nos cogerán más deprisa que si no hubiéramos intentado huir*, vuelve a cacarear Aina. *¡Calla o te mato!*, le amenaza su hermano mayor. *Basta*, levanta la voz El Rabí. *No quiero peleas. ¡Sólo nos faltaba eso! ¡Dios no nos abandonará, podéis estar seguros! ¡Dios no puede abandonarnos!... Muy convencido estás*, dice Xim Valleriola con su voz de flauta, inconfundible. *¿Y si Adonay no desease ayudarnos?* El Rabí se abalanza hacia él: *Hombre de poca fe. Si el Señor es nuestro pastor, ¿qué nos puede faltar?... Me contestas con una oración que todos sabemos, Gabriel Valls, y que ahora no nos sirve más que de consuelo*, interviene Martí. *Si no podemos zarpar, tú dirás qué debemos hacer... Tener paciencia y esperar... Pero si hemos de regresar, Rabí*, tercia El Cónsul, *hay que hacerlo antes de que cierren las puertas de Santa Catalina. Y no debe de faltar mucho... ¿No oís el viento? Parece un huracán*, interrumpe Madó Grossa. *Cónsul, acompáñame*, ordena El Rabí. *Hablaremos con el capitán.*

El capitán fuma en su camarote ante un tazón, sujeto al mamparo con una argolla, lleno de un líquido oscuro que nunca han visto. Les invita a sentarse en su litera, mientras él se agarra al reborde del ojo de buey para aguantar el equilibrio. El Cónsul tiene color de sapo. Su cara se ha teñido de un verde sucio y apenas puede hablar. *El viento va a más, en estas condiciones es imposible zarpar*, asegura el capitán, harto de la insistencia de Valls para que leve anclas enseguida. *Naufragaríamos con toda seguridad. Debemos esperar a que el temporal amaine. Es imposible salir de puerto y navegar a oscuras en estas condiciones. No queda más remedio que esperar a mañana.*

*Señor, Dios mío, Adonay, ilumíname*, reza Gabriel Valls de Valls Mayor, antes de abrir la boca, *inspírame, dime lo que debo hacer.* Luego pregunta a Willis si pueden quedarse en la bodega, si cree que corren peligro. El capitán les aconseja desembarcar: *Si os buscan, seguro que sospecharán que estáis aquí. No hay otro jabeque en toda la bahía. Si os encuentran también me prenderán a mí, por muy extranjero que sea. Cuando el viento amaine os mandaré aviso. Tenéis que estar preparados mañana por la mañana... ¿Y qué garantía me dais de no huir con nuestro dinero?*, pregunta El Cónsul. *Mi palabra*, responde el capitán, molesto de que duden de su honor.

Los niños, que se habían dormido rendidos de cansancio, son despertados a toda prisa. *Hijos, volvemos a casa*, dicen las mujeres, *para que podáis descansar más blandamente en vuestras camas. Adonay nos ampare*, repiten los viejos, aterrorizados de tener que saltar desde el jabeque al bote, que es como un dedal perdido entre las olas. *Tengo miedo. Quiero ir contigo y no con las mujeres*, dice María Pomar a Rafael Onofre, con un hilo de voz a punto de quebrarse. *Tienes que acompañar a mi madre, pero nada te pasará, vida mía, porque yo te quiero.*

A todos les ha caído como una peste el forzado desembarco, a todos menos a Isabel Tarongí, que es la única que está segura de que Adonay la ha escuchado. Volver a ver a sus niños enseguida es lo que no ha dejado de pedir desde esta mañana, desde que inclinó su rostro dulcísimo para besar a sus hijos todavía dormidos y le dijo a su marido que pasaría el día con su hermano, atendiendo a su tía enferma.

*Regresaremos igual que hemos venido, tranquilamente. Pero hay que llegar antes de que cierren las puertas de las murallas,* amonesta el Rabí. *Si la ronda nos para, ya lo sabéis: venimos de pasear por el muelle y nos ha cogido la tormenta.*

Primero bajan los niños y las mujeres. El viento les levanta las faldas y los *rebosillos*. Gritan de puro miedo al ver cómo el bote es empujado contra el casco del jabeque. La vieja Aina Segura se ha encomendado a Adonay tanto como al Cristo de Santa Eulalia, por si acaso, y al sentarse en el bote se lo ha confiado a Polonia, que la ha reñido mucho. Los marineros deben remar con todas sus fuerzas para contrarrestar la de las olas. El primer grupo acaba de llegar a tierra. Empapados, reemprenden el camino hacia Ciutat. El sol aún está alto, pero pronto anochecerá. *Niños, cantad la canción «d'anar a vermar»*, dice Quiteria a sus hijos para intentar entretenerlos. El bote sin carga avanza más rápido. Ya se preparan los del segundo viaje. La primera en bajar es Rafaela Miró. Su marido intenta en vano entretenerse para no acompañarla. Ahora le toca el turno a Madó Grossa, que al caer en el bote casi lo hace volcar. Aina Cortés no quiere confiar a nadie a su hijo, que lloriquea seguramente de hambre. *Es que mama mala leche*, comentan las comadres, al ver la cara avinagrada de la hija de Cap de Trons. Le han atado el niño sobre el pecho con un pañolón, para dejarle libres las manos. De pronto, al bajar por la escala de cuerda, pierde el equilibrio y el pequeño cae al mar. *¡No sé nadar!*, solloza ella. En cuanto entra en el bote se arranca a puñados mechones de pelos y llora a gritos. Un marinero se ha tirado al agua. Lucha con las olas para poder rescatar al niño. Cuando al fin lo consigue, lo sube a bordo, pero ya no respira. Isabel Tarongí, a fuerza de besos, pretende volverle a la vida. Aina

Cortés, presa de un ataque de nervios, da manotazos. Es Isabel quien baja al bote con el niño muerto y quien acarrea con su leve carga durante toda la travesía. *Paseábamos por el muelle de Porto Pi cuando sucedió la desgracia*, dice El Rabí a los que se van hacia el puerto. *Un marinero se tiró para salvarle, pero no llegó a tiempo. ¿Está claro? No debéis añadir ni una palabra más.*

El Rabí ha dado muchas veces las gracias al marinero. Él no se ha atrevido a arriesgarse. Ha creido que no sería capaz de salvar al niño, que moriría ahogado, y eso le entristece. El muchacho ha demostrado mucho más valor que él. Aina reclama por fin a su hijo. Con la criatura muerta en sus brazos, avanza entre las demás mujeres. Isabel Tarongí llora en silencio. Les acoge un poniente de oro tiznado de cenizas violetas. Las gaviotas les acompañan un rato entrecruzándose y revoloteando sobre sus cabezas. Los primeros vencejos del año acaban de aparecer en bandadas sobre la ciudad.

El último en abandonar el bote es Gabriel Valls. Antes que él ha bajado El Cónsul con sus hijos. Pere Onofre Martí ayudando a Valleriola, alias *Xoteto*. Luego Joaquín y Baltasar *Cap de Trons* y Rafael Onofre Valls de Vall Major. Ya no queda ninguno de los suyos a bordo del *Minerva*, y Porto Pi está desierto a causa del vendaval. *Si nadie ha visto cómo el bote iba y venía hasta una docena de veces, todo irá bien.* El Rabí así lo espera. Siente frío porque está mojadísimo, y cansado hasta el agotamiento. Pero anda dando zancadas y pidiendo a los demás que se apresuren. ¡Sólo les faltaría tener que dormir a la intemperie! Entonces sí que levantarían sospechas.

Valls tiene el rictus adusto, y aquella cara de gaita a punto de reventar en música de fiesta se ha vuelto de zampoña oscura. Se siente culpable. Él es el único responsable del fracaso. Él decidió el embarque. Trató con el capitán las condiciones, dictaminó quién tenía que huir y quién debía quedarse. Les aseguró que Adonay no les abandonaría, les insultó, llamándoles *¡Hombres de poca fe!* cuando dudaban. Pidió a Adonay el viento, y Adonay le mandó el viento, pero fue un viento contrario. ¿Y si él, el escogido, El Rabí, el maestro, hubiera perdido la confianza de Dios? En un santiamén todo se le ha vuelto en contra. Incluso la muerte del niño es culpa suya. *¿No me pidió Aina Cortés que no la forzase a marcharse? ¿Y no fui yo quien la convenció de que no abandonara al hijo de su oprobio y la obligó a llevárselo para redimirlo en tierras de libertad, donde prometí encargarme de su educación para que llegase a ser un verdadero judío?*

En el cielo se cumplen las exequias del sol. Unas nubes abigarradas, a rayas rojizas, le ofrecen guirnaldas como coronas de muerto. El primer grupo ya ha cruzado la muralla por la puerta de Santa Catalina, ya baja por la cuesta de Santa Cruz, avanza por la calle del Vino y el puente de Horlandisque. Oyen cómo Figuera toca las horas. *¡Las seis!*, cuenta María Pomar, que acompaña a su futura suegra. *¡Qué día tan largo!*, dice María Aguiló. *¡Qué ganas tengo de llegar a casa!* Están ya en la Plaza Nueva. Doblan la esquina de Santa Eulalia con el Sagell. Y se paran en seco. No les queda más remedio que pararse. El ayudante del alguacil les impide el paso desde lo alto de su caballo.

## II

Fue la pobre loca quien empezó a gritar. A gritos forcejeó con cerraduras y trancas, pestillos y candados, hasta abrir puertas y ventanas. A gritos denunció a los ladrones que se lo habían robado todo. A los ladrones primero y a las brujas después que la habían aojado. Ni su hermana ni las dos criadas consiguieron hacerla callar, ni pudieron calmarla. Quería irse, huir de aquella casa encantada, pasto de ladrones. Cuando le cerraban el paso para que no saliese a la calle, pataleaba, se tiraba de los pelos, se golpeaba la cabeza contra la pared. Sin parar repetía que la culpa la tenían las brujas. *Las brujas hijas de Satanás se han llevado a mi María y me han dejado sola. ¡Habráse visto!... No te preocupes, que ya volverá*, le aseguraba su hermana. *Ha ido a dar un paseo, hoy es domingo, mujer... ¿Y tú quién eres que no te conozco?*, replica ella, interrogándola con los ojos extraviados, como si con ellos intentara cerrar la pregunta abierta en su memoria, averiguando dónde la conoció o qué la ha traído hasta su presencia. *¡Pues quién voy a ser! Esther, tu hermana Esther... ¿Y tú qué haces aquí?*, exclama de nuevo como si no la hubiera oído. *Y vosotras, ¿la conocéis vosotras, vosotras?*, pregunta a las criadas, trabándose la lengua en la última palabra, como acostumbra. *Es vuestra hermana*, contesta Jerónima. *No tengo ninguna hermana*, insiste ella, *yo..., yo... Basta, Caterina, basta*, dice Esther, y la toma suavemente del brazo... *Basta, mírame bien, ¡claro que tienes una hermana! Se murió*, contesta ella después de observarla fijamente un rato como si le buscara el alma y por fin hubiera dado con un cabo al que asir sus recuerdos. *No,*

*Caterina, no, todavía no me he muerto. ¿No ves que te hablo y me muevo? ¿No ves que estoy viva? ¿Lo ves?, ¿lo ves?, son las brujas. Las brujas, las brujas, que te me presentan con la mortaja. Las brujas, brujas, brujas.* Repite de nuevo la misma palabra, como si se le hubiera pegado al paladar. *Ay, Dios mío*, exclama Esther Bonnín, hablando también sola, *¿qué he hecho yo para merecer este castigo? No sé si lo podré soportar... ¡Brujas, hijas de Satanás!* Y la loca va variando su letanía, añadiéndole vituperios: *¡Hijas del Gran Cabrón! ¡Zorras de Salomé!... Basta, Caterina*, vuelve a imponerse la hermana. *Basta, deja a las brujas, déjalas, que no las necesitamos para nada. ¿No ves que hemos venido aquí para hacerte compañía?... Eso es el viento que la ha trastornado aún más*, interrumpe Jerónima, la criada. *Este viento del demonio, que nada bueno nos puede traer. Hacía días que no la veía tan mal... ¡Brujas, brujas, malas zorras de Salomé!...*

La encierran en su cuarto a la fuerza, y a la fuerza la tumban sobre la cama. Poco a poco se tranquiliza. La obligan a tomarse una infusión de tila, hierbabuena y flor de adormidera, que calma los nervios. Tiene los ojos cerrados y parece que duerme. Por eso salen de puntillas y bajan. Esther se sienta junto al fuego en la cocina. Y Jerónima, la vieja criada, se mete en el cuarto que comparte con su sobrina Magdalena, que sirve desde hace un año también en casa de los Valls y, aunque no les tiene afecto como su tía, se encuentra mejor aquí que en casa del canónigo Amorós, que le tasaba la comida y la incordiaba con su mal carácter a todas horas. Pero ni Esther ni Jerónima consiguen descansar más de diez minutos. Ya vuelven a oír sus pasos, ahora hacia la azotea, trata de abrir la puerta y desde el terrado grita de nuevo y gime y pide ayuda al vecindario y a gritos cacarea el nombre de Madó Grossa, la curandera, y la acusa de haberse llevado a su hija. *Brujas, brujas, brujas*, y su cantinela monocorde se enreda en el silbido del viento, que levantándole las faldas le confiere un aspecto de fantasma. Ni Esther, ni Jerónima, que ha subido acompañada de la sobrina, consiguen hacerla callar. *Brujas, brujas, hermanas de Satanás, que os habéis llevado a mi única hija. Ah, arderéis en la hoguera... Andad, madoneta*, la interrumpe Jerónima, *vamos adentro, aquí no podemos quedarnos con ese vendaval.* La loca enmudece unos segundos y a manotazos lucha con el viento, que acaba de arrebatarle el cambuj. Su hermana se le acerca y, al tratar de llevársela hacia la escalera, recibe en plena mejilla sus arañazos. Jerónima y Magdalena intentan auxiliarla, pero ella les ataca a mordiscos. *Menuda prenda me han dejado contigo, hermana*, exclama Esther en voz alta, sin darse cuenta de que está entre parroquianas de Ca'n Peroni, y no conviene levantar sospechas. Tiempo le sobrará para justificar que ella ha tenido que hacerse cargo de la loca.

Caterina Bonnín no entra en razón. Da coces y puñetazos, y se desgañita como gato medio despellejado cada vez que intentan hacerla bajar. *Sólo la cazaremos con redes*, exclama Jerónima. *Tenéis razón, tía. ¿Y si avisáramos a los vecinos? Quizá nos ayudarían. Aquí no podemos quedarnos con este vendaval... Gracias a Dios*, exclama la hermana al ver que por la pared medianera acaba de saltar Tomeu Aguiló, que vive dos casas más allá y al oír las voces ha subido para ver qué ocurre. *¿Qué os pasa, mestressa?, ¿qué es esto? ¿No veis que el viento se os va a llevar? Id adentro, deprisa, corred...* Caterina se resiste en el primer momento, pero luego, como un niño, se deja guiar por el joven escaleras abajo hacia su cuarto, sin decir palabra. *Esto es un milagro, Tomeu*, dice Esther Bonnín, *no sé cómo podré agradecértelo.*

La aldaba golpea con fuerza. *Abrid. ¿A qué viene esta pelea?* Es la voz de papel de lija del ayudante del alguacil la que retruena. *Ya va, ya va. ¡Jesús, San Antonio!*, exclama Jerónima. *¡Dios mío, qué tardecita! ¡Vaya domingo de la puñeta!* Y descorre el pestillo, quita el candado y hace girar la llave. *He oído los gritos de madó Caterina al doblar la calle del*

*Sagell. Que salga maese Gabriel... No está*, le contesta Jerónima. *No hay nadie... ¿Cómo que no hay nadie? ¿Dónde están?*, interroga el ayudante del alguacil a gritos destemplados, como es habitual en él. *¿Cómo han dejado sola a esta posesa, en domingo? Han ido de paseo*, contesta Esther Bonnín, que se ha acercado a la puerta al comprobar quién es la visita inoportuna, *y me he venido yo para hacerle compañía. Además, sola tampoco se hubiera quedado aunque yo no hubiera venido. ¿No son de carne bautizada estas criadas?*

Ripoll ni siquiera contesta, gruñe y se encara burlón con la vieja; una sonrisa se dibuja en su rostro, amasado sin ningún esmero. *¡Brujas, brujas!*, vuelve a insistir de nuevo gritando la loca, y al poco varía su cantinela: *Te pegaré, Madó Grossa, te arañaré, Madó Grossa. Eres tú la que me has aojado. Tú te has llevado a mi hija... Podría ser verdad*, aventura el ayudante del alguacil con sorna, y encoge la nariz mientras exclama: *¡Qué peste a fritura!*

Tomeu Aguiló se cruza con él en la puerta. *¿Y tú que haces aquí, bergante?... He venido a auxiliar a estas mujercillas*, dice él. *Mira qué buen samaritano, Tomeuot*, replica Ripoll, burlándose. *¡Que no vuelva a oír ni una mosca!*, advierte. *Es una pobre loca*, exclama Tomeu. *He dicho que no quería oír a nadie, y a ti menos. ¡Qué folloneros sois todos, xuetons de mierda!*

Esther Bonnín ha cerrado de nuevo con llave, ha pasado los pestillos, asegurado los candados, y todavía junto a la puerta ha dicho en voz alta: *Muchachas, vamos a rezar el rosario.* Con el Ave María en los labios ha entrado en la cocina. Su hermana, algo más sosegada, está calentándose junto al fuego. *Brujas, brujas*, repite todavía en voz baja, como si con su letanía particular acompañara la de las otras mujeres.

El ayudante del alguacil monta en su caballo y clava las espuelas en el animal, que sale al galope. Mientras se aleja, vuelve la cara amenazante hacia la casa de Valls y recrimina de nuevo a las mujeres impostando la voz en una especie de bramido: *Si vuelve a alborotar el barrio con sus gritos, me la llevaré a prisión.* Se marcha pero sólo deja que el caballo trote unos metros. Tira de la brida y lo detiene. A pesar de que es domingo, aprovechará para ir a casa del sastre Valleriola y molestarle un poco. Hace una semana que quedó en entregarle la capa que le encargó y, como de costumbre, ha incumplido su promesa. Descabalga y golpea con fuerza. Nadie le contesta. Llama a la puerta de la vecina, Polonia Miró, que, desde que murió Costura de aquel horrible dolor de barriga que le duró ocho días, sigue en la casa porque los sobrinos de su amo se lo consienten. Llama y vuelve a llamar y da patadas en el postigo, pero tampoco aparece nadie. *Válgame Dios, y qué sinagogas hacen estos judíos de mierda*, dice para ofender a quienes le oigan. *Estarán todos en el huerto haciendo sus comistrajos. ¡Ya les daría yo morcillas!... ¡Malditos judíos que mataron a Cristo!*, añade su criado, que acaba de aparecer y tiene todavía peores pulgas que Ripoll, porque es jorobado y patizambo y le han tratado como a un mulo toda la vida. *Anda, vete a llamar a los Cap de Trons*, le ordena el amo. *Pensaba pasar mañana, pero ya que estamos aquí, quiero saber cuánto me darán por esta capa vieja... No supondrías que iba a regalártela... Ya sé que le has echado el ojo, pero no es la miel para la boca del asno... Anda, ve, Joanarro, que así les fastidiaremos un poco... Date prisa...*

Joan compone una figura de pantomima con sus andares a trancos y la joroba que le cuelga de la espalda como un saco. *Hala, ve, corre*, le ordena Ripoll, *que estás que enamoras. Muchachas, salid, salid, daos prisa, contemplad a ese mayo, esa gala, ese Adonis... Nadie contesta*, dice Joan, después de golpear la puerta. *¿Crees que estoy sordo, alcornoque? Ya me doy cuenta de que aquí tampoco hay nadie, bobo... Deben de estar reunidos en la sinagoga*, exclama casi debajo de los pies del caballo de Ripoll, que resopla nervioso coceando. *¡Mira que eres zopenco, muchacho! Hoy no, que es domingo. Eso ayer,* *que era sábado. Pero tienes razón en una cosa: a estas horas, y a punto de cerrar la muralla, si no están en sus casas, algo malo deben de hacer, y gordo.*

El viento, que no amaina, ha ido levantando polvo y hojarasca. Entre sus embates, cada vez más seguidos, se conmueven los bronces de Na Figuera, que acaban de dar las seis. La poca gente que aún anda por las calles busca corriendo donde refugiarse. Ripoll está a punto de abandonar la ronda, pero finalmente decide continuar, acompañado de Perot, que a pie se protege los ojos con las manos. Parece que se dirigen hacia la Quartera, pero en vez de tomar hacia el Banc de s'Oli o el Sindicato retroceden hacia el Sagell. La calle está ahora en calma. Al paso, sigue Ripoll hacia la Plaza Nueva para comprobar que la puerta de la muralla ha sido cerrada en punto, tal como está mandado. De pronto oye rumor de pasos y, al doblar la esquina de Santa Eulalia, se encuentran con el primer grupo de desembarcados. *¡Eh!*, les acomete con malos modos. *¿De dónde venís a estas horas y con estas pintas de apaleados?... Del muelle... ¿Del muelle? ¿De pasear por el muelle con este vendaval? ¿Y qué se os ha perdido por Porto Pi?... Una desgracia... ¿Qué desgracia?... El hijo de Aina* Cap de Trons, *que se ha ahogado*, dice Madó Grossa. *Habrá sido su madre, que lo habrá tirado al agua...*, replica Perot con una carcajada. *Y Aina, ¿dónde está? ¿Y el niño?...* Nadie contesta... *Venga, pasad, que todo eso vamos a aclararlo enseguida... Déjanos llegar a casa*, suplica María Aguiló, *y mañana nos tomas declaración. Ahora es tarde y estamos demasiado cansadas... No hay mañana que valga*, le contesta Ripoll envalentonado. *Ha habido un muerto y vosotros tendréis que testimoniar.*

Los niños lloran. Las mujeres empiezan a gemir al ver que el alguacil ha desenvainado la espada y espolea al caballo cargando contra ellas. *Nos veis indefensas y por eso nos maltratáis*, dice María Aguiló. *Enseguida vendrán los hombres... Esos cornudos, mediaspuñetas, diablos con cola.... Ya se lo repetirás a ellos, Perot*, dice Madó Grossa, encendida como pimentón. *¿Qué mascullas tú, bruja?*, interviene el ayudante del alguacil. *Vete con cuidado o pronto arderás en la hoguera. Buen fuego alimentarás con tanta grasa... Anda, cállate, Ripoll, que nos hemos conocido más pobres*, se le encara la mujer del sastre, que le trató de niño porque su padre, un pobre pelaire, tenía un taller en el barrio. *Cállate, hombre, que no sabes lo que te dices... ¿Que no sé lo que me digo, mestressa? Bien que sé lo que me digo. Hace un rato, la suegra de Valls denunciaba a gritos a Madó Gossa por bruja. Tendremos que averiguar la acusación, madona. ¡Menudos alaridos daba desde la azotea! Decía muy claro que ibais volando... ¿Dónde está mi madre?*, pregunta temblorosa María Aguiló. *¿Qué le habéis hecho? Si la pobrecilla ha perdido la cabeza... Venga, pasad, deprisa*, ordena sin contestar Ripoll, *y tú quédate aquí, Joanarro, te mandaré refuerzos. Detén a todos los que vayan llegando... ¿Por qué nos maltratáis, alguacil?*, interviene, ascendiéndole en el cargo, Polonia Miró. *¿Qué mal hemos hecho? ¿De qué nos acusáis?... Quiero saber exactamente qué hacíais en el muelle, que me lo contéis sin dejar un punto... Venimos de un jabeque*, dice Miquel, el hijo pequeño de Quiteria Pomar. *Ahora lo entiendo*, exclama Ripoll, *ahora lo comprendo todo. ¿No te gustaría montar en mi caballo? Debes de estar cansado, ¿no es verdad?* Su madre palidece. *Por el amor de Dios, Miguelito, no seas embustero. Hemos ido a Porto Pi y nos hemos paseado un rato, nada más... Sube a mi caballo*, insiste Ripoll, y toma al niño por un brazo. *Contigo haré buenas migas. Eres un muchacho espabilado. Anda, cuéntamelo todo.* Pero Miguel no habla. Al verse en lo alto del caballo, rompe a llorar y llama a su madre, que solloza suplicando a Ripoll que le devuelva el hijo. *Voy a buscar refuerzos*, vuelve a insistir, y galopa hacia la Plaza Nueva llevándose al niño. A Quiteria Pomar se le ocurre susurrar algo al oído de su hijo mayor y éste escapa, en un descuido de Joanarro, corriendo hacia la calle de la Bolsería. Intentará salir al encuentro del grupo de hombres para avisarles de lo que ocurre.

El alguacil mayor en persona llega acompañado de una partida. *Que nadie escape*, amenaza, *o responderá con la vida.* Las mujeres se arraciman a su alrededor. *¿Qué nos pasará, señor?*, pregunta María Aguiló. *No podemos con nuestra alma. Por caridad, esperad hasta mañana para detenernos. Estamos muertas de cansancio, y con este viento... Debo llevaros hasta la Casa Negra, ahora mismo*, responde, *no hay más remedio.* El alguacil todavía es joven, por su aspecto diríase que no ha cumplido los treinta. Siempre que se dirige a las mujeres dulcifica el tono. Con una mirada ha examinado y evaluado aquella mercancía. Nadie le llama la atención, a excepción de María Pomar, que, sin soltarse de la mano de su futura suegra, está temblando y llora en silencio. *¿Esta mocita es hija vuestra?*, pregunta don Gaspar de Puigdorfila. *No, señor, pero como si lo fuera. Es la prometida de mi hijo menor, Rafael Onofre... Os parecéis*, opina el alguacil intentando averiguar cuáles debieron ser los encantos juveniles de María Aguiló, porque alguna viruta queda de su antigua madera. *Señor, por caridad*, vuelve a insistir ella, *yo estoy muerta y esta pobre niña no puede tampoco con su alma...*

Una teja acaba de estallar en mil pedazos justo a los pies del caballo de don Gaspar. El animal se ha encabritado y el alguacil mayor ha estado a punto de caerse al suelo. *Daos prisa*, ordena a sus hombres, *o el viento acabará con todo.* Detrás de las ventanas la gente de La Calle intenta mirar sin ser vista. Mariana Martí, la madre de Pere Onofre Aguiló, agradece a Adonay la decisión que él le inspiró de no embarcarse, porque ahora se encontraría igual que aquellas desgraciadas, entre dos hileras de hombres armados, aguantando a pie firme el huracán. A Esther Bonnín se le caen las lágrimas al reconocer a su sobrina. También mira hacia la calle la pobre loca, que al ver a su hija rompe a gritar. *¿Adónde se llevan a mi María?*, pregunta. *Eh, Madó Grossa, bruja.* Y corre escaleras abajo. Ahora nadie impide que salga. Esther Bonnín la sigue. *Tal vez conmueva al* *alguacil*, piensa, *y nos devuelva a María, aunque sea por una sola noche.* Los hombres de la partida no saben qué hacer con la vieja que corre en medio de las presas, empujada por el viento, que resopla con furia. A patadas y a manotazos se defiende de los hombres armados que quieren hacerla retroceder y acomete a Madó Grossa, que la mira perpleja. *Tú me la has echado mal de ojo, bruja*, le espeta. María Aguiló intenta calmarla: *No digáis tonterías, madre, y volved a casa. Sólo hemos ido a dar una vuelta y nos ha cogido el vendaval. Madó Grossa no me ha hecho nada*, asegura, mientras la abraza un instante. *Id con vuestra hermana, madre*, le dice, *y tened paciencia.* Esther Bonnín corre a su lado para protegerla. *Señor alguacil*, dice, dirigiéndose a don Gaspar, *tened misericordia de esta pobre vieja que ha perdido la razón y dejad que su hija vaya con ella.* Pero Gaspar de Puigdorfila nada le contesta, pendiente como está de otro grupo de mujeres que entra desde la Plaza Nueva hacia el Sagell. A la luz de las antorchas, que el alguacil ha mandado encender a sus hombres, observa sus rostros abatidos. Acostumbrado como está a escoger los frutos más sabrosos y de mejor pulpa, no le es difícil imaginar a qué facciones el descanso les devolverá la belleza perdida, mientras que otras permanecerán sin atractivo aunque Morfeo las acoja entre sus brazos durante siglos. Por eso le impresiona la actitud de Dolorosa y el aire de María Magdalena de Isabel Tarongí, que, despeinada y sin el *rebosillo*, que el viento desconsiderado le debe de haber quitado, con los vestidos rotos, se niega a dar un paso y ha de ser arrastrada, mientras pide que la suelten, que quiere ver a sus hijos. Con gusto la dejaría en libertad, y con mayor gusto aún la desvestiría y le velaría el sueño hasta que despertara. En cambio no movería un dedo por Aina Cap de Trons, aunque, con el hijo muerto en brazos, reconoce que es digna de mayor conmiseración. *Supongo que no ha recibido la extremaunción*, le dice. *Querrás que vaya al cielo...* Aina no contesta. Lleva el niño contra sus pechos hinchados, que le duelen porque necesitan vaciarse. *Mañana será enterrado como Dios manda*, le asegura don Gaspar de Puigdorfila, *y esta noche podrás velarle. Te acompaño en el sentimiento.* Aina sigue muda. *Dale las gracias, mujer*, dice en voz baja Aina Segura, que va detrás de ella con los dos nietos. El alguacil se da cuenta y dirige una mirada amable a la vieja. *Señor, ¿estos niños no podrían ir a dormir a casa? Están muy cansados... Mañana, mañana, si lo consiente el Inquisidor*, contesta el alguacil mayor, mientras se aleja del grupo.

En la Casa Negra han abierto las puertas de par en par e iluminado la entrada con candiles. El viento apaga algunos, que el portero vuelve a encender con diligencia. Las oscilaciones de las llamas manchan las altas vigas de madera roja que sostienen el techo altísimo y salpican de claroscuros los rostros de los santos que desde los cuadros protegen el recinto. Unos cuantos familiares del Santo Oficio han salido a recibir a aquella tropa que Ripoll, muy ufano, encabeza. Les ordenan entrar hacia la izquierda y cruzar dos habitaciones mal iluminadas. En una tercera, en donde hay muchas sillas adosadas a las paredes y en el centro una mesa escritorio, les mandan detenerse. Madó Grossa, su hermana Aina y la mujer del sastre Valleriola se sientan. *Nada de sentarse, bribonas. Aguantad de pie, no sea cosa que os haga esperar de rodillas*, dice Ripoll, que ha seguido a las detenidas hasta allí. Y otra vez las obligan a ponerse en fila, separándolas de los niños. *Los niños vendrán conmigo*, dice una familiar que acaba de entrar con un velón. *Les daremos algo de comer... Un poco de tocino*, ríe el ayudante del alguacil. *Los niños y tú, Aina Cortés Cap de Trons, vendréis conmigo.* Los niños cruzan un patio y suben al piso de arriba, precedidos por un criado del Santo Oficio. Aina no. Aina es conducida por un hombre alto, vestido de sacristán, a una habitación de la planta baja, lejos de donde están los demás. Al entrar da un grito. En el centro hay un catafalco con un ataúd enorme rodeado de hachas, pero está vacío. *Has tenido suerte*, le dice aquella anguila con sotana. *Está preparado para don Juan Montis, que se encuentra en las últimas... Puedes dejar ahí a tu hijo. Mañana, antes de enterrarlo, mandaremos a buscar un cajón a casa del carpintero. Cuatro virutas serán suficientes.* Aina calla, deja el niño en aquella barca sin remos en la que su cuerpecillo diminuto se pierde como una brizna.

No hay ninguna silla. Sólo un reclinatorio. Aina se arrodilla. No puede velar el cadáver. El cansancio se lo impide. Los pechos le rezuman, nota la humedad de la leche traspasándole el jubón. La cabeza le arde. Se acerca al ataúd. Mira a su hijo y con la mano derecha recorre sus facciones. Tiene los mismos rasgos que Juli Ramis. Nadie podrá negar que ha salido al padre.

*No quiero oír ni una mosca*, les amonesta el Juez de Bienes, que acaba de entrar. *No quiero oír ni un llanto, ni un gemido. Si estáis arrepentidas, pedid perdón a Jesucristo en silencio, sin lloros... ¿Qué será de nosotras?*, pregunta Madó Grossa. *Eso depende*, le contesta el cura todavía respirando con agobio, y moviendo su inmenso papo pavoso. *Ahora*, les dice, *tenemos que hacer el inventario. Cuanto antes acabemos, antes podremos irnos a dormir... ¿Nos dejaréis ir a casa?*, pregunta Isabel Fustera, que es la primera vez que se manifiesta. *No, mestressa*, responde Jaume Llabrés, *eso de ninguna manera; a vuestra casa, ni hablar. No podríais entrar. Dormiréis aquí, en las celdas de la prisión del Santo Oficio.* Isabel Tarongí anda medio desmayada. María Pomar llora sin parar. *¿Y mis nietos? No me tienen más que a mí*, protesta Aina Segura. *¡Silencio he dicho! ¿No me habéis oído, mestressas? Los familiares os ayudarán y el escribano lo pondrá todo por escrito.*

Después de los familiares Bartomeu Sales, Antoni Papell y Tófol Martí, ha entrado el escribano Miguel Massot. Es un hombrecillo consumido que anda a saltitos, como si en otra vida hubiera sido gorrión. Con voz azucarada, saluda a la concurrencia. *Buenas noches le dé Dios a Vuestra Reverencia*, dice al juez de Bienes. *Buenas noches, mestresses.* Se sienta detrás de su mesa. Se sube las mangas un poco y moja la pluma en el tintero. Espera órdenes y por eso todavía no escribe nada, apuntala el plumín en el papel y con la mano izquierda aumenta la llama de la bujía. Mientras, los familiares registran a las primeras mujeres de la fila. Les quitan los pendientes, las pulseras, las cadenas de oro. Llegan con sus manos hambrientas hasta los escondrijos más ocultos y los dineros caen al suelo con estrépito. *Denunciaré al Virrey vuestras maneras*, se atreve María Aguiló. *Somos mujeres indefensas y por eso os aprovecháis de nosotras.* El Juez de Bienes replica contundente: *Ya te guardarás de denunciarme, mujer. ¿Quién te has creído que eres? Además, el Virrey no manda aquí. Aquí sólo manda la Santa Inquisición.*

*Ya puedes empezar, Miguel*, dice el juez. *Enseguida, Reverencia.* El escribano tiene una letra grande y clara que contrasta con el medio hombre que es. Escribe deprisa:

*—María Aguiló, casada con Gabriel Valls de Valls Major, natural de Ciutat, de edad de 48 años. Un anillo con un rubí, una tumbaga, arracadas de rubíes y botonadura que llevaba puesta.*

*Ítem más, escondidos en faltriqueras cosidas a las faldas, tres cadenas de oro muy gruesas y setecientas cincuenta onzas mallorquinas, tres botonaduras y un aderezo de diamantes. Rebolsillo de seda y falda de tafetán.*

*—María Pomar, doncella, hija de Josep Pomar y Micaela Fuster, de edad de 14 años, natural de Porreres. Unos pendientes de oro, un anillo de oro con una florecilla de filigrana y siete sueldos en la faltriquera.*

*—Rafaela Miró, casada con Xim Valleriola, de edad de 65 o 67 años, natural de la villa de Sóller. Alianza de oro y botonadura de oro y treinta onzas.*

*—Quiteria Pomar, casada con Pere Onofre Martí, llamado Moixina, de edad de 27 años, natural de Ciutat. Anillo con una turquesa, alianza de oro, botonadura de oro y en una*

*faltriquera falsa, cosida a las faldas, veinte onzas mallorquinas y un aderezo de oro. Rebolsillo de seda y falda de seda color de azafrán.*

*—Polonia Miró, soltera, natural de Ciutat, de edad de 69 años. Aderezo de oro y en la faltriquera veintinueve sueldos y una botonadura.*

*—Práxedes Segura, llamada Madó Grossa, viuda, natural de Ciutat, de 65 años. Cadena de oro, arracadas de oro con una perla engastada. Dentro de los dos bolsillos que llevaba cosidos a los refajos, cuarenta maravedís de real de plata, veinticinco onzas y una botonadura. Tres saquitos llenos de ruda, romero y hierbabuena para hacer infusiones. Tres faldas de hilo y tres cambujes por debajo del rebolsillo.*

*—Aina Segura, viuda, natural de Ciutat, de edad de 64 años. Botonadura de oro y dos alianzas. En la faltriquera, la escritura de su casa y siete onzas.*

*—Isabel Fuster, llamada Isabel Fustera, casada con Gabriel Forteza, de edad de más de cincuenta años, natural de Ciutat. Tumbaga y una cadena. En los bolsillos, veinticinco onzas y cuatro maravedís reales de plata.*

*—Isabel Tarongí, casada con Joaquim Martí, de edad de 27 años, natural de Ciutat. Cadena de oro, tumbaga y, en los bolsillos, treinta maravedís de oro. La falda, color amusco, de seda, rota.*

*—Sara Bonnín, llamada Sara dels Olors, doncella, hija de Miquel Bonnín y de Mariana Piña, de 30 años, natural de Ciutat. Arracadas de oro con un rubí engastado. Botonadura. Y en la faltriquera, cuarenta onzas mallorquinas. Rebolsillo de seda y dos faldas de tafetán gris.*

El inventario está listo. *Lee lo que has escrito*, ordena el Juez de Bienes al escribano. Miguel Massot obedece enseguida, pero su voz es apenas audible. Todas las campanas de Ciutat tocan a rebato.

## III

La cabeza le estalla. Muerden su cerebro los colmillos del viento, que no amaina. Jauría que amenaza con derribar los campanarios, las torres, los baluartes. Gigante que arranca árboles de cuajo, arrasa campos y derrumba casas. El viento y las campanas. Las campanas de todas las iglesias de Ciutat: Eloi, Figuera, Bárbara, Antonia, *Mitja*, la Nueva, Tercia, Matines, Picarol. Un desconcierto de campanas en su pobre cabeza a punto de reventar. Las campanas suenan y resuenan sin sosiego. Suenan y resuenan para detener el viento, para alejarlo al menos de Ciutat, para ahuyentarlo con la fuerza de sus poderosos bronces. Pero el viento no hace caso del conjuro. El viento se ríe de las campanas y de los campaneros y sigue soplando. De nada sirve que toquen a rebato despertando a los pocos que todavía duermen, los pocos que han conseguido pegar ojo sin sobresaltos: los recién nacidos, los inocentes...

El ataque de los bronces contra el aullido del viento penetra en su cuerpo hasta la médula. A pesar del cansancio que le rinde, a pesar de que no puede con su alma, sigue despierto. Con ésta son dos las noches que pasa en vela. La noche de los preparativos, llena de esperanzas, rebosante de ilusión, tan diferente de esta noche llena de aristas, coronada por puntas de hierros y tachuelas. Noche oscura, repleta de bramidos de viento y de campanas.

Le han encerrado en una celda apartada. Para llegar hasta aquí ha tenido que bajar dos escaleras. Cuarenta escalones. En el sótano no penetra ni una pizca de luz. Ha intentado llamar. Ha golpeado la pared con el puño. Pero nadie le contesta. Nadie da señales de vida. No debe de faltar mucho para el alba. Al alba todo cambiará. Podrá situar dónde se encuentra, a qué lado de la Casa Oscura le han llevado. Podrá preguntar por los suyos. Intentará hacer llegar un mensaje al Virrey. Les ha dicho que él y sólo él es el culpable. Él, porque les llevó a dar aquel paseo cerca del mar sin contar con las traiciones de marzo, que es un mes de tantos rostros cambiantes. Por la mañana hacía un día espléndido. Nada anunciaba el vendaval. En Porto Pi, casi a punto de volver a Ciutat, les ha sorprendido el viento. El viento es el culpable de su desgracia. De jabeques y de embarques no ha querido admitir ni la posibilidad. Se ha hecho el tonto. No sabe lo que han declarado los demás. No sabe cuántos se han podido salvar. Cuántos han conseguido refugiarse en casas de parientes o amigos. No en las suyas. No en las suyas, que han sido cerradas y tapiadas con maderas y listones. Maderas y listones claveteados a golpes de martillo. Le han llevado a verlo. Le han hecho contemplar cómo salvaban su casa de un asalto seguro. *Sabiendo que no hay nadie sería una tentación para los ladrones, a los que vuestra suegra denunciaba*, le han dicho. *Están las criadas*, ha protestado. *Jerónima sirve en casa desde hace más de treinta años. Y también tenemos a Magdalena, su sobrina. Las criadas y mi suegra, la pobre está mal de la cabeza y ve brujas y malos espíritus. ¿Adónde las habéis llevado? ¿Dónde están? No se os habrá ocurrido dejarlas encerradas... ¿Ya lo sabe el Virrey? ¿Habéis pedido permiso a Su Excelencia?... Es el Inquisidor quien manda en estos negocios, no el Virrey*, le han contestado. *He preguntado dónde están mi suegra y las criadas. Y ahora que caigo, seguramente habéis encontrado en casa a la tía Esther. Nos había prometido que esta tarde nos haría una visita... Lo que dices es verdad. También estaba. No las hemos encerrado. Han ido a dormir a casa de la vieja Esther Bonnín. Allí se quedarán hasta que el Tribunal lo considere conveniente.*

La calle del Sagell está llena de luz, como si fuera un día de fiesta grande y el Virrey hubiera mandado encender alimaras y antorchas por todas partes. Las llamas, que de vez en cuando el viento apaga o amaina, para atizarlas con fuerza un instante después, iluminan a quienes trabajan a destajo, clavando maderas y listones a golpes de martillo en los portales de los detenidos. Todos sus bienes acaban de ser confiscados. Desde el instante en que la cruz de aspas presida las puertas, nadie podrá volver a entrar. El juez dispondrá lo que hay que hacer. Han marcado con su estigma, incluso, la casa que fue de Costura y donde ahora vive Polonia. Acaban de clavetear las últimas maderas sobre el portal de los Caps de Trons. Otros empiezan el trabajo en la de los Valleriola. La iluminaria inusual y los martillazos han atraído la curiosidad de los vecinos de fuera de La Calle. La gente de La Calle no se atreve a salir de casa, espía detrás de las ventanas con las candelas apagadas y teme por la vida de los presos casi tanto como por las propias. Los de fuera de La Calle, en cambio, se han ido acercando en grupos, sin importarles el vendaval y el peligro que corren a la intemperie en una noche como ésta. Primero sólo curiosean con fruición y cuchichean en voz baja. Pero pronto se dejan llevar por los más impetuosos: *¡Así aprenderéis, xuetes de mierda!* La algazara empieza con gritos, insultos y provocaciones. *Mirad, mirad, si es maese Gabriel Valls*, dice un muchachito que se le acerca con el puño cerrado. Son los hombres de la partida, los hombres que le han detenido, quienes le defienden y protegen de la embestida de aquella chusma. *Atrás, volved a vuestras casas*, ordena don Gaspar de Puigdorfila, que regresa de la Casa Oscura, donde las mujeres acaban de entrar, y supervisa ahora el trabajo de aquellos carpinteros improvisados a quienes ha mandado tapiar las casas de los detenidos.

Rafael Valls agradece la llegada del alguacil mayor porque sabe que hará recular a aquella gentuza, cuyos rostros, a la luz de las antorchas, le parecen de demonios con las ropas hinchadas por la danza del viento, como los de las láminas de los libros piadosos, acechando en torno a algún moribundo con la intención de llevarse su alma al infierno. Ni siquiera pregunta: *¿Qué mal os he hecho?* Sabe que nada les ha hecho. A algunos los conoce sólo de vista, con otros, en cambio, tiene relación de amistad y hasta le deben favores. Sabe, no obstante, que siempre que vienen mal dadas, siempre que hay alborotos, son ellos quienes lo pagan, ellos, los elegidos por el Dios de Israel como pueblo soberano por encima de los demás pueblos de la tierra. Quienes les fustigan lo desconocen. *Pero tú, Adonay, ¿por qué nos castigas? Organicé la huida con la certeza de tu ayuda, sintiendo la fuerza de tu brazo, que me daba coraje. ¿Por qué me has desamparado, Adonay? ¿Por cuál de mis pecados es este castigo? ¿Cómo puede ser, Señor, que me desees tanto mal?*

Avanza protegido por la partida hacia la Casa Negra. Al volver una esquina se cruza con la carroza del Virrey. Gabriel Valls intenta hacer el gesto de detenerla con la mano. Pero no consigue siquiera levantarla. Va esposado entre dos de sus guardianes. El coche lleva corridos los paramentos pero a El Rabí le ha parecido ver cómo el marqués los apartaba para mirar. *El Virrey me habrá visto, a estas horas ya conoce mi desgracia.* Una piara de cerdos, desorientada por el viento, les cierra el paso mostrándoles sus fauces. *Cuidado con matar a ninguno*, dice el alguacil, que va a caballo. *Son del hospital.* Él mismo les acomete, y al notar su embestida los animales retroceden gruñendo. *¿A que no te gusta nada el encuentro, eh, Valls?*, exclama riendo el hombrón que comparte con él el grillete izquierdo. *¿Dónde está mi mujer?*, pregunta él. *¿Dónde quieres que esté?*, le contestan riendo... No preguntará por nadie más. Y mucho menos por lo que más quiere, por su hijo. *Vete al burdel*, le ha aconsejado. *Y mañana, en cuanto abran las puertas de Ciutat, márchate y procura embarcarte desde Alcudia hasta Alicante*, le ha dicho. *Escóndete en el burdel*, le ha repetido en cuanto el niño de Quiteria Pomar ha conseguido encontrarles, después de pasar el puente de Horlandisque, y les ha contado, con palabras que exudaban pavor, todo lo que ha ocurrido. *Escóndete en el burdel*, le ha repetido. No sabe cómo se le ha ocurrido este lugar de pecado contra el que siempre ha prevenido a sus hijos. Tampoco preguntará por El Cónsul. *Déjame quedarme contigo*, le ha pedido en cuanto él les ha mandado separarse. *De ningún modo. A mí será el primero a quien buscarán. Sálvate tú, si puedes, Cónsul, nos serás de mayor utilidad fuera que en prisión.*

Se dispersan. Pere Onofre Martí toma a su hijo a cuestas. El niño está rendido. Ha corrido sin aliento desde el Sagell, encogido, casi a cuatro patas, para que en la oscuridad le confundan con un perro que huye o un cerdo escapado de la piara, hasta encontrarles. Josep Valleriola le envidia. Ojalá también a él alguien le llevase a cuestas. No puede dar un paso más y se sienta en el primer poyo que encuentra. Su pariente, el sastre Valleriola, entra en la bodega de maese Pep Barral y le pide cobijo por unas horas. Se conocen desde que eran niños. Los demás, Pere y Mateu, los hijos de El Cónsul, Miquel Bonnín, los dos hermanos Cap de Trons y Rafael Tarongí, corren para escaparse. *El Señor os proteja y ampare*, les dice todavía, antes de despedirse.

Se queda solo. El viento no amaina su ulular. No sabe hacia dónde ir. Da igual hacia dónde se dirija. No le dejarán llegar a ninguna parte. No tendrá tiempo de esconderse. Por eso se permite elegir el itinerario que le parece preferible: llegar a su casa pasando por el palacio del Virrey, o mejor, pedirle que le dé cobijo. Ojalá quiera acogerle. Si tuvieran que encerrarle, escogería la prisión de la Torre del Ángel a la de la Casa Oscura. Va hacia el palacio deprisa. Ya dobla la esquina de la Almudaina. Está a punto de llegar. Camina a oscuras. El viento ha apagado las antorchas que todas las noches el alguacil mayor manda encender a la guardia. *¿Quién va?*, oye que pregunta el centinela. *¿Quién se acerca?... Gabriel Valls, servidor de su excelencia el señor Virrey,* *mi señor. Detente, Valls, detente, si das un paso más eres hombre muerto.* Esta voz no es la misma que antes le interrogó. No le ha dado la orden el centinela sino alguien que acaba de llegar, siguiéndole los pasos, al oír que él mismo se ha identificado. *Ya me he parado*, contesta Valls dándose la vuelta. *¿No os parece que sois muchos para prender a un hombre solo?*, les dice, al darse cuenta de que hay más de media docena de hombres armados que le rodean. *Y además, ¿qué queréis? ¿Qué he hecho yo si puede saberse? ¿Por qué queréis apresarme? Iba a ver al Virrey.*

Las campanas no cesan. ¿Cuántas horas hace que voltean? Supone, al verse conducido hacia los sótanos, que desde allí no las oirá. Pero le llegan casi con la misma fuerza. Mientras le registraban, mientras el escribano iba apuntando minuciosamente todo lo que le iban quitando, oyó cómo un familiar comentaba que el Inquisidor había sido llamado con urgencia por el obispo a una junta para tratar de detener el viento con el sonido bendito de las campanas. *Poco caso os ha hecho vuestro Dios*, piensa El Rabí. Y enseguida intenta apartar un presentimiento que le desasosiega. Y busca un motivo, una justificación que le aligere de la responsabilidad de que por su culpa Adonay les haya vuelto la espalda. *¿Qué errores he cometido? ¿Qué imprudencia? ¿O acaso hemos sido víctimas de una denuncia?* ¿De quién? *¿Quién habrá sido el malsín?*, se pregunta, mientras repasa las relaciones familiares de los embarcados. Sólo el marido de Isabel Tarongí le parece lo suficientemente loco como para acusar a su mujer, sin darse cuenta de que del proceso que pudieran abrirle también él saldría perjudicado. Pero no, no es Martí, es alguien que se ha ido de la lengua, quizá incluso sin mala intención, alguien que no ha podido aguantarse las ganas de hablar y sin querer nos ha delatado. *¿Y si fuera Aina? ¿Aina Cap de Trons, que se resistía a embarcarse?* El Señor la ha castigado con la muerte de su hijo... Quizá ella confió el secreto a Juli Ramis... Le han asegurado que ella, en vez de odiar a su infamador, en vez de desearle todos los males de la tierra porque no cumplió con su palabra de matrimonio, fue a su encuentro y no para pedirle que le devolviera la honra perdida, sino para suplicarle que la siguiera visitando de noche en su habitación. Fue el mismo Juli Ramis quien, entre grandes risotadas, lo divulgó por las tabernas de Ciutat, lo repitió en el burdel, dio pelos y señales a los malnacidos de su partida, y aunque él no frecuenta tabernas ni burdeles ni tiene tratos con los bandejats, conoce a mucha gente, gente de toda clase que disfruta con propagar las novedades. Dios ha castigado a Aina, pero Aina no quería al niño. Quizá a estas alturas está contenta de haberse liberado de su oprobio. Así la muerte no es un castigo, sino una liberación. Pero Adonay no ha podido premiar a Aina porque Aina no se lo merece. ¿Quién es él para juzgar? ¿Qué sabe él de los actos ajenos? Aina lloraba con su hijo muerto en brazos. Él lo ha visto. ¿Dónde puede estar ahora? Aina no quería embarcarse. *A mí no se me ha perdido nada en Liorna,* le dijo. *Quiero quedarme en Mallorca,* le aseguró con determinación. *Empezarás una nueva vida. Yo te ayudaré... ¿Una nueva vida con un niño? Sola y con dote... todavía... Tendré que dejarle en un torno... Te guardarás mucho...* ¿Pretendió matarle su propia madre? ¿Y él? Él tampoco fue capaz de salvarle, tirándose al mar. Un marinero lo intentó, pero llegó tarde, les ha dicho que dijeran. Ojalá el capitán mande armar las velas en cuanto el viento amaine y no espere a darles aviso. Si lo interrogan están perdidos. Con él no se pusieron de acuerdo en lo que confesarían o callarían si el alguacil les mandaba declarar. Nunca quiso contar con esta posibilidad. Siempre la rechazó. Adonay está de su parte. Nada les puede faltar. Los pájaros del cielo... El embarque ha sido precipitado, es cierto. Pero ¿de qué otra manera lo hubieran conseguido? En aquellas condiciones de extrema necesidad tampoco podían dejar pasar la ocasión. Y a él le tocó decidir. A él, aconsejado por El Cónsul. Pudo haber aplazado la huida, pero no lo hizo. El capitán le pareció un ángel enviado por Adonay, y el día, domingo, no podía ser más favorable. El momento, el gran momento, había llegado. Por eso dio aviso a los suyos y los congregó en secreto con las instrucciones. La próxima vez tal vez fuera tarde. Ya no llegarían a tiempo. Costura les empujaba, sus delaciones les obligaban a partir. ¿Qué contaría Costura de cada uno? ¿Y de él? ¿Qué sabe exactamente el padre Ferrando? ¿Hasta qué punto el malsín les comprometió? Polonia Miró, los hermanos Tarongí y los sobrinos de Costura fueron testigos: el padre Ferrando permaneció tres días junto a la cama de Rafael Cortés y le consoló con oraciones y con el sacramento de la Eucaristía, los ratos en que no registraba el cuarto buscando papeles. ¿Qué decían los papeles que escribió Costura? ¿Contra quién malsinó?

Tiene frío. Se ha envuelto en una manta maloliente que le han dado a cambio de la capa. Está sentado con la cabeza gacha y de cuando en cuando se tapa los oídos con las manos heladas. Lucha por rehusar la imagen de Costura. Le ve de cuerpo presente, con el vientre hinchado, el rictus tenso, afiladísimo el hueso de la nariz. No es ésta, sin embargo, la primera vez que se le presenta con la mortaja. Hace muchas noches que se le aparece, muchas, como un fantasma más, concreto y preciso, no obstante, a la hora de los fantasmas anónimos, innumerables. Y sólo consigue ahuyentarlo a fuerza de oraciones. *Lo consideré necesario, Adonay*, repite. *Señor de los ejércitos*, le dice, *él fue quien se puso en mi camino. Él vino a mi encuentro aceptando el convite del huerto. Pero tú, Adonay, no me pediste razones ni cuentas. Tú lo mandaste escribir en tu ley: ojo por ojo, diente por diente. Tú eres justo, Adonay, no como Cristo, que ofrece la otra mejilla y, débil, perdona. Tú en cambio eres fuerte, Adonay... Tú has dicho: quien la hace la paga. Tú quieres justicia y yo fui tu instrumento. El fruto podrido ha de ser cortado antes de que contamine y arruine toda la cosecha. Justo fue que el malsín pagase con su vida el precio de sus denuncias, que nos pusieron en tanto peligro. La coca bamba de la madona... ¡Y con qué ganas la probó! La coca bamba envenenada con zumo de si-*

*miente de tejo. Le costó mucho torcer el cuello. En eso me equivoqué. Necesitábamos una muerte más rápida y no una agonía lenta, que le dejó postrado pero que no le quitó el habla... Confiesa, le espoleaba el padre Ferrando, denuncia a los apóstatas y la custodia será tuya. El Virrey está de acuerdo. ¡Mentira! El Virrey no quiere ruido, no desea juicios ni tribunales, el Virrey es mi socio en los negocios de mar, que le han hecho rico.*

Nadie, sin embargo, le acusó de la muerte de Costura. A nadie le preocupaba la causa de aquellos dolores que el médico intentaba calmar con brebajes. Ni siquiera el padre Ferrando, a quien interesaba más que a nadie que el malsín viviera, dio pruebas de que sospechaba alguna causa anormal de aquella enfermedad repentina. Costura ya no volverá a incordiarles. Ni Costura ni el loco de Cap de Trons, el primer desencadenante de la tragedia. Todos estaban ya bajo tierra y las almas, fuera de este mundo, ya habrían sido juzgadas por Dios Omnipotente, Dios Padre, Dios Único. ¿Cómo Dios Padre hubiera podido abandonar, a Cristo si fuera su hijo, a las tristes congojas de la noche del huerto y dejarle luego morir en el Calvario? No, Cristo no es Dios. Cristo es hombre únicamente, y por eso, humano y débil, perdona. En cambio, Adonay es justo y reclama venganza. *No os puedo negar*, decía ella, la viuda de Sampol, *que me conmueve su figura. Solo, rezando en el huerto de Getsemaní, el huerto de los olivos, con sudores de muerte, traicionado por todos, sabiendo como sólo él sabe lo que le ha de ocurrir, sabiendo que hay un malsín que ha de entregarle... Sí, pero no es Dios, ni su unigénito*, replicaba él. *Pero tampoco es un impostor, sino un gran profeta*, aseguraba ella. Ella otra vez. Ella en los peores momentos y en los mejores también, en los más esperanzados y dulces. Blanca vive en Livorno. ¿No era éste otro motivo para la exultación que ayer le embargaba? El perfume de sus cabellos y su sonrisa... El perfume que persiguió a João Peres equivocadamente, según le contó Pere Onofre en una larga carta, la última que le escribió: *Peres ha tenido mucha suerte, trabaja para la viuda de*

*Sampol, que le tiene en mucha estima,* ¿Qué insinuaba Aguiló en su carta? Tal vez nunca llegará a saberlo, quizá tampoco nunca volverá a ver a Blanca ni a tener noticias suyas y se pudrirá en esta cárcel hasta que el Tribunal le condene a muerte. Imagina lo que le espera. Recuerda el proceso de aquel muchacho portugués que apresaron en un barco fugitivo hacia tierras de libertad. Recuerda las dificultades con las que subió al cadalso y sus gritos aterradores cuando las llamas... y el riesgo que él corrió al recoger sus cenizas, que Pere Onofre Aguiló sacó de Mallorca para llevarlas a enterrar a Burdeos...

Ya no oye las campanas. Ni el viento. No sabe cuánto rato hace que no oye nada. Quizá se ha dormido de cansancio sin darse cuenta. Le duele todo el cuerpo, como si le hubieran apaleado. Tiene las rodillas hinchadas hielo en las manos, los pies ni los nota, de tan fríos. No puede moverse. Se frota los ojos. *¿Me habré quedado ciego?* No ve nada. Ni la más mínima raya de luz. A lo lejos le parece percibir un rumor apagado. Escucha con atención... Se acercan. Nota un ruido opaco, el descorrer de pestillos. Diría que una puerta ha sido abierta y vuelve a cerrarse. Oye pasos perdiéndose por el corredor. Con la oreja derecha pegada al muro, intenta percibir cualquier rumor que venga de fuera. Posiblemente el nuevo preso sea también de los suyos. Ahora está seguro de oír un lamento y le parece reconocer la voz de El Cónsul. Pero antes de llamarle por su nombre, golpea tres veces la pared, con el puño cerrado. Espera y vuelve a probar. *¿Cónsul?*, pregunta. *¿Eres tú, Cónsul?*

## IV

Rafael Onofre Valls de Valls Major pasó la noche del domingo y parte de la madrugada del lunes entre las sábanas de La Coixa, que le acogió con agrado. La manceba sopesó, además de la paga, que, dado el riesgo de incumplir el sagrado precepto del descanso —era fiesta y Cuaresma—, habría de ser doble, las buenas partes del mozo. Acostumbrada a adiestrar jóvenes poco favorecidos por la naturaleza y, mucho más todavía, especializada en friegas desentumecedoras para viejos, aquel muchacho alto y fuerte le pareció un ser milagroso, una especie de ángel, enviado directamente por el Cristo de Santa Eulalia para aliviarla de tanto fastidio y agradecerle su fidelísima devoción. Extasiada, se limitó a contemplarle, sin atreverse a preguntarle quién era, de dónde venía, ni tampoco por qué llevaba aquella mirada apaleada y cuál era la causa de aquel cansancio enorme que le hizo dormirse en cuanto tocó la cama y de la inquietud que le llevó a despertarse un montón de veces entre sus brazos, preguntándole dónde estaba, quién era ella, y por qué las campanas volteaban con aquel arrebato ensordecedor. La Coixa, sin embargo, lejos de aprovecharse de la situación, no se molestó siquiera en escudriñarle la bolsa, ni en tentarle la ropa, como solía hacer para conocer la calidad de la persona, y así calcular por adelantado la propina que podría pedir si notaba que el parroquiano había quedado satisfecho. Siguió contemplándole dormido durante mucho rato, en la penumbra de la habitación, que, por fortuna, daba al interior, resguardada del viento, hasta que, con un impulso imposible de controlar, se levantó para coger la vela que ardía sobre la mesa y la acercó al cuerpo que descansaba. Con mucho cuidado retiró la sábana que lo cubría y luego, recortándolo con la luz, lo miró primero por partes, despacio, y después por entero, como si tratara de buscar una marca, una señal, a través de la que pudiera entender de golpe cuál era su origen y en qué consistía aquella diferencia respecto a los demás que ella había percibido tan de repente. Nada encontró, excepto belleza, y eso no le pareció suficiente. Le acarició con suavidad todo el cuerpo, y al llegar a los dedos de los pies, notó que estaban llenos de sabañones. Ese detalle mucho más que cualquier otra cosa la convenció de que aquel muchacho era persona humana y no un serafín que hubiera perdido las alas o algún santo bajado de la gloria, pues allá arriba no debían de pasar nada de frío. Tranquilizada con el hallazgo, se tumbó a su lado sin otra ocupación que esperar a que él se despertara.

Debía de hacer más de cinco años que La Coixa, a pesar de tener un defecto de nacimiento en la pierna izquierda, había sido la manceba más solicitada de Ciutat. Malas lenguas decían que, como no hubiera estado bien visto que ciertas faldas del palacio episcopal frecuentaran el burdel, las faldas del burdel frecuentaban con asiduidad palacio. El secreto, pregonado a voces entre toda la curia por los enemigos de Su Eminencia Reverendísima, que eran muchos, hizo aumentar su fama e incluso su respetabilidad. Cohabitar con la misma buscona que el señor obispo de Mallorca era, si no una garantía, por lo menos un estímulo. Muchos menestrales pensaban que donde ellos entraban debía de ser resquicio más bendecido que el de las otras meretrices, que no contaban, al menos que se supiera, con parroquianos de tan sagrada categoría. Algunos aseguraban que el obispo, en los momentos en que le atacaban los remordimientos, lo que solía pasar tres o cuatro veces al año, pedía a su manceba que se metiera monja de clausura. La intención de Su Eminencia no estaba del todo clara. Para unos, eso suponía tener sobre la meretriz un dominio aún mayor, aunque quizá a costa de un acceso menos directo; para otros, era una demostración del buen corazón del purpurado, que deseaba que, arrepintiéndose de su mala vida, conquistara un lugar en la gloria. Sin embargo, la muerte repentina del obispo, un viernes de Cuaresma, de un, más que inoportuno, sacrílego, ataque de gota, les impidió saber adónde hubiera podido ir a parar todo aquello. Contaban que La Coixa le lloró mucho, aunque no asistió a ninguno de los funerales ni misas que se celebraron por su alma, ni pudo verle por última vez de cuerpo presente, y no porque las mujeres de la vida no desfilaran delante del catafalco, como todo el mundo, sino porque el alguacil mayor se lo prohibió, haciéndoselo saber a Madó Hugueta, la encargada del burdel, cuando ya se había cosido las tocas largas de luto con que pensaba acompañar el duelo por el difunto. Lloró, gritó, se mesó los cabellos, y durante ocho días se negó a recibir a nadie, a pesar de las advertencias de sus compañeras, que pensaban que aquel comportamiento tan franco, tan explícito, la ponía en evidencia. La muerte del obispo le afectó hasta el punto de hacerle cambiar de humor. Ya no canturreaba con gracia, como antes, mientras estimulaba pájaros hacia el vuelo. Se limitaba a cumplir de manera mecánica, aunque correcta, con su trabajo. Pero a pesar de eso, a pesar de la falta de alegría y de ilusión, seguía siendo la pupila más eficiente del burdel de Ciutat. Entre sus méritos, que los marineros habían propagado al menos por media docena de puertos, se contaba que en sólo tres minutos había sido capaz de reavivar el colgajo de un agonizante. Si tenía poderes para obrar ese tipo de milagros, murmuraraban todos los que lo vieron con sus propios ojos y después todos los que lo oyeron y lo difundieron a su vez, era porque algún poder oculto, alguna fuerza extraordinaria, la asistía. Como por entonces ya había perdido la protección del señor obispo, que apacentaba gusanos desde hacía medio año, el Santo Tribunal, que en aquella época tenía poco trabajo, intentó averiguar si La Coixa no habría cerrado algún pacto con el diablo. Bien mirado, quién sabe si no había aojado a Su Eminencia, que, a causa de su repentina muerte, sin confesión, lo más probable era que contribuyese a avivar el fuego de las calderas infernales. Pero ella decidió que no quería adelantar acontecimientos ni que notasen que tenía miedo. Ni siquiera trató de pedir consejo a ninguna de las autoridades que la frecuentaban. Se limitó a esperar a ver qué dirección tomaba el nuevo Inquisidor, a quien, a buen seguro, poco podía importarle la muerte del obispo. Esperó sin suponer jamás que el reverendo Félix Cabezón y Céspedes, ocioso y putañero, pudiera tener curiosidad por su persona. Tanta que, en vez de llamarla a declarar, Su Eminencia Reverendísima en persona decidió visitar el burdel.

Lo que más sorprendió al secretario del Inquisidor, que sabía que estaba a punto de abrirse una causa contra Beatriu Mas, llamada La Coixa, fue que el muy reverendo Don Félix Cabezón y Céspedes le notificara que él mismo y a solas, sin ningún séquito ni acompañamiento de familiares, fiscales o escribanos, iría al burdel para sorprenderla de improviso. Entró por la puerta excusada por donde hacía unas horas también había aparecido el muchacho, por la misma puerta secreta por la que un buen día había entrado el señor obispo. Vino disfrazado de caballero, con un vistoso sombrero de plumas brillantes, calzones en vez de sotana, valona verde y una capa de color franciscano. Sin embargo, a pesar del ropaje, el aire clerical le delataba. En el gesto de las manos se acumulaban demasiadas misas. *¿Su merced busca a alguien en especial?*, le preguntó Madó Hugueta, famosa por su amabilísima zorrería, sospechando que allí había gato encerrado. *Todas las pupilas están a vuestra disposición... Pero no todas cuestan lo mismo. ¿Queréis echar una ojeada antes de decidiros?... Con mucho gusto les mandaré salir, si aguardáis un momento.*

La elección fue fácil y rapidísima. La acompañó sólo de un movimiento de cabeza y una señal con el índice. La

Coixa le acogió como suponía que lo haría una dama, con frialdad de agua de nieve. *Vuesa merced dirá qué desea*, propuso en cuanto entraron en su habitación, aunque su actitud no invitaba en absoluto a placer alguno. *Estoy aquí para serviros, señor*, añadió luego con una reverencia, y volvió a esperar a que fuera el otro quien tomara la iniciativa que habría de delatarle. Pero él no se decidía. La miraba de hito en hito, como si la examinara minuciosamente, como si le buscara alguna señal, pero de muy distinto modo a como ella había mirado al muchacho todavía dormido a su lado, puesto que ella no esperaba que ningún diablo se le escapara de entre los pliegues de las ingles, como le confesó el Inquisidor que iba a suceder, después de ordenarle que se desnudara. Beatriu Mas obedeció pero tardó cuanto pudo, demorándose con pudor, mientras intentaba encontrar en aquellos ojos lascivos algún resabio que le indicara cuál sería la próxima orden. Esta vez no la hizo esperar. *De rodillas*, le ordenó, como si también quisiera azotarla con la voz. La Coixa, sin embargo, mostrando un coraje que nunca hubiera imaginado, le dijo que sólo se arrodillaba ante el Santísimo o ante su confesor, que representaba a Cristo, y que él no era ni una ni otra persona. *Soy el Inquisidor*, declaró entonces el encubierto. Beatriu Mas corrió hacia la puerta gritando: *Madó Hugueta, avisad al alguacil, aquí hay un hombre que se hace pasar por el Inquisidor. ¿Habráse visto tanta desvergüenza?*

Sonreía recordándolo, como siempre que se aferraba a aquella osadía para sentirse reconfortada. Porque aquel golpe de audacia, que tan temibles consecuencias hubiera podido acarrearle, le costó el puesto a Cabezón y Céspedes. Fue la excusa utilizada por el Tribunal de Aragón, a instancias del Virrey, su enemigo, para darle un cargo pastoral en Cartagena de Indias, con la misión de convertir a los esclavos negros a la verdadera fe.

El muchacho había entrado tan por sorpresa como aquel disfrazado, también un día de marzo, y la había escogido a ella. Sin embargo, de él no sospechaba nada malo, nada que pudiera parecerle peligroso. Intentando no molestarle, ocupaba el menor espacio posible en el extremo de la cama. El alba la encontró despierta y con la sensación de no haber dormido. *Habrán dado las seis*, supuso La Coixa, aunque no se habían entretenido en contar las campanadas. Había oído una infinidad durante aquella noche, batallando con el viento, sin prestarles atención, porque se sentía cobijada por la presencia del muchacho, que aún dormido le infundía valor para aguantar el miedo que le daban las tempestades. Sospechaba que quizá había sido precisamente el viento el que se lo había traído, cuando buscaba refugio. En el burdel nunca había estado, eso podía asegurarlo, tal vez porque era un marinero, le delataba el olor, que pasaba más tiempo a bordo que en tierra.

Aunque el burdel estuviera oficialmente cerrado, la rutina de una mañana de lunes, se imponía detrás de la puerta con ruido de cubos y estropajos. El prostíbulo, contrariamente a lo que las personas decentes pudieran suponer, era uno de los sitios más limpios de Ciutat. Suciedad era una palabra que ponía los pelos de punta a Madó Hugueta, a cuyas virtudes, que, como encargada del burdel, por fuerza habían de ser numerosas, debía añadirse la obsesión por la pulcritud.

Rafael Onofre Valls de Valls Major retornó bruscamente al mundo de los vivos y se hizo cruces del sitio en el que se encontraba. No entendió por qué, como cada día a lo largo de sus diecinueve años, no se había despertado en su casa. Le costó todavía unos minutos darse cuenta de que aquellas paredes perfectamente encaladas y los techos altísimos de vigas rojas no correspondían a ningún lugar conocido. Tampoco le era familiar el poyo donde había quedado su ropa. Se tentó el cuerpo y notó que había dormido sin camisa, y al volverse hacia el lado derecho comprobó que en la cama había también una mujer desnuda que le sonreía afable y le decía muy bajito, al oído: *Mi bien, mi ángel, mi serafín, mi vida*, mientras con manos hábiles le recorría el cuerpo y se enseñoreaba finalmente de sus partes de hombre, que enseguida notó como un tizón. La urgencia de un deseo desconocido le sorprendió y le avergonzó. Pero era inútil oponerle resistencia. Notaba los humores de la vida a punto de derramársele, como si todo él también se licuara. El placer estalló repentino, con intensidad nunca sentida. Medio estremeciéndose todavía, abrió los ojos y le costó creer que se equivocaba: no había librado sus humedades en sueños, como a menudo solía ocurrirle, sino despierto, bajo los hábiles estímulos de una prostituta. A medida que iba adquiriendo conciencia de lo que había sucedido —era a su padre a quien había obedecido buscando cobijo en el burdel—, su rostro se apesadumbraba más y la imagen de María Pomar llenaba sus ojos. La Coixa le seguía contemplando, ahora sentada en la cama y cubierta con una sábana. Le sonreía con actitud más maternal que lasciva, y nada le preguntaba. Rafael Onofre tampoco decía nada, pero en algún momento la necesidad de aligerar el peso que le oprimía la conciencia, aunque fuera con la misma instigadora de su pecado, estuvo a punto de ponerle las palabras en la boca. Tenía miedo. Al sentimiento de culpa por haber cohabitado con una ramera, inculcado también por su padre, se añadía otro todavía más fuerte, el de la incertidumbre. No sabía ni qué hacer ni adónde ir. No sabía qué había sido de los suyos. Quizá ya habían encarcelado a su madre y a María. Cerró los ojos y apretó los labios para evitar un lamento tan inoportuno como las lágrimas que bajaban en hilera entre los pelos de la barba que la noche había hecho crecer. La Coixa no se sorprendió en absoluto de todo aquello, ni se lo tomó a mal; al contrario, le quitó importancia. Si de una cosa entendía ella era de hombres desnudos antes, después o en medio de su trabajo, y aquel estado melancólico, algo desasosegado tras vaciar los humores, era común a muchos. Por eso resolvió que una yema de huevo, mezclada con mosto, que sólo se guardaba en aquella casa para parroquianos muy distinguidos, ayudaría a aquella criatura a reanimarse.

—Supongo que tienes hambre. Ayer estabas muerto de cansancio. Te prepararé algo.

Rafael Onofre Valls no aprovechó la ausencia de La Coixa para lavarse en la palangana, que, llena de agua, estaba preparada en un rincón, ni se vistió, como la manceba había supuesto. Al contrario, se limitó a esperar con los ojos cerrados, tumbado, hasta que ella volviera. No sabía hasta cuándo podría quedarse allí sin levantar sospechas. A estas horas imaginaba que el Santo Oficio le estaría buscando como al resto, si es que no habían prendido ya a los demás y él era el único al que no habían encontrado. Volver a casa equivalía a entregarse, lo mismo que si se refugiaba en el huerto, donde quizá los padres de María todavía no sabían nada de la desgracia de su hija. Intentar embarcarse de nuevo era imposible. El viento había amainado, pero el alguacil, probablemente, ya habría detenido al capitán y registrado el barco... No se le ocurría otro refugio, por lo menos de momento, que aquel cuarto de burdel.

La Coixa entró removiendo con una cuchara el contenido de un vaso. Las yemas de huevo —dos en vez de una— se deshacían tiñéndose del color del mosto a medida que iban mezclándose con el vino. Con la misma sonrisa que durante tantas horas había acompañado a sus ojos cuando miraba al muchacho, La Coixa le acercó el vaso a los labios. Él bebió con fruición. Sobre el vidrio habían quedado las huellas de los dedos de ambos. Beatriu, al dejar el vaso sobre la mesa, osó imaginar que, si fuesen santos, aquello sería una reliquia. La figura de María Magdalena, a la que tantas veces en los padecimientos compartidos con Su Eminencia Reverendísima había invocado, se impuso como entonces, como cuando después del coito el obispo le mandaba disciplinarse. El retrato de María Magdalena, con la larga cabellera suelta, derramando los ungüentos sagrados sobre los pies de Jesús, que de niña había visto en el cuadro que estaba colgado en la sacristía de la iglesia, donde solían darle limosna, le resultaba mucho más conmovedor que aquel otro de la estampa que guardaba entre sus pertenencias, penitente y casi desnuda, meditando ante una calavera que tenía entre las manos. Quizá prefería la primera imagen porque el muchacho se parecía a un Santo Cristo a cuyos pies, llenos de sabañones, ella estaría dispuesta a verter todas las aguas de olor que en su vida de manceba hubiera utilizado.

Los gritos de Madó Hugueta peleándose con el ayudante del alguacil la sacaron de esas imaginaciones y asustaron a Rafael Onofre, que se vistió en un santiamén y después se quedó otra vez quieto, sentado en el banco donde antes descansaba su ropa. *Aquí no ha entrado ningún judío*, oyó que decía Madó Hugueta. *¿O es que no sabes que durante la Cuaresma tenemos cerrado? ¿O crees que no acatamos las órdenes? ¿Qué quiere decir embarcados? Nada sabemos nosotras...*

Con los ojos bajos, casi temblando, Rafael Onofre intentaba escuchar. Pero sólo le llegaba la voz airada de Madó Hugueta, que sonaba mucho más cerca que la de Perot Ripoll, quizá porque éste ni siquiera se había molestado en subir y la interrogaba a caballo desde la calle. La Coixa, intrigada por lo que pasaba, iba a salir, pero sólo llegó a poner la mano en la llave de la puerta, sin abrirla.

—No me delatéis, por caridad —pidió Rafael Onofre llorando.

De repente La Coixa lo comprendió todo. Comprendió el porqué del miedo del muchacho, la causa de su extraño comportamiento, el cansancio de la pasada noche, su estado febril, las escasas explicaciones que le había dado. Y sonrió por dentro, como siempre que acertaba algún juicio: no en vano le había hecho pensar en Cristo.

—Eres uno de ellos —le espetó—. Ahora sé por qué no te conocía. Nunca venís por aquí. Dicen que no os queréis contaminar con cristianas. Lo siento por ti; yo de judía no tengo nada, eso sí que no. Ni en broma. Pero me gustas. Ya lo habrás adivinado. Vestido, menos, pero desnudo me has parecido un ángel. Sí, sí, te lo aseguro. Por eso no te cobraré, ya ves... aunque de ti no he podido sacar ni un beso...

Rafael Onofre Valls, con la cabeza entre las manos, escuchaba, ahora sin llorar, avergonzado. Se había comportado como un niño, si era, tal y como él se consideraba, un hombre hecho y derecho debía demostrarlo. Se levantó y, con la fuerza de sus diecinueve años, atrajo hacia sí a Beatriu Mas y apretó su cuerpo contra el suyo como si en aquel abrazo quisiera fundirse con ella, y luego la besó en los labios, en la boca, en las encías. Con su lengua recorrió sus facciones y se paró en la caracola de su oreja. Y al notar cómo de nuevo le quemaba la sangre entre las piernas, sin dejar de abrazarla, la llevó hasta la cama y la poseyó con una mezcla de rabia y exaltación en la que afirmaba su despecho. Hasta que no notó los suspiros de ella, sus gemidos de placer, que la manceba sabía fingir a la perfección, no consintió que volvieran a desparramársele los zumos de la vida.

La voz de Madó Hugueta y sus golpes en la puerta les forzaron a abandonar su abrazo. Reclamaba con urgencia a La Coixa para que saliera. Beatriu Mas se vistió. En voz baja le pidió a Rafael Onofre que la esperara:

—No te muevas. Vuelvo enseguida. Pensaremos qué podemos hacer.

Madó Hugueta en cuanto habló con Ripoll sospechó que, en efecto, aquel hombre que la noche pasada preguntó con tanta obstinación por La Coixa, ofreciéndole una buena suma si accedía a llamarla, era uno de los fugitivos. Por eso advirtió a su pupila que esconder a un fugitivo de la justicia, fuera o no fuera de La Calle, y peor aún si lo era, podría tener para todas, pero mucho más para ella, consecuencias del todo nefastas. A los de La Calle les habían incautado los bienes, prohibido el acceso a sus casas, y desde ayer mismo les empezaban a abrir procesos. La Coixa asintió a todo cuanto decía y al acabar le aseguró que aquel muchacho nada tenía que ver con el frustrado embarque: era el hermano pequeño de un *bandejat*, un antiguo parroquiano suyo, que había decidido quedarse aquella noche en el burdel para que las fuerzas del alguacil no le encontrasen en la calle después de cerrar las puertas de la muralla. Aquella misma tarde saldría hacia Muro, donde vivía. Sólo esperaba que le prestaran un caballo. El suyo se había lastimado y no podía seguir montándolo.

Madó Hugueta no tomó en consideración las excusas de La Coixa. La conocía lo suficiente y sabía que con frecuencia los hombres se aprovechaban de su buena voluntad, sobre todo si le gustaban. Le advirtió, antes de que se volviese a encerrar en su habitación, que quería ser testigo de la salida del mozo.

—¿Qué sabéis de los míos? —preguntó Rafael en cuanto Beatriu volvió a entrar.

—Poco, lo que has oído a Madó Hugueta. Supongo que no tienes a donde ir. Vuestras casas han sido atrancadas y vuestros bienes confiscados. Dicen que tenéis muchos más escondidos, me lo creo... Sólo con mirarte... —le sonrió halagadoramente por si acaso lo había ofendido—. Te ayudaré, no te preocupes, pero tienes que hacerme dos favores. Primero, no decírselo a nadie. Si me delatas, te arrepentirás. Yo negaré que hayas estado aquí. Ni siquiera a Madó Hugueta se lo he confiado. Es la primera vez, que yo sepa, que he jodido con un judío... Claro que, sin circuncidar, todos los hombres son iguales. Bueno, todos no, que en cuanto a pájaros también hay diferencias, y muchas... Te lo digo yo, que lo sé, ¡y mejor que nadie! Y me ha gustado, ¿qué quieres que te diga? Dios Nuestro Señor me perdone —y se santiguó y besó con estrépito el dedo gordo de la mano derecha cuando acabó de hacer la cruz.

—¿Y el segundo favor?

—Quiero saber por qué preguntaste por mí ayer, cuando decidiste buscar refugio en el burdel... ¿Por qué yo, La Coixa, precisamente? ¿Acaso tengo buena fama en La Calle?

Pere Onofre no vaciló.

—Porque un amigo mío me dijo hace un par de meses que hacerlo contigo era como tocar el cielo.

—Bonito, sí señor. Nunca me habían dicho una cosa así. Y tú, ¿piensas lo mismo?

—Yo... quiero a una muchacha y creía que sólo con ella, una vez casados, podría tocar el cielo... cuando pasa la luna.

—Aunque lo digas por compromiso, te confieso que me gusta. *Vatúa el món*. ¡Qué suerte la mía! —añadió como si hablase a solas—. ¡Nunca ningún cristiano me había dicho nada que me gustara más!...

La Coixa calló, como si meditara. Después, autoritaria, cambiando el tono de voz, le ordenó que se lavara.

—Apestas a mar. Te daré otra ropa. Con ésta cualquiera, aunque no te conozca, dará aviso a la partida. Enseguida vuelvo —añadió con una sonrisa desde la puerta.

El muchacho obedeció. Se lavó y se secó con un paño suave, que olía a manzanas. Nunca se hubiese imaginado así a La Coixa, ni las costumbres del burdel, que conocía por los amigos de fuera de La Calle, como aquel aprendiz de carpintero que se la recomendó, animándole a que probase.

—Toma —le dijo ella—. Es lo mejor que he encontrado. Créeme, no lo hago con intención de escándalo. ¡Dios me libre! Lo hago porque... porque en la Casa Negra difícilmente se vuelven cristianos los judíos.

Y le dio un hábito de monje que quién sabe cuál de ellos dejó olvidado en una precipitada huida.

## V

Después del vendaval el día ha amanecido frío y sin nubes. Los campanarios y las torres se perfilan con absoluta nitidez en un cielo terso tapizado de seda azul, rasgado de vencejos. Si no fuera por la cantidad de tejas caídas, la hojarasca amontonada, los olmos arrancados de cuajo y las paredes derrumbadas, nadie diría que hace escasamente unas horas todas las campanas de Ciutat tocaron a rebato para conjurar el huracán que anoche amenazaba con arrasar la isla entera. Sólo la mar vieja, que apacienta desganada un numeroso rebaño de corderos, guarda en su vasto dominio señales inequívocas de que la tempestad ha sido reciente y fuerte.

Desde primera hora de la mañana la ciudad ha ido recuperando la calma. Pasado el peligro, vencido el viento por el aterrador ataque de las campanas, sus habitantes han salido a la calle. Muchos se han acercado al Sagell y a la Argentería para ver con sus propios ojos las puertas clausuradas, pero los hombres del alguacil les han hecho retroceder. Otros se han paseado tratando de evaluar los desastres. Todavía han llegado a tiempo de contemplar cómo los vecinos retiraban los olmos abatidos cerca del Carmen, y en un abrir y cerrar de ojos, a golpes de hacha, cortaban la leña, satisfechos ante la perspectiva de que les sirva para echarla al fuego. Los muchachos del barrio se entretienen en acabar de romper, a pedradas, los pedazos más grandes de las tejas desperdigadas por el suelo. Los cerdos y los niños rebuscan, hambrientos, entre la hojarasca arremolinada la fruta caída.

En los huertos, sin embargo, las consecuencias del paso del huracán son mucho más funestas. En una sola noche se ha perdido el trabajo de muchos meses. Los planteles con las hojas quemadas y rotas yacen en el suelo en estado agónico y los árboles, mutilados o con las ramas resquebrajadas, han perdido todas las flores. La escasa fruta todavía verde que se ha salvado ya no madurará como es debido. Pero a pesar de todo, a pesar de las incontables piezas de ropa tendida que el viento ha hecho desaparecer, de las veinte gallinas muertas en el convento de Santa Magdalena, o de la cantidad de rosales estropeados en los jardines de palacio, en la catedral se prepara un tedéum de acción de gracias puesto que el vendaval —aunque, a medida que el día avanza, va ampliándose el número de desastres— no tuvo las consecuencias nefastas que al principio todos vaticinaban y, por el contrario, sirvió de instrumento al Altísimo para detener a los herejes en su huida. Por eso el obispo, que ayer reunió con urgencia a la junta de teólogos y a sus asesores para que dieran su visto bueno al toque unánime de las campanas, ha vuelto a convocarles con prisas para debatir una nueva proposición. En cuanto ha sabido que, gracias al viento, el jabeque que se llevaba a los judaizantes no pudo hacerse a la mar, le asaltó la duda de si habría hecho bien en plantarle cara al huracán haciéndole batallar con las campanas.

A aquellas horas estaba ya claro que el viento había sido directamente insuflado por la boca de Jesucristo, Favonio místico, Hijo Unigénito del Padre Todopoderoso, según recordaba Su Eminencia, para obstaculizar el viaje de los judíos y, lo que era mejor, para evitar su condena eterna como apóstatas. Se preguntaba, y por eso quería escuchar las opiniones de la junta, si no sería necesario ofrecer también un desagravio a aquella fuerza de la naturaleza por haberla considerado negativa, por haber creído erróneamente que había sido enviada por algún espíritu maligno. Como pretendía hacer partícipes de sus escrúpulos a los teólogos y asesores, volvió a convocarles antes del oficio, para preguntar si les parecía oportuno que, después de la acción de gracias, se dirigiese a los feligreses para mostrarles de qué modo, a menudo, los caminos del Señor pueden parecer equivocados y no lo son, como el ejemplo de ayer ponía de manifiesto.

El canónigo Llabrés, Juez de Bienes, se había entrevistado aquella misma mañana con Su Eminencia Reverendísima, que había aprovechado el encuentro para ponerle al corriente del motivo de la junta, a la que también había sido convocado, a las cinco en punto de la tarde. En cuanto llegó a la tertulia de Montisión, se disculpó:

—Sólo podré estar con ustedes media horita. Tenemos junta de teólogos en palacio —les dijo, desolado porque sobre la mesa escritorio del padre Amengual todavía no estaba la bandeja con los *quartos embatumats*, único móvil de su asistencia a la reunión aquel lunes en que estaba tan atareado. Mientras venía se había entretenido en calcular cuántos *quartos* podría engullir, puesto que tenía hambre atrasada desde la noche anterior, en la que con el alboroto había ayunado más de lo necesario.

El padre Amengual, como anfitrión, aseguró que sentía mucho que el Juez de Bienes sólo pudiera dedicarles aquel rato, a la vez que le agradecía, y por partida doble, el hecho de no haber dejado la tertulia aquel lunes en que, *en verdad*, tantas obligaciones tenía. El padre Ferrando fue todavía más explícito y casi abrazó al canónigo para manifestarle hasta qué punto tomaba en consideración aquella gentileza, exultante como estaba por el apresamiento masivo, del que pensaba sacar una tajada suculenta. *El cargo de rector ya es mío*, parecía decirle al padre Amengual, mirándole con condescendencia. *Ahora no tendrán más remedio que tomar en cuenta mis méritos y agradecerme todo cuanto he hecho por el Santo Oficio, y eso no se puede comparar con ninguno de tus libros, bobo. Eso es mucho más.*

El canónigo acomodó su corpachón en el sillón frailuno que solía ocupar, muy orondo ante aquella bienvenida y particularmente expectante. Suponía que los contertulianos le someterían a un riguroso interrogatorio, lo mismo en lo tocante a las detenciones de ayer que a la junta de teólogos de hoy. Imaginaba que el padre Ferrando querría saber cómo se había desarrollado el registro, y que el padre Amengual se mostraría más interesado por la junta. Desde hacía tiempo, intentaba que Su Eminencia Reverendísima se fijara en él y le tomara de una vez por todas en consideración, tal como había hecho su antecesor.

—¿Qué hay de bueno, don Jaume? ¿Qué novedades corren por Ciutat? Vuesa Paternidad anoche acabaría rendido... Dicen que no daban abasto...

Se había equivocado. El padre Amengual no se refería a la junta. Se limitaba a comentar lo mismo que todos.

—Hemos tenido muchísimo trabajo, es verdad. Y esto no ha hecho más que empezar. Nos falta inventariar todos los bienes que no llevaban a cuestas. Casas, muebles, ajuar... Todo lo que se dejaban, que es mucho.

—Puede usted asegurarlo, don Jaume —añadió con la complacencia de quien está al corriente—. Por cierto, encuentro que Puigdorfila obró santamente mandando sellar sus casas enseguida. Así hemos evitado que nadie pueda tocar nada. He pasado por los alrededores de La Calle y la gente amotinada quería entrar. La mayoría reclamaba ya el brasero y gritaba contra la partida del alguacil, que les impedía el paso.

—Las algaradas son siempre peligrosas... —sentenció el Juez de Bienes—. Esta mañana me ha contado el párroco de Santa Eulalia que un grupo de exaltados pretendía impedir que enterrara al niño de Aina Cap de Trons. Que lo echen al mar, gritaban... El cura ha tenido que imponer su autoridad. Lo bauticé yo mismo, les ha dicho, es cristiano y como cristiano será enterrado.

—Como el Virrey ha aumentado el precio del trigo, todo el mundo está descontento... Oh, perdone, don Sebastianet, no tengo nada contra su tío... —sonrió servil el padre Ferrando a Palou, que ni se inmutó—. Por cierto, don Jaume, ¿cuántos protervos han podido prender? Los sobrinos de Costura, los hermanos Tarongí, estoy seguro...

El padre Ferrando no terminó la frase. Ni el canónigo contestó a su pregunta, porque de pronto apareció el cronista, que era el único tertuliano que faltaba, y todos se levantaron. Angelat saludó con inclinaciones de cabeza y se sentó enseguida. Luego, con la seguridad de que la conversación que él había interrumpido sólo podía referirse a un asunto, exclamó:

—¡Me han dicho que fue inconmensurable! Que al escribano tuvieron que vendarle la mano de tanto escribir...

El caballero Sebastià Palou sonrió escéptico. Todavía de pie junto a su silla, con la espada colgándole del cinto, vestido de velludo verde y rodeado de sotanas, parecía que estuviera posando para un cuadro en el que el pintor hubiera querido representar, en aquella figura, las vanidades del mundo frente a la austeridad de la vida religiosa. Detrás de él, en la ventana se diluía el paisaje en la tibieza de marzo, y una luz melosa se derramaba en partículas casi doradas. Sebastià Palou solía poner mucho cuidado en su vestimenta. Sabía hasta qué punto a las señoras, y a las que no lo eran también, les gustaba el cuidado personal. Además, al salir de la tertulia debía acompañar al Virrey al oficio solemne y no tenía tiempo para cambiarse de ropa. Su tío le había encargado que, sin que se le notara el interés, pusiera los cinco sentidos en la conversación de aquella tarde, que, con toda seguridad, versaría sobre las detenciones. En aquel jabeque viajaban, como regalo a un amigo de Livorno a quien debía favores, las dos esclavas de las que no le había quedado más remedio que desprenderse. No le interesaba en modo alguno que fueran interrogadas por el Santo Oficio. Si confesaban, le podían poner en un aprieto. Por eso, nada había querido preguntar el caballero y se había limitado a sonreír ante las consideraciones de Ferrando y las exageraciones del cronista, que fueron contestadas por el Juez de Bienes con un simple «No será tanto», como si se empeñara en no querer soltar prenda. En cuanto pudo, el canónigo se aferró al cabo mugriento que el padre Amengual les lanzaba: hablar de su libro, recién salido de la imprenta Guasp de Mallorca.

*La vida de la venerable madre Eleonor Canals, muerta en loor de santidad* había tenido una acogida discreta. Sólo la Virreina lo había alabado como se merecía, pero, por desgracia, la marquesa no era persona que pasara por tener demasiadas entendederas ni juicio ecuánime en lo tocante a los méritos de su familia. El Virrey, a quien el padre Amengual había hecho llegar un volumen especialmente encuadernado para que ornara debidamente su biblioteca y dedicado con múltiples e hiperbólicas alabanzas, se limitó a darle las gracias escuetamente, sin añadir el más leve elogio. Todavía era pronto para saber qué repercusión había tenido en la Península, en particular entre las autoridades de la Compañía, y si, por fin, conseguiría que le sirviera de aval definitivo para acceder al cargo. Desde que dio el libro a la estampa, el padre Amengual no había encontrado una ocupación que le llenara. Escribir poemas de circunstancias para acompañar las obras de los amigos o tomar notas para los sermones que hubo de predicar, en las fiestas de diversos pueblos, no era suficiente para entretener las horas vacías, insatisfechas, porque no las dedicaba a ninguna causa noble o de altura. Se sentía solo y hasta deshabitado. La convivencia con la santa monja había sido tan intensa que la echaba de menos. Necesitaba buscar con urgencia cualquier otro tema religioso para empezar a trabajar enseguida. No quería volver a escribir la vida de ninguna otra beata, aunque fuera sor Catalina Tomás, la más genuina florecilla mística de la isla, tal como le había propuesto la marquesa de Despuig, seguramente con la intención de hacerle la competencia a la Virreina. No, lo que debía encontrar, y cuanto antes, era un asunto que, tal y como le había aconsejado el Juez de Bienes, le permitiera explayar de manera exhaustiva su entusiasmo místico. Pero, por más vueltas que le daba —y era eso lo que ahora confesaba a sus amigos—, no acababa de encontrar un tema que le satisficiera plenamente, aunque tenía un título, *Cánticos en loor de la fe triunfante*, que le bailaba por la cabeza casi como definitivo. Sin embargo, eso implicaba, *en verdad*, y otra cosa no se le ocurría, remontarse a los protomártires para poder escenificar cuadros que conmovieran con fuerza al lector, incitándole a la defensa del dogma, lo que resultaba complicado...

—Pues ahora le será fácil, padre Amengual —dijo el Juez de Bienes, interrumpiéndole—. Escriba sobre las causas de fe que pueden servir para exaltarla.

—¿En verdad? —preguntó interesado—. Quiere decir Su Reverencia que escriba sobre los procesos que han de abrirse... Lo pensaré, sí, lo pensaré... Don Jaume, eso sí que me parece que me servirá...

Claro que ya no podría, si le hacía caso al Juez de Bienes, aprovechar la frase, el logradísimo epifonema, se corregía, que tanto le gustaba para un final de capítulo: *Las diligentes vírgenes, arrastradas por las fauces de los leones, perpetuaron la fe en el trofeo de sus palmas*, aunque en *verdad* y *bien mirado* tampoco acababa de sentirse a sus anchas cuando pensaba en las horas que habría de pasar entre catacumbas oscuras y emperadores romanos paganos y viciosos. Además le incomodaba volver a topar contra el poste aquel de las vírgenes diligentes, que, por muy mártires que fueran, inevitablemente le llevarían a recordar de nuevo a sor Noreta. Si concentraba toda la exaltación mística alrededor de las causas de fe, haría la competencia, y mucho, al padre Ferrando, que en los últimos meses se dedicaba en exclusiva a adelgazar las suelas de los zapatos de tanto ir y venir de Montisión a la Casa Oscura y de la Casa Oscura a Montisión.

Sebastià Palou, que no había abierto la boca durante todo aquel rato, decidió intervenir de pronto, al ver que la conversación se adentraba en vericuetos que en absoluto le interesaban. Hacía casi una hora —la campana del Ayuntamiento había dado la media— que se habían reunido y al Juez de Bienes le quedaban sólo quince minutos de tertulia. Si quería que éste declarara aspectos que sólo él conocía de primera mano, y que tanto interesaban al Virrey, no tenía más remedio que intervenir.

—Padre Amengual —dijo por fin Don Sebastià—, el tema que propone el juez me parece muy acertado, pero antes de empezar se debería esperar a los veredictos. Si no hay brasero, su obra perderá interés. No conviene adelantar acontecimientos, y menos en una cuestión...

—Una cuestión tan delicada —remató el Juez de Bienes—, claro que sí. Si quiere que le sea sincero, mucho me temo que esta vez...

—Algunos ya fueron reconciliados hace diez años, don Sebastianet, cuando el Santo Oficio mostraba menos celo que ahora... Si han reincidido no les podemos consentir que ofendan ante nuestras propias narices a Dios Nuestro Señor...

A Sebastià Palou no le gustaba nada que el media puñeta del padre Ferrando, que no levantaba un palmo del suelo, se permitiera dirigírsele con aquel diminutivo. Quizá por eso le contestó en un tono áspero, desacostumbrado en él, que era especialmente cortés con las personas que llevaban faldas.

—Todo eso habrá que probarlo, padre Ferrando. Antes que nada, debemos dejar que declaren. No podemos considerarles culpables sin previo juicio.

—Don Sebastià, don Sebastianet, por la Virgen Santísima, no diga esas cosas..., por el amor de Dios, o sospecharemos que tiene motivos... Que vuesa merced también...

Sebastià Palou se puso de pie, sofocado, y avanzó hacia el padre Ferrando con actitud amenazante.

—No os consiento, no os permito, padre Ferrando, que pongáis en duda... Por respeto a vuestro ministerio no...

—Don Sebastià —dijo enseguida el padre Amengual, circunspecto, ya que como anfitrión no podía permitir una pelea en su celda, pero satisfecho de que el sobrino del Virrey se enemistara con su oponente—, don Sebastià, estoy seguro de que el padre Ferrando no ha querido ofenderle...

—Es cierto, yo de ningún modo...

Por fortuna, en aquel mismo instante aparecía el hermano lego con la bandeja, pidiendo excusas por la tardanza. Las clarisas acababan de enviar al donado en aquel preciso momento. El vendaval de anoche había retrasado sus quehaceres.

El Juez de Bienes se movió inquieto en su silla, casi a punto de alargar la mano hacia aquellos dulces que el padre Amengual todavía no le había ofrecido. Si llegan a tardar un poco más ni siquiera hubiera podido probarlos. Habría cometido la bobería de molestarse inútilmente.

Pero el padre Ferrando, que por nada del mundo deseaba ponerse a malas con el Juez de Bienes, y aunque la propuesta que le había hecho a su contrincante le sacaba de quicio, al darse cuenta de la ansiedad glotona del canónigo, y para no tener que seguir excusándose con don Sebastià, que, a pesar de los pesares, era quien era, decidió recordarle al padre Amengual la oportunidad de merendar.

—¿Vuesa Paternidad se acuerda de que don Jaume ha de irse hoy prontito? —y miró con intención la bandeja.

Tras degustar el primer *quarto* de la tarde y con esperanzas de engullir algunos más, si espabilaba, el Juez de Bienes se sentía con mejor disposición para dejar caer alguna primicia. El cronista Angelat, que no tenía ninguna prisa y que ya había hecho el cálculo mental de las raciones que correspondían a cada uno, miraba divertido al canónigo, con las pupilas dilatadas de placer y el papo más temblón que nunca.

—Ahora seréis ricos, juez, podréis hacer obras a gusto, sin tener que pedir dinero prestado. Contadnos qué tesoros conseguisteis almacenar ayer con las confiscaciones... Dicen que se lo llevaban todo...

—Todo cuanto podían, es cierto. Escondidos entre las ropas, joyas, oro, dinero, y hasta escrituras de casas, avales...

—Eso prueba que debían de pensar en volver —replicó Angelat.

—En volver, no. En vender algunos bienes desde allí, imagino —puntualizó el Juez de Bienes—. Pero ya me diréis cómo. Esta gentecilla es ruin y corta de alcances. En cuanto nos hubiéramos dado cuenta de su cobarde huida, les hubiéramos incautado igualmente cuanto dejaban.

—Lo debían de dejar en prenda... —aventuró el cronista en tono burlón.

—Algunos de los apresados son de los más ricos de La Calle —dijo Llabrés, con la boca llena—: Valls, El Cónsul... Pero a ésos, a buen seguro, no se lo quitaremos todo; amigos tienen de fuera que se lo guardan...

—Cuentan con protectores que no son de La Calle —añadió el padre Ferrando, mirando a Sebastià Palou—. Y el Tribunal debería poner todos los medios para que esos protectores devuelvan el dinero al Santo Oficio, a quien pertenece.

—Todo el mundo sabe, padre Ferrando —aseguró Palou con fuerza—, porque nunca nadie ha pretendido ocultarlo, que ciertas personas de La Calle han servido en las casas más nobles... Gabriel Valls, por ejemplo...

—Claro que sí —dijo el Juez de Bienes—, y estoy seguro de que el señor Virrey nunca sospechó que Gabriel Valls era judaizante...

—Incluso ahora cuesta creerlo, don Jaume —interrumpió Sebastià.

—Lo comprendo, me hago cargo... El señor Virrey tendrá escrúpulos de conciencia, supongo...

—El viento ha sido un instrumento de Dios Nuestro Señor —levantó la voz el padre Amengual— para que no pudieran huir... Empezaré por el vendaval... Puedo hacer un *excursus* sobre Favonio y Eolo. ¿Qué les parece?

—Que si no hubiera sido por el mal tiempo ahora estarían lejos de Mallorca y aquí no hubiera pasado nada —contestó Palou serio y molesto.

—¡Cómo puede decir eso! ¡Cómo puede vuesa merced decir una cosa así, don Sebastianet! —volvió a insistir el padre Ferrando—... ¿Cómo que no hubiera pasado nada? Mucho, hubiera pasado... mucho. Les hubiéramos quemado en efigie, sin evitar que ardieran eternamente en el infierno. Así, si se arrepienten, tras muchos años de purgatorio, tal vez consigan llegar al cielo. Les daremos, por lo menos, esa oportunidad.

—¿Y es seguro que se dirigían a Livorno? —preguntó el cronista.

—Creemos que sí, pero quien mejor lo sabe es el capitán del jabeque. Ha declarado esta mañana, ante el Virrey y el señor Inquisidor... Parece que los fugitivos le engañaron, le aseguraron que habían obtenido salvoconductos para abandonar la isla, y al darse cuenta de que no los llevaban, les mandó desembarcar.

—Si es así, el viento no pinta nada, es un añadido —terció el cronista mirando a Palou.

—Señores, lo siento muchísimo pero debo irme. No puedo llegar tarde —se excusó el juez mientras se levantaba bastante contento porque no eran tres sino cuatro los *quartos* que había conseguido engullirse—. La junta es importante... El señor obispo... Hasta el lunes. Vuesa Reverencia y yo, padre Ferrando, nos veremos pronto. Don Sebastià, salude de mi parte a su tío...

—Yo también me marcho —dijo Sebastià Palou—. Tengo prisa, y como Vuesa Reverencia va hacia palacio y yo a la Almudaina, llevamos el mismo camino...

El padre Amengual acompañó a los dos tertulianos hasta la escalera, que bajaron precedidos por el hermano lego que había servido la merienda. En la celda el cronista Angelat se terminaba las migajas que habían quedado en la bandeja y el padre Ferrando intentaba calibrar en silencio hasta qué punto el hecho de que el padre Amengual escribiera sobre el Santo Oficio le podría resultar perjudicial. Hasta entonces, cada uno había luchado con sus propias armas, sin meterse en el terreno del otro. Ahora, sin embargo, si su contrincante entraba en su coto particular, no le quedaría más remedio que tomar una determinación que acabara definitivamente con las aspiraciones del padre Amengual al cargo de rector, que hoy, más que ningún otro día, había visto tan inminente como si ya fuera suyo. Era cierto que gracias al vendaval los malditos apóstatas no habían podido huir y habían sido apresados, pero en el origen de todo, en el origen de la fuga, estaba su celo religioso, su afán de que Costura delatase a quienes no cumplían con la ley de Nuestro Señor y creían y practicaban la vieja y caduca ley de Moisés. Lo mejor que podía hacer era disuadir al padre Amengual de aquel proyecto, decirle por las buenas que lo dejase correr, porque de lo contrario sería él, que tenía muchos más datos, que conocía bien el trasfondo del Santo Oficio, él, quien escribiría un libro sobre *La fe triunfante* o *El triunfo de la fe*, tanto le daba, con mayor conocimiento de causa.

Por su lado, el padre Amengual no había dejado de darle vueltas, durante el tiempo que había durado la reunión, a su futura obra. Con ella conseguiría, además de hacerse famoso —el caso era de los que «mueven con fuerza a toda gente»—, ser finalmente tenido en cuenta y no como ocurría ahora, que el obispo jamás le llamaba a consulta, y, en cambio, enviaba a buscar a otros clérigos mucho más indocumentados.

*Ya no podrán excusarse en que el padre Ferrando presta un servicio más oportuno a la Iglesia, que sus acciones valen más que mis meditaciones. Ahora nos ocuparemos los dos de los mismos asuntos. Ahora habremos de ver quién lo hace con mayor celo.*

El cronista Angelat, en cuanto volvió el padre Amengual, como si hubiera tenido una transmisión de pensamientos por partida doble, inició una conversación oportunísima con la intención de pincharles.

—Yo creo que Vuesas Paternidades, que rivalizan en ardoroso celo eclesiástico —les dijo burlón—, que son por igual dignos candidatos al cargo de rector de Montisión, deberían escribir juntos el libro que el Juez de Bienes les recomendaba. El padre Ferrando podría aportar datos precisos, pruebas de primera mano que sólo él conoce, y vos, padre Amengual, el ornato de vuestra pluma, las vestiduras retóricas necesarias para hacer resplandecer la verdad, que esta vez triunfará no desnuda, sino discretamente cubierta, gracias a vuestro ingenio...

Los jesuitas se miraron sorprendidos, sin saber si el cronista hablaba en serio o les estaba tomando el pelo...

—Se lo digo de veras, creo que el Juez de Bienes lo aprobaría. De él ha sido la idea... Yo sólo añado una pequeña matización... ¿Qué les parece?

Ambos callaban. Ninguno de los dos quería ser el primero en contestar. Angelat les contemplaba divertido. Había hecho aquella propuesta en broma, pero, bien pensado, ¿por qué no tomársela en serio? No conocía ningún escrito del padre Ferrando y suponía que su capacidad para el cultivo de la poética y la retórica era escasa. Pero eso no era obstáculo ¡si hasta el barbero del *Pes del Formatge* tenía a punto un manuscrito sobre relojes de sol!...

—En colaboración, yo creo que sería incapaz de escribir un libro —dijo el padre Ferrando parsimoniosamente, y luego, como si estuviera en el púlpito predicando el solemne sermón de las Siete Palabras, añadió—: Pero no les negaré que haya pensado en dar a la estampa un texto que mueva a devoción. Como vos decís, cronista, conozco muy bien los entresijos del Santo Oficio, por lo menos los del Tribunal de Mallorca.

El padre Amengual, que se había quedado de pie junto a su mesa escritorio, retiró ruidosamente contra la pared las sillas vacías y luego, frotándose las manos y mirándose las puntas de las uñas, carraspeó. Estaba claro que buscaba las palabras exactas para dar su opinión de la manera más contundente.

—En verdad, creo que un libro en común no serviría ni al uno ni al otro. Yo, modestamente, he demostrado ser letrado; el padre Ferrando, en cambio... Creo que es a mí a quien incumbe seguir escribiendo y al padre Ferrando actuando. Y, en verdad, que decidan las autoridades de la Compañía quién de los dos aporta mayores merecimientos para el cargo.

—Me parece bien, padre Amengual, que cada uno defienda su causa, como proponía Vuesa Paternidad, y por eso creo injusto que escriba un libro sobre el Santo Oficio, que es cosa de mi competencia.

—En verdad, ¡qué disparate! El Santo Oficio vuestro, ¡padre Ferrando! ¿Lo está oyendo, Angelat?

Angelat se limitó a reírse con aquel estrépito burlón que le caracterizaba, pero nada dijo. Le divertía ver aquel espectáculo tanto como las peleas de gallos.

—Me opongo, ya lo sabe. El cronista es testigo de que os lo he advertido. Que quede claro. Si escribís sobre las causas de fe, os aseguro que os arrepentiréis, padre Amengual. Y ahora, si me excusáis, micer Angelat, yo también tengo el doble de trabajo hoy.

Salió de la celda dando un portazo pero aún pudo oír a Amengual: *En verdad, cronista, ¿se da vuesa merced cuenta? ¡Dios mío, qué mal educado!* Pero la voz del jesuita, llena de quejas furibundas, se fue apagando entre el alboroto y el griterio que venía de la calle haciéndose cada vez más ensordecedor.

## VI

No hacía todavía ni una hora que las tropas del alguacil habían impedido por la fuerza que aquel grupo que ahora alborotaba la antigua judería, entrara en La Calle. Una veintena de hombres armados tenía orden de disparar sin contemplaciones contra el primero que intentara traspasar la cadena con la que el barrio había sido cerrado para preservarlo de los asaltantes. Los vecinos más atrevidos, que, como todos los lunes, habían abierto las tiendas y los obradores para demostrar ante todos que no tenían nada que ver con los judaizantes fugitivos, los volvieron a cerrar a toda prisa al oír la algazara de aquella turba que amenazaba con fuego y saqueos y reclamaba justicia inmediata para castigar a aquellos demonios judíos, enriquecidos a costa de los dineros robados a los cristianos. Tanto por su acento como por su vestimenta y las armas —azadas, hoces y palos— que blandían, se notaba que eran campesinos. Los ciudadanos habían comparecido mucho antes y, aunque algunos habían proferido insultos y amenazas, habían reculado sin oponer resistencia y sin osar enfrentarse con los hombres del alguacil.

El grupo —una cincuentena— provenía de diferentes pueblos. Sin haberse puesto de acuerdo previamente, habían salido a media mañana, en cuanto les había llegado la noticia del apresamiento. Levantiscos y hambrientos, tenían la misma intención: llegar hasta la capital para tratar de sacar alguna tajada de aquel carnero muerto.

El núcleo más numeroso se había reunido en S'Arenjasa e iba capitaneado por el *sen* Boiet, un gañán listo que sabía letra menuda. Durante más de diez años había alternado la siembra con el oficio, bastante más rentable, de salteador de caminos, por encargo de la facción de *bandejats* que mejor había comprado sus servicios. Nunca le prendieron. Se decía que contaba con protectores poderosísimos; unas veces era el padrastro del conde Malo y otras el Virrey de turno. Según quién contara su historia, añadía que la protección emanaba todavía de más arriba, que el príncipe Baltasar Carlos le había encargado una venganza que fue cumplida con perfecta puntualidad. Ciertas o algo exageradas, estas habladurías eran, no obstante, pruebas más que suficientes de la fama del *sen*, que, de haber nacido noble, hubiera sido un caudillo de los que los poetas se ven obligados a alabar por encargo. La humildad de sus orígenes, sin embargo, sólo había dado pie a que todos reconocieran de viva voz que tenía dotes de mando y que su capacidad para exaltar los ánimos de la masa, y hacerle girar las aspas en la dirección de su propio viento, era uno de sus mayores méritos. Por eso, cuando el alguacil mayor comprobó que entre aquella gentecilla se encontraba el *sen* Boiet, pensó que el alboroto podía ser más difícil de reprimir de lo que había sospechado en un principio, cuando uno de sus ayudantes le llevó la noticia de que los campesinos se acercaban a la puerta de San Antonio con no demasiadas buenas intenciones. Incluso reprendió al mensajero por haber espoleado al caballo con furia innecesaria, pues no pensaba tomar ninguna determinación hasta que no viera cómo se desarrollaban los acontecimientos. Un cuarto de hora más tarde, don Gaspar de Puigdorfila en persona tuvo que hacer valer su autoridad para ordenarles que se fueran inmediatamente por donde habían entrado, que abandonasen deprisa la capital bajo pena de la vida.

—No paséis el arado delante del buey, Excelencia —le desafió el *sen* Boiet en la primera pausa que le dio la oportunidad de dejarse oír—. No hay ningún bando que impida a los campesinos entrar en Ciutat, que sepamos... Nosotros no le hacemos ascos al tocino y hemos venido para participar, como cristianos viejos, de la alegría de los ciudadanos. Somos los primeros en odiar a los judíos que mataron a Cristo. De eso deberíais alegraros y mucho...

El alguacil le interrumpió con ira:

—No me interesan tus opiniones, *sen*. He ordenado que os marchéis. No voy a repetíroslo. Si al cerrar las puertas de la muralla cojo a alguien de vosotros dentro, se lo haré pagar caro —siguió amenazando, mientras el grupo se retiraba hacia Cort, donde rodearon al *sen* Boiet para preguntar qué debían hacer...

Tardaron muy poco en decidirlo, y ya se dirigían hacia la Plaza Nueva, cuando escucharon gritos procedentes del lado de la Casa Negra y vieron como se acercaba otro grupo de campesinos. Era menos numeroso. No llevaban armas y tampoco parecía que tuvieran capitán, o por lo menos de la categoría del *sen* Boiet. Venían de la parte de Esporles y habían entrado por la puerta de Jesús. Querían, lo mismo que los otros, ver con sus propios ojos lo que les habían contado y explayarse vociferando contra los judíos que les chupaban la sangre. El *sen* Boiet les disuadió de que se acercaran a La Calle, pues el alguacil no se andaba con miramientos, al tiempo que les invitaba a unirse a los suyos para dar un paseo por la antigua judería y llegar después hasta la Almudaina. El precio del trigo era abusivo en un año de mala cosecha. El Virrey también deseaba su ruina, igual que los judíos. El *sen* Boiet tenía razón: ahora podían manifestar su rechazo contra las dos cosas. Juntos se adentraron por las calles del viejo *call*. Bramaban contra los judíos y el aumento del precio del trigo. Reclamaban justicia, enarbolando de nuevo azadas y hoces. Delante del convento de Montisión, edificado sobre la antigua sinagoga, las tropas del Virrey les cerraron el paso. Fue Perot Ripoll quien, enardecido por los propios méritos —desde anoche se sentía distinto, como si hubiera cambiado su pasta de zafio por pasta de héroe—, espoleó al caballo y azuzándolo arremetió contra la multitud, que gritaba aterrada. Algunos intentaron buscar refugio en la iglesia de Montisión, pero los jesuitas ya habían mandado al sacristán que cerrase las puertas del templo asegurándolas con barras de hierro, como hacían en tiempo de las luchas de los *bandejats*. Al verse atacados, los amotinados se defendieron a golpes de azada, blandiendo las hoces como si cortaran el trigo de una cosecha imposible. Tendidos en el suelo iban quedando los heridos, que nadie retiraba, mientras los campesinos corrían dispersándose en busca de cobijo, perseguidos por los disparos de los arcabuces. Ya no gritaban insultando a los judíos y rechazando al Virrey, ahora imploraban por caridad a la tropa que dejase de disparar, que no les castigara con tanta violencia.

De resultas de aquel alboroto, se retrasó el tedéum, el mal humor del Virrey aumentó, una veintena de payeses fueron detenidos, y los sepultureros de L'Esgleita y Esporles tuvieron que trabajar el doble. Sólo el *sen* Boiet parecía beneficiarse de la algarada. Al ver que venían mal dadas, se esfumó hacia la Capilla de Santa Catalina, donde recibió la bolsa con las onzas prometidas, porque, en efecto, el tumulto había sido de los gordos y demostraba que el menosprecio por los judíos estaba tan generalizado entre los verdaderos cristianos viejos como el desafecto que sentían por el Virrey.

Rafael Onofre Valls de Valls Major, en hábito de fraile, abandonó las dependencias del burdel un poco antes de que las campanas empezaran a sonar anunciando el tedéum. Aunque La Coixa le había aconsejado que se entretuviera rezando en las capillas de las iglesias de los alrededores, pues era mejor que se fuera al atardecer que a plena luz, ya que a esa hora sería más difícil que le reconocieran, prefirió esconderse en la algorfa del burdel, donde raramente entraba nadie, a verse obligado a fingir que rezaba. Pasó el día esperando a que estuvieran a punto de cerrar las murallas para poder salir de Ciutat por la puerta de San Antonio, camino de Alcudia, donde quería embarcarse hacia Alicante, si conseguía comprar la voluntad de algún patrón o capitán. El tumulto de los campesinos, a los que oyó pasar cerca, le beneficiaba. La vigilancia era mínima por detrás del Olivar, porque las fuerzas del alguacil estaban concentradas en Montisión y la Almudaina, donde detenían a todos los sospechosos y golpeaban como propina a quienes se les ponían por delante.

A nadie le llamó la atención, cuando, mezclado con otra gente, la mayor parte campesinos huidos del disturbio, salió por la puerta de San Antonio. Para no tener que hacer el camino a su lado, levantando sospechas que nada le convenían, dijo al grupo que acababa de saludarle que continuaría sólo, porque tenía mucha prisa, ya que iba a confesar a un moribundo cuya familia le había mandado llamar con urgencia. Avanzaba deprisa hacia la noche con la cabeza gacha, la holgada capucha cubriéndole buena parte de la frente, con las manos metidas en las mangas, imitando tanto como le era posible los rutinarios gestos frailunos. Aquel hábito, que parecía haber sido cortado a su medida —*Oh qué frailecito tan bonitito*, exclamó La Coixa en cuanto se lo hubo probado, mirándole encantada—, suponía una especie de salvoconducto. Ninguno de sus perseguidores llegaría a sospechar siquiera que el hijo de El Rabí pudiese tener acceso a aquellas ropas y, por tanto, nadie le buscaría bajo aquel disfraz, si él no le daba motivo. Sin embargo, valerse de aquella cobertura, que a su padre le hubiera disgustado sobremanera, le llenaba de menosprecio hacia su propia persona. Huía amparándose en las vestiduras de quienes más le odiaban, de quienes consideraban que su único destino era la hoguera, y tenía miedo de que alguna brizna de aquella aversión, por pequeña que fuera, le entrara por los poros de la piel, haciéndole sentir por sí mismo el desprecio que sentían ellos.

Rafael Onofre, a pesar de que desde los trece años se comportaba como un verdadero judío y sólo accedía a cumplir con los ritos cristianos para guardar las apariencias, había creído de niño en Jesucristo y la Virgen María, había confesado y comulgado como un auténtico cristiano, sin tener a los curas y frailes por enemigos. Y aunque consideraba que aquel disfraz era el más seguro, llevar aquellas ropas talares no dejaba de resultarle molesto. Recordaba, además, que la Iglesia preveía penas terribles para los sacrílegos que, como él, utilizaran hábitos de manera fraudulenta. Intentando apartar estos pensamientos, iba deprisa por el borde del camino, concentrándose en la necesidad de llegar a Alcudia. Rechazaba también las imágenes del jabeque y del vendaval, a las que se superponían las de La Coixa y sus caricias, que, durante todo el día, mientras estuvo escondido en la algorfa, le habían acompañado, entremezclándose con las de su madre y de María. No saber qué había sido de ellas le llenaba de desasosiego. Luchaba por superar la angustia que a ratos, como una sanguijuela chupándole el pecho, le impedía respirar con normalidad. Contestaba maquinalmente, en voz baja, con voz forzadamente gangosa, para disimular la suya, a los saludos de los bultos con los que se cruzaba. Iban casi todos provistos de una bujía, que él no se acordó de pedir y que habría de necesitar en cuanto las nubes tapasen la luna, para no tropezar con las piedras y no arañarse con los arbustos. A medida que avanzaba hacia la oscuridad, disminuían los *Buenas noches* de los demás y sus *Buenas noches que Dios nos dé*, porque los caminantes sabían que la helada de marzo es mala compañía para alejarse más de una legua.

El muchacho, que no estaba acostumbrado a aquellos andurriales, y menos con los pies desnudos, sentía cómo se le iban abriendo bajo la presión de las sandalias franciscanas, de las que también le proveyó La Coixa. Tenía frío y comenzaban a dolerle los dedos tumefactos. Los sabañones, más que picarle como cada noche, le escocían como si estuvieran rellenos de guindillas. Pronto desistió de su propósito de llegar a Alcudia, al menos no antes de descansar un rato. Un cercano rumor de esquilas, acompañado del eco apagado de una canción y la luz de una hoguera en medio del campo, a la derecha del camino, le llevaron a dirigirse hacia donde, probablemente, un pastor se estaba calentando. Una brisa que no guardaba parentesco alguno con el vendaval de ayer le traía a intervalos notas de una canción de amor que le recordó de pronto sus rondas bajo la ventana de María, en noches mucho más dulces y acogedoras, noches de verano sobre todo, que le parecían demasiado lejanas, como si desde junio a acá hubieran transcurrido siglos en vez de meses.

Había andado una veintena de pasos, ensimismado en sus cuitas, cuando percibió muy cerca, surgida de la oscuridad, otra voz, muy diferente de la del joven que cantaba que, sin embargo, no parecía corresponder a persona viva, porque no vio ningún bulto ni percibió ningún otro ruido. Intentó avanzar mucho más deprisa en dirección a la hoguera, asegurándose que aquella voz sonaba sólo dentro de su cabeza a consecuencia del miedo y de los sobresaltos pasados, como una trampa de su propia fantasía, y para conjurarla rompió a cantar y lo hizo tan acordadamente como pudo:

*Vós que amb so mirar matau,*
*matau-me sols que em mireu,*
*que més m'estim que em mateu,*
*que viure si no em mirau...*

Pero se calló enseguida al caer en la cuenta de que un fraile no debía cantar con tanta delectación, en público, una canción de enamorado. Y de nuevo volvió a escuchar aquella otra voz, ahora acompañada de un cuerpo que de improviso se le plantó delante.

—¿Qué queréis, hermano? —preguntó Rafael Onofre.

—Necesito que vengáis conmigo.

—Venid vos, acompañadme junto a aquella hoguera, que es hacia donde voy, y hablaremos —decidió el muchacho, a quien el temor y la indefensión le habían prestado una cierta arrogancia.

Sin volverse, observó de reojo que, de repente, había aparecido otro hombre con un candil en la mano. Ambos le siguieron. *Me han hecho caso*, pensó satisfecho y menos atemorizado, y volvió la cabeza para ver a quienes le acompañaban y saber qué pretensiones tenían. Cuatro manos como cuatro garfios se le vinieron encima y le zarandearon con fuerza. El muchacho se defendió dando patadas y puñetazos, sin conseguir deshacerse de ellos.

—No llevo dinero —les dijo—. ¿Qué queréis de un pobre fraile? Dejadme, por Dios, voy a confesar a un moribundo. Si va al infierno, vosotros seréis los culpables.

—Queremos eso mismo que decís que tenéis que hacer —le replicaron—, que confeséis a un hombre malherido que, como ha sido gran pecador, arderá si vos no le asistís. Vais a venir con nosotros.

Rafael Onofre se tentó el cuerpo en cuanto aquellos dos forzudos le soltaron, pensando que, como le había sucedido el día antes con La Coixa, también soñaba. Luego, al notar que estaba despierto, sospechó que todo aquello era cosa de brujas y de malos espíritus que, según aseguraba su pobre abuela loca, andan por todas partes y conocen hasta los más escondidos secretos de los hombres. ¿No había dicho él que iba a asistir a un moribundo? Pues ahora los espíritus le hacían comer, en venganza, aquel plato de tocino. A punto estuvo de decirles la verdad, pero pensó que si se trataba de malos espíritus no era necesario, puesto que ellos ya debían de conocer la falsedad de su hábito, y si, por el contrario, eran hombres de carne y hueso que pretendían que confesase a un agonizante, aún les costaría más creer que era un falso fraile, que de fraile no tenía más que el hábito, si de todos modos estaban dispuestos a llevárselo a cualquier precio.

Dejándose guiar a la fuerza por la bujía que sostenía con la mano derecha el hombre que le amenazaba, Rafael Onofre se apresuraba para poder seguir tras sus pasos. Los sabañones se le habían reventado y sangraban. Notaba bajo los pies la helada y el frío entumeciéndole las piernas. El cielo se había ido cubriendo de estrellas y el carro brillaba con absoluta nitidez. Rafael Onofre buscaba la luna, que apareció pálida, por detrás de las nubes y de nuevo se le hizo presente la sonrisa de Beatriu Mas. Rechazó aquel recuerdo y pensó en María. En noches como ésta habían jugado a contar estrellas: cien, mil, tres mil, millones de estrellas sobre su cabeza, luminarias de Adonay para guiar a los hombres. *Deberíamos haber embarcado hoy y no anoche con el vendaval. ¿Anoche? ¿Anteanoche?* La noche anterior la había pasado en el burdel, lejos del jabeque que habría de llevarles a Liorna, y le parecía que todo había sucedido no en tan pocas horas, sino en mucho más tiempo, meses o semanas al menos. No podía imaginarse que todo aquello le hubiera ocurrido a él, a quien durante diecinueve años nada de extraordinario le había sucedido, excepto el amor de María. María jamás podría imaginárselo vestido con un hábito de fraile, prestado, además, por la manceba más famosa de Ciutat, cruzando los campos helados para ir a confesar a un moribundo. Tampoco podría creérselo su padre. Sólo la abuela loca se lo tomaría con naturalidad, puesto que se pasaba el día con brujas y fantasmas, y trajinaba a todas horas con sortilegios, encantamientos y malos espíritus. ¿Y si todo fuese una trampa? ¿Si La Coixa le hubiera denunciado? Le había hecho saber que no quería nada con judíos. ¿Por qué se fió de ella? ¿Por qué le confesó quién era? Pero si Beatriu hubiera querido que le apresaran, bastaba con que hubiera hecho pasar al ayudante del alguacil. *No, La Coixa nada tiene que ver con todo esto*. A La Coixa le estaría agradecido para siempre. Aquel encuentro era fruto del azar, como fruto del azar había sido la mala suerte del vendaval. Saldría de todo con la ayuda de Adonay. *Si Dios quiere*, murmuró en voz baja.

—¿Deciáis algo? —preguntó el hombre que le acechaba desde atrás—. ¿O rezabais?

—Rezaba por el moribundo. ¿Falta mucho para llegar?

—Sí que os cansáis pronto... Ya casi estamos —le contestó de mala manera, con una especie de bufido.

—Es allí enfrente —dijo el que llevaba la luz, señalando hacia unas higueras bajo las que resplandecía una hoguera—, en aquella cabaña.

Al abrir la puerta, las llamas que consumían la leña de un improvisado hogar le mostraron, tendido en el suelo, sobre una piel de cordero, el cuerpo de un hombre malherido que respiraba con dificultad. En medio del pecho, redonda y grande como una rosa de sangre, se le abría una herida de muerte. Rafael Onofre se acercó para mirarle la cara. No era joven. Surcado por la yunta del viento y la intemperie, su piel de cuero curtido, delataba su origen campesino. Por suerte no le conocía. Se notaba que se despedía de la vida con sufrimientos terribles, porque respiraba con gran dificultad. Rafael Onofre le compadeció. No era él precisamente la persona más adecuada para ayudarle a ir al cielo. A su lado, había otro hombre que, al ver entrar al fraile, se levantó y fue hacia la puerta. Allí, plantados, se habían quedado los otros dos esperando.

—No os quejaréis, *sen* Boiet —dijo el de la voz de mulo dirigiéndose al moribundo—. Nosotros somos gente de palabra. Queríais un confesor y os lo hemos traído. Como teníais tanta prisa, es el primero que hemos encontrado. Nos ha costado mucho trabajo. No quería venir. Ha dejado a otro moribundo para asistiros...

El herido abrió los ojos y, con un hilo de voz ya devanada por la muerte, les pidió que le dejaran a solas con el fraile.

Rafael Onofre se sentó junto al fuego en la única silla que había y reprodujo con gestos y tono el ritual de la confesión.

—*In nomini Patris, et Filius et Spiritus Sanctis...* —e hizo la señal de la cruz.

El moribundo intentó santiguarse, pero sólo consiguió señalar el aire con un gesto torpe y escaso de la mano derecha, que se le desplomó sin fuerzas junto al cuerpo. Rafael Onofre se levantó para acercarse a él.

—Lo siento, hermano, no puedo daros la absolución. No soy cura ni fraile, ni nada que se le parezca.

Pero el agonizante no debió de entenderle porque, entre jadeos, sólo acertaba a pronunciar palabras inconexas: *Robado, onzas, asesinos, me acuso, justicia, obispo...*, mientras agarraba con fuerza la mano de Rafael Onofre, aquélla que debiera haber impedido que fuera al infierno. El muchacho intentó deshacerse de los dedos que le oprimían como si de su contacto dependiera permanecer aún entre los vivos. Había visto morir a otros —el abuelo Rafael, el tío José, vecinos y parientes—, pero jamás se había enfrentado él sólo con aquellos ojos turbios que le buscaban para aferrarse a la vida o quién sabe si para contagiarle muerte. Nunca se había encontrado a solas con un alma que sabía condenada de antemano. *¿Y si Dios me pide cuentas?*, se dijo. *Le he dicho la verdad, pero él ya no podía escucharme.* Medio trastornado, le cerró los ojos, le cruzó los brazos sobre el pecho y salió en busca de los hombres que le habían conducido hasta allí por la fuerza. Los encontró fuera, en cuclillas, calentándose junto a la hoguera.

—Ha muerto. Quisiera un candil para volver hacia el camino.

—Antes tendrás que decirnos todo lo que te ha confesado. ¿Para qué crees que te hemos llamado?

—Confesamos bajo secreto. Lo que me pedís es imposible.

—Eso sería así si fueras un fraile verdadero —le amenazó el de la voz de mulo.

—No os entiendo —replicó Rafael Onofre, asustado—, no sé qué queréis decir.

—Pues está claro. ¿Acaso te crees que no nos hemos fijado en que no llevas coronilla?... —y acercándosele le arrancó la capucha.

—No ha dicho nada —se le enfrentó el muchacho—, ha muerto sin confesar palabra.

—¿Estás seguro? —preguntó el que custodiaba al moribundo, acercándose con el puño cerrado—. Yo de ti, haría memoria —y, con la fuerza de un toro, le descargó un golpe en el estómago.

## VII

A pesar de la revuelta, la catedral acabó llenándose por completo. Todas las luces habían sido encendidas y la cera crepitaba uniéndose al cuchicheo de la multitud, que esperaba la llegada de las autoridades para que empezara la función. Rezando o hablando en voz baja, la mayoría se preguntaba la causa de aquel retraso. Muchos hacían conjeturas sobre las palabras que habría de pronunciar Su Eminencia Reverendísima y cruzaban apuestas sobre si las campanas volverían a tocar mansa y humildemente, en vez de hacerlo a rebato como anoche, tal y como habían difundido por Ciutat quienes presumían de saberlo de primera mano.

Sólo los impedidos, los enfermos graves, los recién nacidos y las monjas de clausura se habían quedado en casa, porque nadie quería perderse el sermón del obispo, que, probablemente, haría referencia a los fugitivos. Incluso las familias de los apresados habían acudido a la seo y ocupaban los primeros bancos junto a los otros vecinos de La Calle, deseosos, ahora más que nunca, de que no se dudara de sus convicciones cristianas.

Esther Bonnín y las dos criadas de los Valls acompañaban a la abuela loca, que miraba con ojos atónitos toda aquella luminaria. Ya no gritaba ni pataleaba como ayer. Con las manos cruzadas sobre el regazo, aparentemente tranquila, permanecía sentada y quieta. Parecía que, por fin, le habían hecho efecto las infusiones de tila mezcladas con flor de adormidera que su hermana siguió haciéndole tomar cuando la acogió en su casa, a pocos pasos de la puerta clausurada de los Valls.

En el banco de detrás estaban los hijos de Isabel Tarongí, cogidos de la mano, junto a su padre, que aprovechaba la espera para hacerles rezar el rosario de rodillas. Pendiente de los niños, sólo se permitía entornar los ojos de vez en cuando, para concentrarse mejor en las avemarías. Aquella tarde le era difícil encontrar el recogimiento necesario para establecer comunicación con la Virgen Santísima, a quien siempre pedía auxilio en los momentos malos. Aunque, con la contundencia de un martillo, su voluntad había ido clavando lejos de las paredes de la memoria las imágenes de su mujer, los recuerdos de Isabel, como un enjambre de abejas furiosas, zumbaban en su cabeza. Intentando rechazarlos, perdió la cuenta del rosario pero no consiguió más que disfrazarlos de angustia, arrepentimiento y lástima de sí mismo. Maldijo de nuevo el momento en que se fijó en Isabel, la hora en que decidió pedirla por esposa. Como de costumbre, la culpó de haberle engañado, porque jamás, antes de casarse, le había insinuado siquiera que era una falsa cristiana. Se culpó a sí mismo de no haberlo sospechado, de no habérsele pasado por la cabeza que aquella mujer, toda dulzura, era una hipócrita como tantos otros habitantes de La Calle. ¡Pero él qué podía saber! Él venía de Sóller y no tenía más que contactos superficiales con los parientes del Segell. Si lo hubiese sabido, si alguien se lo hubiera advertido, nunca la hubiera desposado, por mucho que aquella muchacha se asemejara a la Virgen y que renunciar a ella le pareciera peor que la muerte. Descubrió su infamia el cuarto año de casado, cuando de manera casual observó que se negaba a probar una langosta que le habían regalado unos pescadores de Deià a cambio de un favor. De ahí dedujo el motivo por el que rechazaba el tocino, y, pretextando encontrarse mal, ayunaba por la misma época en que lo hacían los judíos, en memoria de la reina Esther. Se esforzó, primero por las buenas y luego por las malas, en demostrarle los errores de la religión caduca y las verdades de la nueva. Pero ella no quiso dar su brazo a torcer. Solía decirle: *Moriré judía porque todos los míos vivieron y murieron como judíos, como tú deberías también vivir y morir.* No podía entender que aquella muchacha, que parecía amasada con miel y azúcar blanco, tuviera unas convicciones tan firmes. Sufrió como un cordero a punto del sacrificio pensando que, si no la convertía, toda una eternidad deberían permanecer separados, pues los judíos tienen las puertas cerradas en la casa del Dios de los cristianos, y mucho más si eran, como su mujer, apóstatas encubiertos, falsos creyentes de la religión en la que habían sido bautizados. Isabel, sin embargo, le obedecía en todo, le servía de buen grado y jamás se negó a acompañarle a cuantas misas quiso oír, tampoco, ni una sola vez, rehusó rezar el rosario. No obstante, le suplicó que le dejara practicar en secreto los ritos judaicos, que en nada podían perjudicarle si nadie lo sabía, si él no se lo decía a nadie. Pero Xim Martí, que desde que se había instalado en Ciutat había cambiado de confesor y no daba un paso sin consultar con el padre Ferrando, quiso también aconsejarse con él sobre ese punto. El cura, como ya sospechaba el penitente, le obligó a rechazar con contundencia la propuesta de Isabel y le ordenó, bajo pena de negarle la absolución y amenazándole con poner el caso en conocimiento del Santo Oficio, prohibir a su mujer las prácticas judaicas. De no conseguir que se retractara y arrepintiera de todo cuanto había hecho contra la religión cristiana, no le quedaría más remedio, si no quería condenarse también él, que delatarla a la Inquisición. El jesuita fue claro y absolutamente explícito: mientras no se convirtiera no podrían volver a cohabitar. Él no podía absolverle del pecado de fornicar con una apóstata recalcitrante.

Recordaba a Isabel Tarongí con la cara cubierta de lágrimas y aquel aire de virgen mártir que tanto le atraía, espoleando su deseo hasta las estrellas, como la noche en que le comunicó todo cuanto le había ordenado el confesor y la echó del cuarto que, durante cuatro años, habían compartido. El llanto de Isabel no mermó la furia de sus gritos, al contrario, la acrecentó y despertó a los niños, que se unieron a los lamentos de su madre. Desde aquel día infausto, todo cambió en aquella casa. Xim Martí mandó a buscar a su madre, a la que le confió el gobierno doméstico. Isabel dejó de acompañarle en público en sus prácticas religiosas y fue obligada a confesarse con el padre Ferrando, ante quien rechazó con firmeza las acusaciones de su marido. Eso la salvó momentáneamente de un proceso, pero no hizo cambiar en nada la actitud adoptada por Martí. Pese a la vigilancia a que era sometida por la suegra y la criada cristiana, procuraba seguir cumpliendo con las prohibiciones de su religión con mucho más sigilo que antes. Apenas probaba bocado y su estado era de una melancolía absoluta, rota solamente por la presencia de sus hijos, con quienes no le dejaban quedarse a solas. Isabel Tarongí sólo podía confiar en su hermano, que se convirtió en su único consuelo y su permanente valedor.

El embarque cogió a Xim Martí desprevenido. También a él, pese a que la padeciera en menor grado, aquella situación se le hacía insostenible, aunque jamás hubiera sospechado que su mujer decidiera marcharse, abandonando a sus hijos. Como cristiano no le quedaba otro remedio que alegrarse del milagro del viento. Tal vez así, en la cárcel, Isabel llegara a abominar de sus errores y juntos podrían comenzar una nueva vida. Por su lado, nada había de temer. Sus arraigadas convicciones cristianas habían preservado su casa del furioso celo clausurador del alguacil, ya que era la única en todo el Sagell en la que vivía un fugitivo que no había sido sellada. Sin Isabel podía sentirse liberado de la pesada carga de vigilarla, de amonestarla de cuando en cuando, redimido por fin de las tentaciones de la carne, con las que aquel cuerpo de jazmines todavía le mortificaba. A partir de ahora podría ocuparse a sus anchas de la educación de sus hijos sin temer la perniciosa influencia de su madre, que, con su dulce resignación, ejercía sobre los niños una fuerza imantadora, igual que la había ejercido sobre él cuando se enamoró de ella, fascinado por la serenidad dulcísima de sus ojos marítimos y las facciones de imagen sagrada de su cara. Isabel Tarongí, a pesar de ser de inferior condición por nacimiento, había rivalizado de jovencita con Blanca María Pires, la única mujer de toda Ciutat que podía hacerle la competencia, y había salido vencedora, aunque la señora del mercader Sampol usara sedas y tafetanes para vestirse a diario y ella únicamente estameña barata. Hasta su suegra, que no tenía ningunas ganas de que su hijo se casara fuera de Sóller, no tuvo más remedio que alabarle el buen gusto cuando accedió a aceptarla por nuera. Caterina Aguiló, que ocupaba un banco contiguo al de su hijo junto a dos vecinas, se volvió como todo el mundo al ver entrar, por fin —hacía más de una hora que le esperaban—, al Virrey, acompañado por los jurados y seguido por los miembros nobles del Gran i General Consell.

Las campanas de la catedral, que desde hace rato llaman al oficio, comienzan a voltear con sonido mucho más alegre. Primero Bárbara y Antonia, luego Nueva, Prima, Tercia, y Picarol. Sólo Eloi no suena. Los once campaneros que anoche habían hecho que tocara a rebato sin descanso, han pedido más paga para trabajar de nuevo, después del cansancio acumulado, y la curia se ha negado. *¿Adónde iríamos a parar aceptando las exigencias desmesuradas de hoy en día?*, les ha contestado el racionero.

Las autoridades han ocupado sus puestos en los primeros bancos. Los jurados al lado de la Epístola, y en el del Evangelio los miembros del Gran i General Consell. En un sitial más elevado, guarnecido de terciopelo carmesí, su excelencia el Virrey acaba de sentarse. Se ha hecho esperar, pero ahora es él quien aguarda, porque el obispo no llega. La cera decrece en los hachones y candelabros. Si la función tarda todavía una hora en empezar, algunas capillas pueden quedarse a oscuras. Nadie preveía este atraso. Las personas más devotas, las que rezaban, se unen cansadas a las que hablan y el cuchicheo aumenta. ¿Tan graves han sido los disturbios como para retener durante tanto tiempo al Virrey en palacio? Algunos, como el marido de Aina Fuster y el hermano del sastre Valleriola, bostezan de aburrimiento. Pero nadie osa moverse.

*Si el Virrey nos ha hecho esperar más de una hora, el obispo no querrá ser menos*, dice a su mujer Josep Bonnín, que está muy inquieto, pues teme que le metan en prisión, según lo que confiesen su padre o su hermana Sara dels Olors, que no le tiene aprecio, ya que nunca se ha tomado en serio los éxtasis y las visiones en las que cae de vez en cuando.

De buena gana los Bonnín se volverían a casa. Son más de las siete. Hace frío y tienen sueño. Ayer ninguno de los dos pudo pegar ojo, aterrorizados por el viento, las campanas y el desvarío de los golpes en las puertas. Son vecinos, pared con pared, de Madó Grossa y de su hermana. Pero saben que no deben moverse. Si salieran llamarían la atención, y eso no les conviene en absoluto. No pueden hacer otra cosa que quedarse allí, sea la hora que sea, pase lo que pase, atemorizados y expectantes, y piden a Adonay con todas sus fuerzas que aquella mancha no se extienda todavía más, que no les salpique también a ellos aquel aceite hirviendo porque, aunque estén menos comprometidos que los que embarcaron, la ración que les toque, por pequeña que sea, puede ser mortal.

Esther Bonnín, igual que su pariente lejano Josep Bonnín, quiere irse cuanto antes. Es más, si el obispo no sale pronto, no les quedará otro remedio que hacerlo para evitar un mal mayor: su hermana comienza a inpacientarse, se levanta y se arrodilla maquinalmente sin parar. *Si grita tendremos que sacarla de aquí*, dice Esther a las criadas que le acompañan.

Por fin su Eminencia Reverendísima está a punto de aparecer. Le precede una nube de monaguillos, sacristanes, curas y canónigos. *Ha hecho esperar sólo media hora al Virrey*, comentan algunos, mientras que otros creen que ha sido más tiempo. El júbilo de las campanas se desboca e impide que los toques de Na Figuera puedan oírse. El obispo va, como suponían, revestido de pontifical, pero como es Cuaresma el color de la capa pluvial no es el blanco y oro que suele utilizar en las solemnidades más importantes. Tampoco es negro, sino morado que disimula el luto de la época con la alegría del apresamiento. Antes de empezar el oficio, la Exposición del Santísimo ya anunciada, se dirige a los feligreses con su verbo encendido, que acostumbra a provocar lágrimas de arrepentimiento cuando alude a las calamidades infernales con hogueras perennes y calderas que hierven sin cesar, limacos de fuego que dejan una pútrida baba encendida sobre los cuerpos de los condenados convertidos en sapos y sabandijas horribles, según el grado de ofensa a Dios Nuestro Señor. Pero hoy no habla de las penas eternas, hoy está exultante y con exultación se refiere al júbilo, júbilo por el viento, que como instrumento del Altísimo que era, salvó a los fugitivos de una muerte espantosa en alta mar y los devolvió a la tierra otorgándoles la posibilidad de ir al cielo. *No sólo los falsos cristianos han sido preservados por la providencia divina que vela por todos y todo lo sabe* —exclama con la fuerza de su voz poderosa—, *sino también otros hermanos nuestros que tienen intereses pecaminosos en el jabeque, intereses pecaminosos* —repite— *que jamás hubieran permitido que ganaran la vida eterna. Hermanos nuestros en Cristo que, por los altos cargos que ostentan, deberían servirnos de guías* —prosigue Su Eminencia, haciendo una pausa para observar el efecto de sus palabras.

El caballero Palou, que ocupaba uno de los primeros bancos, después de los reservados a las autoridades, miró al Virrey, pero no consiguió verle la cara. *¿Contra quién truena el obispo? ¿A quién se refiere? ¿A quién pretende acusar desde el púlpito? ¿Y por qué lo hace delante de todo el mundo, en medio de la solemnidad? ¿Para aumentar aún más sus discre-*

*pancias? Nada dices, en cambio perro, contra la algarada de los campesinos que gritaban contra el Virrey. Menuda justicia la tuya. ¿A qué viene esa condena abierta? ¿Qué pretendes?*

El obispo termina el sermón, baja del púlpito y se dirige hacia el altar. Su Eminencia Reverendísima, rodeado de canónigos, sacerdotes, sacristanes y monaguillos que balancean el incensario a su paso, supera en dignidad y pompa a la imagen que compone el Virrey en su sitial de honor, a pesar de que para asistir a aquella solemnidad luce un jubón nuevo de terciopelo, con mangas listonadas de seda, y se cubre con una gramalla, también de terciopelo verde adamascado, que le llega hasta los pies. Esta vez no le acompaña la Virreina, que yace en su cama llena de holandas, por culpa de una de sus frecuentes jaquecas, gracias a las cuales se considera todavía más noble si cabe. No en vano las comparte con la Reina Madre. Además, las relaciones entre la marquesa y el obispo pasan por su peor momento. Su Eminencia, según la Virreina, no hace cuanto debiera por acelerar la causa de beatificación de sor Noreta, que se retrasa inexplicablemente, y tampoco ha tenido a bien mandar llamar a Chiapini, su recomendado, para que continuara los frescos del palacio episcopal, que acaba de encargarle a un fraile que aún no ha demostrado ante nadie que sepa pintar... En cambio, Chiapini era todo un disputado maestro... Así que el terrible dolor de cabeza le ha venido bien. Dios Nuestro Señor se lo ha enviado para que se mortifique, pero mortificándola la ha favorecido. Además, no sabía qué vestido ponerse... No tenía ninguno que estrenar y la solemnidad lo requería. Todo el mundo clavaría los ojos en ella cuando entrara en la catedral.

Las campanas comienzan a desagraviar al viento en cuanto termina el oficio. El obispo abandona la seo por la puerta del Mar, mucho más próxima a palacio, y el Virrey lo hace por la principal, que queda más cerca de la Almudaina, acompañado por su gente. La multitud, que ha seguido con atención las palabras de Su Eminencia Reverendísima, intenta adivinar en los rostros de ambos hacia dónde derivarán sus futuras relaciones, porque si algo ha quedado claro es que la parte más dura del sermón iba dirigida contra la primera autoridad del Reino. Nadie, sin embargo, consigue notar en su rostro la más leve contrariedad, aunque se ha llevado un buen vapuleo y por partida doble. Corresponde, ya desde fuera del templo, a las cortesías de la aristocracia, y, con ademán plácido, devuelve las sonrisas a las damas, los saludos a los caballeros y ciudadanos. A las respetuosas inclinaciones de mercaderes y menestrales con quienes se cruza dispensa un gesto benevolente con la mano derecha.

A pesar de la hora, más de las ocho de la noche, camina sin prisa hacia su casa. La proximidad de la catedral con el palacio le ha hecho, como de costumbre, rechazar la carroza, a pesar de que hoy le han pedido que la utilizara. Ahora que los disturbios parecen haber sido reprimidos, está contento de no haber querido seguir los consejos de quienes le recomiendan cautela y casi le exigen cobardía como medida de seguridad. Todavía se entretiene con el conde de Santa María de Formiguera, junto al portal. Disimula la prisa por volver a casa, el desasosiego que le invade a causa de las noticias que espera. Parece el hombre más ocioso de la tierra, el más tranquilo del mundo. Sólo una vez cruzado el zaguán corre atropelladamente y se le nota la desazón. Al entrar en la antesala, respira con fatiga por el esfuerzo de haber subido los escalones de dos en dos.

—¿Me espera alguien? —pregunta al mayordomo, que ha acudido a abrirle la puerta en cuanto le ha oído y le cede el paso con una reverencia tan profunda que parece que de repente hubiera de ponerse a cuatro patas.

—No, Excelencia. Sólo la señora ha preguntado por vuesa merced y me ha ordenado que os pidiera que fuerais a verla en cuanto llegarais. Le duele aún más la cabeza con el voltear de las campanas.

—¡Que me deje en paz! —exclama el Virrey, que nunca ha sabido por qué razón las jaquecas de su mujer le sacan de quicio—. Dile a la señora que no estoy para dolores de cabeza, que en este momento tengo yo otros, mucho mayores.

—Como mande vuesa merced. Le diré que se mejore de vuestra parte, Excelencia, que iréis a verla en cuanto os sea posible.

—Haz lo que quieras, Tomeu, y que nadie me moleste. Espero dos visitas urgentes. En cuanto pregunten por mí, hazlos pasar. Sea la hora que sea.

El Virrey, seguido del mayordomo, que le acompaña con un candelabro en la mano y le va abriendo puertas, cruza las cinco salas que le separan del archivo donde suele encerrarse a trabajar.

—¿No quiere desvestirse vuesa merced? —pregunta Tomeu viendo que arrastra la pesada gramalla.

Pero el Virrey rechaza el ofrecimiento. Hace unos instantes lo que más deseaba era quitarse esa ropa que le agobia y le oprime, especialmente por las mangas, que le están demasiado estrechas, pero ahora prefiere no cambiarse. No quiere perder ni un segundo. Le consume la impaciencia por ver a sus emisarios en cuanto lleguen. Piensa en la estrategia a seguir en sus siempre complicadas relaciones con la Iglesia, especialmente ahora, después de oír el ataque nada encubierto del obispo contra su persona. Pero no quiere ponerse a estudiar una contraofensiva antes de tener en su poder toda la información que ha mandado a buscar. Por desgracia, su sobrino de poco le ha servido esta vez. A pesar de su buena voluntad al asistir a la tertulia e interrogar al Juez de Bienes, no le ha traído ninguna noticia que no conociera ya.

En cuanto el criado, que acababa de avivar el fuego de la chimenea, salió, el Virrey acercó a las llamas su sillón y se dejó caer en él. Por fin podía evitar el disimulo de su preocupación. Estaba a solas y se distraía, para esperar con menos angustia, mirando fijamente las llamas que devoraban con rapidez los troncos de cerezo, su leña preferida por su fulgor vivo y limpio.

La visión del fuego, al contrario de lo que les ocurre al resto de los mortales, que para él se reducen a dos docenas, no le induce a pensar en las penas del infierno sino que le hace reflexionar acerca del paso del tiempo, de la edad, una llama, ceniza en la brevedad de un instante. A pesar de esa imagen poco agradable, especialmente en momentos bajos como los de ahora, el fuego le fascina. Posiblemente ése, como otros muchos de sus gustos, se lo debe al ama que le contaba historias junto al hogar que presidía la cocina del castillo de Boradilla, donde había nacido hacía cincuenta y seis años. Y fue una meditación junto al fuego, junto a unas llamas parecidas —a ratos de un azul casi nítido, como las de ahora—, meditación sobre el brevísimo curso de la vida y la efímera duración de los placeres que nos otorga, lo que le había incitado, hacía tan sólo quince días, a comprobar si aquellas moritas que le habían regalado, y que sólo mandaba danzar para él o para un grupo de amigos selectos, serían también capaces de reavivar su propio rescoldo. También él tenía derecho a celebrar en privado, como le viniera en gana, el Carnaval. El pueblo lo hacía en la calle, a pesar de las prohibiciones que él mismo había firmado, porque el año había sido duro, dada la escasez de trigo. *Me disfrazaré el alma*, se dijo. *En cualquier caso, el confesor ya me impondrá la penitencia oportuna*.

Fuera se oían los gritos de las máscaras, un alboroto que debía de molestar a la marquesa, que hubiera deseado poder solemnizar el festejo como Dios manda, con un baile en palacio. Pero él se negó. No le quedaba otro remedio que dar ejemplo, en un año de hambre. Nada de regocijos. El que ahora barruntaba no podía tomarse como tal. ¿No le pertenecían las esclavas? ¿No procedían de un serrallo? Pues nada tenía que temer. Mandó que Tomeu fuera a buscarlas y le ordenó que se retirara después. Eran más de las once pasadas. *Hora de dormir*, le dijo. Tampoco quiso que ningún otro criado le esperase para ayudarle a desvestirse. *Gracias, me quedo en buena compañía*, añadió cuando el mayordomo cerró la puerta despidiéndose con la reverencia acostumbrada.

—Bailad como a mí me gusta —pidió a las muchachas, acomodándose en su sillón—. Pero desnudaos primero —advirtió con una sonrisa que quería ser obscena pero resultaba grotesca: una lengua más bien blanquecina sobresalía entre sus dientes mellados.

Las esclavas danzaron como siempre lo habían hecho, pero esta vez notaron sobre sus cuerpos una mirada distinta. El amo no pretendía gustar de la visión por el puro placer de contemplar aquellos miembros jóvenes y elásticos entregados al ritmo, danzando en su honor. Ahora cada mirada parecía esconder la amenaza de un falo erecto a punto de penetrarlas. Fue Aixa la primera en observar que justo en medio de las ingles del señor Virrey los calzones no podían disimular una creciente protuberancia que nunca había percibido. *Le hemos excitado*, pensó, *algún día tenía que pasar. Veremos qué nos exigirá dentro de un rato*. Pero los hechos se precipitaron a partir de aquel mismo instante, como si también Su Excelencia se hubiera dado cuenta del pensamiento de la mora. De un empujón la hizo arrodillarse ante él y, tras liberar la virreinal protuberancia de las ropas que la mantenían prisionera, le obligó a introducir en la boca su sexo sólo erecto a medias.

—Ahora tú —dijo de pronto, unos segundos después, llamando a Laila, que miraba la escena sin atreverse a rechistar—. A ver si lo haces mejor.

Pero ninguna de las dos, a pesar de sus esfuerzos disciplinados, consiguieron convertir en tizón aquel rescoldo menguado.

—Vaya, no tenéis ni idea de hacer volar pájaros —dijo Su Excelencia, enfadado—. Ya os enviaría yo una temporadita a casa de La Coixa, para que os pusiera en adobo.

Las morillas no le replicaron. Laila, asustada, tomó la ropa para vestirse, pero el Virrey se lo impidió.

—Me gustáis más desnudas. ¿No me diréis que tenéis frío? Esto arde... Ahora nos alegraremos un poco.

Se levantó para sacar de una arquilla una frasca de malvasía y dulces de miel que había escondido para la celebración. Ellas rechazaron el vino y comieron las pastas. En cambio, él ayunó pero bebió con avidez.

—¿No os gustaría jugar un ratito antes de iros a la cama? —les preguntó con voz pastosa—. Para que veáis que os tengo aprecio, ahora voy a ser yo quien os entretenga.

Y se puso a cuatro patas y empezó a ladrar y a hacer cabriolas por el suelo como si se hubiera convertido en un cachorro juguetón, a pesar de tener los bigotes demasiado largos para aquellas jovialidades de cría. Al principio, las muchachas se reían de aquel espectáculo grotesco que todos en Ciutat, desde los nobles hasta el último menestral, hubieran pagado por contemplar. El perro intentaba dar volteretas y les ofrecía la pata derecha para que la tomaran con sus manos, entre risas. El perro sacaba la lengua y la pasaba entre sus piernas, y desde las rodillas subía hacia los muslos, ensalivándolos morosamente. Hasta aquí, hasta este momento —todo es revivido por el Virrey punto por punto—, nada sucedió de imprevisible. Su intención no era otra que recuperar su infancia, cuando, para hacer enfadar a su ama, ladraba y le lamía las piernas, los muslos y los pechos, hasta que ella se lo quitaba de encima. ¿Qué mal había en rememorar aquellos juegos, si era Carnaval y contaba con dos esclavas que le pertenecían? Después, quizá a causa de las muchas copas de malvasía, la cosa se complicó. El perro, entre babas, espasmos y ladridos, intentaba meter su lengua en el interior del sexo de las muchachas, pero de pronto, sin saber cómo, se encontró apresando con los dos colmillos que le quedaban el clítoris de Laila, que empezaba a sangrar mientras ella gritaba de dolor y pedía auxilio, aun a sabiendas de que nadie haría nada por ayudarla. La tragedia se consumó minutos después, cuando Aixa, para defenderse de una de aquellas embestidas sobre su pezón derecho, puesto que el perro se había levantado sobre sus patas traseras, tomó las tenazas que servían para coger las brasas e intentó descargarlas sobre las costillas de la bestia, que, enfurecida al verse atacada, clavó con mayor fuerza sus colmillos y desgarró el pezón del pecho de la esclava, que cayó al suelo sin sentido.

Ya de madrugada, Madó Grossa entraba en casa del Virrey por la puerta de las caballerizas para tratar de remediar aquel pecho echado a perder por el bárbaro ataque de otro esclavo moro a quien el señor marqués ya había mandado encerrar en prisión. *El Carnaval y la malvasía pueden hacer perder el juicio con facilidad*, resolvió el Virrey días más tarde, al otorgar el indulto que redimió de la horca al esclavo y le conmutó la pena por diez años en galeras. Sin embargo, como era de la opinión de que los moros son por naturaleza mentirosos y traidores, y Dios sabe qué falsedades podían hacer correr aquellas dos muchachas, una vez medio curadas, consideró que era mejor deshacerse de ellas y aprovechó el barco del capitán Willis para despacharlas, con todo sigilo, lejos de Mallorca. Dado el rumbo que habían tomado las cosas, su decisión había sido un error. Nada podía satisfacer más al señor obispo que las esclavas confesaran al Santo Oficio, que, para conocer más de cerca cuanto había sucedido la noche del embarque, había enviado una comisión a bordo. El Virrey, por si aún estuviera a tiempo de evitarlo, y en previsión de males mayores, había dado orden de que una partida de sus fieles se llegara hasta el jabeque para raptarlas.

De las palabras del obispo, de aquella alusión a las inclinaciones pecaminosas de la primera autoridad del Reino, se podía deducir que las moras ya habían hablado, pero, si todo iba bien, como esperaba, no podrían continuar acusándole sin pruebas más convincentes. Llevaba las de perder Su Eminencia Reverendísima. ¿Dónde se había visto creer en la palabra de dos miserables esclavas moras que levantaban falsos testimonios contra todo un Virrey? Era Dios quien las castigaba, no él. Él se convertía sólo en instrumento de la Divinidad mandando a dos de sus más fieles servidores —a quienes solía encomendar las misiones más arriesgadas, compensándoles luego con largueza— para desembarcarlas y hacerlas salir de Mallorca de la manera que consideraran más eficaz. Los demás intereses que él pudiera tener en el jabeque no eran nada secretos. Nadie prohibía hacer negocios con los judíos, y él, además, no los hacía. Sólo cuidaba de los negocios de su mujer, que era quien tenía el dinero, y siempre de manera indirecta. No le cogerían en falso, por mucho que todos hablaran. El apresamiento le había sentado mal porque, especialmente, Valls era un estupendo intermediario entre él y Pere Onofre Aguiló, pero como desde la muerte de Costura esperaba que la Inquisición interviniera, ya había dado los pasos necesarios para poder prescindir de ambos.

El Santo Oficio podía hacer cuanto quisiera. Si conseguía probar que las revueltas de hoy habían sido instigadas por la propia Iglesia, como estaba casi seguro, se enfrentaría a la curia con las armas perfectamente afiladas. No en vano había hecho esperar a todo el mundo por la tarde, por culpa de los disturbios, despachando asuntos de gobierno que le retuvieron mucho más tiempo del que hubiera deseado. Ordenar la detención del *sen* Boiet resultó mucho más complicado de lo que sospechaba, no le fue fácil encontrar gente de confianza dispuesta, sobre todo si, como les exigía, no podían matarle sin hacerle confesar si era el Inquisidor o el obispo o ambos a la vez quienes le habían pagado.

# Tercera parte

# I

La noticia de la confirmación del fracaso del embarque llegó a Livorno cuarenta días después de la detención de los falsos conversos. La primavera endulzaba el aire con el olor de los jazmines y la promesa del verano.

Pere Onofre Aguiló, que desde hacía un mes acechaba noche y día la bocana por donde debía entrar el jabeque, había corrido al muelle al reconocer el casco verdoso del *Eolo* aproando hacia la dársena nueva. Notaba cómo la sangre, enloquecida, le aceleraba el pulso y un nudo de ahogo le oprimía el pecho. Temía morir de alegría antes de poder abrazar a los amigos, a los que ya casi había dado por muertos. Una pesadilla reiterada durante semanas, surcada por infinitas estelas de barcos que, después de inútiles zozobras, acababan por hundirse, le había llenado de presentimientos nefastos. Había tenido que luchar mucho para ahuyentarlos, pero la esperanza en Adonay era fuerte y le ayudaba a mantener la fe en que todavía podían llegar sanos y salvos en cualquier momento. Durante los últimos días había aumentado su convencimiento, y en cuanto podía, bajaba al puerto. Nervioso, se paseaba ante el monumento a Fernando I, desde donde se dominaba la vastedad del mar. *Si ahora llegaran*, se decía, *les podría abrazar enseguida, no les haría esperar ni un segundo para acompañarles a las casas dispuestas para acogerles*. Iba y venía dando grandes zancadas entre los moros esculpidos por Giovanni de L'Opera, junto al muelle, como si del hecho de emprender aquellas caminatas dependiera la inminente llegada de los suyos, que, desde allí, se le antojaba mucho más próxima que desde cualquier otro lugar de la ciudad. Las figuras mandadas tallar para celebrar la fundación de Livorno, tan sólo ciento veinte años antes, y hoy tan próspero gracias en buena parte a los judíos, acabaron por obsesionarle. En aquellos rostros atormentados reconocía a El Cónsul y a Valls y también a sí mismo, convertidos en bronces inmovilizados para siempre, condenados a otear en vano una mar imposible. Por fortuna ya podía reírse de todos aquellos desastrosos augurios. Adonay era grande y les protegía. Acababa de llegar a la dársena, respiraba hondo. El *Eolo* se acercaba. Levantó los brazos para dar la bienvenida a sus hermanos y los movió, lleno de júbilo, como aspas de molino impulsadas por un viento favorable. Empezó a gritar los nombres que amaba: *Eh, Cónsul, Valls, Rabí, Valleriola, Rafael Onofre...* Pronto se vio rodeado por un montón de curiosos. A todos les contaba lo que ocurría y también los otros se unían a dar la bienvenida a los fugitivos. La ciudad era próspera, corría el dinero y nadie desconfiaba de los que pretendían establecerse allí. Tanto mejor si, además, eran judíos. Pronto contribuirían al engrandecimiento de Livorno abriendo negocios, edificando casas, aumentando el comercio.

Aguiló se calló de repente y dejó de hacer señas al darse cuenta de que había confundido a los suyos con los marineros que faenaban en cubierta, al comprobar que ninguno de ellos se parecía a El Cónsul ni a sus hijos, ni a Valls, ni a su familia. Nadie tenía nada que ver con el sastre Valleriola ni con ninguno de los hermanos fugitivos de Mallorca. Aun así le quedaba una brizna de esperanza. El jabeque acababa de entrar en puerto mediceo. La tripulación ya se aprestaba a echar el ancla. Al menos traerían noticias. No todo se había perdido.

Bastaron dos palabras del capitán para que el horizonte se llenara de nubes de humo y rojos de hoguera. Pere Onofre Aguiló se negaba a aceptarlo. El aire parecía faltarle.

El fracaso del embarque y el apresamiento de sus amigos era la peor noticia de cuantas pudiera comunicarle Willis. Nada más amargo podía haberles sucedido a los judíos de Mallorca. El mercader culpó enseguida al capitán. De nada le valieron excusas que responsabilizaban al viento y la tempestad que se habían levantado inopinadamente, cuando no había ningún indicio sospechoso. Aguiló insistía en que le habían pagado una fuerte suma adelantada y el dinero desembolsado bastaba y sobraba para afrontar cualquier posible riesgo, y se obstinaba en no creer a Willis cuando éste aseguraba que zarpar en aquellas condiciones era imposible sin poner en mucho riesgo las vidas. Acusó al capitán de haber faltado a su palabra de conducirles, pasara lo que pasara, hasta Livorno. A gritos llenos de insultos le amenazó y a punto estuvo de calmar a golpes toda su rabia. Willis era mucho más joven y tenía además mucha más fuerza; Aguiló llevaba las de perder; con la pelea no sacaría nada en limpio. Sólo podía enfrentársele con palabras, convertidas en puños contundentes, para comprobar si decía la verdad. Aunque conocía desde hacía mucho tiempo al marino y nunca le había dado motivo de queja, ahora sospechaba que habría delatado a los pasajeros para quedarse con el dinero, traicionándolos. Pero Willis, percatándose del estado de excitación de Aguiló, procuró no tomarse a mal sus desconfianzas y contestó con calma, siempre lo mismo, culpando a la mala suerte, al funesto azar que levantó los vientos contrarios y acrecentó la tormenta. Cuando por fin Pere Onofre consiguió sosegarse un poco, rogó al capitán que le acompañara a casa de la viuda de Sampol para que él mismo fuera el mensajero de la funesta noticia, puesto que él no se veía con fuerzas para comunicársela.

Un cielo de un azul espeso, caliente y liso, sin asomo de encajes, nuncio del buen tiempo, recibía a Willis, quien, a pesar de pisar tierra firme, seguía andando a empellones, como si todavía lo hiciera empujado por los golpes de mar.

Livorno le gustaba. No sólo porque en su puerto franco se obtuvieran mejores ganancias que en cualquier otro, había otra razón mucho más misteriosa que no conseguía descifrar. No eran únicamente el orden y la limpieza de la ciudad tan bien abastecida, que Aguiló tanto le había pedido que ponderara a los fugitivos durante la travesía, insistiéndoles en todo lo bueno que iban a encontrar aquí, más bien debía de ser por el carácter de su población, por otro lado muy mezclada, ya que en Livorno vivían muchos extranjeros y todos respetaban las leyes y cumplían los pactos —como estaba seguro de que se los harían cumplir a él, a pesar de las cuantiosas pérdidas—, y cada uno toleraba las costumbres e incluso las religiones de los demás.

En cuanto entraron en el jardín de Blanca María Pires, al capitán le vino a la memoria que aquel médico flamenco que había embarcado en Amberes, rumbo a Barcelona, tenía toda la razón cuando aseguraba que el año debería empezar a mitad de marzo, y no el primer día de enero. *La primavera es inicio de vida y no el frío, preludio de la muerte. Por eso los calendarios se equivocan. Cristo*, elucubraba, *no nació en diciembre, sino en abril; en diciembre los pastores no pasan la noche a la intemperie. Cristo, promesa de vida, no podía haber venido al mundo en invierno.* Ahora él, Willis, lo estaba comprobando plenamente: el perfume de los membrillos, de los limoneros, lo invadía todo. Una nueva vida apuntaba en cada rama, brotaba espléndida dondequiera que fuese, también en las mejillas sonrosadas de la viuda de Sampol, en sus ojos húmedos, casi marítimos, y se insinuaba asimismo en las formas de su cuerpo, que parecían palpitar con una nueva vitalidad bajo la seda y el tafetán color amusco pálido de su vestido.

Con la viuda de Sampol estaba Jacob Mohasé, que, como todas las tardes, le hacía compañía. La señora presentó el capitán al rabí e hizo que se sentara a su lado. Un escalofrío debió de recorrerle el cuerpo, porque los dos hombres notaron que se estremecía. El aire de Livorno era, en aquella época, tibio y sólo de tarde en tarde ofrecía una vaharada de humedad salobre, como prenda olvidada del invierno pasado.

Contrariamente a lo que pensaba el capitán, Blanca recibió la noticia con el ánimo más sereno que Aguiló. Acostumbrada a controlar sus emociones desde niña, jamás hubiera permitido que aquel forastero percibiera la profundidad de su pena y la viera llorar. Se limitó a mirar al rabí como si buscara en él una ayuda imprescindible para pasar aquel trago funesto. Mohasé fijó en los ojos de Blanca los suyos, pequeños y miopes, pero nada dijo. Su presencia incomodaba a Pere Onofre. Aquel hombrecillo, que parecía salido de una miniatura gótica y que se creía poseedor de la verdad, directamente insuflada por el aliento de Adonay, le ponía nervioso. Le costaba comprender, tal vez influido por su mujer, que había terminado por odiarle, cómo Blanca podía tomar tan en serio sus consejos incluso en lo que atañía a sus negocios, pues sabía que de él dependía, en buena parte, que la viuda siguiera prestando ayuda a los hermanos de Mallorca.

Blanca María Pires había pedido a Willis que contara de nuevo todo cuanto había sucedido. Callaba y escuchaba sin interrumpir la voz de zambomba del capitán, que volvía a desgranar el rosario de aquella noche funesta, insistiendo siempre en su voluntad de llevar a cabo el embarque. Se amparaba en que en la madrugada de aquel fatídico siete de marzo, ocho, se corregía, había decidido avisar de nuevo a los de La Calle en cuanto se cercioró de que el viento empezaba a amainar y creyó posible levar anclas. Ya había ordenado a uno de sus marineros de confianza que preparara el bote, cuando vio con ojos incrédulos que unos hombres armados se acercaban haciéndoles señas para que se rindiera sin intentar defenderse. Era una partida enviada por el alguacil. De nada le sirvió esgrimir que era de nación extranjera, que tenía los salvoconductos necesarios para entrar y salir de puerto, y que había pagado las onzas exigidas para descargar y estibar. Le acusaron de haber acogido a bordo a los fugitivos, que habían sido apresados al volver a casa y a quienes ya se les estaba abriendo proceso e incautando todos los bienes. Esposado, le obligaron a abandonar el jabeque y se lo llevaron a tierra.

Pasó cinco días encerrado en un calabozo, angosto y repugnante, de la llamada torre del Ángel. *Angosto y repugnante*, repitió, *como nadie hubiera podido llegar a imaginar, junto a un par de asesinos de la peor estofa*. Apenas le dieron comida. Agua y una ración de salvado, como si se tratara de una gallina, y tuvo que sufrir un sinfín de interrogatorios por parte de los hombres del Virrey, gracias a cuya intercesión no fue llevado a la Casa Oscura, donde también pretendían abrirle causa. Tal vez la firmeza de sus respuestas le evitó males mayores. Contestó siempre lo mismo, con las mismas palabras: hizo desembarcar a los pasajeros al darse cuenta que no llevaban los salvoconductos que necesitaban para abandonar la isla. Había mentido, era cierto, porque sabía que los conversos ni siquiera podían solicitarlos, tal como le había advertido Pere Onofre mientras cerraban el trato dos meses antes, aquí mismo, en Livorno. Había mentido, lo reconocía, pero gracias a esa mentira se había salvado, había protegido a la tripulación y había conseguido que no le incautaran la carga. Había tenido que pagar una fuerte suma para que le dejaran marchar sin esperar un juicio. Una buena parte del dinero recibido a cuenta del viaje se le había ido untando a carceleros y en cuantiosas limosnas a familiares del Santo Tribunal. Otra se la habían robado unos hijos de perra que, en la primera noche de su detención, de madrugada, abordaron el jabeque y se llevaron todo cuanto de valor encontraron, además de dos esclavas moras que un criado del Virrey le confió para que las sacara de Mallorca. *Por eso no os podré devolver más que una de las bolsas*, concluyó el capitán, dando por acabado el relato, que en nada variaba del que le había contado a Pere Onofre.

La viuda de Sampol, que había escuchado a Willis sin querer mirarle, con los ojos llorosos distraídos entre los anillos que llevaba en los dedos de la mano izquierda, levantó la cabeza de pronto pero no se encaró con el capitán, como éste esperaba. Tampoco miró a Mohasé. Intentó buscar refugio en los ojos de Pere Onofre pero él no se dio cuenta puesto que con la cabeza entre las manos sólo dejaba al descubierto la frente. Blanca se entretuvo en observar las grietas de las arrugas y los numerosos pliegues que conducían a aquellos surcos, y le pareció que de pronto Aguiló había envejecido cien años. Esperó que fuera éste quien hablara, pero él siguió sin moverse durante un buen rato. El silencio se hizo denso, casi magmático. El grito de un pavo real lo quebró de súbito y la señora, al oírlo, pareció conmocionarse y, como si se tratara de la señal emitida para espolear su cólera, decidió enfrentarse sola al capitán:

—Willis, vuestros argumentos no me convencen. Habéis culpado al viento, habéis dicho que la suegra loca de Valls fue, sin pretenderlo, la delatora... Y, la verdad, me parece una casualidad difícil de creer. ¿No sería más sencillo sospechar de vos, capitán?

—Señora, no puedo consentir ni por un momento que dudéis de mi honor. ¿Creéis acaso que si yo les hubiera delatado hubiera sufrido prisión?

—¿Quién puede asegurar que no es una treta? De todos modos, pronto lo sabremos, no paséis cuidado. Contamos con amigos fieles en Mallorca, capitán.

—Vale más que digáis la verdad —interrumpió Aguiló, saliendo de su abatimiento—, porque si no es cierto lo que aseguráis, correréis la misma suerte que el capitán Harts... Supongo que habéis oído contar la historia...

—Los barcos andan llenos de historias como ésa. A bordo, las noches son largas. Nunca me la tomé en serio.

—Habéis hecho bien, capitán —dijo Blanca, a quien la intervención de Aguiló había sorprendido—. Harts mintió. Además, incumplió su palabra. Recibió dinero y joyas para embarcar a un grupo de perseguidos, mucho menos dinero que vos. Vos habéis cobrado el triple y tampoco habéis llevado a cabo el viaje. Deberéis devolver cuanto os entregamos. Lo firmasteis, capitán. Guardo el documento. Sois hombre de honor, ¿no es cierto?

—Cierto, señora, no me comparéis con Harts.

—Entonces devolveréis las monedas una por una, todo el dinero —dijo Aguiló.

—No podrá ser todo. Es justo que descuente cuanto tuve que pagar para salir de prisión y lo que me robaron. De mi buena voluntad creo que da prueba esta visita. Pido que la vuestra...

—Hasta ahí podíamos llegar, capitán... —volvía a enfurecerse Pere Onofre—. He sido yo quien ha ido a buscaros, yo quien os ha hecho venir. ¿Sabéis cuántos días he pasado aguardando vuestra llegada? Os he obligado yo a venir a casa de la señora. No nos haréis creer que la habéis visitado por gusto.

—Trabajáis para nosotros —añadió la viuda—. No veo en ello ninguna buena voluntad.

—Hubiera podido no volver nunca al puerto mediceo.

—Sabéis que eso es imposible —replicó Blanca, contundente—. Tendríais que abandonar vuestro trabajo, dedicaros a otro oficio, cambiar de nombre, ir a las Indias... No volver equivaldría a firmar vuestra propia sentencia de muerte.

—Ya lo intentó, claro que intentó zafarse. ¿A qué vino, si no, el retraso? El viaje desde Mallorca puede durar como mucho una semana. Hace más de un mes que abandonasteis Porto Pi. Vuestra obligación era volver enseguida, por lo menos a dar cuenta de lo que había ocurrido.

—No tuve más remedio que cambiar de rumbo. Temía que los corsarios mallorquines, conociendo mi ruta, me atacaran. Me dirigí a Argel y después a Marsella. Puedo jurarlo. Soy hombre de honor.

Blanca María Pires recogió con la mano izquierda el vuelo de la falda y se levantó. Daba por finalizada la entrevista.

—Mañana, ante notario, a las once en punto, pasaremos cuentas —le anunció como despedida.

Una criada entró para acompañar a Willis hasta la puerta. El rabí y Pere Onofre se levantaron también. Blanca no les invitó a sentarse de nuevo. Tenía los ojos vidriosos y deseaba estar sola. No quería que nadie la viese llorar.

—¿Y si Adonay nos pone a prueba con su abandono? —la pregunta de Blanca parecía ir dirigida al rabí, pero no fue éste quien contestó. Pere Onofre le quitó la palabra.

—Adonay no ha dejado jamás de amparar a su pueblo. Hemos sido nosotros, en todo caso, quienes nos hemos apartado de Él.

El rabí sonreía enigmáticamente. Sus ojos, oblicuos y pequeños, acabaron de hundírsele entre los párpados. Parecían dos rayas diminutas llenas de humor acuoso. Añadió:

—La justicia de Adonay es infinita y nuestros pecados incontables.

Dejó de sonreír al acabar la sentencia y fijó las pupilas en las de Pere Onofre como si reconociera sus culpas. Aguiló le sostuvo la mirada unos momentos y luego la bajó. Dos o tres veces despegó los labios, pero no llegó a decir nada. Se quedó de pie, inmóvil delante del rabí, delante de Blanca, que también le observaba dándose cuenta de su trastorno. Pere Onofre se despidió. Se sentía expulsado por la presencia de Jacob Mohasé, quien, al mirarle a los ojos, parecía que le había escrutado hasta el fondo de la conciencia, removiendo el rescoldo de sus antiguos pecados, que, en forma de remordimientos, volvían a aflorar para hacer que se sintiese culpable del desastre del embarque.

—En cuanto pueda, volveré a Mallorca —exclamó Aguiló como si hablara consigo mismo—. No quiero pensar en las hogueras.

—No os preocupéis, Pere Onofre. Lo prepararemos todo con calma. Mañana a las once os necesito —dijo de aquel modo tan seductor, acentuando que el amigo se le hacía imprescindible, y añadió, mirando al rabí—: Una mujer sola se defiende mal de un bergante como Willis. Con vos a mi lado, es otra cosa.

Aguiló caminaba absorto por las calles de Livorno sin fijarse en nada, sin ver a nadie. Debería dar cuenta al consejo y a la sinagoga, contar el desastre a cuantos les ayudaron con dinero, y no se sentía con ánimo. Pero si no lo hacía ya se encargaría Mohasé de tomarle la delantera y le motejarían todos de pusilánime o hasta de cobarde. De cualquier modo, debía enfrentarse con aquel mal trago, porque él, más aún que la viuda, animó a los judíos de Livorno a que participasen en el flete, asegurándoles que Adonay guiaría la nave hasta el buen puerto mediceo. Incluso se le hacía difícil confesarle a su mujer que el embarque había fracasado. Temía su llanto interminable. Ella misma preparó las habitaciones para los huéspedes y les hizo las camas. Renovó muchas veces las flores de los jarros que con sumo cuidado había colocado en las alcobas para que se sintiesen acogidos con alegría y no escatimó provisiones para el banquete de bienvenida.

—¿Adónde vais tan cabizbajo? —oyó que le preguntaban desde atrás. La voz le era familiar. João Peres se inclinó con cortesía y le sonrió con afecto. Gracias a él consiguió llegar hasta Livorno y entrar al servicio de Blanca María Pires.

## II

Cuarenta días después del apresamiento, todos, con excepción de los encausados, los habitantes de La Calle y los miembros del Santo Oficio, parecían haberlo olvidado. Las conversaciones, que poco tiempo antes andaban llenas de *judíos que mataron a Jesús, judíos infames que nos chupan la sangre*, cambiaron repentinamente. Las palabras de rencoroso odio, puesto que apenas nadie se resistía a la atracción del futuro espectáculo de fuego, humo y carne abrasada, fueron sustituidas por otras mucho más suaves, llenas de fiesta, música y galanía.

El Virrey había comunicado en secreto a quien sabía que era incapaz de guardar ninguno, con la intención de que la noticia se extendiera deprisa por todas partes, que la Reina Madre deseaba visitar Mallorca aquel mismo verano. Todo el mundo la tuvo enseguida por cosa cierta. Algunos llegaron a afirmar que la habían oído directamente de labios de los pregoneros que nunca habrían de anunciarla. Otros, menos fantasiosos, esperaban leer o que les leyesen el bando que de un momento a otro sería publicado.

Todos se consideraban imprescindibles para recibir a la Reina como se merecía y para intervenir en los preparativos. Los carpinteros, herreros y albañiles, ya estaban dispuestos para empezar a construir los tinglados necesarios, los tablados y entarimados que por lo menos se instalarían en tres lugares diferentes: cerca de la muralla, hasta donde llegaría el barco de Su Majestad, para que desembarcara más cómodamente en la Portella que en el muelle de Porto Pi, alejado del centro; frente al Ayuntamiento, y en el Borne, donde se jugarían cañas y se celebrarían torneos en su honor. Los sastres, sombrereros, sederos, importadores y expendedores de telas, que este año, con la supresión de las fiestas de Carnaval, habían visto mermados sus ingresos, cobraban ánimos en la confianza de que su clientela no dejaría pasar una ocasión como aquélla para estrenar vestidos. Los panaderos, pasteleros, confiteros, intentaban calcular cuántos kilos de harina, huevos, azúcar, manteca, almendra y membrillo necesitarían para elaborar todos los pasteles y dulces necesarios. El Virrey, que, según se rumoreaba, tenía gran predicamento sobre la Reina, no dejaría escapar aquella ocasión de homenajearla con grandes festejos y se las ingeniaría para levantarles la tasa del trigo, del que dependía principalmente su trabajo. Todos, cordeleros, pelaires, guarnicioneros, porteadores, campaneros o pregoneros, se sentían igualmente necesarios. Aunque quienes más convencidos estaban de aumentar sus ganancias eran los cereros. *Nunca*, repetían, *nunca desde que el mundo es mundo y Mallorca, Mallorca, ha habido celebración sin luminarias.* Algunos llevaban hasta la cuenta de las alimaras, candiles y bujías que habrían de emplearse...

La alegría de los menestrales era contagiosa. Las órdenes religiosas y la curia también se sentían satisfechas. Desde la venida de su majestad el emperador Carlos V, cuando pasó camino de Argel, hacía más de cien años, ningún rey se había dignado visitar la isla, y eso de ningún modo podía ser bueno. Los virreyes no siempre ejercían sus atribuciones como era debido. Ahora la Reina Madre tendría ocasión de ver a sus súbditos cara a cara y éstos contribuirían a demostrar su filial afecto a la representante del poder de Dios en la tierra con tedéums y misas solemnes. Incluso el Inquisidor había sugerido a los miembros del Santo Oficio que activaran los procesos para que el primer auto de fe coincidiera con la estancia de Su Majestad, a quien brindaría el honor de encender la tea purificadora.

Los nobles eran los únicos que, pese a no tener confirmación de la visita real, la temían. La estancia de la Reina les saldría muy cara. No les quedaría más remedio que aflojar la bolsa y contribuir a pagar las fiestas. Las escasas prebendas que pudieran obtener de doña Mariana de Austria no serían nada comparadas con los gastos que su visita iba a suponerles. Además, muchos de ellos se dedicaban al corso y tenían negocios con los judíos que ahora, después de las incautaciones, peligraban, mermando considerablemente sus fuentes de ingresos.

Cincuenta días después de la detención de los judíos, otro hecho cortó en seco el derroche de palabras sobre el advenimiento real y recondujo las conversaciones hacia las cárceles del Santo Oficio. Allí acababa de ingresar Beatriu Mas, llamada La Coixa. Ahora corría de boca en boca, de oreja en oreja, que la pasada madrugada del veintisiete de abril del año de gracia de 1687, en los albores del amanecer, los hombres del alguacil, capitaneados por Perot Ripoll, la habían arrebatado de los brazos de un parroquiano al que estaba a punto de hacer pasar por el callejón que comunica con el infierno o que lleva a la gloria —este aspecto variaba según quién lo contara— y a golpes la obligaron a cubrir sus vergüenzas para llevársela a todo correr, por orden del Tribunal, y encerrarla en la Casa Oscura. Pero había otra versión que matizaba los hechos y los ampliaba, y tal vez era la verdadera puesto que, conociendo a La Coixa, a nadie podía extrañar que las cosas hubieran sucedido así: Beatriu Mas, al ver cómo golpeaban la puerta de su cuarto de trabajo y oír los destemplados gritos de Perot Ripoll, cuya voz hecha de bramidos conocía bien, decidió plantarles cara. Abrió, pero les cerró el paso con el espectáculo de su desnudez y les dijo que hicieran el favor de esperar a que terminara la faena comenzada, que el hombre con el que estaba había pagado por adelantado y no tenía por qué cargar con las consecuencias del alboroto. Aceptaron. La Coixa se tomó sólo un cuarto de hora para salir y entregarse.

No todos creían que las cosas hubieran sucedido de aquella manera, y no porque nadie dudara de la profesionalidad de la manceba. Dudaban más bien de la gentileza de Perot, a quien estaban de acuerdo en considerar un animal de bellota. Sea como fuere, la noticia de aquella nueva detención había vuelto a conturbar la ciudad. Incluso algunos la consideraban más importante que la del apresamiento de los judíos, tal vez porque les afectaba más de cerca: no sólo les privaría durante una buena temporada de sus agradables servicios, a los que tan bien acostumbrados estaban, sino que, puestos a hacerla cantar, podría contar cosas muy sabrosas y comprometedoras para la mayoría. Ya se hacían apuestas sobre cuánto tiempo estaría en prisión, los cargos que le imputarían y si aquélla acarrearía otras detenciones. Contrariamente a lo que sucedió con los judíos, muchos la defendían, aunque nadie lo hizo de modo tan fehaciente como Madó Hugueta, que la emprendió a escupitajos y a arañazos contra los hombres de Perot y los tildó de mal nacidos y miserables galloferos, simientes de Satanás y cosas aún peores, pero no les llamó hijos de puta. Nunca Madó Hugueta utilizaba ese insulto. Era casi una niña cuando decidió desechar de su vocabulario aquella palabra que, intentando ofender a los demás, la ofendía a sí misma. Suegra de puta, decía como mucho, cuando conseguían sacarla de sus casillas.

—Malnacidos, ¿por qué os la lleváis? —exclamaba rabiosa—. ¿Por qué me la quitáis? ¡Hija mía, querida mía más que ninguna otra! ¿Qué mal os ha hecho? —gritaba y lloraba estirándose el *cambuj* y, fuera de sí, recorría el burdel armando una gran escandalera, pidiendo a las otras pupilas que salieran a ayudar a Beatriu.

—Os lo agradezco, Madó Hugueta, pero no necesito defensores. Me basto y me sobro sola —dicen que dijo la Coixa mientras salía con la cabeza bien alta, como si fuese una princesa en medio de aquella tropa.

—¡Habráse visto! —parloteaban las comadres de la puerta de San Antonio al verla cruzar el mercado—. ¡Hay que ver, La Coixa maniatada! No, si ya lo decía yo, que cualquier día habría de ocurrir... Ni la Cuaresma respetaban. El burdel estaba cerrado, pero tanto ella como Madó Hugueta se quedaban allí... ¿Y sabéis para qué? Para satisfacer al primer herejote dispuesto a saltarse el precepto...

Son muchos los que se detienen para ver la comitiva. Junto a Perot, Beatriu Mas va vestida con sus mejores ropas. Mira a los que la miran, sonríe a quienes le sonríen, insulta a quienes la insultan. *Parece una emperatriz*, dice un muchacho a su madre, que, al oírle, le da una bofetada. *Cuidado con lo que dices, locuelo. Una puta reputa, ¿no ves qué descaro?*

En la Casa Oscura nadie la espera, nadie le pregunta. La hacen pasar, como si hubiera venido de visita, a una sala estrecha que tiene las ventanas cerradas en una penumbra tibia. La Coixa lo escudriña todo de hito en hito. No quiere pensar en lo que le está ocurriendo. Ha preguntado mil veces a Ripoll de qué la acusan, pero éste le ha contestado que no lo sabe y, cínico, ha añadido que no debe de ser cosa demasiado buena. Mira hacia el techo y se dice que las vigas de madera roja necesitan una mano de aceite, y que a las paredes no les sentaría nada mal un buen encalado. Un velo de polvo tupido se extiende sobre los postigos de las ventanas. *El burdel luce mucho más que este palacio, por muy santo que sea. ¡Adónde va a parar! Los hombres no sirven ni para un baldeo... porque aquí está claro que no deben de entrar mujeres, a no ser, como yo, obligadas*. Para distraerse se fija en el escaso mobiliario: una mesa de bufete, una bujía, recado de escribir y dos sillas. *Será la sala de visitas... ¡Lo ves, Coixa, cuánto honor! Tendré que arreglarme el cambuj, pero con las manos atadas me resulta imposible. Necesito un espejo. De eso sí que me he acordado, y del peine también. Con un espejo a mi alcance, soy otra mujer*. Ha escondido el espejo y el peine entre los pechos. Nada más ha cogido, ¿para qué? Sabe que cualquier dinero o joya le serán confiscados. Madó Hugueta cuidará de guardárselo todo. Le tiene cariño y confía en su astucia, no en vano regenta el burdel de Mallorca, tan famoso entre los marineros que incluso lo prefieren al de Venecia, a pesar de que allí las mancebas van cubiertas de perlas y diamantes.

La Coixa lo que quiere es distraerse, no pensar en los tormentos que aplica el Santo Oficio. *Pero ¿a ella qué pueden hacerle? ¿Ella qué ha hecho? Todo el mundo sabe que es puta. Eso no puede venirles de nuevas, pero de bruja ni un ribete. Nunca ha creído ella en esas cosas. Es católica, apostólica y romana. ¿Hereje? ¡Figúrate! Cree en Dios, en Cristo y en la Virgen, y en su patrona María Magdalena. Negará las acusaciones. ¿El burdel abierto durante la Cuaresma?... Nunca. ¿Ella manceba del difunto obispo?... Jamás. Eso fue invento del otro Inquisidor, una infamia alimentada por los gusanos de la envidia, pero vos, Reverencia, no debéis creerlo. Malas lenguas eran las que le habían acusado de concubinato, ya lo sabía. Falsas lenguas maldicentes, ojalá se las cortaran y a trozos fueran cayendo al suelo, ojalá se les pudrieran en las propias bocas. El señor obispo, que Dios tenga en la gloria, era un santo varón. No dejaría que en su presencia insultaran al pastor, que no podía defenderse. Pecadora soy, todo el mundo lo sabe. ¿Y quién en este mundo no peca? Pero fuera de mis pecados, que Dios perdone, no tengo nada de que acusarme. A Nuestro Señor me encomiendo ante los trabajos dificultosos. Rezo el rosario siempre que puedo y no dejo de dar gracias a Dios por la salud y la mucha clientela. Soy puta porque mi madre lo era y creo que la abuela también. Y en mi oficio, cumplidora, limpia y decente. Otras conozco que por eso me tienen envidia y que quisieran llorar con mis propios ojos. Sin nosotras, mal rodarían las cosas, mal caminaría el mundo. ¿Adónde iría el buey sin yunta? ¿Dónde vaciarían los pobres hombres la simiente que les sobra? Puta sí, reverendísimo señor Inquisidor, para servirle. Puta sí, pero nada más. Nunca he empleado otras herramientas que mi persona, nunca me he querido servir de pócimas, ni de remedios hechos con testículos de carnero, lengua de escor-*

*pión, cabeza de codorniz, espuma de erizo ni cabellos de otros. No conozco más engrudo que el que yo misma fabrico para suavizar la piel de la cara, ni más mixtura que las de olor para evitar el sudor y exceso de las partes pudendas, ni más mezclas que las de rosas, claveles, nuez moscada, hojas de limonero y níspero, almoraduj y verbena, hervidas con agua de lluvia. Todo lo más...*

Empleará el tono más convincente, melifluo y hasta melindroso, pero no suplicante, no quiere parecer de antemano vencida, ni siquiera acobardada. *¿El Santo Oficio interesado por las putas? ¡Habráse visto cosa igual, Reverencia! ¡Sí que tienen sus mercedes tiempo que perder! ¡Sí que han caído bajo! Porque ella no tiene nada de judía, ella es cristiana vieja por los cuatro costados, por los cuatro, está totalmente segura, aunque no sepa quién es su padre, pero conoció a su madre... y a su madre jamás se le hubiera ocurrido follar con ningún judío. Como ella, que nunca... nunca lo ha hecho con ningún circuncidado, nunca ha tenido conocimiento de que ningún judío haya pisado el burdel. Mientes, Beatriu Mas, hija de Beatriu Mas y cien marineros innominados... Mientes. ¿O no te acuerdas de tu ángel? No has querido recordarlo, ¿verdad? Y ya lo ves: al fin has ido a caer de cuatro patas. ¿Qué dirás cuando te acusen de encubridora? Lo negaré. ¿Negarás que le diste el hábito? ¿Quién ha podido acusarte sino él? Alelada, ¿acaso no veías, boba, que él diría la verdad? ¿A qué venía confiar en sus prendas? Gracias a ti pudo esconderse en el burdel, en el burdel cerrado en plena Cuaresma. Gracias a ti huyó disfrazado de fraile. ¿Sabes lo que te juegas, Coixa, habiéndole prestado la ropa? ¿Te poseyó? Oh puta reputa, te has vuelto muy fina al recordarlo. Te poseyó, dices, y no te folló. Tocó con un dedo en el cielo cuando pasa la luna... Tuviste miedo la primera, la segunda y la tercera noche, en cuanto supiste que lo habían apresado, medio muerto, molido a palos por no se sabe qué asesinos; pero al pasar el tiempo, después de una semana, ya no te costó dormirte, como al principio, y el sueño se te fue haciendo denso. Los primeros días era tan ligero, tan pendiente de todos los rumores que comenzaste a oír las carco-*

*mas con quienes, desde hacía años, compartías los barrotes de la cama. Poco a poco volvió la confianza. Es valiente, te dijiste, valiente y bueno, y no dirá mi nombre, no querrá hacerme daño por mucho que le hagan a él. Y si me delata, si dice que yo le di el hábito, lo negaré. ¿Es acaso lugar parecido a un convento una casa de putas? Claro que, bien mirado, lo es. Madó Hugueta como la madre superiora, y yo ¿no sería una buena maestra de novicias con mi aspecto y mi experiencia? Anda, Coixa, no pienses barbaridades. Las paredes oyen y, por más que nunca dirías todo eso en voz alta, Dios te escucha y no puede gustarle en absoluto... Dios y las paredes que las van grabando sobre las juntas de su agrietada piel. Haré de tripas corazón. ¡Ea! Soy buena cristiana, todo el mundo lo sabe. De hereje o falsa conversa no tengo ni un pelo. Celebro las fiestas de guardar. Confieso y comulgo por Pascua Florida. Hago penitencia, y mucha. ¿Acaso no es una penitencia terrible adiestrar pajarillos? Por cada uno que emprenda bien el vuelo... eh, Señorías, hay trescientos que... Coixa, no dirás nada de esto. Te guardarás como del pecado..., como de caer en las hogueras de Pedro Botero, en la cazuela de aceite hirviendo de Satanás. Santa María, Santa María Magdalena, patrona mía, que en el cielo moras, ruega por mí, ángel de la guarda...*

—Quiero saber de qué se me acusa —dice La Coixa gritando al ver entrar a dos familiares que no conoce. Visten, como todos, ropas talares, largas como gramallas, de color de hábito, macilento como ala de mosca. Las caras parecen haber sido maceradas durante semanas en vinagre y limón. Da grima sólo mirarlas. Nunca han pasado por casa, menos mal, porque si les conociera y pudiera decirles: Buenos días, Lorenzo... ¿Cómo te va, Bernardo?..., todavía me daría más rabia. Más vale así, que nunca nos hayamos visto.

—Quiero que llaméis al Inquisidor —pide resuelta—. ¿No me habéis oído acaso? Quiero saber qué he hecho yo para que me hayáis traído aquí con tan malos modos. Saber de qué se me acusa. ¿Me oís? ¿O sois sordos de nacimiento?

—No te vamos a contestar —dicen los dos casi a coro—. El Inquisidor te recibirá cuando le venga en gana.

—Anda, Coixa —ordena otro familiar que acaba de abrir la puerta—, ¡qué simple eres! Primero te registraremos. Luego haremos un inventario y finalmente te conduciremos hasta tu celda. En silencio, Coixa, sin decir ni trus ni mus.

—¿Me desataréis las manos? Quisiera peinarme.

—En cuanto terminemos con el inventario... Tenemos que ver qué escondes entre la ropa.

La obligan a pasar a otra sala, grande y desangelada. Aunque el sol entra, hace frío. Beatriu Mas se estremece. Le mandan que espere, tienen que avisar al Juez de Bienes.

—No sé por qué me gusta tanto este color de las vigas —exclama La Coixa en voz alta—, pero le falta una mano de aceite. No estoy para muchos baldeos yo, eso está claro, pero con una escalera, pim, pam, pum, me lo merendaba en dos días... Tengo buena mano para esos trabajos , yo....

—Anda, Coixa, no nos vengas ahora con el cuento de tus virtudes domésticas..., que todos sabemos en qué gastas tus horas y cuál es tu oficio, puta.

—Y eso qué tendrá que ver, ¿eh? Me gustaría saberlo. No hay nada que me dé más asco que la porquería, y a veces tengo que pasar por callejón bien estrecho, hombres hay como puercos, Reverencias.

El Juez de Bienes aparece resoplando como de costumbre. La trabajina de estos cincuenta días se le nota. Parece envejecido. No da abasto.

—Desatadla —dice, sin mirar a nadie—. Y bien, ¿cuántos años tienes?

—Veintisiete.

—Ya serán diez más, no mientas. Pero eso ya lo aclarará el fiscal. Tengo prisa... ¡Desnúdate!

—¿Desnudarme, señor? Ante... Ah, no señor, digo Reverencia, no puedo. No soy capaz.

—Vaya, por la Virgen Santísima, Coixa, cualquiera diría que eres una mujer como Dios manda...

—Claro que lo soy.

—Quiero decir honrada, gran puta. Desnúdate o te desnudarán éstos.

Tanto el Juez de Bienes como los dos familiares, que nunca habían frecuentado el burdel, pero que podían conocer por terceros incluso detalles íntimos del cuerpo de La Coixa —la peca cerca del ombligo o hasta la frondosidad del vello púbico—, sintieron curiosidad ante el espectáculo que ésta les proporcionaría de balde. Ella empleó toda su capacidad púdica y fue desnudándose como suponía que lo debieron de hacer las santas mártires ante sus verdugos. Se despojó de todo menos el jubón y los calzones.

—Continúa —dijo el Juez de Bienes.

—No, Señoría. Hasta aquí hemos llegado.

—Antonio —ordenó—, termina de desnudarla. Veamos qué esconde junto a la piel.

La Coixa se resistió. Gritó y protestó dando alaridos para que desde fuera pudieran oírla. *Sucios, guarros, miserables*, exclamaba, *quitadme las manos de encima*. Al caer la última pieza al suelo, también cayó el espejo. Eso y el peine fue lo único que le confiscaron. El espejo se quebró pero no se rompió. La Coixa hubiera armado todavía un mayor guirigay. Un espejo roto era peor que la cárcel, significaba la muerte inmediata.

El escribano le tomó declaración. Apuntó cuanto ella le dijo, incluso la edad, que se obstinó en no rectificar. Luego, sin dejar de hablar, sin dejar de mortificar los nervios de aquellos santos varones, fue conducida a su celda. Cruzó un par de salas, un patio inmenso, dos pasillos, bajó escaleras y, finalmente, llegó al lugar asignado. El ayudante del carcelero que la conducía le hizo una reverencia burlesca al cederle el paso para que entrara.

—Estarás estupendamente, como una marquesa —le dijo—, entre una niña y una loca.

Los ojos de La Coixa tardaron todavía unos instantes en acomodarse a la falta de luz. La nariz, por el contrario, percibió enseguida un olor putrefacto, a humedad y excrementos, y sintió ganas de devolver. A ciegas, empezó a moverse, y mientras trataba de identificar las dimensiones de la celda y los enseres que contenía, preguntaba quiénes eran sus compañeras.

—Me llamo María Pomar y ella es Sara dels Olors —oyó que le contestaba una voz casi infantil.

—Ya te comprendo, morena. A vosotras os cogieron cuando huíais. Ah, judiítas, judiítas tiernas, vosotras sois las del embarque... Ya tenía razón, ya, el carcelero. A buen sitio he ido a parar, madre mía.

—¿Y tú...?

—Yo soy Beatriu Mas. Pero me conocen por el apodo de La Coixa... ¿Sabes ahora quién soy?

—¡Y tanto que sí! —dijo la vocecilla—. La desvorgonzada puta del burdel.

—¡Ésta sí que es buena! ¿Qué te has creído, judiarra? ¿A qué me vienes con esos insultos, tú, que mereces el infierno? —cacareó furiosa.

—No vengo a nada. ¿Te parece poco quitarme primero a Rafael Onofre y delatarle después?...

—No —dijo La Coixa bajando la voz y sentándose en un camastro maloliente, junto a ella—. No, no tienes razón en acusarme. Yo nunca he delatado a nadie, puedes estar segura. Además, ni siquiera sé quién es el tal Rafael Onofre. No le conozco.

—Demasiado le conoces... para mi desgracia. Yo soy su prometida.

—Lo es, puedes creerla —dijo la otra ocupante de la celda—. Yo puedo leer en el corazón de las personas. Es un don que me ha dado la Virgen.

—¿De qué habla ésta? —preguntó la manceba.

—Cosas suyas —contestó María—. Pobre Sara. Nada que tenga que ver contigo.

—¡Madre de Dios del Santo Rosario!... ¡Dónde me han encerrado! —exclamó Beatriu, que ya empezaba a percibir las dimensiones exactas de la celda, y a acostumbrarse a su fetidez.

## III

Durante las primeras semanas, los miembros del Santo Tribunal sólo tomaron declaración a los niños. Los cuatro, Miguel y Pere, hijos de Quiteria, y Josep y Joan, los huérfanos, nietos de Aina Segura, fueron desde los primeros momentos encerrados en una celda del piso de arriba, inhóspita pero bastante bien iluminada, lejos de sus familias. Al primero que mandaron a buscar fue a Miquelet, que, sin querer, había contribuido a que Perot confirmara la sospecha de que aquel grupo que regresaba a casa un domingo por la tarde había cometido alguna fechoría. El niño manifestó que en su casa no comían tocino porque les estaba vedado y que incluso habían rechazado probar una langosta un día en que fueron invitados a casa de Xim Martí.

Pere, tres años mayor que él, contradijo a su hermano afirmando que si no comían carne de cerdo era porque no les gustaba. A su madre, Quiteria, le daban mucho asco aquellos animales que andan sueltos y devoran cuanto encuentran a su paso, y por eso procuraba que en su casa no entrase tocino, manteca o sobrasada, ni siquiera el tan preciado lomo amojamado. Pero el mismo Pere acabó por confesar, mientras le retorcían el brazo hasta descoyuntárselo, que no comían carne de cerdo porque lo prohíbe la ley de los judíos.

Joan y Josep Tarongí, los nietos de Aina Segura, de nueve y doce años, ofrecieron muchos detalles sobre el embarque y las oraciones rezadas en el jabeque, dirigidos por El Rabí, Gabriel Valls, así como de algunas reuniones preparatorias que habían tenido lugar en casa de su tía, Madó Grossa. Josep, a quien habían prometido la libertad si confesaba cuanto sabía, confesó también cuanto ignoraba y le parecía que podía satisfacer la curiosidad de aquellos hombres enlutados. El niño no tenía otra ilusión que escapar, salir de allí a cualquier precio para poder jugar de nuevo con sus amigos, que estaban a sus órdenes, puesto que era el más diestro del barrio en hacer diana en la cabeza de los gatos y en avistar y derribar los nidos más ocultos. Sin la vigilancia de la abuela, creía que podría campar a sus anchas todo el día, y ahora que se acercaba el verano no le importaba dormir al raso, donde le cogiera el sueño, y aceptar un plato de sopa de cualquier vecina de buena voluntad. A Joan, por el contrario, le daban tanto miedo aquellos espantajos que no le salían las palabras. Lloraba e hipaba y, de tanto en tanto, entre mocos y lágrimas, afirmaba que era cristiano y creía en Jesús y la Virgen Santísima, a quien rezaba tres avemarías cada noche.

Después de los niños, el Inquisidor mandó llamar a las mujeres, que habían sido encerradas de dos en dos. A pesar de que sus opiniones eran poco de fiar, ya que estaban faltas de una mínima capacidad de razonamiento por el mero hecho de ser hembras, los miembros del Santo Oficio estaban seguros de que de sus declaraciones se sacarían las hebras necesarias para tejer una tela que cubriese de oprobio al resto. Del interrogatorio minucioso sobre sus guisos y costumbres alimenticias, e incluso de la manera de limpiar y adecentar la casa, podría deducirse fácilmente si seguían o no las tradiciones judaicas. Y además, aunque aquellas hipócritas mintiesen, el Tribunal contaba con los testimonios en su contra que vecinas y criadas habrían de aducir en cada caso.

El Inquisidor prefirió dilatar la comparecencia de los hombres, excepción hecha de Rafael Onofre Valls de Valls Major, que fue interrogado el mismo día de su traslado desde la torre del Ángel a la Casa Oscura.

El caso de Rafael Onofre había enfrentado todavía más a la curia con su excelencia el Virrey y empeorado sus malas relaciones. El marqués culpaba abiertamente a la Iglesia de haber organizado contra él los desmanes capitaneados por el *sen* Boiet, horas después de la captura de los falsos conversos. La Iglesia, y más concretamente el señor Inquisidor, acusaba al Virrey de no quererle entregar al hijo de Valls, detenido por sus hombres, pero cuyos crímenes incumbían antes que a nadie al Santo Oficio. No en vano Rafael Onofre había participado en el frustrado embarque y luego, para más inri, había intentado escapar vestido de fraile. Sin embargo, Su Excelencia se había obstinado durante unos días en mantenerle en la torre del Ángel, con el pretexto de que sus declaraciones le podrían resultar valiosas. Pero el muchacho, a pesar de que prefería permanecer en manos del Virrey, que pasar a las del Tribunal, no había tenido la habilidad de falsear una confesión del *sen* Boiet que satisficiera al marqués, implicando al obispo, y fue finalmente entregado a la Inquisición. En cambio defendió ante el Santo Oficio que nadie le había dado el hábito, que se lo había robado a un fraile que pedía limosna por las calles de Ciutat, el mismo día en que unos desconocidos le obligaron a confesar a un moribundo. Pero el testimonio de una vieja que vivía delante del burdel torció las cosas. Aseguró que había visto al muchacho entrar, muy de mañana, por la puerta de la algorfa del prostíbulo con hábito de fraile; se había fijado muy bien en él, porque ese día apenas había tenido qué hacer y había pasado el rato asomada mirando la calle.

A la declaración de aquella mujer ociosa, celadora de cuanto bueno o malo pudiera acontecer frente a su casa y fiel guardadora de los mandamientos de la ley de Dios, como cristiana vieja que era, se añadía el testimonio de Perot Ripoll, que había visitado el burdel el día de autos, recelando que allí pudiera haberse escondido algún fugitivo. Cinco palabras fueron suficientes para que Rafael Onofre se desmoronara y confesara la verdad, cinco palabras que le hundieron en un santiamén, logrando en unos instantes lo que toda una mañana de amenazas de tormentos no había conseguido: *La Coixa te ha delatado*. El hijo menor de Valls fue conducido a una celda y no se le mandó llamar para ser interrogado de nuevo hasta la mañana anterior a la detención de Beatriu Mas.

Durante más de treinta días el Inquisidor había rumiado cuál sería la mejor manera de coger desprevenida a la manceba, cuya causa seguía entre sus papeles desde que su predecesor la dejó abierta. Ahora, sin embargo, estaba decidido a llegar hasta el final y si le daba tiempo era para ganarlo él.

María Pomar fue requerida por segunda vez en cuanto declaró Rafael Onofre. La muchacha, que nada sabía de la suerte que había corrido su prometido, recibió llorando la noticia de su detención. Las lágrimas, no obstante, se le helaron en los ojos cuando el fiscal le dijo que Rafael Onofre no era merecedor de ninguno de sus sufrimientos porque la había engañado con Beatriu Mas, llamada La Coixa, pupila del burdel. Sin embargo, María Pomar, a pesar del despecho que sentía, sacó fuerzas de flaqueza y respondió que ella no creía en aquella patraña, inventada, a buen seguro, por alguno de sus enemigos con la intención de perderles.

—Debe ser Beatriu Mas, Reverencia, la que por alguna razón desconocida, sin que nosotros le hayamos hecho nada, acusa falsamente a Rafael Onofre.

—¿Nada habéis hecho? —preguntó en tono burlón el fiscal—. ¿Nada? Desde crucificar a Jesús hasta querer escapar de Mallorca...

—Yo no estaba cuando le clavaron —exclamó la niña, llorosa—. Os aseguro que no lo hubiera consentido...

El Inquisidor dejó que los otros miembros del Santo Oficio se ocuparan de la inculpada, que resistió sin hablar, mordiéndose los labios para no gritar de dolor, las vueltas del potro que le descoyuntaban los brazos. Mientras tanto, Rodríguez Fermosino leía el breviario encerrado en su gabinete, intentando concentrarse en las oraciones para olvidar aquel rostro infantil, descompuesto por el sufrimiento. Pero llegó un momento en que María Pomar comenzó a dar alaridos y a pedir, por la Virgen, que dejaran de atormentarla, sólo entonces acabó por aceptar, porque no le sobrevino un desmayo que paliara aquel tormento espantoso, que Costura tenía razón, que Rafael Onofre le había enseñado aquel padrenuestro que los dos solían recitar juntos antes de despedirse en las dulces noches del huerto, aunque estaba segura de que él no sabía que era judaico. Aquella oración, dirigida a Dios Todopoderoso, les unía y les daba fuerzas, por eso, cuando estaban separados, también la rezaban para sentirse juntos invocando a Dios en el punto exacto en que las campanas de Ciutat tocaban las seis de la tarde.

María Pomar, moribunda, envuelta en una manta, fue arrastrada hasta su celda. Sara dels Olors suplicó al carcelero para que trajera un médico. No le hicieron caso. Mandaron, en cambio, al padre Ferrando, que intentó confesarla sin conseguirlo, porque María deliraba. Todos los colores del arco iris fueron apareciendo en su pobre carne atormentada, hasta que el carcelero, asustado, avisó al alcaide y éste permitió que Madó Grossa fuese a lavarle las heridas y a intentar recolocar los huesos en su sitio mediante sus habilidosos vendajes.

Con la frente hirviéndole, desvariando a ratos a causa de la fiebre, María Pomar iba, no obstante, recuperándose poco a poco. Sin embargo, sumida en la tristeza, estaba convencida de que pronto le llegaría la muerte y moriría sin saber qué había de verdad en todo lo que el fiscal le había dicho, si era o no cierto que Rafael Onofre la había engañado. Entonces le maldecía por haberle sido infiel y por haberla conducido hasta aquella espantosa cárcel. Tan feliz como era ella en el huerto en compañía de sus padres y de su hermana, antes de que él llegara, antes de que llenase de inquietud su sangre, que ya no corría del mismo modo por sus venas desde que él le dijo que la quería. A partir de entonces su cuerpo era una brasa que sólo se apagaba cuando estaba a su lado.

Otras veces llamaba dulcemente a Rafael Onofre y repetía su nombre como si lo besara; le perdonaba todo cuanto le había hecho sufrir. En voz baja aseguraba que él no la obligó a embarcarse. Él no fue el causante de su desgracia. Fue ella y sólo ella la que le suplicó mil veces que se la llevara, y ella y sólo ella quien decidió seguirle a dondequiera que fuese. Ella la que imploró a sus padres que la dejaran embarcar hacia Livorno. Allí celebrarían sus bodas en cuanto llegaran. Le daba igual no tener ni una pobre sábana bordada, ni un triste mantel. No le importaba ser la más miserable de las desposadas, si Rafael Onofre la quería. Convertirse en su mujer era todo cuanto anhelaba, para no separarse nunca en esta vida y reencontrarse, luego, en el cielo de Dios Padre o de Adonay, del que con tanta unción le había hablado su prometido. No, Rafael Onofre no la había engañado, eso era imposible. Le bastaba recordar cómo la miraba y la llamaba, mi bien. Le bastaba cerrar los ojos para ver los de él, consumiéndose en un mismo deseo de fusionarse hasta las almas.

Durante aquellos días fue incapaz de acercarse a la boca ni un solo mendrugo. Se bebía, eso sí, toda la ración de agua que le correspondía, y siempre se quedaba con sed. Suerte tuvo de la compasión de su compañera de celda, que no sólo le acercaba la escudilla a los labios sino que renunció a su propio cuartillo para que ella pudiera beber un poco más. Sara dels Olors, que durante los primeros días de cautiverio apenas le dirigió la palabra, pendiente como estaba de sus rezos y de la llegada de las visiones con las que Dios y la Virgen y un montón de ángeles le obsequiaban, cambió de actitud en cuanto se consideró necesaria, e hizo todo cuanto pudo para intentar ayudarla. Como si tratara de salvar a un gorrión caído del nido antes de tiempo, desmigaba el pan para reblandecerlo y se lo daba mojado para que pudiera tragarlo sin esfuerzo. Se sentía feliz de poder atender a aquella niña que agradecía con una sonrisa sus cuidados y quería curarse, con la esperanza de reunirse con

Rafael Onofre. A la visionaria, mucho más que los ojos azules de María o su rostro infantil, le cautivó la larga cabellera del color de las espigas que, suelta, le llegaba a la cintura y que solía recoger en una gruesa trenza. Durante la convalecencia se las compuso para que se la dejase peinar. A falta de peine, empleó los dedos, que, hábiles, se adentraban en aquel bosque espeso y así, como podían, deshacían los enredos y buscaban las liendres.

Poco a poco, Sara dels Olors dejó de esperar las visiones que desde niña se le habían concedido y que consideraba un don del Altísimo, para dedicarse exclusivamente al cuidado de María, a quien comparaba a ratos a la Virgen dulce y melancólica que con los cabellos sueltos, color miel, se le había aparecido sobre la copa de un limonero. *Eres una Virgencita, hija mía*, le solía decir con voz delgada, suavizada por la emoción, antes de arroparla para que pudiera descansar mejor.

Sara fue interrogada antes que María, un viernes de marzo de la tercera quincena. Se confesó católica, apostólica y romana, devota creyente. Si acompañó a su padre al embarque fue porque éste se lo ordenó. Y aunque no se llevaba muy bien con él, pues a menudo la reñía porque cocinaba con manteca en vez de hacerlo con aceite, no le quedó otro remedio que obedecerle. Acusó a su padre sólo a medias. Sabía que había otros aspectos de su comportamiento que podían interesarles mucho, pero decidió callarlos. A pesar de que nunca se había tomado en serio los beneficios que Dios le hacía y la había maltratado a menudo, no dejaba de deberle la vida. Los inquisidores parecieron conformarse y no le dieron tormento. Sara, sin embargo, estaba segura de que, cuando la volvieran a interrogar, no le ahorrarían pasar por el potro, tal y como le había ocurrido a María. Y sólo de pensarlo le entraban bascas mortales y una flojera peor que la que notaba después de los desmayos de los éxtasis. El dolor la acobardaba. Los brazos descoyuntados de María eran un espejo demasiado cercano para no ver los suyos reflejados allí. Muchas noches, cuando ya había conseguido que la niña se durmiera, tendida sobre su colchón, intentaba buscar las palabras que debería pronunciar en la próxima comparecencia para defenderse sin acusar a nadie. Temía que si la sometían a tormento hablaría, diría todo cuanto los inquisidores quisieran saber, y hasta se consideraba capaz de delatar a la propia María, a quien había empezado a querer de un modo desconocido, como no recordaba haber querido nunca a nadie. *Ayúdame, Virgen Santísima*, repetía Sara, *tú que siempre te has compadecido de mí, tú que eres mi verdadera madre, la madre que no tuve en la tierra*. Sara dels Olors se quedó huérfana al nacer y su padre, que sólo tenía dos hijos, decidió que bastaba con una sirvienta y un ama para ayudarle a criarlos y se negó a volverse a casar. Creció entre hombres, cobijada por la nodriza cristiana, que le transmitió sus creencias y le llenó la cabeza de oraciones y jaculatorias. Tuvo la primera aparición a los cuatro años. Vio cómo una Virgen, igual que la del altar de la Dolorosa de la iglesia de Santa Eulalia, con el corazón traspasado por saetas y cuchillos, se le acercaba y le hacía poner su manita sobre aquella herida. La nodriza le aseguró que lo había soñado, que esas cosas sólo suceden a los santos y ella no lo era: le desobedecía, se peleaba con su hermano y decía mentiras. Pero las visiones continuaron. Cuanto más la reprendían, más ángeles del cielo acompañaban al séquito de la Virgen y más serafines la rodeaban. Ángeles y serafines que, en rápidos vuelos, como tórtolas amaestradas, se postraban a los pies de la Virgen, que nunca llegaba a tocar el suelo y se mantenía levitando el rato que duraba el milagro de su presencia.

Sara percibía minutos antes de la aparición que ésta era inminente, ya que, estuviera donde estuviese, a la intemperie o bajo techado, se le anunciaba siempre de la misma manera, con un cúmulo de olores insospechados, diferentes a menudo, pero siempre agradables. Sara, además, solía referirse en voz alta a aquella facultad que Dios le otorgaba y que nadie más que ella era capaz de apreciar. A medida que distinguía los olores iba nombrándolos: esencia de flores de azahar, vaharadas de incienso, mezcla de hierbabuena y almoraduj, frescura de albahacas, mixtura de lirios y azucenas... Los perfumes eran el preámbulo de una especie de éxtasis. Ponía los ojos en blanco y esperaba que la visión se hiciese realidad. Pronto la conocieron por el apodo dels Olors, cosa que a ella no le molestaba en absoluto. Al contrario, le gustaba. Le parecía que el apelativo le daba una dignidad y un señorío distinto del de las otras mujeres del barrio, conocidas por los sobrenombres familiares que provenían de sus antepasados. El suyo, al contrario, se lo había ganado ella, si no por sus propios méritos, por los méritos que Dios había querido otorgarle con la gracia de aquellas apariciones que pronto trascendieron del ámbito doméstico y llegaron a oídos de los miembros del Santo Oficio, que la mandaron llamar. Sin embargo, como el Inquisidor con quien había topado por primera vez se había dado cuenta de que aquella mujer no estaba muy cuerda, había preferido dejarla en libertad, después de amonestarla para que nadie pudiera tomarla por piedra de escándalo. Pero con Cabezón y Céspedes ya no había sido lo mismo. Ése sí mandó abrirle proceso. Suerte tuvo de la escasa duración del mandato de aquel Inquisidor, a quien atraían de manera desmesurada los procesos en los que había mujeres involucradas, y de que a su sucesor, Fermosino, la carpeta que contenía sus informaciones no le hubiera interesado especialmente, preocupado como estaba por otros asuntos de mayor trascendencia. Ahora, sin embargo, una vez en prisión, su caso adquiría una importancia mayor y pasaba a formar parte de los pliegos que contenían las causas abiertas contra los judaizantes fugitivos.

## IV

Durante las primeras semanas, Gabriel Valls intentaba recordar obsesivamente una conversación sostenida, mientras preparaban el embarque, con Josep Valleriola en presencia de El Cónsul, en la que aquél les había contado cómo, en el tiempo que llamaban de «la complicidad» —cuando muchos habían permanecido encerrados, hacía diez años, en estas mismas cárceles—, habían elaborado un código secreto mediante el cual se mantuvieron unidos y en comunicación sin que los inquisidores lo supieran. Tres golpes en la pared significaba que seguían fieles a la ley de Adonay sin confesarlo, porque los tres golpes equivalían a las tres puntas del triángulo con que se suele representar a Aquél que es innombrable. Tres toques más uno, que se habían declarado cristianos ante el Tribunal, puesto que si los tres primeros remitían a Dios, el último se refería al Hijo Unigénito, al Mesías, según la religión de los enemigos. Tres más dos, que habían asegurado que practicaba los ritos cristianos, que iban a misa y rezaban el rosario, ya que con esos otros dos golpes identificaban a la Iglesia o a la madre de Joan Peroni. Sin embargo, pese a sus esfuerzos, no pudo acordarse de más. Se maldijo a sí mismo por no haberse puesto de acuerdo con los suyos para utilizar un lenguaje cifrado si aquella eventualidad terrible volvía a presentarse. Pero había tenido tanta confianza en que todo iría bien, y la celeridad del embarque les había cogido tan de improviso, que había rechazado toda precaución. Ahora iba a faltarle vida para arrepentirse.

Con el puño intenta golpear tres veces la pared, tratando de identificarse como habitante de La Calle por si, al otro lado, hay alguien que hubiera estado preso la vez anterior o que conozca casualmente el código. Además, tiene la intuición de que junto a su celda han encerrado a El Cónsul, por eso insiste; de ser así, Josep Tarongí, en algún momento, habrá de recordar la conversación mantenida con Valleriola. A ratos, incluso le parece que desde el otro lado del muro también le llaman, pero, cuando él intenta contestar, o no le oyen o se hacen los sordos. Se pasa muchas horas acechando cualquier rumor que provenga de fuera: el ruido de las otras puertas, los pasos que se alejan o se acercan, los gemidos y los lloros cuando los guardias arrastran a alguien a la celda. Aunque la constante penumbra en la que habita sólo convide al sueño, Gabriel Valls apenas duerme y, cuando lo hace, sus pesadillas están pobladas de espantosos fantasmas. Contempla a su hijo menor, Rafael Onofre, rodeado de cadáveres con guadañas, como si asistiera a una representación de aquella Danza de la Muerte que su abuelo solía describirle de niño. Los esqueletos, vestidos con túnicas de color amusco, dan vueltas y se contorsionan alrededor del muchacho; se burlan de él escarneciéndolo con befas y risotadas. Finalmente acaban por arrastrarle, se lo llevan atado de pies y manos, sucio de sangre. Ese sueño le hace temer lo peor. Otras veces, sin embargo, y especialmente después de haber rezado mucho, abriga la seguridad de que su hijo ha podido salvarse, de que incluso ha conseguido embarcar en Alcudia rumbo a Alicante. Si Adonay le hubiera otorgado esa gracia, si Adonay hubiera querido proteger a su hijo, daría por bien empleada la cárcel, por bien empleadas todas las calamidades futuras. Pero si su hijo ha sido apresado, lo mismo que su mujer, el cautiverio le resultará doblemente irresistible. Piensa en Rafael Onofre más que en nadie. Lo engendró siendo ya viejo y es su preferido. Dios le ha hecho muchas mercedes con éste hijo tan bueno, que únicamente le ha dado alegrías y que acepta con estricta observancia la religión de los suyos. En cambio, se acuerda poco de María; no porque no la considere la mejor esposa que se pueda encontrar y la respete con afecto, sino porque, en las largas horas vacías, la viuda de Sampol se impone sobre cualquier otra imagen de mujer, por mucho que trate de evitarlo. ¿Le habrán llegado ya las nefastas consecuencias del embarque?... ¿Podrá ayudarles aún desde Livorno?...

Contesta a esas preguntas, reiteradas, con la misma respuesta: los ojos vivarachos de María Aguiló mirándole en la quietud del huerto, y rechaza el rictus amargo de su boca mordida por los años. Obliga a su memoria a presentarle los ratos más felices de su vida en común: sus bodas secretas, cuando su padre tuvo que consultar viejos libros para improvisar una ceremonia judía ante los más íntimos, después de haberse casado públicamente en Santa Eulalia; el nacimiento de los hijos —cinco le había concedido Adonay, aunque solamente dos le vivieron—; su buena disposición para gobernar la casa —en confitar membrillos, era la más entendida de todo el Sagell, y todos alababan los manteles bordados por sus manos que los viernes por la noche ponía en la mesa—. Mataba las aves de acuerdo con la antigua ley, sin hacerles ascos como otras mujeres; para los pobres tenía siempre a punto una limosna y había aceptado de grado como nuera a la hija de los aparceros, deseando convertirla en la hija que Adonay no había permitido que viera crecer.

Intenta recordar sólo las virtudes de su mujer imponiéndoselo como obligación. Prefiere olvidar que también ella le había seguido al embarque forzada y tristísima. María no quería dejar Mallorca. Había sido él quien la había empujado a aquella desgraciada aventura, que ella nunca había mirado con buenos ojos por mucho que se hubiera esforzado en disimularlo ante él, porque siempre tuvo muy claro que como esposa le debía sumisión. La viuda de Sampol, por el contrario, se le hubiera opuesto si hubiese considerado que aquella huida era demasiado precipitada.

Muchas veces, cuando el carcelero le deja la triste comida, casi siempre mendrugos, algún domingo un trozo de tocino que se niega a probar, Valls intenta retenerle para preguntarle si sabe algo de su hijo, si también está preso como la otra gente del embarque, si tiene idea de cuándo será interrogado. Aunque el carcelero no le contesta ni renegando ni de malos modos, como suele hacer con los reos que considera de poca categoría, se niega a proporcionarle ningún tipo de información. Tampoco el jesuita que pretende aleccionarle en la fe de Cristo quiere darle nuevas de los suyos, y ni siquiera le responde cuando le pregunta si sabe cuándo piensan mandarle llamar para enfrentarse de una vez con el Tribunal. La espera le parece más insufrible todavía que el más que probable tormento.

Un día de mediados de abril es el alcaide en persona quien entra con la comida y le pregunta con amabilidad si desea alguna cosa. *Saber de mi hijo*, responde Valls, *saber quiénes han sido ya interrogados y por qué a mí todavía no me han mandado a declarar*. El alcaide le contesta que no conoce las intenciones de la Inquisición respecto a los interrogatorios y que hasta entonces sólo han testificado los niños, las mujeres y un hombre: Rafael Onofre, su hijo.

Valls aguanta el golpe, pero tiene la sensación de que se le ha venido encima una montaña. Pregunta qué más sabe de su hijo, cómo y dónde está, y le suplica que le permita verlo, aunque no sea más que un momento. Contrariamente a lo que espera, el alcaide acepta acompañarle hasta la celda de Rafael Onofre.

El fracaso del embarque le parece menos grave que las heridas de su hijo. Rafael Onofre le cuenta deprisa —el alcaide ha impuesto que sean muy breves— todo cuanto le ha pasado desde el momento en que se separaron. Gabriel Valls le consuela como puede. Le dice que ya no le darán más tormento, que ha hecho bien en confesar. ¿Para qué seguir encubriendo a quien le ha traicionado? Ante el muchacho se guarda muy mucho de mostrarse hundido y le anima con la confianza de que todo irá bien. Rafael Onofre le ha preguntado qué sabe de su madre y de María, y al pronunciar su nombre ha roto en sollozos. *Yo la he arrastrado hacia este desastre*, dice el muchacho entre gemidos.

Al volver a su celda, aunque se obstine en recordar el ejemplo del santo patriarca Abraham para aferrarse a un modelo bíblico, se le hace muy difícil aceptar que Adonay le haya pedido también el ofrecimiento del sacrificio de su hijo. Durante toda la noche no puede pegar ojo. Se siente doblemente culpable de cuanto le ha pasado a Rafael Onofre: primero arrastrándole al embarque, luego mandándole que se escondiera en el burdel, convencido de que allí no habrían de buscarle. ¿Y si no fuera Adonay quien le había inspirado?... Tal vez estaba intentando ponerle a prueba. *Yo no soy de la pasta de Job, Señor. Pero soy responsable del fracaso del embarque. ¿Hubiera podido organizar las cosas de otro modo?...* Prepararlo con tiempo era muy peligroso. Cualquier imprudencia podía delatarles. Retrasarlo era perder la oportunidad que les brindaban Pere Onofre Aguiló y la viuda de Sampol. No, no podía dejar que el jabeque zarpara vacío, después del pacto que habían cerrado con el capitán sus amigos de Livorno. No, de ninguna manera. Un cúmulo de circunstancias desfavorables lo había hecho fracasar, y Adonay lo había permitido. *¿Por qué?... ¿Por qué?... Huían para cumplir mejor con su ley, para dejar de nadar y guardar la ropa, para abandonar para siempre jamás la hipocresía. ¿O quizá sólo por miedo?...* Adonay les había castigado. Pero ¿quién era él para juzgar? ¿Quién era él sino un pobre mercader de nación judía, que aceptaba como verdadera la ley de Moisés porque era la ley de sus padres y de los padres de sus padres, tal vez con la misma obstinación que los que habían martirizado a Rafael Onofre aceptaban la suya? *El que no está conmigo está contra mí y debe ser apartado. Como sarmiento será echado al fuego y arderá*, insistía el jesuita en sus visitas. *¿Y si fuera verdad que Adonay sólo existiera en la tozudez de su pueblo y Dios Padre en la misma tozudez de sus enemigos?... Si fuésemos hombres antes que cristianos o judíos, si nos sintiésemos como tales, nos respetaríamos en lugar de aniquilarnos y viviríamos en paz. Pero ¿está dispuesto él a renunciar a las creencias que hasta ahora han dado sentido a su vida y le han hecho ser respetado por la comunidad, por encima, incluso, de todos los demás?... No; o quizá sí, pero sólo para salvar a su hijo de las iras de Elohim, de las iras de Dios Padre...*

La luz lechosa del alba ya debe de cubrir la ciudad. La gente del alguacil se estará preparando para abrir las puertas de la muralla. Los carros cargados de hortalizas esperan en fila para entrar. Fuera, la luz del sol da sentido a la vida. Aquí, la vida se diluye en la noche... *Lo peor eran las madrugadas*, les había dicho Valleriola, *cuando el día comienza para todos menos para los presos, porque en la celda da igual la luz que la oscuridad*. ¡Y cuánta razón tenía! Añora la luz. Nunca como hasta ahora le ha parecido tan agradable y nunca como hasta ahora ha comprendido la terrible desgracia de los ciegos. *De madrugada, los pasos de los carceleros resuenan de otro modo*, contaba Valleriola. *¿Será a mí a quien vienen a buscar? ¿Será a mí? Pasan de largo. ¡Qué descanso seguir consumiéndose todavía en la confusión de las tinieblas!* Valls, en cambio, prefiere que le manden llamar. No resiste más. Que todo se acabe cuanto antes, que le esquilmen, pero que le suelten. Que suelten a su hijo. Empezarán de nuevo en cualquier oficio. No le importa la ruina, lo que quiere es ser libre... *Callaré cuanto pueda. Me acusaré a mí mismo, sólo a mí. ¿Seré capaz de callar si me dan tormento?... ¿Y si el dolor me lo impide?... ¿Cómo evitaré que atormenten* *a los demás?... ¿Seré fuerte?... ¿Seré capaz de resistir?... ¿Y si ahora no se conforman con las incautaciones y nos mandan a la hoguera?...*

Intenta quitárselo de la cabeza. En eso no quiere ni pensar. Nunca ha sido hombre de adelantarse a los acontecimientos, por mucho que sospeche que esta vez el rigor es mayor que hace diez años, cuando los presos salían al patio todas las mañanas y dejaban que se entretuviesen leyendo comedias y tocando la guitarra. Ahora la disciplina es mucho más estricta. Nada de paseos. Nada de libros de comedias, ni de instrumentos musicales. Los días se le hacen eternos encerrado en su celda. Ocho pasos por veinte. Ha contado mil veces los que puede llegar a dar en una mañana, porque prefiere andar que estar sentado, caminar a permanecer tumbado, mirando hacia arriba, intentando distinguir las ranuras y las manchas de un techo demasiado alto en proporción al escaso espacio de la celda en la que está encerrado. Se da cuenta de que es de día bien entrada la mañana, cuando el sol se ha enseñoreado ya del horizonte, porque antes la penumbra es tan densa que nadie diría que la noche se haya acostado ya. Está saturado del aire pútrido que jamás se renueva, ya que la puerta sólo se abre un instante, cuando entra el carcelero con el agua y el escaso condumio dos veces al día o cuando le visita el padre Ferrando. Hoy tiene la intuición de que también pasará por su celda, hoy que tiene menos ganas que nunca de oír su palabrería conminatoria. No comprende cómo aún se empeña en seguir asistiéndole. *Eres un caso perdido*, le dijo la última vez, *las piedras serían más fáciles de ablandar que tú. Tienes el corazón lleno de escorpiones.* Los insultos del padre Ferrando no le molestan, los encuentra naturales. Le resbalan. Los oye como quien oye llover. Su conversación, la única que le permiten mantener, no le calma, al contrario, le enerva. El padre Ferrando fue el primer responsable del fracaso del embarque, al presionar a Costura hasta convertirle en un malsín, apurando su agonía para ver si, entre espasmo y espasmo, podía conseguir que levantara un testimonio más.

Nota un rumor de pasos que se acercan, el inconfundible entrechocar de las llaves manejadas por el carcelero, precediendo al cura. Optará, como siempre, por el silencio. Dejará que le suelte el sermón, dejará que le insulte sin responder palabra. Aquel medio hombre que es el jesuita le saca de quicio. Pero no es el padre Ferrando quien llega, por lo menos esa voz no es la suya. Es una voz más oscura, más opaca, aunque también parece clerical. Habla con el carcelero. No puede entender lo que dicen. No, la voz no le resulta familiar. Seguro que los inquisidores han decidido que es mejor dejarle probar a otro sacerdote, tal vez tendrá más suerte o más inspiración que el padre Ferrando. Valls se prepara para roer cualquier hueso por escasa carne que tenga. Ya está acostumbrado a las preguntas capciosas. Está harto de oír que es odioso por el mero hecho de ser judío y que los judíos mataron a Cristo. Eso les incrimina para siempre, como si Cristo y los apóstoles de la Iglesia no hubieran sido judíos, como si hubieran nacido de la nada. *Negar las virtudes del pueblo judío*, le dijo al padre Ferrando la última vez, *es negar las virtudes cristianas. ¿De dónde vienen los cristianos más que de los judíos? ¿De dónde sale la nueva ley sino de la ley vieja?*

Al padre Ferrando le desespera la tranquilidad de este hombre que parece tener muy claras las cosas, que habla poco, que espera siempre unos segundos antes de abrir la boca y que el último día que le visitó justificó su escasa locuacidad advirtiendo que nunca se había arrepentido del silencio y sí muchas veces de las palabras. *Antes de hablar*, añadió, *las palabras me pertenecen, soy su amo; al dejarlas escapar, ellas se convierten en mi señor*.

El padre Ferrando advierte al Inquisidor que prefiere dejar a Valls y dedicarse a El Cónsul, cuya alma parece más próxima a la gracia divina, a Valleriola o a Martí... Valls le exaspera y no se percata de hasta qué punto su renuncia repercute en su contra y de que enseguida será aprovechada por su contrincante, el padre Amengual, que, en cuanto le llega la noticia, no duda en ofrecerse al Santo Tribunal para colaborar. El Inquisidor, para quitárselo de encima, da su consentimiento: puede intentarlo. Los dos capellanes que atienden de oficio están desbordados, especialmente desde que han empezado a detener indiscriminadamente a otros habitantes de La Calle ajenos al embarque. La cárcel está llena a rebosar. No dan abasto, y menos si desean resolver deprisa las causas. La visita real deberá coincidir con el primer auto, de eso no cabe ninguna duda. *Vos debéis de saber, Reverencia, que escribo un libro sobre el triunfo de la fe contra la herejía, y quiero documentarme de cerca. En verdad, asistir a Valls me será muy útil. Confío en la ayuda del Altísimo para conseguir convertirle.*

Ferrando, al tener noticia de que el Inquisidor ha dado el plácet, está que masca clavos. En el convento dicen que echa humo por la boca y que incluso blasfema. De nada le han servido sus amenazas: Amengual ha entrado en su coto. ¡Suyo y bien suyo!, por mucho que asegure que el Santo Oficio no es de pertenencia privada y añada, el muy sinvergüenza, que sólo quien tiene arcilla puede fabricar vasijas. Nadie ha visto nunca tan contento al hagiógrafo, sobre todo de un tiempo a esta parte, en que parecía andar de capa caída... Incluso le habían llegado rumores de que el Virrey y su sobrino se divertían a su costa con el Jurado Mayor, leyendo algunos párrafos de la biografía de sor Noreta, precisamente aquéllos que él creía más inspirados: *Jesús Sacramentado desde el sagrario le tiró unas naranjitas, como hacen los enamorados de la tierra, y ella las recibió sobre su regazo con beata unción. Después se le aparecieron los santos ángeles capitaneados por su Custodio y le dieron confitura de moras, la cual, por ser debida a celestiales manos, sabía de manera distinta de la que todos conoce-*

*mos. Dicha confitura fue como el maná del desierto, alimento seráfico para sor Noreta, dulce compensación angélica de sus ayunos y penitencias.*

Menos mal que la tertulia de los lunes ha sido postergada hasta pasado el verano, porque de lo contrario no sabe qué cara iba a ponerle a don Sebastià, si adusta, dándose por enterado de la comidilla, o amable, como si nada hubiera pasado. Todo eso se lo ha ahorrado gracias al ajetreo del Juez de Bienes, que no puede perder ni un minuto, y a la enemistad creciente entre Ferrando y él, que ya ni se hablan. También el cronista Angelat prefiere dejar pasar el calor, inmerso como está en la *Memoria* que por cuenta de la ciudad debe escribir para presentarla ante su majestad la Reina en su próxima visita. Angelat lo siente, más que nada, por los *quartos embatumats* de las clarisas, porque sabe que por mucho que busque, por muchas vueltas que dé, no probará ninguno como los suyos. Sólo Sebastià Palou no puso peros a continuar con la reunión de los lunes, siempre que asistiera alguien más que el lerdo del padre Amengual, cuya conversación sin sustancia apreciaba tanto como a una bellota carcomida. Al jesuita la supresión no le sentó mal. *Tendré más tiempo para escribir*, se dijo. *Ésta ha de ser mi gran obra. No puedo dejar pasar, de ningún modo, este golpe de suerte, en verdad...*

Se han entretenido hablando... ¿De él? Ya están junto a su puerta, oye cómo el carcelero introduce la llave en la cerradura y la hace girar. Cuando abre, Gabriel Valls, cuyos ojos están habituados a la penumbra, los fuerza para intentar reconocer al desconocido. Pero no, nada le dice el rostro anguloso, las cuencas hundidas y los labios carnales. Por la sotana, idéntica a la del padre Ferrando, deduce que es otro jesuita. Le sorprende que en la mano derecha sostenga un tintero y una pluma y que lleve, bajo el brazo, un pequeño cartapacio. Acostumbrado a callar, espera en silencio a que sea el recién llegado el primero que hable. Pero éste nada le dice. Se limita a dirigirle una media sonrisa, mientras no puede disimular un gesto de desagrado. Es el carcelero quien tercia por fin:

—El padre Amengual os hará compañía un rato —y se vuelve para salir y cerrar.

—¿No podríais dejar la puerta abierta? —pregunta el cura—. Esto apesta —añade, tapándose la nariz con la mano izquierda.

—No está permitido, Reverencia. Esperaré aquí cerca. Cuando queráis iros, llamad y volveré enseguida.

A Valls no le gusta este hombre incapaz de soportar ni por unos instantes el desafortunado olor de aquella madriguera, que hiede como las demás celdas. La paja del jergón ya estaba impregnada de sudor, de orines y sangre cuando le encerraron; en un rincón, el cubo de los excrementos, que sólo le vacían una vez por semana. La pestilencia, agria y densa, de podredumbre humana infecta el aire. El carcelero ha traído una silla para que el padre Amengual pueda sentarse.

—Os presento mis excusas, Reverencia —dice por fin Valls, transpirando ironía—. En mi casa os hubiera recibido bastante mejor. Como veis, las prisiones del Santo Oficio son cualquier cosa menos santas, por lo menos en lo que respecta a su olor...

—¿En verdad?... —pregunta el jesuita, que no sabe cómo tomarse el comentario sarcástico del reo. Vuelve a producirse un silencio.

El padre Amengual no atina con la manera de empezar su plática, pese a que lleva preparándola desde ayer. No le queda más remedio que consultar las notas que trajina en su carpeta. Le traicionan los nervios, y cuando eso le pasa, le falla la memoria: *En verdad...* Comienza a deshacer los cordones con parsimonia. Le cuesta mucho leer su propia letra en aquella penumbra. Gabriel Valls no le quita los ojos de encima, mientras el padre Amengual, incómodo, vuelve apresuradamente las hojas ayudándose con la yema del dedo índice untado en saliva, pendiente de que la pluma y el tintero, que ha conseguido acomodar sobre su regazo, no se le caigan.

—He escogido —le dice— unos fragmentos de los Santos Padres que hacen referencia a la fe. De ti depende salir de aquí como cristiano bien convertido o como hereje. Escucha, escucha este texto de San Gregorio de Nicea: *Los judíos mataron al Señor, asesinaron a los profetas, se rebelaron contra Dios y le mostraron su odio, ultrajaron su ley, se resistieron a la gracia, renegaron de la fe de sus padres. Comparsa del diablo, raza de víboras, delatores, calumniadores, obcecados, levadura farisaica, sanedrín de los demonios, malditos execrables, lapidadores, enemigos de todo lo bueno...* Ya me dirás qué te parece...

—¿Qué quiere Vuesa Reverencia que me parezca, padre Amengual?... ¿No decís que lo ha escrito San Gregorio de Nicea? Ante su autoridad, no creo que nadie pueda poner objeciones.

—Ahora escucharás otro de Orígenes —anunció el padre Amengual, satisfecho con la docilidad de Valls—: *Los judíos nunca volverán a su situación de antaño, pues han cometido el más abominable de los crímenes al matar al Salvador. Por tanto, era necesario que Jerusalén fuera destruida y el pueblo judío dispersado...*

El jesuita se calla. Espera que Valls alegue algo sin necesidad de preguntarle, pero El Rabí opta por hablar lo menos posible; prefiere disimular la animadversión que le producen aquellos textos, cuyos argumentos puede refutar fácilmente. Amengual insiste.

—¿Qué te parece, en verdad?

—Forma parte de las diatribas que, desde el siglo II, justifican como castigo divino las desgracias del pueblo judío.

—Muy bien, pero ¿tú qué piensas?...

—¿Qué queréis que piense, padre Amengual?... Si lo dice Orígenes, ¡qué he de pensar yo, pobre de mí!

*Esto va de primera*, cree Amengual. *Le he convencido, estoy seguro. Por hoy ya he soportado bastante fetidez. Cuando vuelva traeré unos brotes de hierbabuena.*

El jesuita moja la pluma en el tintero, escribe unos renglones en uno de los papeles que ha sacado de su cartapacio, espera a que la tinta se seque y recoge su recado. Sin decirle a Valls que da por finalizada la entrevista, se levanta, da palmas detrás de la puerta y reclama a gritos al carcelero, que tarda un rato en llegar.

—Es que estaba haciendo la ronda —dice excusándose—. Suponía que os quedaríais un poco más.

Antes de salir, el padre Amengual ofrece su mano al preso, venciendo su repugnancia. Éste se limita a estrecharla, pero no se la besa.

A Gabriel Valls, el método de Amengual le ha tomado por sorpresa. No imaginaba que el cura se conformaría con leerle unos textos, por muy ofensivos y recriminatorios que fueran. Pensaba que, a la manera del padre Ferrando, su asistencia consistiría en un alud de insultos, engarzados en un interrogatorio, al que él se negaba siempre a contestar. De pronto cae en la cuenta de que el padre Amengual es el autor de aquel libro dedicado a la parienta de la Virreina muerta en olor de santidad y se echa a reír. Alguien le ha contado que el jesuita ha llegado a escribir que a la venerable se le había aparecido Cristo crucificado cuando todavía estaba en el vientre de su madre. *Si éste ha de sacarme de las tinieblas para llevarme hasta la luz ando bien arreglado*. Y mientras lo piensa se acerca otra vez a la puerta, porque ha oído de nuevo el ruido de la llave en la cerradura.

—Os traigo una buena noticia —le dice el alcaide, a quien hacía tiempo que no veía—. Me han dicho de muy buena fuente que el Virrey y el presidente del Gran i General Consell han dirigido un memorial al Rey quejándose de vuestro apresamiento y de las confiscaciones, que pueden causar la ruina de Mallorca.

—Y también la suya —le espeta Valls—. Pero me alegro, y os agradezco mucho que me lo hayáis querido comunicar. Os prometo tenerlo en cuenta, si salgo con vida.

# V

Las quejas del Virrey y del Gran i General Consell, que con tanta esperanza había acogido Gabriel Valls aquel mediodía de abril de 1688, no sirvieron para nada. Por el contrario, resultaron contraproducentes pues exaltaron más aún los ánimos de la curia contra los poderes civiles y exasperaron al Tribunal, que las consideró del todo inadmisibles. El Juez de Bienes le retiró el saludo a Sebastià Palou de manera manifiesta el primer domingo de mayo al salir de la misa solemne de la catedral. Días antes, ambos se habían enfrentado de palabra a causa de las confiscaciones. Pero, más que el canónigo Llabrés, era el fiscal del Santo Oficio quien insistía cerca del Inquisidor para que se acelerasen los procesos en vez de dilatarlos, demostrando así que no se paraba en barras ni tenía ningún miedo a las autoridades del Reino. Rodríguez Fermosino, seguramente para hacerse valer y poner en evidencia su firmeza, no sólo siguió sus consejos, sino que continuó encerrando a cuantos habitantes de La Calle le parecieron sospechosos, al tiempo que incautaba sus bienes. Para demostrar hasta qué punto el Tribunal tenía en poco al Gran i General Consell y se mofaba del Virrey, amenazó a la nobleza asegurando que le daba igual el tipo de árbol que tuviera que arrancar de cuajo, porque no pensaba dejar, por muchos títulos y coronas que le avalasen, que ningún fruto verde llegara a seco si él lo consideraba *non sancto*. Por el contrario, lo talaría de un buen hachazo y, una vez en el suelo, dejaría que se pudriese hasta que los gusanos se dieran con él un suculento banquete. El mensaje del Inquisidor no era difícil de comprender. Rodríguez Fermosino tenía predilección por las parábolas cuando quería ser explícito. Le parecía que los símiles permitían expresarse con mayor claridad. No en vano había nacido en Galicia y había ampliado sus habilidades entre la curia romana.

El Virrey, alarmado ante los acontecimientos, decidió ir a Madrid para pedir ayuda a la Reina Madre, la única que en aquellas circunstancias calamitosas le podía valer. Don Antonio Nepomuceno disuadió al marqués de la Partida, presidente del Gran i General Consell, que se había ofrecido a acompañarle. *Dos podemos hacer más presión que uno*, insistía Nicolau Motis, pero el Virrey le convenció de que se quedara, argumentando que si se iban las dos autoridades más importantes del Reino podrían surgir más alborotos. Además, la curia lo tomaría como una deserción o, peor todavía, como una victoria. Sin embargo, para el Virrey esa cuestión pesaba menos que el hecho de que el presidente del Gran i General Consell al llegar a Madrid se enteraría de inmediato de que el viaje de la Reina era una mentira inventada por él: Motis no le perdonaría el engaño; le daba un ataque de apoplejía cada vez que se acordaba del dinero que iba a costarle la visita de la soberana, que, al fin y al cabo, muy pocas cosas resolvería, por mucho que el Virrey esperara lo contrario. Hacerla venir a cualquier precio, costara lo que costara, era primordial intención de Boradilla, que consideraba eso mucho más importante que las peticiones del memorial.

Con las mismas tocas de monja —color ala de mosca— que se había puesto media hora después de la muerte de Felipe IV, que no abandonaría ya de por vida, desmejorada y envejecida prematuramente, su católica majestad la Reina Madre recibió, una tarde de finales de mayo, en la sala de audiencias privada de palacio, al señor Virrey de Mallorca. Boradilla, que puesto a ser gentil hubiera podido desafiar al cortesano más galante de Francia, se inclinó de un modo tan solemne que casi se dio de narices con el suelo; los huesos de la rodilla derecha le crujieron y se le agarrotó el pescuezo. Desde que vivía en Mallorca, como no tenía necesidad de hacer aquellas reverencias tan cumplidas, había perdido el hábito. *Sólo me faltaría haberme roto algo*, se dijo, intentando conjurar el dolor, mientras seguía con la cabeza gacha, esperando que la Reina le invitara a alzarse. *Parece como si con los años le hubiera crecido la nariz. ¡Menuda nariz apagacirios! Será de tanto hacer novenas y recorrer conventos. En Mallorca la tomarían por una de La Calle...*

Acompañaba a la Reina un cura, en lugar de su camarera mayor. Este detalle no le gustó en absoluto al marqués, pero decidió no tenerlo en cuenta. Y, aunque había encontrado a la soberana más fea que nunca, se permitió halagarla, respetuosamente, antes de comenzar a pedir nada, ponderando de manera indirecta e hiperbólica su incomparable belleza, que él aseguraba llevar dibujada en el rincón más puro de su alma, como si de una reliquia sacrosanta se tratara. *Esto va por buen camino*, se dijo ante la sonrisa de doña Mariana. Y aunque notó que no llevaba el anillo que él le había regalado, con una piedra salutífera para aliviar el dolor de cabeza, no se lo tomó a mal. *Debe de encontrarse mejor y ya no lo necesita*. Optó, sin embargo, por preguntarle por su salud antes de exponerle el motivo de la visita. Su Católica Majestad torció la boca con una mueca de resignada beatitud:

—Dios Nuestro Señor me favorece con achaques de mortificación. Tú me dirás, Boradilla —y volvió la cabeza hacia el cura que de pie, a su lado, parecía presidir la conversación.

Don Antonio Nepomuceno decidió morder el anzuelo que doña Mariana le había lanzado y repitió la lección ensayada muchas veces durante los días del viaje.

—Vengo, señora, a solicitar de Vuestra Majestad el favor de vuestra real visita —el tono era el más convincente y discreto que había podido conseguir—. Los súbditos mallorquines claman ansiosos por vuestra real presencia...

—¿No prefieren a Su Majestad, mi nuera?

—Señora, en puridad, la Reina sois vos. Su majestad la reina doña María Luisa de Orleans, que Dios guarde, no ha dado todavía un Infante al Rey nuestro señor...

*¿Y cómo ha de dárselo,* se preguntaba el marqués, *si debe de seguir siendo virgen, la pobrecilla?...* El camino era acertado. Mariana de Austria sonreía abiertamente desde su sitial de honor y no daba por finalizada la entrevista, ni siquiera le invitaba a rezar el rosario, como aseguraban que hacía con otras visitas. Sin embargo, a pesar de la buena acogida, Antonio Nepomuceno de Sotomayor y Ampuero, séptimo marqués de Boradilla del Monte, Grande de España, marqués consorte de Llubí, se fue sin que la Reina aceptara su petición. Por lo que se podía deducir, doña Mariana de Austria no tenía el más mínimo interés en acentuar, con un largo y enojoso viaje, sus mortificantes dolores de cabeza y le dijo que no. Pero lo hizo con tanta sutileza *—lo tomaré en consideración.... Más adelante... Lo consultaré con mi confesor—* que el Virrey consideró que aquel *no* podía interpretarse como un *sí*, cosa que le permitía salir del atolladero de su mentira. Aunque finalmente el viaje no se llevara a cabo, ya nadie podría acusarle de que se lo había sacado de la manga. *La Reina vendrá*, diría al volver a Mallorca, *lo que no sabemos es cuándo: eso nos será comunicado por la Corte en el último momento. Depende de las muchas ocupaciones de la Soberana y, sobre todo, de su salud quebradiza, que la pesadez del calor y el traqueteo de las carrozas empeoran mucho.*

En cuanto a los otros asuntos, las causas abiertas a los judaizantes y sobre todo las exageradas confiscaciones de bienes, la Reina nada le podía aclarar porque desconocía aquellos pormenores. *A mí a fuer de ser sincera*, *todo cuanto hace y deshace la Iglesia me parece bien*. El clérigo agradeció con una inclinación de cabeza sus palabras y el Virrey se sintió desamparado. Mariana de Austria debió de notarlo porque, después de una pausa, dijo que, pese a todo, podía pedir audiencia al Rey, su hijo, a quien iba dirigido el memorial.

Su majestad don Carlos II recibió al marqués una semana más tarde. Era una buena señal. No obstante, y como ya sospechaba Boradilla, la audiencia resultó inútil. No acompañaba al Rey ninguno de sus consejeros influyentes, sino dos nobles de su servicio privado, a los que el Virrey jamás había tenido en cuenta porque los consideraba un par de inútiles, aunque ahora se arrepintiera de las descortesías con que les había tratado en otras ocasiones, pues sabiéndose menospreciados no le ayudarían a mover el ánimo del Rey en favor del memorial, que Su Majestad todavía desconocía. Aunque, bien mirado, daba lo mismo: de nada hubiera servido que llegara antes a sus manos, puesto que apenas sabía leer y con dificultades hercúleas era capaz de garabatear dos palabras. *¡Dios, y cómo iban a solucionarse los negocios de la república!* Boradilla acabó por sentir compasión por aquel pobre muchacho escuálido de tez color de sapo y labio leporino, por cuyas comisuras las babas parecían dispuestas a resbalar en cualquier momento. No, con el tiempo no había mejorado. En su cara, alargada y caballuna, persistía todavía aquel embobamiento que tanto había preocupado a la Corte cuando era niño, por si era congénito. Nada entendía Su Majestad Católica de asuntos de Estado, ni tampoco de los otros, puesto que preguntó a Sotomayor si hacía mucho que había llegado de las Indias, si las tierras de donde era Virrey pertenecían a Nueva España y si los indígenas isleños se sentían orgullosos de ser españoles...

El marqués salió muy desmoralizado de aquella entrevista. Don Carlos le pareció peor que un pobre enfermo que hubiera llegado a sobrevivir a fuerza de cuidados. Su caso podía considerarse mucho más grave todavía: era completamente necio, lerdo de la cabeza a los pies. Estaba claro que no sólo tenía constipadas sus partes pudendas, como se decía en la Corte, y por eso no engendraba príncipes que continuasen la dinastía, sino también, y en mayor grado, las cerebrales.

*Déu meu*, exclamó Boradilla en cuanto abandonó la sala inmensa y oscura, forrada hasta el techo de tapices enormes. *Déu meu! Així és fàcil entendre per què els clergues ens menjen de viu en viu!...*, volvió a exclamar en voz alta, sin importarle demasiado que el gentilhombre de cámara pudiera tomarle por descortés o por loco; el Virrey utilizaba el mallorquín, que nadie entendía en la Corte, cuando la ira le hacía estallar y, para no emprenderla a patadas contra el primero que se le pusiera por delante, se desahogaba hablando solo.

A pesar de que le aconsejaron pedir audiencia con el primer ministro, el marqués sólo pudo intentarlo. El secretario le hizo saber que Su Excelencia estaba tan ocupado que sólo podría recibirle dentro de dos o tres meses. El Virrey, enfermo de asco y con la cola entre las piernas, pero haciendo de tripas corazón para que nadie notara su fracaso, volvió a Mallorca un lunes de finales del mes de junio.

De la Corte, que tanto le gustaba antes, se llevaba un roñoso recuerdo. Madrid, que durante tanto tiempo había sido su ciudad predilecta, añorada dulcemente, le había parecido más pobre y lóbrega que Ciutat, que por lo menos contaba con una catedral notable, cosa que la capital no tenía, y con una lonja que atraía todas las miradas. En las calles de Palma, aunque en los últimos tiempos había aumentado la mendicidad, no había visto nunca aquellas cuadrillas de tullidos, ciegos, mendigos de profesión que acometían a las carrozas, pidiendo caridad de malos modos, amenazando con abrir las portezuelas si no se les daba lo que exigían. En cuanto a los gobernantes, que él representaba... A la Corte sólo le arrancó una alegría: la comprobación de que sus dos hijos bastardos continuaban aumentando su prestigio y su fortuna con dos matrimonios muy ventajosos que se celebrarían pronto. Sin embargo, en público, ponderó como siempre la belleza de la capital y elogió a los monarcas asperjando sobre sus personas con el hisopo de sus mentiras: don Carlos había recuperado la salud y gobernaba sano y con recto y ponderado juicio; pronto la reina María Luisa le daría un heredero; de la audiencia con su majestad el Rey se podía deducir que el monarca estaba de parte del Gran i General Consell.

—Me parece incomprensible que no te hayan dado ningún documento o célula que lo avale —le replicó el marqués de la Partida, que sospechaba los embrollos del Virrey.

—Nos la proporcionará pronto —aseguró el Virrey con todo el convencimiento de que fue capaz, intentando que el presidente del Gran i General Consell dejara de marearle con averiguaciones. Sólo ante su sobrino admitió el fracaso del viaje y se explayó contándole la verdad de sus impresiones de la Corte.

—Nos hacemos viejos, tío, y los años nos llenan los ojos de ceniza. Lo vemos todo más negro de lo que es. Pero aún así... ¡Ojalá todos pudieran llorar con nuestros ojos!... Reparad en los desgraciados de La Calle... A eso llamo yo pasarlo mal... Me caso, tío —dijo de pronto Sebastià Palou, iniciando otra conversación.

—Ya era hora; me alegro, sí, sí, mucho. Ahora comprendo por qué dices que te sientes viejo: vas entrando en razón. Luisa debe de estar muy contenta.

—No me caso con Luisa, tío. Los Olandis están arruinados. A ellos más que a nadie les han pillado las confiscaciones. Lo de la tía no es nada a su lado... Además, Luisa nunca me ha gustado demasiado, ya lo sabéis.

—Pero le hiciste concebir esperanzas y eso no está bien —dijo el Virrey, como si de pronto le hubiera asaltado un ataque de moralidad.

—Tenéis razón y lo siento. El hecho de que todo el mundo haya considerado que había de ser mi esposa, menguará sus posibilidades de encontrar otro marido.

—Sí, pero no sólo por eso... Pesa más que no es rica y que es fea. Quiero decir que no es agraciada... Por cierto, todavía no me has dicho con quién te casas. Supongo que has escogido bien.

—Con Bárbara Bellpuig. Seremos, además de tío y sobrino, cuñados...

El Virrey se quedó perplejo. Nunca hubiera podido imaginarse que la hermana pequeña de su mujer pudiera interesar lo más mínimo a su sobrino, ni siquiera para casarse por dinero. Bárbara se había quedado viuda, hacía un año, de uno de los hombres más ricos de Mallorca. La suya era una fortuna sólida, amasada en los negocios de mar, como tantas otras, pero ya hacía tiempo que no dependía del corso, ni se amparaba en la disponibilidad de la gente de La Calle. Bárbara era mucho más fea que Luisa Olandis y que su hermana la Virreina, y tan devota que el marqués se percataba de que había ido de visita a su casa sólo por el tufo de cera y agua bendita que exhalaban sus ropas impregnándolo todo. Además, Bárbara era mayor. Le debía de llevar alrededor de diez años a Sebastià. Al Virrey le costó mucho asimilar la sorpresa. Tanto es así que su sobrino tuvo que preguntarle abiertamente qué le parecía y si daba su consentimiento. Aunque fuera hijo de una de sus primas, consideraba al marqués como jefe de su familia, además del más ilustre de sus parientes.

—Me parece bien, si ése es tu deseo. La fortuna de mi cuñada es cuantiosa. Pero ¿no te parece demasiado vieja para ti?

—A mí siempre me han gustado las mujeres hechas y derechas. Hasta la viuda de Sampol era mayor que yo.

—La viuda de Sampol era una belleza y apenas te llevaba un par de años...

—Pues será que nunca me han gustado las niñas, tío —dijo Sebastià Palou, por decir algo, y enseguida se dio cuenta de que, sin querer, había tirado con bala contra el Virrey.

—Sobrino, tu afirmación es de mal gusto. Bastante caros me han costado aquellos momentos de debilidad. Las moras fueron llevadas a Argel y luego manumitidas. ¿Qué más quieres? O eso es lo que me juró el patrón Centcames, a quien mandé que se ocupara de todo.

—Disculpadme, no lo decía por eso, tío. Os lo aseguro. Vos mismo me habéis dicho que a oscuras todas las mujeres son iguales: jóvenes o viejas, feas o agraciadas, sirven lo mismo. Bárbara es amable...

—Sí, y está forrada de onzas.

—A eso voy. A vos no os puedo engañar, tío. Ahora necesito dinero como sea. Sé de buena fuente que quieren buscarme las cosquillas en la Casa Negra. Y que, según el Juez de Bienes, ese piojoso gran traidor, como casi no tengo hacienda que confiscar, el Tribunal vería con buenos ojos una donación, una limosna generosa... ¿Qué os parece?... Llabrés se lo confió al cronista Angelat y Bartomeu, naturalmente, me llamó para decírmelo. Una limosna repleta de onzas haría que olvidaran *la fruta podrida del árbol coronado*. En cuanto a vos, tío...

—Conmigo no se atreverán a meterse. Una cosa es moverme guerra y la otra ponerme precio. Además, los de la curia piensan que en la Corte tengo algún peso, que me quieren...

—Me parece que ya no lo creen, tío.

El Virrey, que estaba sentado en el sillón frailuno que solía utilizar, se levantó de repente y se plantó ante su sobrino, que se paseaba por la habitación. Mirándole a los ojos, como si le buscara el alma, le pidió que le dijera cuanto sabía.

—Tú me escondes algo. Dime qué es.

—Intentaba evitaros un disgusto, tío, pero voy a contároslo todo. Al fin y al cabo habréis de saberlo, y prefiero comunicároslo yo a que otro se adelante... Vos siempre me habéis tratado como a un hijo...

—Déjate de circunloquios, Sebastià, y dime de una vez qué es lo que pasa.

—Tres días después de que salierais para la Corte, se marchó el Vicario General y volvió una semana antes de vuestro regreso con una noticia que se difundió por toda la ciudad: el inminente nombramiento de un nuevo Virrey.

Antonio Nepomuceno de Sotomayor y Ampuero creyó que se desmayaba. Se sentó pausadamente y, sin decir nada, se apretó la cabeza entre las manos. Hacía casi ocho años que ocupaba el cargo de Virrey, sabía que no era un cargo vitalicio, que existía la costumbre de relevar a los virreyes cada cierto tiempo, para que no llegaran a enseñorearse de los lugares en los que representaban a Su Majestad Católica, pero por nada del mundo esperaba que le tuviera que tocar tan pronto. Y además, en aquellas circunstancias..., sin que en la Corte nadie le hubiera avisado o insinuado siquiera. Se sentía doblemente traicionado. Que el Rey nada le dijera, pase... ¿Acaso sabía quiénes gobernaban en los virreinatos, si incluso confundía Mallorca con Nueva España?... Pero ella sí, ella, su antigua protectora, debía habérselo advertido...

—Eso es una puñetera mentira que han hecho correr estos cabrones de la gran puta, estos clérigos de la puñeta, para hundirme. Hijos de Satanás —añadió unos momentos después, mientras golpeaba con el puño en la mesa—. Si fuera verdad, yo lo hubiera sabido antes que nadie. No es posible que sea cierto. En palacio me recibieron... La Reina fue amable...

—A la Reina no le gustaron vuestras quejas contra el Santo Oficio, y mucho menos al sacerdote que la acompañaba. ¿No os dijo que a ella todo lo que hacía y deshacía la Iglesia le parecía bien?

—Sí, te lo conté.

—Pero no con estas palabras, tío. Con estas palabras exactas lo dijo ella. Y el reverendo Ignacio García Zagüelles, que asistía a la audiencia, se las transmitió a su amigo el Vicario General, y consiguió, finalmente, que la Reina influyera ante el primer ministro para que nombrara un nuevo Virrey.

—No puedo creerlo, no me cabe en la cabeza. ¡Maldita beata! ¡Ojalá reventara ahora mismo!

—¡Tío, es la Reina!... A mí también me cuesta creerlo, pero me temo lo peor... Perdonadme, ha sido muy penoso para mí tener que ser yo quien os lo comunicara. Pero más vale estar prevenidos...

—¿Lo sabe mi mujer?

—No lo sé. No me he atrevido a preguntárselo y nada me ha dicho. En vuestra ausencia, el padre Amengual casi no ha venido por aquí, y desde que le encargaron convertir a Valls ha estado muy ocupado. Además, estoy seguro de que le llegó el cuento de que nos reíamos de la *Vida de sor Noreta*. Ahora ya tiene muy avanzada, según me ha asegurado Angelat, otra obra que habrá de inmortalizarle... Por cierto, el cronista se ha puesto furioso cuando ha sabido que la Reina nunca había pensado venir... También esa noticia la ha difundido la curia... Angelat había trabajado como un forzado en la *Memoria*.

La Virreina, al regreso de su marido, no estaba en Ciutat. Hacía días que con sus criadas y el hijo de Chiapini, Juanito, se había trasladado a Son Gualba para pasar el verano. Al niño, por quien había prometido velar, le convenían los aires de montaña. Además, en Ciutat se abrasaban. ¿Y por qué ella tenía que pasar calor si podía evitarlo? Cuando el marqués le mandó a Tomeu, el cochero, y la carroza para que volviera a Palma, doña Onofrina optó por no moverse de allí y, pretextando una de sus fuertísimas jaquecas, hizo que el coche regresara de vacío con el encargo de que fuera el Virrey quien se molestara en llegarse hasta Son Gualba. A ella le era imposible viajar en aquellas condiciones. El marqués, a quien la sola mención de los dolores de cabeza femeninos le sacaba de sus casillas, cogió una rabieta descomunal. Su mujer era, además de necia, una egoista del tamaño de un campanario. Nunca había conseguido que se molestara por él lo más mínimo ni siquiera ahora que se sentía más solo que nunca. Sin embargo, bajó la cabeza y, pensando en la fortuna de Onofrina, que él administraba a su antojo, se metió en la carroza y se dejó conducir hasta Son Gualba para notificar a la marquesa que debía ir haciéndose a la idea de dejar de ser la Virreina de Mallorca.

Onofrina Bellpuig se mofó de él y, encima, le echó la culpa de su destitución, de la que ya tenía noticia. Le dijo que se la había ganado a pulso a causa de sus pésimas relaciones con la Iglesia, que no había sabido cuidar, y aún aprovechó para afearle más su conducta.

—¿Te crees que le gustan mucho al padre Amengual tus tomaduras de pelo y tus risitas burlonas? ¿Crees que no le llegaba todo cuanto tú y tu sobrino Sebastià decíais injustamente sobre el libro de la tía? ¿Y el obispo? Una cosa es hacerle esperar un poco y otra muy distinta tenerle una hora en vilo, por muchas juntas urgentes que pudieras celebrar, tal como ocurrió el día del tedéum de acción de gracias por el apresamiento de los fugitivos.

—¡Lo que me faltaba! Y tú me lo echas en cara, que ni te molestaste en aparecer —dijo el Virrey para protestar de aquel cargamento de reproches que se le había venido encima.

—Yo estaba en la cama con uno de mis ataques de jaqueca, que no es lo mismo. Si no quieres polvo, no te acerques a la era... —continuó la marquesa con locuacidad desacostumbrada.

No es que ella no le hubiera advertido que debía ser más mirado con la curia. Ella lo había sido con el obispo, aunque no le gustara. Pero su marido era tozudo como una mula aragonesa. Por su mala cabeza, se veía obligaba a cambiar de casa en pleno mes de junio, casi julio, con el calor que hacía. Y eso le preocupaba. No quería que nadie encontrara el cofre que guardaba, escondido en el retrete, donde había encerrado sus tesoros privados: las cartas de Gaetano, un trozo del hábito de sor Noreta, un mechón de cabellos de Juanito y la primera copia del libro del padre Amengual.

—Aún no te ha llegado la confirmación oficial, Antonio —le dijo, dando por acabada la conversación—. Podemos esperar. Aquí el niño ha recobrado el apetito. Y ¿qué quieres que te diga?... A mí no me importa no ser la Virreina. Me da lo mismo. Para lo que me servía... Ni siquiera me dejaste dar el baile de Carnaval...

## VI

Durante el mes y medio que el Virrey pasó en la Corte la situación empeoró en las prisiones del Santo Oficio. Muchos de los habitantes de La Calle que habían sido llamados sólo como testigos, para declarar en contra de los detenidos, se implicaron a sí mismos. De nada les valió su disposición a cooperar, que el Tribunal había asegurado que tendría muy en cuenta, puesto que casi todos sucumbieron ante las preguntas capciosas del fiscal. Bastó que en algún momento aceptasen haberse cambiado de camisa los sábados o rechazado el pescado sin escamas para ser considerados herejes judaizantes. El aumento de las detenciones había obligado a encerrar a muchos presos en una misma celda, con excepción de Gabriel Valls, que siempre permaneció solo. La convivencia, en lugar de servir para infundirles coraje mutuamente o para prepararles para afrontar mejor los interrogatorios, pactando de antemano lo que habían declarado y lo que no estaban dispuestos a declarar, provocó enfrentamientos fuertes, con insultos y peleas, que obligaron a los carceleros a esposar a los que habían llegado a las manos.

Sin embargo, entre las mujeres, tal vez porque desde el principio las encerraron juntas, la relación fue mucho más pacífica. Ni siquiera La Coixa, que en un primer momento había azuzado su lengua contra María Pomar, prometiéndole leña, llegó a mayores. Beatriu Mas, acostumbrada a convivir con otras mujeres, se acomodó con facilidad a compartir aquel escaso espacio y pronto se las ingenió para que el carcelero le prestara un peine y un trozo de espejo como el que le habían confiscado. También consiguió un estropajo, lejía de cenizas y un cubo de agua para poder limpiar.

El olor a lejía, que sustituía todas las semanas, aunque no fuera más que durante un rato, a la nauseabunda putridez de los excrementos, producía en La Coixa la sensación de que no había dejado el burdel. Su nariz asociaba aquel olor a lo que solía denominar sangre blanca de los machos, que tan acostumbrada estaba a ver gotear. Entre carcajadas comunicó el hallazgo a sus compañeras, que no compartían el entusiasmo de su olfato evocador:

—Ah, conque sois vírgenes, judiítas. Vosotras os lo perdéis... —comentó burlona—. De verdad, os lo juro, el olor a macho se parece a este perfume...

Ni María Pomar ni Sara Bonnín sabían qué decirle. Ninguna de las dos conocía varón. María acababa de cumplir quince años, tres días antes de haber sido encarcelada, y Sara, que ya pasaba de los treinta, era soltera. Estuvo a punto de casarse una vez con un colchonero, como su padre, pero de eso hacía tanto tiempo que ni siquiera recordaba la cara que tenía su pretendiente, a quien había visto media docena de veces rondar bajo su ventana. El futuro marido exigía una dote que el viejo Bonnín no se avino a pagar. En el fondo, prefería que su hija permaneciera soltera que tener que vivir con un intruso que le era además desconocido. Procedía de Sa Pobla, de casta inferior a la suya, pues por llamarse Miró no descendía de la tribu de Leví, como les ocurría a ellos. Tampoco tenía ganas de trasladarse a casa de su hijo, a cuya mujer consideraba una malcriada además de muy corta de entendederas. A Sara no le importó demasiado que su padre rompiera el pacto, porque, en el fondo, prefería no casarse. Los hombres más bien la atemorizaban. Suponía que los ajenos a su familia serían parecidos a su padre o su hermano, que tenían un genio insufrible y a todas horas la amenazaban con el puño, cuando no la inflaban a pescozones sin que ella presintiera el motivo. De noche, mientras velaba esperando las apariciones, les oía roncar. Tenía que esforzarse para rechazar el convencimiento de que una bruja les había convertido en gorrinos. Su ama, que muchos veranos se la llevaba a Sant Llorenç des Cardessar, de donde era oriunda, le contaba la mala vida que le había dado su marido, que siempre solía andar borracho. Incluso llegó a insinuarle que su pobre madre había sido mucho más feliz de soltera que de casada, ya que en cuanto salió de casa de sus padres para las bodas rompió a llorar amargamente y a partir de aquel momento nadie pudo consolarla jamás.

—Yo creo que en lugar de morir de fiebres de parto, al nacer tú, la pobrecilla se murió de pena. Y no es que tu padre la maltratara, eso no, pero era más celoso que un moro, y no la dejaba salir ni podía consentir que las amigas de tu madre, con quienes de soltera se pasaba las horas al fresco, o junto al fuego, fueran a visitarla. Pero Dios Nuestro Señor le castigó. Tú, Sarita, gorrión, no te pareces nada a tu padre. Tú te pareces a Margalida Bibiloni, que era la mejor amiga de tu madre, que en gloria esté.

—Y ¿qué se hizo de Margalida Bibiloni?

—Monja —le contestó la nodriza—, monja del convento de Santa Magdalena. Ella sí que acertó, escogió esposo que nunca abandona.

La Coixa escuchó sin burlas ni risas todo cuanto una noche de insomnio, mientras María dormía, dejó caer Sara dels Olors, a pedazos, como retales inútiles.

—Pues a mí, Sara, los hombres me gustan. No todos, naturalmente. Yo no conocí a mi padre ni a ningún hermano y no me fastidiaron, como a ti. De mi padre no sé nada ni si era bueno o malo, noble o menestral, cura o fraile. Mi madre nunca quiso decírmelo. La pobre no debía de saberlo. Pero un hombre cabal te alegra la vida, puedo asegurártelo. Un hombre hecho y derecho como Rafael Onofre, el de María...

—Entonces es verdad todo lo que sucedió y nos has negado, gran puñetera... —le embistió Sara rabiosa—. Y yo que te había llegado a creer. ¡Bruja, más que bruja! ¡Mala pécora! ¡Ojalá te mueras!

Sara, llena de insultos, se levantó de la cama de repente y la emprendió a golpes contra La Coixa, pero María que se había despertado con la escandalera la detuvo:

—Gracias, Sara, pero no quiero que te pelees por mi culpa. Acuéstate tranquila, mujer. Soy yo quien debe darle a ésta su merecido. Ahora nos lo contarás todo, Coixa, ahora te toca hablar a ti.

—Está bien. Pero una cosa quiero que quede clara. Yo no le delaté. Si no aceptáis este juramento —dijo cruzando el dedo gordo con el índice y besándolo con estrépito—, no diré nada.

—Créela —rogó Sara—, te lo pido yo, gorrión, que lo sé. Dice la verdad.

La Coixa se puso a devanar la madeja de su encuentro con Rafael Onofre sin apenas variaciones. Omitió detalles que pudieran ser ofensivos para María y acentuó aquéllos que excusaban a Rafael Onofre, como su arrepentimiento después de cohabitar y su tristeza por haberle sido infiel.

—Hubiera podido aguantarse... —se lamentó María a punto de llorar—: Si me quería, tenía que resultarle fácil.

—No creas. Los hombres, hija mía, tienen un pingajo de carne temblona que les cuelga debajo de la barriga y que apenas les pertenece. Te lo digo yo, que lo he tocado con mis propias manos —y se rió a carcajadas.

—Virgen Santísima, Coixa, un pingajo de carne que les cuelga... ¿Quieres decir una cola?

—Anda, Sara, no me vengas con ésas... ¿Será verdad que eres lela? Y tú, María, no llores, que no necesitamos plañideras aquí... Por si lo quieres saber, cuando le pregunté por qué estaba triste, me habló de ti. Me dijo que tú sentirías mucho todo lo que estaba pasando, que no le perdonarías y que eso no podría soportarlo, que te quería y que sólo contigo y por ti tocaría con un dedo el cielo cuando pasa la luna...

—¿Lo dices de verdad, Beatriu? ¿Crees que debo perdonarle?

—Claro que sí, mujer. ¡Ojalá todos los hombres fueran como Rafael Onofre y no como la inmensa mayoría de malparidos que corren por este mundo! ¡Si yo os contara! Si este cuerpecillo os dijera todo lo que le ha ocurrido, no os lo podríais llegar a creer. Algunos he encontrado que no se sacian hasta que no te dejan medio muerta, a fuerza de golpes y puñetazos. Otros, que sólo lo hacen con dos mendas a la vez y a una le...

La Coixa calla porque se da cuenta de que no la escuchan. María llora entre gemidos, tapándose la cara con las manos, mientras Sara le acaricia el cabello.

—Coixa —dice Sara—, ¿por qué no me prestas tu peine? ¿No ves qué enredos tiene la niña?...

La Coixa se levanta. Debajo del colchón guarda sus únicos tesoros. El espejo y el peine. María va calmándose mientras Sara la peina.

La Coixa fue mandada a buscar de madrugada, tres días después. Sara se puso a rezar en cuanto se marchó y continuaba rezando dos horas después, cuando la devolvieron a la celda. Rezaba a la Santísima Virgen de los Dolores para que no le dieran tormento. No se lo dieron. Contrariamente a lo que suponían las tres mujeres cuando se la llevaron, Beatriu no fue interrogada. Fue solicitada para ejercer su oficio en una cámara secreta del piso de arriba por alguien que, por su buen aspecto y lo bien vestido que iba, no debía de ser ningún encausado. La manceba cumplió con lo que se le pedía, ejecutó con técnica precisa el trabajo encomendado, e incluso con mayor esmero que si estuviera en el burdel. Y no porque aquel hombre añoso, a quien jamás había visto, le resultara apetecible, sino porque, lista como era, sospechaba que podía sacar alguna buena rebanada de aquel pan. En principio era un favor, y de los gordos, que le debía el alcaide, ya que fue él quien la requirió, ofreciéndole a cambio cuanto estuviera a su alcance. Beatriu Mas no pidió nada en aquel momento, pero se hizo valer y añadió que se reservaba la paga para más adelante.

Desde aquel día, ni La Coixa ni sus compañeras volvieron a comer sólo pan de centeno, que, excepto los domingos, había sido el condumio más habitual. El alcaide había dado orden de distraer hacia aquella celda algunas exquisiteces tomadas de la cocina donde se preparaban las comidas para los inquisidores, que tenían buen paladar. Pero eso se lo hacía llegar de propina, por pura cortesía, porque Beatriu aún no le había pedido nada. Los arreos de limpieza, el peine y el espejo, obtenidos con anterioridad, eran minucias que no podían de ninguna manera compensar los favores de la manceba más cara de Ciutat.

La Coixa fue solicitada por lo menos siete u ocho veces más por el carcelero y conducida deprisa a la sala secreta. Fue entre la cuarta y la quinta vez cuando consideró que, si el alcaide podía arriesgarse a llevarla hasta el piso de arriba para hacerle cumplir con su oficio, también podía arriesgarse a acompañar a Rafael Onofre hasta la celda que ocupaba ella y así mismo se lo soltó una tarde en que ambos caminaban deprisa por el pasadizo que la conducía hacia aquel lugar apartado. Él le puso muchas pegas. No era lo mismo, le dijo, ayudar a alguien que manda, que a alguien que está preso y casi sentenciado, como Rafael Onofre. *¿Sentenciado? ¿Por qué?*, preguntó La Coixa, molesta. *¿No será por culpa mía? Y si lo es, con mayor motivo debo verle.*

Cuando dos días después el carcelero, por orden del alcaide, volvió a requerir a Beatriu Mas, ésta se negó a acompañarle. Agarrándose del brazo de Sara, reculó hasta la pared y desde allí le dijo que primero debía traerle a Rafael Onofre y un buen candil. Estaba harta de oscuridad y quería ver bien al muchacho.

María Pomar esperó a que el carcelero saliera para emprenderla contra La Coixa, pero la manceba la hizo callar enseguida:

—Tonta, ¿si lo quisiera para mí crees que pediría que lo trajeran a esta celda? Lo he hecho por ti. Cuando venga, ni Sara ni yo miraremos.

—Yo sí —dijo Sara—, yo estaré atenta por si María me necesita.

—¡Qué te va a necesitar! ¡No seas lerda!

María Pomar no sabía lo que le pasaba. A ratos sentía sobre sí tanta alegría que, abrazada a Beatriu y a Sara, estaba en un tris de cantar y dar saltos. Otras, a punto de llorar, porque la emoción de volver a ver a Rafael Onofre le empañaba los ojos. Le parecía mentira que aquello que más deseaba pudiera sucederle por fin. ¡Oh, cómo lo estrecharía entre sus brazos! A su lado olvidaría el disgusto que le había dado, le perdonaría... La Coixa recomendó a María que no riñera a Rafael Onofre, que no le echase en cara lo que había pasado en el burdel. Insistió en que no le negara nada cuando estuvieran juntos. Y, con todo el tacto del que fue capaz, le advirtió que aquel abrazo que tanto deseaba y que, de todos modos, estaba dispuesta a darle sin esperar a Livorno, sin esperar a salir de la cárcel, el abrazo que les convertiría ante Dios en marido y mujer, le podía hacer un poco de daño.

—¿Daño? ¡Eso sí que no! —volvió a interrumpir Sara alarmada—. Eso de ninguna manera, Virgen Santísima, no lo consentiré.

Luego La Coixa ofreció a María su espejo para que recompusiera su imagen cuanto fuera posible y le dijo que se aseara, que ahorrara un poco de agua de la ración diaria para lavarse.

—Yo te haré una trenza bien recta —se ofreció Sara dels Olors enseguida—. Déjame el peine, Coixa, empezaré a desenredarle el pelo.

El carcelero tardó sólo doce horas en aparecer acompañado de cuanto le había pedido la manceba: Rafael Onofre y un candil. María pensó que iba a desmayarse cuando le vio. Estaba más delgado y mucho más pálido. Los ojos, no obstante, le brillaban intensamente. El muchacho miró a La Coixa unos segundos, antes de abrazar a María.

—Ella no te traicionó —le dijo la niña en un susurro.

Sara, envidiosa, contemplaba a la pareja sin ningún pudor.

—Anda, ven. Tú y yo nos pondremos en aquel rincón —dijo La Coixa empujándola—. Y rezaremos. Dejemos que estos dos se confiesen a gusto.

En el extremo opuesto a aquél en donde los enamorados se besaban, justo debajo de la ventana enrejada, Sara, de rodillas, le pedía a la Virgen el milagro de una aparición. Desde que estaba en la cárcel, la Purísima no le había otorgado ese beneficio. *Os necesito más que nunca. Entrad por los barrotes, Virgen Santísima, y no tendréis que atravesar ningún muro, que son muy gruesas. Sólo con que paséis por delante de la ventana yo podré veros enseguida y sabré que no me habéis abandonado...* Sara rezaba a media voz porque prefería oír sus propias plegarias que los jadeos de los enamorados intentando olvidar así que eran los brazos fuertes de Rafael Onofre, y no los suyos débiles, los que estrechaban el cuerpo delicadísimo, como de tórtola, de aquella criatura que ella también consideraba suya.

Beatriu, cara a la pared lo mismo que Sara, hacía esfuerzos por no prestar atención a lo que estaba sucediendo detrás de ella gracias a sus buenos oficios. Muchas veces en el burdel había compartido el mismo espacio con otras pupilas dedicadas a los trabajos del amor, sin excitarse nada. Ahora, en cambio, sentía un estremecimiento de pies a cabeza, como si un escalofrío de deseo le recorriera el cuerpo. *No es tuyo, Coixa*, se dijo. *Y puesto que has sido liberal como una princesa, no lo estropees. No te acerques. No le toques. María nunca te lo perdonaría, ni él, si quieres que se acuerde de ti hasta la muerte. ¿No te parece bastante lo que has conseguido? ¿No has dicho toda la vida que después de tu oficio el de alcahueta es el mejor del mundo y que cuando te retires no querrás tomar otro?...*

—Coixa —la interrumpió Sara—, Coixa, ya llega, ya viene... —y mientras decía eso se levantó, pero para caer enseguida de rodillas—. Jazmines —decía—, huele a jazmines y a perfume de toronjina...

Notó cómo su cabeza empezaba a girar vertiginosamente. Las rejas de la ventana desaparecían y ésta se agrandaba hacia las profundidades del cielo. Ante sus ojos, como para saludar al Santísimo, se elevaban unas nubes de incienso que se diluían mezclándose con otras de celeste resplandor. El éxtasis estaba a punto de producirse. Sentía un ahogo en el pecho, los músculos en tensión, la boca entreabierta. Respiraba profundamente dando grandes bocanadas, mientras empezaba a convulsionarse y a jadear para estallar por fin en un espasmo de gloria: la Virgen estaba allí, frente a ella. No la había olvidado. Pero esta vez no iba cubierta con un manto azul, ni los ángeles la rodeaban. Tampoco le sangraba el corazón traspasado por siete saetas. La Virgen se le aparecía en forma de mariposa, una mariposa de alas irisadas y colores tornasolados que entró por la ventana y se posó un instante sobre la frente de Sara, y luego desapareció alejándose cielo arriba. Sara dio un grito y cayó al suelo inconsciente. Tenía los ojos en blanco y le salían espumarajos de la boca. Su cuerpo era un pura contorsión. La Coixa empezó a sacudirla para que volviera en sí.

Cuando el ataque cedió se encontró acostada en la cama, atendida por sus compañeras, aunque ella sólo tenía ojos para María, y abrazándola le dijo:

—Esta vez, niña mía, la Virgen me ha hecho la merced de disfrazarse de mariposa. Era la mariposa más galana que nunca hubieras podido llegar a soñar —y mientras se lo explicaba intentaba esconder el rostro, todavía demudado y húmedo de babas, en su regazo.

Beatriu, al ver que Sara había mejorado, se acostó. Durante mucho rato la acompañaron los llantos acompasados de las dos mujeres, que, a buen seguro, no lloraban por los mismos motivos, aunque tuvieran las mismas razones. Beatriu se durmió pensando que tenía mucha menos suerte que ambas. Ella nunca había querido a nadie, ni nunca nadie la había querido como parecía que Sara quería a María y María a Rafael Onofre.

## VII

En las primeras lechosas claridades del alba de un martes del mes de junio, Pere Onofre Aguiló salió de Livorno camino de Marsella. Desde allí había acordado embarcarse en un jabeque rumbo a Barcelona. Para el viaje, la viuda de Sampol le había ofrecido su yegua predilecta, *Na Llap*, nerviosa y rapidísima, que él aceptó montar hasta la primera posta, donde ya había encargado caballos de repuesto. Se marchó con el equipaje indispensable, rehusando que alguien le acompañara. Sobre su piel, protegidos por la ropa, llevaba los talegos con el dinero, en parte retornado por el capitán Willis y en parte tomado en préstamo a los judíos de la comunidad de Livorno, que sólo debía ser utilizado para socorrer a los presos.

Todos sus amigos le habían desaconsejado el viaje. No era precisamente él, tal y como se habían puesto las cosas, la persona más adecuada para ir a Mallorca con la misión de untar a los miembros del Tribunal para obtener a cambio, si no la libertad de los presos, por lo menos el perdón de sus vidas. Estaba seguro de que a estas alturas el Santo Oficio sabía que el flete había sido organizado desde puerto mediceo y qué personas eran las responsables. Pero Aguiló, que, desde que se había recibido la terrible noticia, decidió salir hacia Mallorca, no quería entrar en razones. Ni los llantos de su mujer, que le acusaba de suicida, ni los ruegos de Blanca María Pires, tratándole de loco, puesto que ponía en flagrante peligro su vida, consiguieron que modificara su decisión. El Consejo de la Ciudad, del que dos cuñados de Pere Onofre eran miembros, aducía que, ya que parte de los gastos del embarque había corrido a expensas de casi todos los miembros de la comunidad que ellos representaban, tenían también la obligación de velar para que los dineros llegasen sin peligro a su destino, y Aguiló era presa demasiado fácil. Los tres censores, nombrados cada dos años, cuya misión consistía en supervisar los gastos públicos, se opusieron a su vez: una parte de lo destinado a beneficencia —extraída, por tanto, de los impuestos pagados por los ciudadanos— había servido para sufragar el flete del *Eolo*, y ya que, por fin, se había conseguido, con penas y trabajos, recuperar casi la mitad, de ninguna manera querían arriesgarse de nuevo. Así que el mercader mallorquín no tuvo más remedio que avenirse a un trato: él sería el encargado de llevar el dinero hasta Barcelona, pero, desde allí, una persona de toda confianza, pariente de los Villarreal para más señas, una de las familias marranas más influyentes de Livorno, embarcaría hacia Ciutat de Mallorca para hacer cuanto estuviera en su mano en favor de los presos.

Sin embargo, el viaje de Pere Onofre, que sólo en parte conseguía apaciguar sus sentimientos de culpabilidad, ya que apenas tranquilizaba su conciencia atormentada por los remordimientos, fue un fracaso. Ni siquiera llegó a la primera posta. La yegua de la señora, acostumbrada a ser montada por otro jinete, nerviosa y posiblemente demasiado rápida para sus menguadas dotes de caballista, le jugó una mala pasada. En una revuelta del camino, atemorizada tal vez por una carroza que parecía venírsele encima, se desbocó. El mercader fue incapaz de dominarla. La yegua emprendió una enloquecida carrera a campo traviesa y Aguiló cayó con tan mala fortuna que *Na Llap* lo arrastró en su galopar. Lleno de magulladuras, con una pierna rota y dos costillas dislocadas, regresó a Livorno dos semanas después, cuando el médico que le curó creyó que estaba en condiciones de emprender el viaje. Fue a recogerle su propio coche. El Consejo no tuvo que lamentar más que la desgracia y el consiguiente retraso en llevar a cabo la misión, puesto que Aguiló devolvió todos los dineros sin faltar ni la más mínima pieza y los gastos derivados de su accidente se los costeó de su propio bolsillo.

Aquel infortunio sumió a Pere Onofre en un estado de irritado desasosiego, y dio en la manía de considerar que un infausto destino le amenazaba, pues el azar se encargaba de ponerle todo tipo de impedimentos para que nunca pudiese descargar el lastre de aquellas culpas que le impedían encontrar la paz. Si había insistido tanto en llevar personalmente el dinero, pese a la angustia que le provocaba emprender un viaje tan agotador, era porque pensaba que sólo sacrificándose obtendría el perdón de Adonay, perdón que habría de redundar en que los hermanos de Ciutat obtuvieran misericordia. El mercader mallorquín llegó a creer que las cenizas de Alonso López, enterradas secretamente en un campo de trigo, se revolvían contra él reclamando venganza, ya que no había sido capaz, en su día, de llevarlas hasta la comunidad de Burdeos. Entonces había incumplido su promesa, había mentido; ahora sus pecados repercutirían también en los parientes y amigos presos, sin que ninguno de sus esfuerzos por salvar los obstáculos que habían impedido su viaje pudiera en parte redimirlos. Le parecía que su voluntad de padecer el calor, que tanto detestaba, durante todo el tiempo que tardase en cruzar media Toscana y buena parte de Francia, no había sido en absoluto valorada por Adonay, que tampoco había querido aceptar el sacrificio que implicaba para él cabalgar jornadas enteras, desde el alba hasta la puesta de sol, para llegar lo más pronto posible, o tener que dormir al raso o en un granero si no encontraba un hostal donde acomodarse. Se sentía rechazado por Dios, y esa sensación —mucho más que el dolor que le producían las roturas y los golpes—, unida a los remordimientos de los que pensaba que jamás se podría librar, le mantuvo durante muchos días en un estado de absoluto abatimiento. Ni siquiera el hecho de saber que, por fin, un correo saldría en breve hacia Barcelona con el encargo de cumplir la misión que él no había podido llevar a cabo, consiguió animarle. Abandonó los negocios en manos de sus ayudantes, dejó que los socios decidieran sobre las próximas importaciones de trigo, aceite y sedas y su futura distribución, sin importarle nada qué capitanes ajustarían los fletes, asunto que él siempre había tratado en persona. Encerrado en su casa, pasaba en la cama las horas muertas. Inmóvil, con los ojos fijos en la pared de enfrente, parecía tan ausente como si su espíritu hubiera abandonado aquel cuepo maltratado. Los médicos ya no sabían con qué remedio podrían sanarle. Habían probado más de una docena, pero su estado no mejoraba en absoluto. Estaba claro que Pere Onofre sufría algún mal peor que los ataques de melancolía, que de vez en cuando también padecía la viuda de Sampol y que, precisamente, él había criticado a menudo, considerándolos achaques propios de mujeres.

La señora, por el contrario, desarrollaba una actividad frenética. Tal vez porque consideraba que, enfermo Pere Onofre, a ella le correspondía ponerse al frente para intentar ayudar a los hermanos de Mallorca, entre quienes se encontraban algunos de los amigos que más quería, como Gabriel Valls. Blanca María Pires sentía un gran afecto por el rabino de Mallorca. Gracias a él había perseverado en su religión en momentos de absoluta flaqueza, cuando, tras olvidar el culto secreto a Adonay, cumplía con los ritos católicos e incluso consideraba que perseverando en la religión nueva podría salvar su alma. Además, Valls, cuando ella, tras quedarse viuda, se sintió incapaz de ponerse al frente de los negocios de mar legados por su marido, se ocupó de todo, velando por ella y por su hijo como si fuera un pariente muy cercano, un hermano o un padre, y nunca quiso aceptar paga o compensación alguna. Gracias a Gabriel Valls, ella y el niño pudieron abandonar Mallorca antes de que el inquisidor Cabezón les abriera proceso, fundándose en las habladurías que había hecho correr Harts sobre la preparación de un embarque de fugitivos judaizantes. El Rabí puso entonces a su nombre las casas y haciendas de la viuda y pidió dinero en préstamo para pagárselas generosamente por adelantado. Luego, con más calma, las había ido vendiendo, pero, en lugar de quedarse el dinero que había ganado en la operación, se lo había remitido a Blanca, que ya había conseguido establecerse en Livorno y no lo necesitaba. Valls, que nunca había pedido nada a cambio y que jamás le había insinuado ninguna de las dificultades y preocupaciones que le había ocasionado encargarse de aquel patrimonio, se merecía que la viuda de Sampol fuera ahora sobremanera desinteresada y generosa.

Blanca María Pires convenció al rabí Jacob Mohasé de que se uniera a su causa y pidiese desde la sinagoga la ayuda de los fieles. La señora consideraba que la partida asignada por el Consejo era insuficiente, como insuficientes eran los dineros retornados finalmente por Willis, después de inacabables negociaciones.

Ella, por su lado, decidió desprenderse de las joyas. Hubiera podido dar dinero, porque los negocios le marchaban muy bien y con el beneficio de las exportaciones acababa de abrir unos telares —los primeros de Livorno— que ya recibían encargos, incluso de clientes de la Serenísima, pero decidió privarse de las joyas. De ese modo, porque eran irrecuperables, Blanca María Pires se sacrificaba por partida doble. Los dineros no le importaban, eran fáciles de obtener. Las joyas sí, por eso las ofrecía. Gabriel Valls le había dicho a menudo que Adonay agradecía mucho más lo que verdaderamente nos cuesta que aquello que nos resulta fácil o superfluo. Muchas de las gemas que poseía, como una esmeralda gigante, habían pertenecido a su madre, en cuyo recuerdo se fundían un montón de sentimientos contradictorios que iban desde el amor hasta un odio enconado que la aterrorizaba. Algunas de las piedras preciosas, una verdadera fortuna, habían sido compradas por Gracia Nassi, llamada Hannah y también Beatriz de Luna, conocida bajo el apelativo de La Señora, de quien su madre, en el lecho de muerte, le confió que descendía, entre otros secretos que la habían conmocionado mucho más, influyendo en su comportamiento para el resto de su vida. Tal vez por eso Blanca María Pires nunca quiso llegar a comprobar si aquella genealogía era cierta, pero durante aquellos días el recuerdo de la dama portuguesa le resultaba demasiado cercano para tratar de rechazarlo, como en tantas otras ocasiones había hecho. Cada vez estaba más convencida de que, si no la sangre, al menos un destino común las aproximaba. Ella, como doña Gracia Nassi, casó con un rico mercader que le doblaba la edad y enviudó muy joven. Se hizo cargo de los negocios del marido y los gobernó con pericia, duplicando las ganancias. Ella, como doña Gracia, emigró de Portugal y vivió en Amberes, Ferrara y Livorno. En sus peregrinajes nunca se olvidó de ayudar a los más necesitados. Ella, como doña Gracia, tuvo un montón de pretendientes. Cierto que el caballero Sebastià Palou no se podía comparar con el príncipe inglés que, decían, se quería casar con la viuda de Mendes, pero era sobrino de un Virrey y pertenecía a uno de los linajes más antiguos de Mallorca. También los rabinos se disputaban dirigir su alma. Y João Peres —cuyo verdadero nombre judío era Joseph—, que había soñado con ella mucho antes de conocerla, ¿no podía ser, en parte, considerado como una especie de Joseph Nasi o João Micas, el primo de La Señora y también su enamorado?

Pero había todavía más parecidos, y ésos sí tenían que ver directamente con la herencia. Su madre insistió mucho en la semejanza: *Eres su espejo,* le repitió en la agonía, *una especie de reencarnación. Tienes su piel translúcida y sus ojos. Su aura.* Pero eso poco le importaba, por mucho que le gustara saberse muy bella y notar hasta qué punto perturbaba a los hombres con su atractivo. Lo que más le inquietaba eran los ataques de melancolía que le habían contado que le daban a Gracia Nassi; también a ella le sucedía de vez en cuando caer en una especie de ciénaga cuyas aguas espesas y pútridas le impedían moverse. La angustia, a menudo, era tanta que deseaba la muerte. Consultó con médicos y rabinos. Los primeros le recetaron remedios que no dieron ningún resultado. Los segundos intentaron buscar culpas escondidas que Blanca María Pires no estaba dispuesta a confesar, las había ahogado precisamente bajo aquellas aguas por el mucho daño que habían llegado a causarle. Prometió a su madre en el lecho de muerte que las guardaría en secreto, decidida como estaba a que se fuera de esta vida en paz y no después de una agonía llena de terrores, y le otorgó el perdón que pedía, a pesar de que aquella revelación era el peor oprobio que hubiera podido transmitirle.

Durante mucho tiempo, el conocimiento del misterio de su origen le impidió recobrar la serenidad necesaria para enfrentarse con el futuro aceptando el pasado. Encerrada en sus habitaciones de la vieja casona de Lisboa, inmensa y vacía, aislada del mundo, hacía penitencia y ayunaba, en parte para salvar el alma de quien hasta hacía poco había considerado una madre adoptiva, y en parte para expiar el pecado de su concepción, tan abominable a los ojos de Adonay como a los de Dios Padre, punible por partida doble, desde ambas religiones. Le sobraban las horas del día para repasar entera su infancia de huérfana, acogida por la magnificencia de la señora doña Gracia Pires, que al cumplir quince años le regaló aquello que más había deseado sin osar pedir: sus apellidos. Desde aquel momento, la recién nacida que alguien depositó a las puertas de la casa de la señora un atardecer de diciembre, bien envuelta, eso sí, en ricas holandas, se convirtió en la prohijada de una de las mujeres más ricas de Lisboa. En las largas noches de vela, en las madrugadas de insomnio agotadoras, se detenía en la memoria de una época en la que regresó el hijo mayor de doña Gracia, después de una larga estancia en Amberes, y se instaló en Lisboa. Poco a poco fue entendiendo muchas cosas que antes le habían parecido incomprensibles, como el hecho de que su madre de adopción lo intentara todo para alejarla de su hijo, de quien ella se había enamorado creyendo que la Señora bendeciría sus bodas, ya que siempre le había asegurado que la quería como a una verdadera hija. Doña Gracia intentó primero quitarle de la cabeza aquella obsesión y después se opuso a que la relación continuara. Aseguraba que obraba pensando en ella, que lo hacía por su bien. Le tenía tanto afecto que no podía consentir que se casara con un hombre de quien no le quedaba más remedio que reconocer, a pesar de ser su hijo, que había llevado una vida disipada y había llenado de bastardos los hospicios de media Europa. Bastardos como João Joseph Peres, de quien ella se negaba a averiguar el origen para no encontrarse de nuevo con que la revelación de un misterio implicara una terrible prohibición. El muchacho la atraía. A su lado se sentía protegida, como si con su sola presencia João pudiera liberarla de todos los peligros. Pero, al contrario de lo que sucedió en su juventud, no estaba dispuesta a que ningún sentimiento peligroso o turbador le hiciese cambiar un punto su comportamiento o influyera en la firmeza de su decisión. Convirtió a Peres en su secretario, depositó en él toda su confianza, incluso para enviarlo a misiones tan complicadas como vengarla del desvergonzado Andreas Harts.

A João le llevaba diecisiete años, una diferencia de edad suficientemente considerable como para que dejara de suponer un obstáculo. Además, doña Gracia Nassi, que sólo sobrepasaba en cinco a su primo, nunca había aceptado corresponderle, a pesar de las muchas pruebas que aquél le dio de su amor. Pero si João Peres era, como creía, hijo de su hermano, era más que su sobrino. No quiso de ningún modo llegar a averiguarlo. Al muchacho le prohibió que delante de ella mencionara siquiera a su familia, con la que, por otro lado, mantenía escasas relaciones, por si un azar terrible les hubiera acercado atraidos por la fuerza de la sangre. Actuando así, no hacía más que cumplir con otro juramento que su madre también había exigido: no tener ningún trato con Joseph, desaparecer de su vida para siempre, sin confiarle el secreto que hubiera podido espolear su deseo con el aliciente de la transgresión.

Como Gracia Nassi, que era su modelo, tomó por mentoras a Deborah, Judith y Esther, y llena de coraje, fue de casa en casa, de palacio en palacio, a pedir limosna para ayudar a la causa de los judíos mallorquines. Recogió una cuantiosa suma. Nadie se sintió capaz de resistirse a las modulaciones mendigas de su voz evanescente. Con aquella decisión que muchos consideraron poco apropiada para alguien de su categoría, Blanca María Pires quería mostrarse humilde para, con su humildad, resultar más agradable a los ojos de Adonay. Después envió una carta a Sebastià Palou, por mediación de un correo que partía hacia Valencia, puesto que, desde allí, no sería difícil encontrar a alguien de confianza que hiciera llegar la carta hasta Ciutat. Conocer la situación de los presos era primordial para que la ayuda llegara a buen puerto. El caballero le contestó enseguida, aprovechando un jabeque que zarpaba hacia puerto mediceo. Los presos peligraban. Si las cosas no rolaban deprisa hacia una bonanza, que nada hacía presagiar, temía lo peor: la hoguera.

Gracias a una carta del caballero, la viuda de Sampol supo que la gestión del pariente de los Villarreal había fracasado, mucho antes de que éste se lo comunicara al Consejo. Villarreal ni siquiera había llegado a entrevistarse con Rodríguez Fermosino. Sólo había conseguido tratar con Jaume Mas, el alcaide de las prisiones del Santo Oficio, y con algunos carceleros, a quienes había sobornado espléndidamente para que le dejaran entrar y espiar de cerca la situación de los encausados. Pero se habían limitado a poner a su disposición a La Coixa, que apenas podía ofrecerle más que tratos carnales. Villarreal no pudo pedir audiencia al Virrey porque su llegada a Mallorca coincidió con la estancia en la Corte del marqués, pero sí entabló, en cambio, largas conversaciones con Sebastià Palou, que le quitó de la cabeza la posibilidad de usar la fuerza para liberar a los presos. Un asalto a las cárceles del Santo Oficio, confiado a una partida de antiguos *bandejats*, los únicos capaces de aceptar un trabajo tan peligroso, era imposible que saliese bien. Los perdularios y bandidos que pudieran ser comprados con el dinero de Livorno no serían gentes de fiar. Además, el odio a los judíos, enraizadísimo entre aquella chusma, propiciaba que, antes del asalto, se destapase un arrepentido que les traicionara. No, el camino debía ser otro, que nada tuviera que ver con gente armada y mucho con los pactos y las transacciones mercantiles.

Blanca María Pires dio a conocer la carta del caballero a su amigo Pere Onofre, que se limitó a echarse a llorar y, sin dejar de llorar, se hundió de nuevo en su mundo de tinieblas. Una vez más, la viuda de Sampol debía suplir la flaqueza de un hombre. Pidió audiencia a las autoridades para informarles del fracaso de las gestiones de Villarreal. Con insistencia apremió al Consejo para que tomara una determinación. Trató con los censores sobre cuál debía ser la nueva estrategia para ayudar a los mallorquines. Valoró las diversas opciones, examinó pros y contras, y, finalmente, al ver la lentitud con que todo caminaba, decidió no esperar ni un día más y actuar sola. Lamentó, como en otras ocasiones a lo largo de su vida ante situaciones difíciles, no haber nacido varón, aunque enseguida se arrepintió, porque se sentía orgullosa de su persona. Lo que verdaderamente le hubiera gustado habría sido poder cambiar de sexo momentáneamente, ya que, para resolver aquel negocio, le hubiera sido más fácil. Incluso se imaginaba disfrazada de caballero, como aquellas valientes vengadoras de su honor que protagonizaban muchos de los libros que había leído en su juventud, negociando con firmeza con el Inquisidor hasta conseguir liberar a sus amigos. Pero en Ciutat de Mallorca era demasiado conocida para intentar cualquier acercamiento aventurero. Corría tanto o más peligro que Pere Onofre, porque nada hubiera podido gustar más al Santo Oficio que apresar también a los que desde tierras libres prepararon el embarque. Ella, además, había huido de Mallorca a toda prisa y sin los necesarios salvoconductos, bajo la protección de la familia del Virrey, y eso no era ninguna garantía en aquellos momentos, más bien todo lo contrario. El Virrey, según le contaba Sebastià, había caído en desgracia a consecuencia de las intrigas de la curia y del Santo Tribunal. No, a ella no le convenía en absoluto ir a Mallorca. Incluso la esperanza de regresar algún día le parecía más remota que nunca. Necesitaba a alguien de confianza, alguien que no fuese sospechoso, alguien a quien de maitines a laudes no pudieran prender y que, a la vez, fuera capaz de arriesgarse por una causa noble, además de tener la perspicacia de conocer cuáles eran los puntos débiles del Inquisidor y negociar a su favor. Pensó en Samuel Abrahim, el mercader de Tabarka, benefactor de Pere Onofre, con quien había traído y llevado negocios, como la persona con mejores merecimientos. No era converso, porque nunca había sido bautizado, y eso ofrecía garantías a su vida. No podían prenderle porque el Tribunal sólo perseguía falsos cristianos, herejes, y no judíos. Alguna vez había recalado en Porto Pi, conocía Ciutat de Mallorca y el carácter de sus gentes. Sebastià Palou podía ayudarle además. Pero Abrahim tuvo miedo. Era viejo y estaba cansado; no se veía con ánimos de hacer un viaje tan largo por una causa que veía perdida del todo. Aunque quería mucho a Aguiló, a quien compadecía, y sentía desilusionar a la viuda. Además, le halagaba que la señora le hubiera propuesto a él antes que a nadie aquella misión, a él y no a ninguno de aquellos rabinos negros que todo el día la rodeaban como tábanos a la res, para apoderarse de su dinero con la excusa de confortar su alma.

Fue entonces cuando Blanca María Pires decidió enviar a buscar a João Peres, que había ido a Venecia en su nombre, para preguntarle si, a pesar de los posibles riesgos, estaba dispuesto a embarcar rumbo a Mallorca en la primera saetía o jabeque que zarpara.

# VIII

El padre Ferrando esperó a que el padre Amengual cruzara el patio en dirección opuesta a la que él llevaba para no tener que saludarle. La inquina entre los dos jesuitas había aumentado todavía más en los últimos meses. Incluso ambos habían recibido amonestaciones del Vicario General de la provincia sobre el mal ejemplo que estaban dando, del todo contraproducente para aspirar al cargo que con tanto encono se disputaban. El padre Ferrando era el que más furioso estaba, porque no podía soportar que fuera precisamente su enemigo quien se ocupara de Valls, por mucho que él mismo hubiera pedido ser relevado de aquella misión, que consideraba imposible de llevar a cabo, para dedicarse a otras causas mucho más rentables, algunas de las cuales ya habían dado fruto. Claro que, en su mayoría, se trataba de mujeres, mucho más fáciles de doblegar dada la insignificancia de su cerebro. Haber conseguido que Polonia Miró, Aina Fuster, Aina Segura, su hermana Madó Grossa o Aina Cap de Trons abominaran de sus antiguos errores y aceptasen como única religión la cristiana, gracias a él, que las había convencido, incluso antes de que les dieran tormento, le parecía un mérito digno de ser reconocido por todos y que el tonto del padre Amengual no podía dejar de envidiar. Pero eso no era todo, también habían hecho profesión de fe católica tres de los hombres que le habían sido encomendados: Rafael y Baltasar Cap de Trons y Pere Onofre Martí, Moixina. Entre todos los curas y frailes destinados por el Santo Oficio a la conversión de los reos, era él quien más éxitos había obtenido, y eso le llenaba de santo orgullo. Su contrincante, en cambio, nada había conseguido todavía. Valls era un hueso duro de roer y el padre Amengual apenas si tenía muelas.

Pero Amengual tampoco estaba descontento. Era cierto que Valls se le resistía. Sin embargo, su nuevo libro, pese a que al principio le había costado encontrar el tono justo —solemne e inflamado, a la vez que fácil de entender para todos—, avanzaba deprisa. Al contrario de lo que había hecho con *La vida de sor Noreta*, llenaría el *Triunfo de la Fe, en tres autos* de citas latinas, casi todas sacadas de la autoridad irrefutable de los Santos Padres. ¡Ah! ¡Cómo enaltecería su obra con tan buena compañía! Muchas veces, cuando visitaba a Valls, no resistía la tentación de leerle algunos párrafos escritos la vigilia. El preso le escuchaba como quien oye llover, pero al jesuita le parecía que su alma no podía dejar de ser tocada por aquel verbo encendido. El hecho de que Valls se convirtiera gracias al *Triunfo de la Fe* sería para él el mejor regalo que jamás Dios Nuestro Señor podría otorgarle, exceptuando el cargo de rector. Pero, para desgracia del padre Amengual, no fue ningún párrafo de su libro lo que conmovió a su recomendado, arrancándole las primeras lágrimas, sino la noticia, que él mismo le había llevado, de que El Cónsul había pedido audiencia a los inquisidores para retractarse de todo cuanto, dos días antes, había asegurado, porque Nuestro Señor Jesucristo le había hecho la gracia de enviarle su luz y estaba dispuesto a decir cuanto sabía al Tribunal.

Las lágrimas de Valls no eran, como quiso suponer Amengual y así se lo comunicó al Inquisidor, de arrepentimiento, sino de rabia, de impotencia y de piedad también por el pobre Cónsul, que imaginaba encogido y tembloroso, dominado por el hombrecillo débil que siempre había llevado oculto dentro de sí. *¡Oh, Cónsul, Cónsul! ¡Qué han hecho contigo!*, se decía El Rabí entre hipidos y con una voz casi imperceptible, mientras pensaba en las torturas que le habrían infligido para conseguir su confesión. *¿Y si no fuera verdad? ¿Y si este mezquino de Amengual pretendiese que me lo creyera sólo para hacerme sufrir? ¿Y si todo fuera mentira?...* Gabriel Valls hizo un esfuerzo para recobrar la esperanza y, secándose las lágrimas con los puños, le preguntó al jesuita cuántos presos, además de El Cónsul habían pedido perdón.

—De los sesenta y siete presos que han sido interrogados, sólo siete se han mantenido contumaces en el error.

—¿Y los míos?... ¿Mi mujer, mi hijo?...

—No puedo decírtelo. Cada caso es secreto. Pero el gran número de los que han abjurado puede darte una idea de cuál es la fe que triunfa.

—Eso sólo me da idea de la debilidad humana ante la muerte. El dolor es inhumano, padre Amengual.

—¿Cómo, en verdad, puedes atreverte decir tamaña herejía? ¡Ah no, eso no puedo consentirlo! ¿Nuestro Señor murió en la cruz y aún dices que el dolor es inhumano? ¿Varón de Dolores es Cristo y tú consideras que el sufrimiento no es cosa de hombres?... Que le dé miedo a las mujeres, en verdad, pase. Su falta de cerebro, su pobre disposición de ánimo, la torpeza connatural de ese sexo en todo inferior al nuestro, les permite ser débiles... Pero nosotros.... ¿Nosotros? ¡De ninguna manera! Baste pensar en los santos que arrastraron la palma del martirio con vigoroso aliento.

Amengual hizo una pausa, y no para ver el efecto que aquel párrafo, que tan bien le había salido, había causado en el reo, sino para abrir la carpeta, mojar la pluma en el tintero y anotarlo todo palabra por palabra. *En verdad*, no podía arriesgarse a no recordar unas frases tan elegantes... Puede que Dios Nuestro Señor no le permitiera convertir a Valls, pero al menos le hacía muchas mercedes mientras lo intentaba. Muchas más que a su rival Ferrando, confesando mujercillas insignificantes y fáciles de persuadir.

Mientras el padre Amengual salía de la celda para ir a devanar en Montisión la madeja de aquellas palabras suyas, tan inspiradas y excelsas, Gabriel Valls decidió que debía hablar con El Cónsul, costara lo que costara, para saber qué había de verdad en todo aquello que le había contado el cura. *Si El Cónsul ha hablado, si es verdad que El Cónsul ha dicho lo que sabe, si ha delatado a los nuestros, todo el mundo confesará. Y ya no les bastarán todos los dineros que nos han quitado. No pararán hasta que nos manden a todos a la hoguera. Y habré sido yo, y no Costura, yo, el desencadenante y el culpable de la desgracia. Invité a Costura al huerto para envenenarle, evitando así que continuara delatando. Hice justicia en tu nombre, Adonay, Señor de la Justicia, para salvar a tu pueblo de creyentes, pero ahora Tú, Señor de la Justicia, descargas sobre mi cabeza toda la fuerza de tu puño, me ahogas con tus manos poderosas, porque soy yo el culpable del fracaso del embarque.*

Gabriel Valls acecha detrás de la puerta los pasos del carcelero. Ni siquiera esperará a que le entren el agua y el pan, como todas las noches. En cuanto adivine sus pasos, en cuanto le oiga, le llamará para que se le acerque y le pedirá que avise al alcaide y suplicará a éste que deje que se entreviste con El Cónsul, cueste lo que cueste. *Le prometeré cuanto desee, y si el dinero que le ha vuelto afable ya no le basta, el dinero que algún amigo le habrá pagado desde fuera, le ofreceré más. No todos quieren mi ruina. Le firmaré un aval, pagadero en cuanto salga, si Adonay no me desampara y no me envía al fuego.* Todavía resuena en su cabeza el grito de Alonso, el grito desgarrador de aquel pobre judío de Madrid, un grito terrible como no ha oído ningún otro, cuando las llamas le llegaron a la cintura y se cayó de lado sobre el brasero. No, no quiere ver de nuevo la imagen que tantas veces se le ha aparecido, no quiere ver el rostro del muchacho, aquel rostro abotargado por el sufrimiento, aquel rostro lleno de horror.

Esperará hasta oír los pasos del alcaide. La oscuridad le ha mermado la vista pero, en compensación, se le ha agudizado el oído. A veces, en la noche, se despierta pendiente de un minúsculo rumor que antes, a buen seguro, ni siquiera hubiera percibido. El alcaide hace la ronda dos veces al día; en cuanto le oiga, le pedirá que entre.

—Don Jaume —le llama al escuchar sus pasos ante su puerta—. Acercaos, por el amor de Dios.

*¡Por el amor de Dios!*, ruega como los cristianos. También dice otras cosas que aprendió de niño, oraciones que confunde con las que dirige a Adonay, el único Dios.

—¿Qué os pasa, Valls?

—Por lo que más queráis, necesito hablar con El Cónsul, lo más pronto posible. Tasad vos el precio...

El alcaide pone muchos inconvenientes. Ahora, desde que hay tantos presos, aunque pueda parecer lo contrario, la vigilancia se ha intensificado. Se arriesga mucho haciéndole este favor. El precio deberá estar en consonancia...

—Tasadlo vos, ya os lo he dicho. Yo os firmaré el papel que deseéis. Soy hombre de palabra, no necesito jurarlo.

Parece que le ha convencido. Lo intentará mañana. Pero dentro de un rato le traerá noticias... Hablará con El Cónsul.

Apenas le hace esperar. Nota cómo se acerca, introduce la llave, descorre los pestillos. Su figura se recorta enmarcada en el contraluz de la galería.

—El Cónsul no quiere veros. Me ha dicho que así os lo transmita. Ha confesado que se arrepiente de haber sido judío, que se arrepiente de haberos seguido al huerto, que ahora han sembrado de sal.

No añade más y cierra. Valls es incapaz de seguir preguntando. No puede creer lo que acaba de comunicarle el alcaide. ¿El huerto sembrado de sal? El huerto que tanto ama, con sus verduras frescas, sus deliciosas sombras y la música del agua en las acequias. El huerto que era su orgullo, donde se reunía con sus amigos en aquellos domingos pasados ya para siempre. Oh, sí, debió de ser Costura quien mintió, Costura quien debió de explicar aquella agradable conversación como si se tratara de un cónclave judaico. Ni siquiera hizo falta que Costura les fuera con el cuento. Hacía ya tiempo que sabía que rumoreaban que allí, bajo las amorosas parras, él enseñaba la antigua ley.

Gabriel Valls no puede dormir, de ningún modo consigue conciliar el sueño; húmedo por el sudor que transpira todo su cuerpo, siente escalofríos. El huerto no era el paraíso, pero estaba hecho a su imagen. Era un rincón del mundo donde sentirse cobijados, amparados bajo un hálito de la tierra prometida. Nunca más sus ojos verán fructificar simiente alguna. Rechaza la imagen de los frutales muertos, las ramas caídas y los planteles arrasados. No quiere contemplar tanta desolación. Aunque salga de esta cárcel, le será imposible poner de nuevo los pies allí... *¿Te lo han dicho, esposa mía? Ojalá nunca llegues a saberlo, te morirías del disgusto, estoy seguro. ¿Dónde están madó Miquela y el amo Pep? ¿Por qué? ¿Para qué ese desastre? ¿Qué tiene que ver la tierra con mis creencias? ¡Como si la tierra pudiera ser considerada culpable o inocente! ¿Por qué lo consientes, Adonay? ¿Por qué nos golpeas con el más pesado de tus mazos? ¡Aparta de mí tu mano dolorosa, Señor! ¿Por qué te ensañas en lo que más quiero?*

Gabriel Valls, rendido por la tensión, termina por dormirse. Pero se despierta al cabo de unos segundos, oyendo su propia voz como si fuera la de otro, pidiendo a gritos ser conducido ante el Inquisidor; y a esa voz soñada se añade, ahora despierto, la suya, la suya que llama de nuevo al alcaide para que avise al Tribunal. Ya que dilatan su interrogatorio, pretende él mismo solicitar audiencia. Está en su derecho. Si no le reciben, dejará de comer, se dejará morir y nada podrán sacarle.

El carcelero corre a toda prisa a comunicarlo. A él no le conviene en absoluto que Valls se muera. A él lo que le conviene es que viva y sea perdonado. El Inquisidor recibe con complacencia la nueva. Rodríguez Fermosino ha ido posponiendo la audiencia para que sea Valls quien termine pidiéndola, tal y como acaba de suceder. Eso les da ventaja. Pero todavía le hacen esperar una semana más. Quieren que quede muy claro que el Santo Tribunal no se deja coaccionar por nadie, y menos por un protervo como él.

El alcaide abre la celda de Valls a la mala hora de una madrugada calurosa. Valls, que se había quitado la ropa para paliar su agobio, se viste deprisa. Aparta el sueño de sus párpados con los puños cerrados y sigue al alcaide. Delante de la puerta cerrada de la sala de audiencias espera largo rato de pie a que los miembros del Tribunal decidan que ha llegado el momento de reunirse. Por fin, cuando ya han dado las ocho, le hacen entrar. Detrás de la mesa, cubierta por un damasco rojo, presidida por un crucifijo de plata, le observan una docena de ojos. Sólo unos, los del Inquisidor, están protegidos tras unos cristales, el resto le miran directamente, saltones los del Juez de Bienes, hundidos y enrojecidos los del notario del secreto, escrutadores y vivos los del fiscal, adormecidos los del abogado defensor.

La cámara es grande y está bien amueblada. De las paredes cuelgan tapices bordados en oro, con el escudo de la Inquisición y las armas de España, y cuadros de grandes dimensiones. *Santo Domingo* en la parte derecha y, a la izquierda, *La fe triunfante del error, la falsedad y la herejía*, simbolizados por tres cabezas sangrantes, caídas en tierra, humilladas por una doncella valerosa que monta una especie de caballo alado. Las sillas en las que se sientan los inquisidores tienen los respaldos forrados de damasco rojo y los brazos son de madera casi tan oscura como sus ropas talares. Por la ventana abierta entra la luz del día, que ya se ha establecido de lleno, y los gritos de los vencejos, mensajeros de tierras lejanas.

*La vida*, piensa Valls, *continúa afuera sin preocuparse de nosotros los presos. Sólo aquí todo transcurre de noche y el tiempo pasa a oscuras*. Valls, en vez de mirar a los inquisidores, se entretiene en la contemplación del pedazo de cielo que entra por la ventana. *La naturaleza es justa*, piensa, *mucho más que los hombres. Es cierto que no llueve o hace sol a gusto de todos, pero llueve y hace sol para todos, desde el Rey hasta el más pobre, para cristianos y judíos.*

—¿Nombre? —oye que le pregunta el fiscal. Y sigue luego con la retahíla: edad, profesión, quiénes fueron sus padres, y los padres de sus padres, si fueron todos judíos... Y se da por terminada la primera audiencia, que ha durado sólo unos minutos.

El Inquisidor agita una campanilla de plata y entra un familiar acompañado de un criado. Le hacen salir.

Por fortuna el receso ha sido breve. Ya comparece otra vez ante aquellos jabalíes. El fiscal continúa:

—¿Sabes la causa por la que has sido preso?

—No estoy seguro, pero puedo sospecharla, Reverencia, porque vuesas mercedes me creen responsable del fracasado embarque y lo soy. Yo lo maquiné, yo hice que se llevara a cabo. Yo dictaminé a quién le convenía marcharse y a quién no. Yo pagué al capitán con mis ahorros. Nadie más que yo es culpable.

—Eso no es cierto —interrumpe el fiscal—. No seas soberbio. Otros también fueron partícipes del crimen. No fuiste tú solo. Pero quiero que declares por qué huíais.

—Pensábamos pasar mejor vida en Liorna, una vida sin tantas penalidades. Muchos mantenemos tratos y negocios con aquel puerto. Importamos sedas y también trigo. Otros, más pobres debido a las confiscaciones de hace diez años, deseaban establecerse allí para abrir tiendas y talleres que les ayuden a levantar cabeza. Liorna es puerto franco, como sabéis...

—¿No hay ninguna otra razón, Gabriel Valls? —interrumpe el fiscal con voz capciosa y una sonrisa que, cómplice, dirige a otros miembros del Tribunal, una sonrisa que no consigue borrar el rictus amargo de su boca—. No me dirás que ésa es la única razón... A los de vuestra raza el dinero os haría cometer los peores crímenes, pero en este caso no es sólo una cuestión de dinero...

—Para los demás no lo sé, Reverencia... Preguntádselo a ellos... Para mí, claro que no, Reverencia.

—¿Aceptas que para ti el dinero no lo es todo? —le interrumpe el fiscal satisfecho, pues le parece que ha acertado a la presa con un disparo mortal—. ¿Y cuál es la razón?

—Poder practicar mis creencias sin miedo. Cumplir libremente con los preceptos de mi ley.

—¿Aceptas que eres judío?

Gabriel Valls tarda unos segundos en contestar. Vuelve a mirar hacia la ventana. Un cielo azulísimo se recorta festoneado por una bandada de pájaros.

—¿Aceptas que eres judío? —insiste.

El reo se encara con el fiscal, le sostiene una mirada que pretende ser de leopardo pero que sólo consigue parecer de buho.

—Sí, Reverencia, lo acepto.

Los miembros del Santo Tribunal mueven sus osamentas en las sillas y se revuelven inquietos. Las declaraciones de Valls parecen haberles despertado del sopor en el que habían caído tras el receso. Todos tienen los rostros inyectados de celo religioso. Observan a Valls inmisericordes. A más de uno le gustaría emprenderla directamente a golpes contra ese enemigo natural que declara su crimen sin inmutarse, con la misma tranquilidad con que hablaría del buen tiempo que hace y del calor que se ha instalado de lleno.

—Y, sin embargo, como los demás habitantes de La Calle, fuiste bautizado, aceptaste el sacramento del bautismo, ¿no es así? Pues si has recibido el bautismo, no tienes más remedio que vivir de acuerdo con las leyes cristianas.

—El bautismo nos fue impuesto por la fuerza.

El Juez de Bienes sonríe cómplice. Ha apostado con el Tribunal que Valls basaría sus argumentos en ese punto.

—Nadie puede verse obligado a recibir un beneficio tan grande como el bautismo —interrumpe el Inquisidor, que nunca suele articular palabra porque es el fiscal quien tiene a su cargo examinar al reo—. Podíais optar por salir de las tierras cristianas, abandonarlas o dejaros matar como los Macabeos, si tan grande era vuestra fe.

—Tenéis razón en lo que respecta a los convertidos en 1435, Reverencia —responde Valls—. A nosotros, en cambio, no se nos dio esa opción, que, de cualquier manera, me parece injusta: hay que tener una enorme fortaleza para escoger la muerte, Reverencia. El bautismo por un lado y la muerte por otro no son equivalentes, no pesan lo mismo en la romana.

—¿Queréis continuar vos, Reverencia? —pregunta el fiscal al Inquisidor, pero, ante el gesto negativo de éste, sigue él con el interrogatorio—. ¿Aceptas que eres apóstata? ¿Sabes que la apostasía es el peor de los crímenes? ¿Sabes que sólo por el hecho de judaizar eres mucho peor que el más impío de los luteranos, peor que cualquier hereje? Los herejes discrepan un punto de la religión cristiana, mientras que los judaizantes reniegan de ella por entero.

Valls no contesta. Vuelve a mirar hacia la ventana. El silencio se adensa. El Juez de Bienes aprovecha para beber agua. En el segundo sorbo se atraganta y deja ruidosamente el vaso en el plato. El Inquisidor parece reprenderle con los ojos. Valls todavía no habla.

—¿Admites que eres apóstata?

—Admito que soy judío.

—¿Y no te arrepientes? ¿No quieres aceptar que tu religión es vieja y caduca frente a la nueva que nos conduce hacia la salvación? Cristo es el verdadero Mesías, que murió en la cruz para salvarnos...

El Juez de Bienes todavía tose y carraspea. Valls espera a que acabe para responder.

—No entiendo cómo puede ser que el creador del cielo salga del vientre de una mujer judía, venga al mundo como un recién nacido y luego sea abandonado en manos de sus enemigos, que lo clavan en una cruz, y finalmente enterrado como cualquier otro mortal... Lo considero contrario a la razón y a la fe, difícil de creer por lo menos.

—Oírte me horroriza —interrumpe el Inquisidor.

—Cristo resucitó al tercer día —dice el fiscal con solemnidad—. Eso nadie puede ponerlo en duda, está probado.

—Probado para quienes lo creen, pero no para quienes lo dejamos de creer. Los judíos no perseguimos cristianos. Respetamos a quienes abrazan la nueva ley. Eso no quiere decir que no tengamos la convicción de que se equivocan, pero no por eso consideramos que hayan de ser quemados vivos. ¿No sería más fácil, Reverencia, aceptar que al cielo de Adonay o al de vuestro Salvador irán todos aquellos que hayan practicado el bien y cumplido con los preceptos? Tengo entendido que algunos reyes cristianos prohibieron asaltar las sinagogas porque las consideraban casas donde se alababa el nombre de Dios.

—Nosotros no perseguimos judíos, Gabriel Valls, no te equivoques. Perseguimos cristianos que no saben serlo. Si os hubieseis ido de estas tierras en el momento de la expulsión, podríais seguir practicando vuestros falsos ritos sin que nadie os castigara. Sólo con la palabra y el ejemplo podríamos convertiros...

—Yo no me tengo por cristiano, Reverencia. Pero muchos de los presos lo son y continuarán siéndolo. No seáis severos con ellos. Sedlo conmigo, ya que a vuestros ojos soy culpable.

—No nos gusta tu soberbia, Valls. Sólo te conducirá a la hoguera primero y al fuego eterno después. No existe más Dios que Dios Padre, Hijo y Espíritu Santo, tres personas distintas y un solo Dios verdadero. Fuera de la santa madre Iglesia católica, apostólica y romana no hay salvación —concluye el Inquisidor con firmeza.

—Nadie, Reverencia, tiene mayor interés que yo en salvar mi propia alma...

—No hay peor ciego que aquél que no quiere ver, Valls. Sólo la Iglesia católica, apostólica y romana te puede conducir a la salvación. Fuera de la Iglesia no hay salvación posible, sólo condenación eterna.

—No la hay fuera de la ley de Moisés.

—Tendremos que darte tormento para hacerte entrar en razón. Puede que de ese modo se aplaque tu soberbia y se humille ese orgullo de ser judío. ¿Crees que vuestro Dios, si fuera poderoso, no os ampararía? ¿O no sabéis que después de la venida de Cristo el estado normal de los judíos es el cautiverio?

Valls no desfallece. El tormento ahora no le preocupa. Se siente con ánimos. Adonay le guía.

—Es designio de Adonay. La simiente se conserva entre los terrones, invisible a los ojos de los hombres, y parece fundirse en la tierra y el agua, pero finalmente la simiente transforma la tierra y el agua en sustancia fructificadora. Así el pueblo de Dios prepara el camino del Mesías verdadero.

—No me gustan tus palabras, Valls. Apestan a enseñanzas rabínicas y a libros talmúdicos. ¿Era eso lo que enseñabas en el huerto?

—No, Reverencia, nunca enseñé la antigua ley en el huerto.

—Tenemos testigos de lo contrario. No puedes negar que adoctrinabas a tus invitados en la antigua ley.

—No, Reverencia, os lo puedo jurar.

—No profanes el nombre de Dios, no lo uses en vano, no jures en falso, Valls. Tu hijo Rafael Onofre lo ha confesado todo. No ganarás nada negándolo.

Por primera vez le tiemblan los labios. Traga saliva.

—Debió de ser como consecuencia de las torturas, Reverencia. Mi pobre hijo no pudo decir semejante mentira sin haber sido obligado con sufrimientos terribles.

—Tu soberbia es cosa de Satanás. No niegues lo que todos sabemos. En las reuniones del huerto preparabais desde hace mucho tiempo la huida. Con máquinas voladoras.

—¿Máquinas voladoras?...

—Máquinas voladoras que construía el colchonero Bonnín.

Valls parece recordar. *Lo saben, más vale que hables, fue Costura el delator. Costura debió de contarles aquella conversación del verano pasado, un domingo espléndido...*

—Reverencia, sé a lo que os referís: una conversación mantenida en el huerto entre Pere Onofre Aguiló, El Cónsul, el guarnicionero Pons, el mercader Serra y Costura. Una conversación sin sombra de maldad. Aguiló nos contó facecias, invenciones de gente fantasiosa como la del hombre volador. Cosas que ocurren fuera de Mallorca...

—¿Recuerdas alguna de esas invenciones?

—Sí, hablamos de esponjas que chupaban el agua del puerto de Amberes y de una máquina que chupaba los malos pensamientos.

—¿Y no te parecen cosa del demonio?

—No, Reverencia, en absoluto. Vuesas Reverencias manejan la máquina del perdón en nombre de Dios.

—No blasfemes y di, ¿de qué otras cosas hablabais?

—De los selenitas, los habitantes de la luna.

—¡Confiesa! ¿Qué herejías practicabais en el huerto?

—Ninguna, Reverencia, os doy mi palabra.

—Palabra de cerdo, de *xueta*. No queréis comer carne de cerdo porque sois hijos de cerda. Habéis fornicado con ella.

—Eso dice la doctrina de Lutero, Reverencia, el hereje de Worms.

—Es cierto —interrumpe el Inquisidor—. Me admira tu información. ¿De dónde la has sacado?

Valls no contesta. Está cansado. Quisiera que al menos le dejaran sentarse. El Inquisidor continúa:

—Los judíos son hijos de Agar, la esclava. Los cristianos, de Sara.

—Entonces todos somos hijos de Abraham, Reverencia.

—Los judíos nacieron esclavos y esclavos han de morir.

—Reverencia, vuestro cristianismo no sería nada sin nuestro judaísmo.

—¡Basta! No quiero oír más blasfemias... ¡Retráctate! Pide clemencia ahora mismo...

—No pretendía ofenderos.

—Acepta que estás equivocado. Abomina ahora mismo de la antigua ley.

—Ser judío, Reverencia, es no poder dejar de serlo.

El Inquisidor agita de nuevo la campanilla que hay sobre la mesa. El escribano deja la pluma y se pasa una mano por la frente. A medida que el sol va subiendo, se hace más intenso el bochorno. Un familiar pide permiso para entrar. El Inquisidor le dice que preparen la sala del tormento. El escribano lee a medida que escribe:

*A sospechas que resultan de Gabriel Valls de Valls Major, lo hemos de condenar y condenamos a que sea puesto en cuestión de tormento, en el que pedimos que esté y persevere por el tiempo que sea de nuestra voluntad y porque en él diga la verdad de aquello por lo que ha sido acusado. Y si en dicho tormento muriese o quedase impedido, o siguiese efusión de sangre, o mutilación de algún miembro, sea todo por su culpa y a su cargo y no al nuestro, por haber querido mantenerse renegado y no aceptar nuestra santa religión.*

Dos horas después, sin conocimiento y ensangrentado, Valls fue arrastrado hasta su celda.

## IX

A don Antonio Nepomuceno de Sotomayor y Ampuero todavía tardaron tres meses en cesarle de su cargo. Durante ese tiempo, a pesar de no dejar de ejercer sus funciones, lo hizo entre disgustos y dificultades. El presidente del Gran i General Consell se le enfrentó en nombre de todos los que lo formaban, caballeros, menestrales, ciudadanos y mercaderes, acusándole de haberles engañado con la anunciada visita de la Reina. El obispo organizó rogativas solemnes para pedir de nuevo la lluvia, que se obstinaba en no caer, pero esta vez no le consultó y, lo que fue todavía peor, contestó a sus quejas por el desaire con un aviso de excomunión. Los que consideraba amigos, con el pretexto de que era verano y estaban en el campo lejos de Ciutat, fingían no haberse enterado de su caída, y ninguno de ellos, con la excepción de Sebastià Palou, le respaldó. *En este calvario*, le solía repetir el marqués, *eres mi único cirineo.*

Pese a que durante los veranos la vida social mermaba mucho, ya que los nobles jugaban a llevar vida de campesinos, alguno que otro organizaba una fiesta para romper la monotonía de aquellos días demasiado largos con veladas difíciles de entretener. Aquel año, sin embargo, ni los Olandis, tal vez ofendidos por la desairada situación de su hija Luisa, ni los Motis, escasos de bolsa, ni los Sureda, arruinados por las confiscaciones, celebraron nada. El Virrey desconfiaba. Suponía que a esas razones se añadía el hecho de que no deseaban verse obligados a invitarle. La única ceremonia a la que asistió en todo aquel tiempo fue a la boda de su sobrino. Se celebró en la intimidad, oficiada por el confesor de doña Bárbara, pues el marqués había disuadido a Sebastià Palou de que se lo pidiera al obispo para ahorrarse, ante su más que probable negativa, otro feo. El Virrey, sin embargo, se vistió de gala, estrenó una gramalla, a la que no quiso renunciar pese al calor sofocante, puesto que le correspondía como primera autoridad del Reino. Como regalo dio a escoger a su sobrino entre los tapices flamencos bordados en oro que había traído de Madrid para vestir una de las salas de la Almudaina, que todo el mundo admiraba por su inestimable precio. Sebastià Palou tenía predilección por el que representaba el rapto de Europa, pero los desnudos demasiado opulentos de la ninfa no habrían sido del gusto de su futura mujer. Aunque nunca habían hablado de esas cuestiones, el novio consideraba que, a fuerza de ser devota, debía de ser poco partidaria de los desnudos femeninos, y que además, dada su constitución anatómica, sin apenas pulpa, lisa como un arenque, era probable que rechazara a todas las mujeres, vivas o pintadas, que no se le pareciesen. Escogió, en consecuencia, un Vulcano que escupía fuego por las muelas, rodeado de ayudantes en torno a la forja infernal, porque le pareció que no era comprometedor. Los torsos desnudos de aquellos infernales herreros en nada podían ofender a Barbarita, y el conjunto era suficientemente valioso para ser lucido en cualquier salón de los muchos que, para recibir, tenía la casa que su mujer heredó de su anterior marido, donde habrían de vivir después de casados.

Las primeras lluvias de octubre —por fin las rogativas habían hecho su efecto, aunque con retraso— interrumpieron durante cuatro días la virreinal mudanza, dirigida por la marquesa en persona, con todo el esmero del que fue capaz, especialmente en lo que a sus pertenencias atañía. Los cuadros llenos de antepasados tristes que más bien parecían haber sido retratados de cuerpo presente que en vida, dado el aire de extremaunción que exhalaban, fueron trasladados a la casa que en Ciutat tenía la marquesa, porque casi todos provenían de su familia.

Los tapices y los muebles se enviaron en un sinfín de carros a Son Gualba para ser almacenados, mientras el marqués decidía si repartirlos entre sus hijos o dejarlos en la finca, a la espera de que pudieran contribuir al ornato de algunas salas que les dieran el cobijo solemne que merecían. La marquesa no podía consentir que tuvieran que quedarse en palacio los frescos pintados por Chiapini. Le parecía un crimen tener que privarse de aquella contemplación que tan dulces recuerdos le traía, y le daba la lata a su marido para que encontrara la manera de llevarse aquel techo, aunque fuera a trozos, pero el ex virrey no le hacía ningún caso.

Aquella lluvia de octubre, tan esperada y necesaria para todos lo mallorquines, deslució un poco las fiestas del recibimiento del nuevo Virrey, el señor marqués de la Casta, en las que, para apaciguar los ánimos soliviantados de los menestrales y artesanos que esperaban para salir de penas la visita real, el Gran i General Consell estuvo a punto de endeudarse. En el Borne se corrieron cañas, ligeramente pasadas por agua, pero eso no impidió que los caballeros, vestidos de azul, verde, rojo y blanco, mostrasen, además de su gallardía natural, la buena mano de los sastres mallorquines en cortar y coser los vestidos que lucieron. El marqués de la Partida ofreció un baile de gala muy concurrido que sirvió a las damas para estrenar tafetanes, sedas y brocados de gran valor. Las autoridades esperaban a que la lluvia cesara para mandar iluminar la calles de Ciutat con antorchas y alimaras. La partida de las luces ya había sido desembolsada y ahorrárselas no tenía ningún sentido. *Durante dos noches*, escribió el cronista Angelat, *el sol no se puso en la capital mallorquina*.

El nuevo Virrey, mucho más religioso que Boradilla, era del gusto de la curia, cuyas intrigas tan buen resultado habían dado hasta entonces, pues habían conseguido la destitución del antecesor y el nombramiento de una persona afecta. El marqués de la Casta se reunió enseguida con las autoridades eclesiásticas. Llamó en primer lugar al obispo para agradecerle el tedéum oficiado a su llegada. Y el mismo día, para evitar suspicacias, recibió al Inquisidor. También quería darle las gracias por el ofrecimiento que le había hecho, en nombre de los miembros del Santo Tribunal, de que fuera él quien encendiera la tea purificadora en el primer auto de fe, que casi estaba a punto. El Inquisidor no había tenido más remedio que acelerarlo para contribuir a calmar los ánimos de los buenos cristianos, desilusionados por el engaño de la visita real, invento infame de Boradilla, aunque eso en nada había mermado, le aseguró, la ejecución de una justicia estricta y la contemplación minuciosa de cada una de las causas ya cerradas.

—Gracias a los preparativos de los autos —aseguraba el Inquisidor—, los sastres tienen trabajo otra vez, los pintores han sido contratados para hacer los retratos de los reos, los leñadores ya han empezado a talar, los cereros han agotado las provisiones y los panaderos...

—Mis ayudantes me han puesto sobre aviso —cortó el de la Casta— y sé lo que vais a decir, Reverencia. Sacaremos el trigo de debajo de las piedras si es necesario, para que, Vuesa Reverencia pueda repartir pan blanco al pueblo asistente.

—Al pueblo hemos decidido darle un panecillo e higos secos. A vuesas mercedes el Santo Tribunal les ofrecerá una comida —sonrió obsequioso el Inquisidor.

Al nuevo Virrey, pese a que consideraba que la Inquisición actuaba con todos los merecimientos necesarios y que no hubiera dudado en delatar a su padre si le hubiera considerado sospechoso, le horrorizaba tener que comer entre sentencia y sentencia, a la vista de los condenados, que a veces forcejeaban por escapar, gritaban enloquecidos y hasta se hacían sus necesidades encima, sin ningún respeto por los asistentes. Sabía que en el banquete ofrecido hacía diez años en el Borne se había reunido lo mejor de la nobleza mallorquina, que devotamente había degustado cuatro platos, sin contar con los entremeses y los postres.

—Creo, Reverencia —dijo—, que los dineros del banquete podrían ahorrarse. La lista de mendigos de la isla, según he podido saber, es extensa; también ellos deben sacar algún provecho de los autos de fe. Son pobres pero cristianos... Además, el convento de Santo Domingo es un lugar más santo que el Borne, y en la iglesia no me parece que el banquete sea...

El Inquisidor ya había intuido que con el nuevo Virrey sería fácil ponerse de acuerdo. Ahorrarse el banquete suponía un buen puñado de onzas. Las limosnas le saldrían mucho más baratas.

En aquella conversación mantenida en el palacio de la Almudaina, ante una jícara de chocolate, en una salita austera —Boradilla siempre le recibió en los salones grandes, con las paredes forradas de tapices con escenas mitológicas que él detestaba—, se fijó la fecha del primero de los autos de fe. Si todo estaba preparado, ¿qué sentido tenía esperar más?

En la compacta oscuridad de las mazmorras los días seguían sucediéndose sin rendijas ni fisuras, en una monotonía densa y sobrecogedora rota únicamente por las audiencias y los tormentos. Hasta entonces, en aquellos siete meses largos de cautiverio, dos de los presos habían muerto: Rafael Tarongí, en el mismo potro, por no querer delatar a nadie ni arrepentirse, y la mujer del sastre Valleriola, probablemente porque a su edad no pudo superar aquellas penalidades. El resto, muchos malheridos y con los huesos rotos, resistían con la esperanza de que pronto serían juzgados, porque su impulso de supervivencia era más fuerte de lo que nadie hubiera podido llegar a imaginarse. Confiaban en que el Tribunal, después de haberles confiscado los bienes, como había sucedido la otra vez, tendría poco interés en seguirles manteniendo en las cárceles y preferirían liberarles, aunque vigilándoles, eso sí, de cerca, y conminándoles a ir a misa a la catedral todos los domingos en procesión, con los sambenitos puestos, para escarmiento general.

Llenaban las largas horas, vacías de inactividad, repasando minuciosamente sus existencias. En el rebujo de la memoria afloraban pequeños detalles que hasta entonces no habían sido tomados en cuenta, pero que ahora les servían como muletas de aquella vida coja y manca que padecían. De no ser por eso, de no ser por aquellas pequeñeces que les identificaban, otorgándoles un punto de singularidad, de no ser por los colores predilectos, por la preferencia por una u otra comida, las habilidades en amaestrar palomas o confitar membrillos, hubiera costado diferenciar unas existencias de otras, tan parecidas eran. Con excepción de los Valls o de la familia de Sara dels Olors, el resto de los presos, tanto los del embarque como los que fueron encarcelados después, tenían demasiados rasgos en común para poder destacar un perfil diferente. Eran judíos por tradición, aunque podían ser considerados cristianos porque habían sido bautizados y cumplían externamente con los ritos. Esta contradicción atormentaba a menudo sus conciencias y en la cárcel adquirió todavía mucha mayor fuerza. Para casi todos estaba claro que Adonay les había abandonado, y por eso le rezaban con menos intensidad que a Dios Padre, a quien habían trasladado casi todas sus súplicas. Muchos, esperanzados en la fe de que Cristo de ningún modo les daría la espalda, como había hecho Adonay, aguantaron en la confianza de una próxima excarcelación, debida a su misericordia.

Entre las mujeres, era Sara dels Olors la que más segura estaba de que se salvaría. Incluso si era condenada a muerte, la Virgen Santísima en forma de águila la vendría a buscar y se la llevaría hacia arriba, cielo a través, agujereando las nubes con el pico, sin que nadie pudiera impedirlo. En los desvaríos de Sara influía la manía de su padre, el colchonero, que en el desván de su casa intentaba construir en secreto unas alas, a base de unir plumas de gallináceas, para poder huir por el aire hacia tierras de libertad. Bonnín, que ya había sido molestado anteriormente, no tenía más obsesión que salir de Mallorca. Y aunque pocos conocían su invento, él aseguraba a menudo que llegaría el día en que el cielo de la isla se cubriría de gente voladora y a nadie le parecería raro. Sara le creía. Tal vez por eso ahora se consolaba con la esperanza del águila mesiánica, a la que habría de suplicar, cuando llegara el momento, un segundo viaje para liberar a María y hasta un tercero par llevarse a Beatriu. Otras veces les aseguraba a sus compañeras que cabalgarían las tres juntas a lomos del animal, suficientemente potente como para poder levantarse y remontar el vuelo con aquella carga.

Sara suspiraba cuando María insistía, con una sonrisa, en que aquella forma de salvación no le atraía en absoluto. Ella no quería volar hacia el cielo sino permanecer aquí, en la tierra, y morirse de vieja al lado de Rafael Onofre. Después del día en que se encontraron en la celda, después de aquella gloria tan corta, lo único que deseaba era vivir para permanecer siempre en sus brazos y volver a sentir aquella embriaguez que casi la llevó a perder el sentido. María estaba segura de que a Rafael Onofre le ocurría algo parecido. Y no se equivocaba. Él también quería vivir, vivir a cualquier precio, incluso admitiendo que Jesucristo era Hijo Unigénito de Dios, no un profeta, sino el Mesías, que ya había llegado. El amor le daba alas para imaginar que su padre sería capaz de comprender sus sentimientos y no se sentiría traicionado si aceptaba ante los inquisidores que la ley de Moisés era la ley vieja, que ya no servía, frente a la nueva ley, la de Dios Padre Todopoderoso. Salvarse de la muerte era lo único que le importaba, la única cosa por la que estaba dispuesto a luchar con todas sus fuerzas. Vivir, para él, era más imprescindible que condenarse o salvarse. Nunca hubiera imaginado que se agarraría con tanta fuerza a la posibilidad de no morir. Barruntaba inútiles planes de fuga y confiaba en un perdón generalizado en el último momento. Quería verse libre y de nuevo feliz junto a María.

Su madre, María Aguiló, había ofrecido a Adonay su vida si no prendían a Rafael Onofre y podía escapar sano y salvo de Mallorca. Luego, cuando le hicieron saber, durante la tercera audiencia, que estaba en la cárcel, le encomendó al Cristo de Santa Eulalia e hizo el mismo ofrecimiento. *Mi vida a cambio de la suya, Señor. Si me lo salvas, moriré cristiana*. María Aguiló, aunque negó en los primeros interrogatorios, sucumbió antes de que la atasen a la rueda: la vergüenza de mostrarse desnuda ante los verdugos pudo más que la convicción de que su marido nunca le perdonaría aquel desfallecimiento.

Entre las mujeres encarceladas la noche del embarque, sólo Isabel Tarongí había sufrido tormento sin arrepentirse de sus herejías. Su marido y su suegra habían testificado en su contra. Xim Martí, persuadido por el padre Ferrando, creyó que de este modo contribuía a la salvación eterna de su mujer y demostraba que la amaba. Ni aun así Isabel se mostró arrepentida, y de ninguna manera quiso aceptar por verdadera la religión cristiana, tal como le pedía el fiscal, pero tampoco fue capaz de contraponer argumentos. Se limitaba a callar con los ojos bajos, a callar y escuchar con los ojos llenos de lágrimas las amonestaciones del fiscal. La muerte de su hermano durante el tormento fue el ejemplo del que tomó el coraje que le faltaba. Su belleza de Dolorosa conmovió al Inquisidor, que, en la cuarta audiencia, evitó que la volviesen a atar al potro argumentando que aquella mujer tenía la cabeza perturbada, porque era imposible no rendirse a la evidencia y obstinarse en seguir las costumbres de la antigua ley, sencillamente porque venía de familia judía. *Sólo si hicieran daño a los niños*, se decía Isabel, *sólo si delante de mí los maltratasen, entonces sí me retractaría de ti, Adonay, de ti y de todo lo que la ley de Moisés supone.* Los niños no fueron, sin embargo, molestados. El Tribunal, dada su edad, no podía admitirlos como testigos. Isabel Tarongí alabó a Adonay en su corazón. La muerte no la aterraba, le parecía mucho peor que la dejaran para siempre encerrada en aquella celda oscura, separada de sus hijos, que finalmente quién sabe si no acabarían por maldecirla. La muerte era sólo un mal trago, unos instantes terribles y luego, para siempre, el paraíso. Quizá desde allí arriba Adonay le permitiera contemplar a los niños, verles cómo crecían, medraban y llegaban a hacerse mayores... Desde allí arriba podría velar por ellos de manera eficaz aunque invisible. Quiteria la contradecía: *Lo que lamento es haberme embarcado, nunca debí confiar en El Rabí. La otra vez no me molestaron y me hubiera salvado. Mientras que ahora... Valls me llevó a la perdición.* A Isabel Tarongí, su compañera de celda la enervaba, especialmente cuando de noche rompía a gritar y blasfemaba contra Adonay, que les había traicionado. A veces golpeaba la pared con la cabeza. *Sacadme de aquí*, gritaba, *quiero irme. No puedo más, no puedo más*.

Tampoco Valls podía más. Había convalecido durante dos meses, asistido por el médico del Santo Oficio, porque el verdugo —aunque le habían recomendado que no se excediera— había tomado con sumo celo la aplicación del tormento. Los inquisidores querían que el máximo responsable llegara por su propio pie al auto de fe, y trataban de evitar por todos los medios que fuera quemado en efigie. En cuanto pudo valerse, continuaron las audiencias, en las que, más que el fiscal, llevó la voz cantante el Inquisidor, a quien aquel hombre de ojos bondadosos, que había entrado gordo y reluciente en la prisión y ahora se había convertido en un saco de huesos, le pareció el único contrincante digno de tomarse en serio entre todos los presos. Alguien que —al contrario de a aquel cobarde de El Cónsul, a quien, por muchas profesiones de cristianismo que pudiera llegar a hacer, consideraba despreciable— sabía estar a la altura de su destino, por muy amargo que fuera. Pronto el Inquisidor se dio cuenta de que si Valls acababa por abominar de la antigua ley no sería porque ningún cristiano le persuadiera, sino porque en la soledad de su celda, por sí mismo, llegara a convencerse. Y aunque, en efecto, Valls pasó muchas horas meditando sobre la figura del Mesías —y con eso estaba aceptando una recomendación del Inquisidor, a quien también él respetaba más que al padre Ferrando o al padre Amengual—, aquel Cristo le decía poco. Si hubiera decidido aceptar la ley nueva no se hubiera inclinado nunca por la propuesta ortodoxa representada por el Tribunal, sino por la que muchos años antes, casi cuarenta, le había ofrecido Juan de Santamaría, a quien había conocido casualmente. A veces, cuando se sumergía en el pasado para poder extraer de los recuerdos algún consuelo, huyendo así del desgraciado presente, Gabriel Valls volvía a oír su voz un poco apagada, en ocasiones ronca de tanto hablar, de tanto intentar comunicar dondequiera que fuese su buena nueva.

A fuerza de evocarle, la presencia de aquel hombrecillo se le hace familiar y le distrae de las penalidades, permitiéndole instalarse otra vez en Ferrara, en casa de sus potentados amigos, los Álvares Dos Santos, judíos portugueses exiliados que le dan hospitalidad y le acogen generosamente cuando, enfermo, les pide cobijo. Las largas conversaciones con Santamaría le hacen mucho bien y le sirven para aclararle muchos puntos oscuros en materia de fe. Discuten a menudo, pero nunca se pelean, respetan siempre las opiniones ajenas, las sopesan e incluso, aunque no las compartan, aceptan que el otro pueda tener razón.

—Cristo no puede ser el Mesías —replica Valls con el ímpetu de sus años mozos—, como tú aseguras, porque nada cambió. ¿Anda mejor el mundo desde su llegada? Además, Adonay no hubiera enviado jamás a su hijo a sufrir terribles tormentos inútilmente. Adonay, que es la sabiduría infinita, no hubiera permitido que le crucificaran.

—Tienes razón sólo en parte, hermano judío —le contesta aquel hombrecillo escuálido que, para hacerse ver y oír, utiliza un taburete o se sube a la primera silla que encuentra—. El Cristo de Roma, el Cristo de los curas concubinarios y corruptos, no es el nuestro. Nuestro Cristo, el Cristo del que yo hablo, no tiene nada que ver con el prostituido de su Iglesia caduca, es refugio y salvación, fuente de todas las esperanzas. Nos hace grandes, generosos y justos. Más libres. Nos ennoblece. Nos otorga en la fe la posibilidad de ser buenos, de ser mejores de lo que somos, más puros. Por él ayudamos a los demás como si fuesen nuestros hermanos, nuestros hijos, nuestros padres...

Venía de Valencia, donde había nacido, en una familia de conversos judaizantes emparentada de cerca con los Vives, pero se declaraba cristiano, no católico pero tampoco luterano. Pertenecía a una secta que se decía todavía imbuida del espíritu de Erasmo de Rotterdam, cuyos libros leía con la misma unción que la Biblia y El Nuevo Testamento. Se hicieron amigos, y mientras él convalecía de aquellas fiebres que le mantuvieron dos semanas largas en un estado de postración absoluta, Joan de Santamaría le explicaba los fundamentos de su religión, que a nada obligaba más que a cumplir con la propia conciencia.

—Cristo ha venido a despertar las conciencias de los hombres —le decía—. Y Cristo y la conciencia son una misma cosa. Cristo es el Salvador porque al abrirnos todas las puertas nos ha salvado de nosotros mismos, ofreciéndonos el espejo de nuestro hermano que nos contempla.

Pero le dejó claro que no tenía ninguna intención de convertirle, que no ganaría nada haciendo prosélitos, porque en aquella nueva Iglesia cada miembro se entendía directamente con la divinidad, sin intermediarios de ningún tipo, entre otras cosas, porque la divinidad era cada hombre y cada mujer en estado de pureza. Ni él ni ningún hermano de la nueva secta perseguirían a nadie para convertirlo, ni siquiera con el ejemplo del amor, aunque éste era el único mandamiento en el que creía y éste había sido el descubrimiento del nuevo Mesías. El amor enaltecía a las personas, las hacía diferentes de todas las otras criaturas que pueblan la tierra, y por eso era comprensible que los gobernantes de todas las repúblicas lo combatieran con saña.

—El amor es el mayor revulsivo de la humanidad, su mejor fuerza para cambiar las cosas. El amor nos da alas, nos engrandece, nos hace ser como dioses. El amor no culpabiliza ni condena...

Los ojos de Joan de Santamaría daban color a sus palabras que a veces parecían resplandecer. Las mujeres, en especial, se sentían atraídas por el fulgor que le salía de dentro y le transformaba en una especie de bienaventurado. Todo él ardía y aquel fuego llegaba a abrasar a quienes le escuchaban. Muchas hubieran querido oír las palabras que dirigía a los congregados, en privado, entre susurros, sobre la misma almohada. Pero, aunque citaba a María de Cazalla, a la que consideraba santa, y decía que los esposos en el acto del matrimonio estaban tan en comunicación con Dios como si comiesen de su cuerpo en la hostia consagrada, y que la divinidad bajaba hasta los corazones de los que se amaban, era casto. Malas lenguas aseguraban que era impotente, pero a sus seguidores, que eran cada vez más, poco les importaba las maledicencias. A Valls, sin embargo, pese a que llegó a admirarle, no consiguió hacerle vacilar en su fe judía, como ocurrió con el hijo mayor de los Álvares Dos Santos, que abandonó a sus padres para seguir a Joan de Santamaría en su peregrinar por el mundo. ¿Qué habría sido de él? Jamás volvió a tener noticias de su paradero ¿Y por qué ahora le parecía como si acabara de oír sus palabras y le consolaran: *Para todos hay salvación, cada uno es el amo de su propia vida?* Cómo lamenta haber querido mandar sobre las vidas ajenas, influyendo en algunos que no veían clara la huida, para enrolarles en el desgraciado embarque. Ahora, por mucho que se arrepienta, es tarde. No puede volver atrás. Ni aunque obtuviera, cosa que duda, su perdón, conseguiría librarse de esa angustia. Además, el perdón sólo puede tranquilizar a los pobres de espíritu, porque el perdón no modifica el pasado, no lo redime. Lo hecho, hecho está. Ya nada puede cambiar en esta vida, en la otra... También ha tenido tiempo para meditar sobre eso. Mucho tiempo... Tiempo para imaginar cómo puede ser el cielo de los bienaventurados donde habrían de encontrarse todos: sus hijos y su mujer, y la viuda de Sampol y Pere Onofre Aguiló, que tanto les han ayudado en vano. *¿Y si todo no fuera más que un engaño?... ¿Si no hubiera cielo ni infierno, y si todo terminara al acabar esta vida? ¿Si el más allá no fuera más que una ilusión de los hombres, obstinados en esperanzas inútiles? ¿Si el más allá no fuera otra cosa que polvo y cenizas? Polvo y cenizas... ¿Depende acaso la posibilidad de la vida eterna de sus creencias? Sin embargo, la fe en el paraíso no garantiza su existencia. Ningún muerto ha resucitado para mostrarnos cómo viven luego las almas que se separan del cuerpo, el espíritu que deja la materia. ¿Y si yo hubiera acelerado el final de Costura para enviarle a la nada, en vez de hacia el juicio de Adonay, como, sin querer, estoy a punto de mandar a aquellos desgraciados que conduje al embarque? ¿Qué sentido tendría tanta miseria?...*

Los miembros del Tribunal fueron los encargados de bajar a las prisiones para leer a los reos las sentencias. A partir de aquel sábado les quedaban setenta y dos horas para arrepentirse y pedir perdón a Dios Nuestro Señor, a quien tanto habían ofendido. De lo contrario, los condenados a muerte serían quemados vivos. Si abjuraban, si hacían una buena confesión, el brazo secular tendría piedad de ellos y les daría garrote antes de ser consumidos por las llamas.

La comitiva, con la solemnidad que la ocasión requería, salió de la Sala del Secreto. La formaban, además de los familiares, que precedían a los miembros del Santo Tribunal, los ayudantes de los carceleros, que llevaban las llaves de las puertas y las cerraban los curas que durante aquellos días debían conseguir que los presos tuvieran una buena muerte. Eso quería decir que era necesario convertir a los herejes en fervorosos cristianos. El padre Ferrando y el padre Amengual, separados por un franciscano y dos mercedarios, seguían ignorándose como habían hecho durante todo aquel laborioso verano. Ambos acababan de saber que su rivalidad había sido inútil, porque el nuevo rector del colegio de Montisión ya había sido nombrado y el cargo no había recaído en ninguno de los dos. Amengual se consolaba pensando que el padre Ferrando tenía aún menos suerte que él, que estaba ya a punto de terminar su libro *El triunfo de la fe, en tres autos*. Sólo le faltaban las escenas que iban a tener lugar dentro de tres días. El resto ya había sido pasado a limpio y casi se lo sabía entero de memoria, por lo mucho que lo había manoseado y releído: *Más suele agradar que no la vara la flor, pero suele deber a la vara la flor los triunfos de su belleza; mal pudiera sustentarse hermosa la flor sin la vara. Así la más florida piedad de la benignidad de Dios Hombre, que deseoso descollara la flor de la clemencia de su ser, mas que se entendiera también que sobre lo duro de la vara se apoyara su soberana blandura: Egreditur virga de radice, Jesse, flos de radice eius ascendet Isaie...* Y si sonaba tan bien a los oídos, ¿cómo no había de sonar mejor, después de impreso, a los ojos de los piadosos lectores?

El séquito ya había entrado por el pasadizo que conducía a las celdas ocupadas por las mujeres. Todo estaba a punto para que cada uno de los reos apresados la noche del embarque pudiera oír de labios de los miembros del Santo Tribunal la sentencia que hasta entonces desconocía. María Pomar se desmayó en brazos de Beatriu cuando el fiscal le comunicó que había sido condenada a la pena máxima por hereje judaizante. También acabaría en la hoguera Sara dels Olors, por visionaria y endemoniada. A La Coixa, que a gritos pidió clemencia para sus compañeras, la dejaron sin sentencia, su causa todavía permanecía abierta.

María Aguiló pasó por idéntico trance que su futura nuera. Lo mismo que a ella, el arrepentimiento podía salvarla de morir abrasada, pues, si abjuraba, antes de ir al brasero se le otorgaría la misericordia del garrote. Aina Cap de Trons fue reconciliada, condenada a prisión perpetua y a llevar el sambenito. El Tribunal había tenido en cuenta su espíritu colaborador y su odio contra Valls, de quien aseguró que la había obligado a embarcar bajo amenazas. El mismo veneno destiló contra su padre, a quien culpó de las desgracias familiares. El Santo Tribunal incluyó a Cap de Trons entre los muertos que habrían de ser desenterrados y quemados en aquel mismo auto. A Cap de Trons le acompañarían los restos de Rafael Tarongí, contumaz y protervo, que murió en el tormento. Isabel Tarongí, su hermana, condenada por apóstata judaizante, convicta y confesa, sería entregada al brazo secular para que fuera quemada viva. Quiteria tuvo más suerte que Isabel, porque, como Aina Segura, la hermana de Madó Grossa, sólo fue castigada a quince años de prisión. Su arrepentimiento había hecho que el Tribunal rebajara la pena. Polonia, la antigua criada de Costura, Aina Fuster y Madó Grossa, aunque igualmente habían abjurado de sus errores y dieron muestras de haberse convertido de buena fe, fueron igualmente condenadas: sus antiguas herejías habían sido consideradas de tal magnitud que Dios Nuestro Señor, primer y principal Inquisidor de los pecados humanos, no podía perdonarles, según la docta interpretación de sus representantes en la tierra. Arderían después de morir a manos del verdugo.

El séquito llegó a las prisiones ocupadas por los hombres media hora más tarde con idéntico ceremonial y algunos curas menos, pues cinco se habían quedado en las celdas de las mujeres para empezar la misión espiritual de vigilancia y amonestación que les había sido encomendada. La primera celda en la que entraron la ocupaba Rafael Onofre Valls de Valls Major, que recibió la notificación de su condena a muerte con gritos de desesperación. El carcelero tuvo que maniatarlo porque empujó al notario del secreto y zarandeó a un familiar. El muchacho les insultó tachándoles de criminales. No se resignaba a morir. Con los hermanos Cap de Trons fueron mucho menos duros. También ellos se habían desahogado contra su padre, de quien explicaron que les había querido circuncidar, aunque sólo hubiera llegado a hacerles unos cortes porque se resistieron, pues no comulgaban con su fe judía. Los Cap de Trons irían a galeras. Josep Valleriola, condenado por reincidente, fue enviado a la hoguera, y su pariente, el sastre Xim Valleriola, fue condenado a veinte años de cárcel. Sus cargos se vieron menguados por el odio que manifestó contra El Rabí, a quien echó la culpa de las desgracias de todos y de la suya en particular, asegurando que le había pedido dinero para importar trigo prometiéndole buenas ganancias, pero que lo había invertido, a sus espaldas, en el flete de aquel maldito barco. Pere Onofre Martí, Moixina, aunque se presentó ante los jueces jurándoles que la nueva ley de Cristo era la verdadera e hizo, sin que nadie se lo pidiera, confesión pública de sus errores, fue —lo mismo que El Cónsul y sus dos hijos— enviado a las llamas. E igual suerte corrió Miguel Bonnín.

El Inquisidor en persona se reservó el derecho de notificar la sentencia a Gabriel Valls, que ocupaba la peor de las celdas, la más inhóspita y apartada. *Habiendo visto y comunicado su causa con personas muy doctas en graves letras y creencias, siendo sus delitos tan grandes y de tan mala calidad, habían determinado que el próximo martes había de ser liberado al brazo secular para morir en la hoguera.* Valls recibió la sentencia sin inmutarse.

Sólo los niños que no habían cumplido la edad reglamentaria para seguir en prisión fueron liberados. Salieron pobres y huérfanos, para que el ejemplo de los suyos les sirviera para siempre jamás de escarmiento. Más les valía desde aquel momento considerarse expósitos, como si hubieran vuelto a nacer.

## X

Acaba de desembarcar en el muelle de Porto Pi. Se aleja deprisa del puerto por el camino de Ronda, hacia la puerta de Santa Catalina. Al pasar cerca del bosque de Bellver observa con curiosidad cómo un grupo de leñadores limpia de hojarasca la falda de la montaña, mientras otro apila las ramas recién cortadas. Trabajan con animación, como si lo hicieran a destajo, empujados por un capataz que les grita las órdenes. Si no tuviera tanta prisa se acercaría para saber a qué viene tanto ajetreo. Desde la borda, al doblar la dársena, ya le ha llamado la atención aquella mancha amarillenta entre los pinos que bajan por las estribaciones de Bellver hasta el camino que va de la ciudad al puerto. Pero prefiere no entretenerse ni un segundo. Quiere llegar lo más pronto posible. Le entran escalofríos cuando piensa que el plazo se ha agotado, que el viaje ha sido estéril, que ya no podrá cumplir la misión que la señora le ha encomendado, que se arriesga inútilmente. Hace señas con la mano para que le dejen montar en alguna carreta pero nadie detiene su cabalgadura. Quizá desconfían de su aspecto —de unas ropas que delatan que es extranjero— o, tal vez, de su prisa imprudente. Nunca el que corre lo hace por nada bueno. ¡Dios sabe si huye de cualquier fechoría! Supone que debe de sospechar de él esta gente acostumbrada a ir siempre despacio, a hacerlo todo como si el tiempo no tuviera que pasar o su transcurso fuera aquí más moroso que en cualquier otra parte. Sigue avanzando a zancadas, entre los grupos de campesinos que, también a pie, se dirigen a Ciutat. Marchan en bandadas, acompañados de niños y viejos, hablan con animación y parecen ociosos. Al cruzar la puerta todavía se encuentra con más. Su falta de actividad le parece anómala para un lunes, en el que no se suele celebrar, que él sepa, ni feria ni mercado, y tampoco es fiesta de guardar. No se topó con esa algazara hace ya un año y cuatro meses, la primera vez que vino a Mallorca. *No, esto no es buena señal*, se dice; más bien supone que la desgracia acecha y que, en efecto, ha llegado tarde. Pero no se atreve a preguntar nada. Quizá todos esos campesinos han acudido a Ciutat por las fiestas organizadas por el nombramiento del nuevo Virrey que, según le han dicho en Barcelona, acaba de tomar posesión del cargo. Dentro de un rato, cuando le reciba el caballero Sebastià Palou, se desvanecerán todos sus presentimientos y sabrá, finalmente, si todavía es posible hacer alguna cosa, si no está todo perdido. Antes de llegar a la iglesia de Santa Cruz, se da de bruces con las primeras pescaderas que van pregonando su mercancía: *Alatxa fina, peix roquer que bota, molls de primera... Hala, muchachas, comprad*. No, no quiere preguntarles si va bien encaminado hacia el convento de Santa Magdalena. Tampoco a la caterva de niños ruidosos que juegan a hacer volar cometas. Sigue avanzando entre un ejército de gatos que, salidos de todas partes al reclamo del pescado, corren tras las vendedoras, que ahora se han parado para atender a una parroquiana que les hace señas desde un ventanuco. El forastero nota como si ese olor persistente que exhalan se le hubiera incrustado en la nariz, desplazando el perfume de bosque y de resina que impregnó su olfato al pasar por la falda de Bellver. Ya está junto a Santa Cruz. De pronto la campana de la iglesia descarga un primer aldabonazo, al que le siguen ocho más. *Mala hora para recibir visitas que no se esperan*, se dice. Pero supone que el caballero sabrá excusarle. La misión que le han encomendado no le permite dilatar un solo momento el encuentro. El señor podrá comprenderlo. De eso está casi seguro. Debe darse prisa y llegar cuanto antes. Vacila hacia dónde dirigirse y al ver a un cura viejo, de apariencia afable, le pregunta por el convento de Santa Magdalena, que está cerca de la casa del magnífico Sebastià Palou. *Todo recto*, le indica; *después de pasar por la capilla de los Montcadas, doblad por casa Tagamanent y otra vez a la izquierda. Por lo que veo, no sois de aquí. Don Sebastià Palou y yo fuimos vecinos, le conozco desde que era un niño.*

*Aquí pasa como en Livorno*, piensa el muchacho, *todo el mundo se conoce. Todo anda de boca en boca. Ni el más recóndito secreto puede mantenerse oculto. Dentro de un segundo todo el mundo sabrá que voy a ver a don Sebastià Palou. Pero nada tengo que temer. Nadie podrá reconocerme. Ni siquiera el propio alguacil. Con el bigote tengo otro aspecto y el pelo me ha crecido mucho. No me parezco nada a aquel pobre marinero que prendieron. Ahora soy caballero, tal como pregonan mis ropas a la moda toscana.*

—El señor que buscáis —dice la criada que le abre la puerta—, ya no vive aquí.

Pero en cuanto nota el disgusto que refleja la cara del muchacho, casi tan joven como ella, y de tan buenas partes, le sonríe y se apresta a explicarle dónde podrá dar con él: en casa Dalmau, después de pasar la posada llamada de S'Estornell, y le señala el camino más corto para llegar.

El forastero se adentra por las callejas estrechas, abriéndose paso entre la gente ociosa. No quiere correr para no llamar la atención, pero lleva fuego en los zapatos. Rechaza a quienes pretenden alojarle con dignidad en un hostal, a los aguadores que se le acercan a ofrecerle un vaso al verle tan sudoroso. En la Plaza Nueva se para en seco, reconoce el sitio aunque esta mañana aparece ocupada por los campesinos, que colocan sus mercancías en improvisados mostradores. No se resiste a meter la nariz en la calle del Sagell: descubre casas clausuradas con una cruz verde pintada en las puertas. Pero no se detiene. Sigue su camino. Ahora cruza la calle por la que rondó una noche entera, esperando entrar por una puerta secreta que nunca llegaron a abrirle, y parece reconocer en el muro que rodea el jardín las mismas manchas y grietas, que debió de soñar, porque entonces estaba demasiado oscuro para que pudiera observarlas con tanta precisión. Pero la puerta, sí, está seguro, era ésa... *Al doblar el huerto*, le ha dicho la criada. Pero, por si acaso ha equivocado el camino y es sólo un deseo no cumplido lo que le ha hecho llegar hasta allí, pregunta a una mujeruca que lleva un cesto con verduras y un pan como una rueda de molino debajo del sobaco. *¿Casa Dalmau?... Justo aquí, muy cerca. La entrada principal da a la otra calle, al doblar la esquina la encontraréis.*

Sebastià Palou todavía está desayunando con su mujer, después de haber asistido juntos a la primera misa. El bocado de *bescuit* cruje en sus bocas con unanimidad matrimonial y las jícaras de chocolate esperan al alcance de su mano. El *bescuit* es un obsequio de las clarisas. *Para algo tiene que servir la caritativa disposición de doña Bárbara hacia los conventos*, piensa el caballero, que sólo lleva dos meses casado. Sesenta y un días de novenas, rezos y obras pías, de un aburrimiento desesperante. Si por lo menos Beatriu Mas no estuviera en prisión... El mayordomo pide permiso para interrumpir el desayuno de los señores:

—Un caballero pregunta por vuesa merced. Dice que su nombre es Loureiro y que el encargo que trae es urgente.

—Será cosa del tío —comenta Sebastià—. Perdóname, Bárbara, vuelvo dentro de un momento —dice besando la mano de su mujer con una galante resignación.

La sala adonde le han hecho pasar es una de las más lujosas que ha visto en su vida. Las altísimas paredes están forradas de tapices de arriba abajo y rodeadas de tres docenas de sillas de velludo carmesí con clavos dorados, guarnecidos con flecos de hilos de oro. El muchacho no se atreve a sentarse. Prefiere pasear, pero duda si hacerlo hacia la derecha o hacia la izquierda, porque a cada lado hay una puerta. Por cualquiera de ellas puede entrar el caballero y quiere verle enseguida la cara. Además, no le parece correcto que le sorprenda dándole la espalda. Sebastià Palou ya sonríe afable ante su inclinación.

—Vengo —le dice, después de saludarle— de parte de la señora doña Blanca María Pires, a quien sirvo, y que os envía muchos parabienes. Un viaje más azaroso de lo que hubiera deseado ha retrasado mi llegada dos semanas, porque la señora me mandó partir en cuanto recibió vuestra carta. Utilizo el nombre de Loureiro, pero a vos puedo confiaros mi verdadero nombre: João Peres.

—Comprenderéis que en los tiempos que corren os pida una prueba.

—Claro que sí. Tal como decía vuestro escrito. La señora me ha asegurado que al verla no tendríais ninguna duda.

El forastero se acerca al caballero mientras se saca el anillo que luce en el dedo meñique de la mano derecha y se lo ofrece.

—Lo he llevado puesto porque me ha parecido la mejor manera de protegerlo. Para quitármelo me hubieran tenido que cortar la mano.

—Gracias —contesta Palou, sorprendido, mientras juega con el anillo—. Estaréis cansado y hambriento...

—Muy cansado, señor. Pero no importa si todavía he llegado a tiempo. He visto mucha gente por la calle, como si esperaran algún acontecimiento importantísimo. ¿El nuevo Virrey?

—El nuevo Virrey fue recibido la semana pasada. No han venido por el Virrey sino por el brasero. El primer auto de fe empieza mañana. Por lo que he podido saber, todos los del embarque han sido juzgados...

Sebastià Palou habla en voz baja, fijándose en el efecto que las palabras causan al muchacho.

—La señora... No sé cómo podré decirle que no he llegado a tiempo.

—Si os he de ser franco, de nada hubiera servido esta vez. Las cosas han funcionado de modo muy diferente que hace diez años. Gracias a la generosidad de mi mujer intenté comprar, sin conseguirlo, las vidas de Valls, El Cónsul y sus familias, después de que Villarreal se fuera. Lo hice pensando en Doña Blanca y en Don Pere Onofre Aguiló. ¿Cómo está mi amigo?

—Todavía no puede andar y sigue muy abatido. Se considera responsable de la desgracia.

—No lo es en absoluto. Pobre Pere. Si hay en el mundo una persona buena, ésa es él.

El caballero Palou se acerca al bufete y agita una campanilla de plata. Enseguida aparece un criado haciendo reverencias.

—Encarga en la cocina un buen desayuno y sírvelo en la biblioteca en cuanto esté.

Sebastià Palou, seguido del forastero, cruza cuatro salas más de techos altísimos, coronadas por vigas de madera roja y forradas de cuadros enormes. Una arquilla negra con marquetería de marfil e iluminada con miniaturas de paisajes le recuerda al muchacho que una pieza parecida preside también un salón de la casa de la viuda de Sampol, en Livorno. Un mastín acude corriendo y se le acerca olisqueándole junto a la puerta de la biblioteca. Los libros sustituyen a los cuadros en una pared lateral. En las otras cuelgan retratos de eclesiásticos y militares. El caballero invita a sentarse a su huésped en un sillón alto, tapizado de damasco color canónigo. Él continúa de pie y se pasea por la habitación.

—Mientras estéis en Mallorca seréis mi huesped. Vivo aquí desde hace dos meses, desde que me he casado.

—Gracias, pero tengo sitio en la saetía. Mi señora os envía muchas enhorabuenas por vuestras bodas y os agradece que se lo hicierais saber.

—¿No traéis ninguna carta para mí?

—No, señor. Sólo dinero para ayudar a los presos.

El muchacho saca de entre su ropa dos talegos llenos, que Palou no acepta.

—Por desgracia, ya no hacen ninguna falta. Decidle que los reparta entre los pobres. Y también devolvedle el anillo.

—La señora me ha dicho que es vuestro, que *SP* son vuestras iniciales.

—Pero yo se lo regalé. Quedamos en que lo aceptaba para emplearlo en una causa justa, en una buena obra.

—Ya lo hizo.

—Sí, y Harts cometió la insensatez de llevarlo a valorar por Costura y éste enseguida debió de ir con la noticia al confesor. No era difícil adivinar que *SP* son mis iniciales...

—Tuve más suerte que Gabriel Valls y que El Cónsul. Recuperé el anillo hace sólo ocho meses. La señora me pidió que os lo devolviera si no puede servir de ayuda a los condenados. Aceptadlo como regalo de bodas.

—Decidle que he hecho cuanto he podido antes y después de la llegada de Villarreal. Todo —dijo Palou mientras contemplaba el anillo—. He sobornado familiares, he dado cuantiosas limosnas, tal y como me aconsejaron, en provecho del Santo Tribunal, gracias a las cuales no he sido molestado, pero las que trataban de aligerar las penas de los condenados me fueron devueltas. Sólo durante los primeros meses conseguí sobornar al alcaide para que ayudara a Valls. Luego, ni eso. El Inquisidor, con quien me entrevisté para solicitar clemencia, se mostró inflexible. El dinero no le interesa como a otros del Santo Oficio y, por mucho que lo intenté, no conseguí adivinar por qué punto débil podría tratar de abrir una brecha que me permitiera el ataque. Me pareció una plaza fuerte, muy bien defendida, e imposible de conquistar. De caridad cristiana no quiso ni oír hablar, sólo de justicia... —Sebastià Palou hizo una pausa. Dejó de pasearse y se sentó frente a su huésped, mirándole escrutador, luego continuó en voz baja—: Decidle a vuestra señora, por si eso le sirve de consuelo, que nadie hubiera podido hacer nada, ni siquiera ella, de ser hombre, como hubiera deseado a veces, según decía. Que esté tranquila.

—No pase cuidado, señor. Se lo transmitiré todo, sin que falte palabra.

Palou parece no escucharle o por lo menos no agradece su fineza, aunque a continuación le pregunte si puede hacerle una confidencia.

—Doña Blanca —empieza—, cansada de tantos versos, de tantos billetes de amor, harta supongo de mi insistencia, un día me pidió una prueba. Me preguntó qué estaría dispuesto a hacer por ella y le contesté que cualquier cosa. Dejó pasar unos instantes y luego, sonriéndome, exclamó: *Quiero que hagáis aquello que a mí no me está permitido hacer y que sin embargo deseo...* Han pasado muchos años, diez, si no me equivoco, pero al fin he cumplido... sin conseguir nada.

Unos golpes en la puerta interrumpen a Sebastià Palou. Un criado deja una bandeja de plata con el desayuno del forastero sobre la mesa del escritorio. Palou, con un gesto, le invita a comer.

—Una pregunta, señor —dice Peres, entre bocado y bocado de fruta en almíbar—. ¿Vivió cerca de aquí la señora? Yo mismo hace un año y cuatro meses rondé durante una noche la calle que queda entre la casa y el huerto pensando que ella vivía aquí.

—Sí, ésta fue su casa. Cuando ella tuvo que irse de Mallorca, el primer marido de mi mujer, que entonces todavía era soltero, la compró para agrandar la suya, que colindaba por la parte de atrás. Hizo bien en huir. La Inquisición no hubiera dejado escapar un patrimonio tan cuantioso. Y, cosas de la vida, ahora vos y yo acabamos de recorrer las salas en donde ella debió de recibir a Harts.

—Pero Harts no tuvo con ella más que palabras... —corta Peres, con contundencia.

— No sé hasta qué punto llegó su sacrificio o su obcecación... Ella tomó como ejemplo a la reina Esther. Judith sedujo a Holofernes...

—No puede ser verdad —replica—. Estoy seguro.

—¿Por qué? —pregunta con curiosidad Palou, que se había levantado y paseaba otra vez jugando con el anillo.

—Porque yo fui el responsable de castigar al capitán Harts, que admitió que la historia que había divulgado era falsa.

—En una casa tan grande como ésta —añade Palou— a veces los criados se toman atribuciones que no les corresponden. Durante un par de meses, doña Blanca tuvo una doncella muy hermosa y atrevida, capaz de gozar de los pretendientes de su señora haciéndose pasar por ella. Pero Harts fue llamado para cerrar un trato: sacar de la isla a un grupo de judíos. Para nada más.

—Me desconcertáis, señor. Antes me habíais hablado de un sacrificio, ahora de una suplantación.

—¿Conocéis vos a vuestra señora? ¿La conocéis bien? ¿Habéis sufrido su rigor, su atracción fatídica? Preguntadle qué pasó exactamente con Harts. Preguntádselo mirándole a los ojos, si sois capaz de no quemaros en sus niñas.

Sebastià Palou habla con exaltación. La cara se le ha encendido y las palabras le brotan a trompicones. Calla un momento y luego prosigue:

—Decidle de mi parte que estoy muy bien y muy enamorado de mi mujer... No se lo creerá. Da igual, no le digáis nada. En cuanto al anillo, es suyo. Devolvédselo, por favor.

Peres vuelve a ponerse el anillo en el dedo meñique de la mano derecha. Se levanta.

—Con vuestro permiso, señor. ¿Queréis algo más de vuestros amigos de Livorno? Pasado mañana zarparemos y puede que no volvamos a vernos. El señor Pere Onofre Aguiló me encargó que visitara a su madre.

—No podréis, también está presa. Pero, si no me han informado mal, todavía no ha sido sentenciada. En el auto de mañana sólo se ajusticia a los del embarque. Todo son malas noticias para mis amigos de Livorno.

—Todo no, señor. Vos estáis bien y os acabáis de casar —añade con una irónica complicidad que molesta al caballero—. ¿Me dejáis salir por el camino del huerto?

—Salid por donde os plazca —y vuelve a hacer sonar una campanilla para llamar al criado.

João Peres ya no tiene ni pizca de prisa. Por eso camina despacio entre los naranjos perfumados, pendiente del sonido acompasado del agua que desde un surtidor se vierte sobre la taza de la fuente y rebosa hacia una acequia. A ambos lados se abren parterres llenos de claveles de moro, rosales, rosas místicas y jazmines, entre albahacas, cuyo olor aturde los sentidos. Las plantas florecen formando guirnaldas de diversos colores, amarillos, blancos, rosados. Por las paredes trepan las madreselvas y las hiedras esparcen sus diminutos dedos.

Una muchachita, casi una niña, conduce al forastero. Va vestida de campesina, con un *rebosillo* que le tapa los cabellos y un delantal de tela basta sobre la falda de estameña. No lleva velo a la usanza mora, como la doncella del relato de Harts, y sí, por el contrario, se parece, por la manera de ir vestida, a Aina *Cap de Trons*, a quien él recogió en aquel amanecer infausto.

Peres se hace cruces de haber llegado por fin al lugar que con tanta obcecación había deseado conocer. Se asombra de todo cuanto le ha ocurrido desde el momento en que desembarcó del *Minerva* y un azar le llevó a la prisión y luego al camarote de Pere Onofre hasta Livorno. Su historia es más digna de ser escuchada que la del capitán Harts, llena de fantasías. Él no consiguió encontrar aquí a la dama de sus sueños, pero sí fue conducido a su lado, porque la voluntad de llegar hasta ella era mucho más fuerte que cualquier otra cosa. Para buscarla lo abandonó todo. Ahora se está paseando bajo el emparrado que tamiza la luz y ofrece frescura en las horas más pesadas del sol. Blanca hizo plantar parras en su jardín de Livorno en recuerdo de éstas, lo mismo que palmeras y cipreses. Muchas tardes, después de que ella despidiese a Jacob Mohasé, le ha hecho compañía bajo su sombra. Lleva un año y tres meses a su servicio. Durante ese tiempo ha ido comprobando cómo la imagen de la señora evocada por Harts, la que coincidía exactamente con la de sus sueños de seminarista mortificado por la carne que se despertaba enfebrecido con la única obsesión de hacerla suya, ha ido modificándose, acoplándose a la verdadera imagen de Blanca, cambiante, imprevisible, como acaba de confiarle Sebastià Palou... ¿Conoce bien a Blanca? ¿Cree de verdad que no tuvo nada que ver con Harts? ¿Y los sacrificios de la reina Esther a los que hacía referencia el caballero?... El valor de Judith y de Déborah... ¿No son ésas sus heroínas predilectas, que tan a menudo ella se lleva a la boca? ¿Y si Harts se hubiera acostado con la criada bella y lasciva con la complicidad de Blanca? ¿O si la propia Blanca se hubiera hecho pasar por su doncella? Hace un año y tres meses que está a su servicio y nunca ha conseguido ser admitido en sus habitaciones privadas, pese a que es su secretario. Pero se niega a perder la esperanza de que un día sea la misma Blanca quien le mande llamar. Ya conoce su secreto, lo descubrió casualmente en Amberes, cuando volvió allí para vengarla. Sabe que Blanca María Gracia Beatriz, portuguesa como él, que casó con el mercader mallorquín Guillem Sampol, es a la vez hija y nieta de una rica judía enamorada de su único heredero. Pero para él, también bastardo, esa mancha en su origen no supone ninguna afrenta, por el contrario, acerca a Blanca a las diosas de la mitología griega que tanto le han llamado la atención y que a veces se dejan querer por algún venturoso mortal.

El caballero Sebastià Palou ordena que cierren para dejar de oír el alboroto. A medida que el día avanza, la algazara va en aumento. Nadie quiere perderse este acontecimiento. Muchos han llegado del campo con sus familias para poder ocupar las primeras filas en las calles por donde pasará mañana por la mañana la procesión que, saliendo de la Casa Oscura, llegará hasta el convento de Santo Domingo. Muchos dormirán al raso. Han traído mantas para envolverse y cestos con algunos alimentos. Confían en que después de la ceremonia religiosa, tal como han divulgado los pregoneros, repartan pan e higos secos entre todos los que han llegado de lejos para contemplar cómo Dios toma venganza, mediante el Santo Oficio, de los malditos judíos que mataron a su Hijo y que son los causantes de la ruina de los buenos cristianos. Otros prefieren madrugar. Se levantarán casi de noche y emprenderán el camino hacia Ciutat, montados en sus carros. Algunos ni siquiera llegarán a entrar. Irán directamente hasta la falda de Bellver, porque lo que quieren contemplar no es la procesión, sino el espectáculo de la quema. Los viejos amonestarán a los jóvenes y los jóvenes a los niños para que por siempre jamás tengan presente lo que van a ver, para que nunca puedan olvidarlo.

Únicamente los nobles, las autoridades, los inquisidores y los familiares del Santo Oficio tienen derecho a presenciar la ceremonia. Los ciudadanos honrados y algunos de los menestrales que con tanto celo han levantado los catafalcos a uno y otro lado de la nave principal y han acondicionado las capillas recubiertas por celosías, para que las señoras puedan contemplar sin ser vistas el espectáculo, sólo podrán entrar si sobra sitio. Dos caballeros, como los ángeles guardianes del sepulcro de Cristo, vigilan la puerta para decidir quién les merece confianza y quién no, qué personas son consideradas dignas de esperar en el umbral del templo mientras se desarrolla el acto de justicia soberana.

En Santo Domingo casi todo está a punto. João Peres que ha abandonado el jardín de Palou hace un rato, sigue a la multitud que se acerca hasta el convento con expectante curiosidad. El alguacil mayor que manda la tropa les mantiene a raya y no les permite pasar. *Id a rezar a cualquier otra iglesia. El Santísimo tiene sagrario en muchas otras capillas*, les dice para alejarles. Dentro aún hay hombres trabajando. Se oyen golpes de martillo, ruido de maderas arrastradas. Una bandada de aprendices entra por la puerta principal con el baldaquino de damasco rojo, nuevo, que hace prorrumpir a los congregados en exclamaciones de admiración. *Servirá esta maravilla para cubrir los asientos de los inquisidores*, aventura un hombre que asegura recordar con precisión el baldaquino, de un rojo menos encendido que éste, del auto de fe de hace diez años. Un grupo de menestrales se abre paso entre los que curiosean. *Dejadnos pasar, retiraos, deprisa, que tenemos que acercar el carro hasta aquí.* Las ruedas escupen fango contra los vestidos de las gentecillas arracimadas. *Demonio... Maldita sea... Mira cómo me has dejado, cuerpo de...* Se han puesto sus mejores vestidos para acudir a la fiesta. Se sienten venturosos porque no llueve. Ya llovió suficiente la semana pasada; esto parecía un lodazal. *¡Ou!*, chilla el carretero a las cuatro mulas que tiran de los dos carros sobre los que se asienta una plataforma con la inmensa jaula, una auténtica obra de artesanía en la que han trabajado desde hace un mes siete carpinteros y cuatro herreros de los de más prestigio, copiando el modelo del auto de fe de Madrid de 1630, aunque mejorándolo mucho. Desde ese sitio, desde ese lugar humillante que parece fabricado para encerrar leones, tigres o alimañas salvajes, y no personas, los falsos conversos oirán pronunciar de labios sagrados sus sentencias definitivas, en modo alguno apelables. La jaula muestra en las cruces de sus barrotes la imagen de los sufrimientos de Cristo en el martirio causado por los judíos que le dieron muerte. El muchacho lo contempla todo sin decir palabra. Ni siquiera contesta a las preguntas sobre de dónde viene o adónde va de los que le rodean. Prefiere hacer como si no les comprendiera. Lo observa todo minuciosamente porque con minuciosidad tendrá que contarlo en Livorno a Doña Blanca y al mercader Aguiló, si es que puede escucharle, en cuanto llegue.

El día concluye en una noche llena de oscuros terrores. El forastero ha regresado a bordo e intenta dormir. Aunque está muy cansado, le cuesta mucho que el sueño le venza; no puede dejar de pensar en los condenados y en la inutilidad del viaje. Tampoco duerme Sebastià Palou. Velan igualmente los presos, acompañados de los curas, que les azuzan con rezos y amonestaciones. Gracias a esos rezos y a esas amonestaciones todos, excepto dos, se han arrepentido, han abjurado de sus errores y, aunque mañana mueran, aunque su tiempo se termine mañana, ganarán la otra vida, ganarán la eternidad. Algunos todavía confían en un milagro. Sara vuelve a repetirle a María que no se preocupe, que el águila está dispuesta. Pero María se refugia en la esperanza de un indulto de última hora, mucho más que en las visiones de la pobre loca. Bonnín piensa, lo mismo que su hija, en las alas salvadoras... ¡Ah, si él hubiera podido terminar a tiempo su ingenio mecánico! Nunca le hubieran prendido... Rafael Onofre implora al confesor que pida clemencia. Ofrece su vida a cambio de la de su prometida, él la ha conducido al desastre... Isabel Tarongí vuelve a repetirles que nada puede cambiar, que de nada se arrepiente, que nació judía y judía ha de morir. Que recen, si lo desean, pero que Adonay la sostiene en su fe... Madó Grossa, como su hermana Aina y Quiteria, acompañan de vez en cuando las avemarías del sacerdote, pues no siempre son capaces de concentrarse. Aina y Quiteria piensan en el desamparo en que dejan a los niños, en su pobreza. A Madó Grossa lo que más le acobarda es el camino hasta el brasero, escarnecida por todos, está segura de que incluso por aquéllos a quienes tantas veces ayudó a sanar. Le horrorizan mucho más aún los gritos de aquella chusma que la destreza del verdugo manejando el garrote, y siente más lástima por los jóvenes que dolor por su propia vida. Es vieja, tampoco le quedaba ya demasiado tiempo... María Aguiló, por el contrario, está desesperada. Pierde casi todo cuanto tiene: el marido, el hijo, la futura nuera...

Gabriel Valls le ha pedido al padre Amengual que rece en silencio, que no le incordie con su rosario de avemarías que parece escupirle mecánicamente a la cara, que le deje descansar un rato. El jesuita baja la voz. Valls se tumba sobre el camastro y cierra los ojos, no para dormir, porque no puede, pero sí para serenarse. Ha pasado estos casi cuatro días en un estado terrible de excitación. Se le ha descompuesto el cuerpo; nunca hubiera podido sospechar que sus tripas, aterradas, le jugaran tan mala pasada, obligándole a devolver continuamente y llenando el cubo de las defecaciones de una pestilencia insufrible.

—Estás podrido, Valls —le dijo el padre Amengual, mirándole con asco—, podrido por dentro y por fuera.

—Es el miedo del cuerpo, que se rebela —le contestó, intentando controlar el temblor que le sobrevino en cuanto el Inquisidor salió de su celda. Menos mal que aguantó, estoico, la lectura de la sentencia, como si estuviera por encima de la muerte. Pero no, la teme. No es mejor que los demás, que a buen seguro, igual que él, habrán estado vomitando sin parar entre desmayos y espasmos espantosos. Los otros quizá serán perdonados, disculpados de los errores, si se convierten. Ojalá lo hagan, ojalá renieguen de Adonay y decidan seguir las doctrinas de Cristo, de quien también acabarán por abominar después, porque nunca nada que es implantado a la fuerza, o por imposición de espada o fuego, puede llevar otro camino que el del rechazo. Ojalá se salven. La vida es el don más precioso. No hay otro; está seguro. Y cada uno debe disponer de la suya. Cada uno, no él de la de los demás, como Rabí, que le llamaban. ¡Y cómo se arrepiente! Pero por eso mismo no puede salvarse de perecer en la hoguera. No puede obtener el perdón. Ha de ser consecuente con la muerte como quiso serlo en vida. Él es el responsable del fracaso del embarque y por el fracaso debe pagar, demostrando que es un hombre, todo un hombre, antes que judío o que cristiano.

Durante estos días ha pensado mucho en el momento en que por fin le dejaran solo, en el momento en que el padre Amengual, vencido por el cansancio, se durmiera. Ha observado hasta qué punto es frágil la vasija de barro en la que le sirven el agua, cómo un golpe sería suficiente para partirla y guardar uno de sus fragmentos afilados, a falta de cuchillo o navaja. Tiene las venas de las muñecas suficientemente marcadas. No sería difícil hacerse un corte. Alonso López se circuncidó con un pedazo de arcilla en estas mismas prisiones para presentarse ante Elohim como manda su ley. Murió abrasado. Su prepucio, reducido a cenizas. ¡Evitar el tormento del fuego! Decidir por su cuenta, antes de que le hagan salir de aquí con el sambenito puesto y la mitra de cartón, y le obliguen, después de haberle hecho oír la sentencia, en el convento de Santo Domingo delante de todos, a cruzar la ciudad a lomos de un asno, camino del brasero, escarnecido, escupido y mofado por la multitud. *Así sufriré lo mínimo. Dicen que quienes se cortan las venas tienen una muerte muy dulce.* Su orgullo quedará a salvo delante del padre Amengual, delante del Inquisidor, *¿y delante de los míos?* ¿Delante de quienes, como él, han sido empujados al fuego? No, no puede abandonarles. Tiene miedo de que la voz se le rebele, como las tripas, y le obligue a pedir clemencia. Pero eso no puede ocurrirle. Eso no, de ninguna manera. Más vale que ni lo piense. Más vale que imagine que el fuego lo consumirá deprisa. Su destino fue trazado el día del embarque y ya no hay tiempo para modificarlo. Con la ayuda de Adonay o sin ella, abandonado por Dios, no le queda más remedio que convertirse en mártir de su fe, de la fe que ahora le falta, porque ha llegado a la única certeza posible: la del hombre que para demostrar que lo es camina, vencedor de la vida, sereno, hacia la muerte.

Sebastià Palou se viste con parsimonia ayudado por el criado. Qué gusto no tener que compartir la alcoba con Bárbara, como pensó que sucedería en los primeros meses de matrimonio; menos mal que puede dormir solo. Se ha pasado la noche arriba y abajo, inquieto, insomne. Ayer se fue de la lengua con el enviado de Blanca. Y lo siente. Tiene un dolor de cabeza espantoso y está disgustado. Le repugna tener que asistir al auto, pero no tiene más remedio que acompañar a su mujer, cuya devoción se ha exaltado mucho ante el acontecimiento. Por fortuna, en la capilla, resguardada por la celosía, que les han asignado, Valls no podrá verle. No tendrá que enfrentarse con sus ojos. Ha hecho bien su tío marchándose antes de que enciendan el brasero, evitándose así su contemplación; lo mismo que Angelat, escudándose en una oportunísima enfermedad, para no tener que levantar acta de aquel espectáculo que le horroriza hasta quitarle el apetito.

João Peres ha dejado la saetía. El camino que desde Porto Pi conduce a Ciutat está abarrotado de carros y de gente que va a pie. Todos tienen prisa. Todos quieren llegar a tiempo para demostrar que son de sangre limpia, no contaminada con sangre judía. Están contentos porque ellos también se sienten partícipes de aquella fiesta de la fe triunfante sobre la herejía perversa. Gritarán con toda la fuerza de sus pulmones contra aquellos asquerosos sambenitados, al verles salir en procesión detrás del estandarte blanco con la cruz verde, como endemoniados, almas caídas que Dios Nuestro Señor en su divina misericordia infinita no ha querido acoger y ha rechazado enviándolos a las tinieblas. *Agradeced a Dios*, les han dicho los predicadores desde los púlpitos durante las misas dominicales, *agradeced a Dios que podréis ver con vuestros ojos el castigo que se impondrá a esta raza de perros infieles, herejes. Levantad vuestras voces para agradecer esta gracia...*

Ya la noche ha roto aguas y la luz macilenta del alba cubre el cielo. La ciudad amurallada abre las puertas. Todas las campanas repican al unísono. Un techo de campanas lo cubre todo y acorta el vuelo de las aves, que se han despertado sobresaltadas por el ruido ensordecedor. La procesión acaba de salir. Delante, portando cirios, desfilan en perfectas hileras simétricas todas las órdenes religiosas masculinas del antiguo Reino de Mallorca. Luego, el señor Virrey, el presidente del Gran i General Consell, el jurado mayor y las demás autoridades, escoltando el gran pendón inquisitorial. Detrás, los reos con las mitras y los sambenitos de color amarillo, algunos con dos aspas, otros estampados con llamas invertidas, y únicamente dos llenos de diablos, con el propio rostro pintado sobre las túnicas infamantes. Al cuello una cuerda de estopa y un cirio en la mano derecha. Con los ojos bajos pisan descalzos los clavos y los cristales que, para escarnecerlos más aún, han tirado los muchachos bullangueros como demostración de su cristianismo probado. A su lado, los curas y frailes que les asisten y que no dejan de amonestarles. Luego, con el recogimiento que acostumbran, las sotanas oscuras del Santo Tribunal, los familiares y consultores, llevando más cirios encendidos para alabanza de Dios Nuestro Señor y provecho de los cereros de la isla.

El forastero, a quien impiden entrar en el templo, sale de Ciutat. Esperará cerca del brasero, junto a la multitud que ha ido llegando. Son más de veinte mil fieles los diseminados por la falda de la montaña. Hablan y ríen, y algunos cantan y hasta bailan *copeos*; otros cuentan facecias. Hoy es fiesta grande. Merendarán gratis. El sol todavía está alto pero ahora, por levante, parecen llegar unas nubes espesas. *Sería una lástima que la lluvia lo echara todo a perder*, se lamentan algunos. Lo que se necesita es un buen sol para que el espectáculo luzca con toda magnificencia. Los verdugos están preparados. En previsión, han tenido que traer otros dos de Menorca como refuerzo. La procesión se acerca. La multitud recibe con gritos insultantes a los condenados, que cabalgan a lomos de asnos y llevan las manos atadas a la espalda. En tres ataúdes les siguen los cuerpos desenterrados de Rafael Tarongí, de la mujer del sastre Valleriola y de Cap de Trons. Al ver los montones de leña, Rafael Onofre Valls se tira de la cabalgadura y corre hacia María. Pero ni acercársele puede. Los soldados que ha mandado el Virrey para proteger a los odiosos judíos de la justicia del pueblo le arrastran sin contemplaciones. *¡María!*, grita todavía el muchacho, y a su grito se une el de Sara: *¡María! ¡María!*, y María contesta con un gemido: *Rafael, no quiero morir*. Gabriel Valls quisiera arrancarse los oídos. El alarido de su hijo es como un cuchillo que le vaciara el corazón. El Rabí es el primero en subir al tablado. El padre Amengual pide a los congregados que se unan a sus oraciones para que aquel hereje muera arrepentido. A coro rezan tres avemarías. Son muchas las voces. Con su murmullo decide el jesuita concluir el libro, *¡Oh, qué bello espectáculo el de la fe de los mallorquines triunfando sobre la herejía perversa! ¡Qué final más solemne y edificante, en verdad!* Amengual conmina a Valls por última vez al arrepentimiento. El reo niega con la cabeza. Casi sonríe. Parece tranquilo. Más de cuarenta mil ojos le escrutan pendientes de cada uno de sus gestos. El padre Amengual se retira enojado. El padre Ferrando le observa con complacencia, tampoco él ha conseguido la conversión de aquel protervo que arderá para siempre.

El forastero ocupa la segunda fila cerca del brasero. Es más alto que los que le rodean. Desea que Valls se fije en él. Tal vez notará que hay alguien que no le contempla con odio sino con piedad y con admiración por su coraje. Pero Valls no puede ver a nadie. Con la cabeza un poco ladeada parece que mira hacia el mar, que empieza muy cerca de aquí, casi en la falda misma de Bellver. Ha sido deseo de los inquisidores que la quema se hiciera junto al lugar escogido para la huida, para que los condenados reciban un escarmiento aún peor. Además, de ese modo, el humo y el repulsivo olor de la carne carbonizada no invadirán Ciutat. Los verdugos comprueban la firmeza de los nudos con que acaban de atar al reo al palo que sobresale por encima de las ramas apiladas, como un mástil que quisiera agujerear el cielo.

Los soldados abren paso al señor Virrey. La multitud expectante vuelve a bramar. Los clérigos rezan a gritos, pero sin lograr imponer sus oraciones sobre la algarabía de voces del pueblo. *Dios de Justicia, en tu nombre hemos hecho justicia. Dios de Justicia envía tu...* El momento ha llegado y se produce un silencio compacto. El Virrey enciende con la tea el fuego purificador. La hoguera prende. Valls se contorsiona. Abre la boca, pero no pide misericordia. Gime. Algunos instantes más y esas llamas que hacen estallar su vientre serán brasas, cenizas, polvo. Después, nada. Nada.

Su cuerpo se vence, cae como un tizón encendido hacia el lado izquierdo. Las chispas casi alcanzan a la multitud que se apiña en las primeras filas. El forastero retrocede, como todos, unos pasos; luego, empujado por el gentío, vuelve hacia adelante. Carraspea, el humo le hace toser. Suda. Quiere huir. No quiere ver cómo Isabel Tarongí es atada y cómo, de nuevo, las llamas se enseñorearán de su cuerpo hasta carbonizarlo. Como puede, a empellones, intenta abandonar su sitio. Lo único que desea es marcharse. Irse cuanto antes, lejos, muy lejos; que la saetía leve anclas enseguida y se pierda, ligera, deprisa, muy deprisa, en la distancia infinita del último azul.

## Nota

Los hechos históricos en los que se basa *En el último azul* sucedieron en Ciutat de Mallorca entre los años 1687 y 1691. El siete de marzo de 1687 un grupo de judíos conversos mallorquines, temerosos de que se les abriesen procesos a causa de las delaciones de un malsín, decidieron embarcarse en la nave del capitán Vuillis (¿Willis?) rumbo a tierras de libertad. El mal tiempo frustró que el jabeque zarpara. Los fugitivos tuvieron que desembarcar y, de regreso a sus casas, fueron apresados. La detención se produjo, al parecer, de manera casual. Los gritos de una pobre loca, cuya familia había intentado huir, alteraron La Calle y atrajeron la atención de la ronda. Sin querer, ella fue quien preparó la trampa donde cayeron todos cuantos habían participado en el fracasado embarque. En la noche del 7 de marzo de 1687, el alguacil mayor les condujo hasta las cárceles del palacio de la Inquisición, llamado por los mallorquines la Casa Negra, donde inmediatamente todos sus bienes les fueron confiscados.

Las causas abiertas en marzo de 1687 no fueron cerradas hasta 1691. A lo largo de este año se celebraron cuatro autos de fe (7 de marzo, 1 de mayo, 6 de mayo y 2 de julio). Treinta y siete personas fueron condenadas al brasero. Tres de ellas, Rafel Valls y los hermanos Caterina y Rafel Benet Tarongí, como no quisieron abjurar de su religión, fueron quemadas vivas.

Partiendo de esos hechos, recreándolos, he escrito este libro. He comprimido la acción, para hacerla más compacta e intensa, en la segunda y tercera parte, acortando el tiempo que pasaron en las prisiones y anticipando la quema. En la primera, por el contrario, he procurado dilatarla para que el lector pudiera entrar de manera gradual en el conflicto. Me parece que no es necesario advertir que la aparición de João Peres es inventada, su llegada a Mallorca sirve de desencadenante de la trama. Asimismo aparecen diversos personajes que nunca existieron, como Blanca María Pires, la dama portuguesa, que procede de fuentes literarias suficientemente manifiestas. Tampoco existieron Pere Onofre Aguiló, el mercader mallorquín establecido en Liorna, ni el virrey don Antonio Nepomuceno de Sotomayor y Ampuero, ni su sobrino el caballero Sebastià Palou. Para Beatriu Mas, llamada La Coixa, manceba del burdel, había reservado un papel funcional y pequeño, pero, como ocurre a menudo, el personaje cobró por sí mismo mucha más fuerza.

Otros protagonistas se inspiran en personajes históricos que tomaron parte en los terribles acontecimientos o fueron víctima de éstos, como Rafel Valls, llamado Gabriel en la novela, Rafel Cortés de Alfonso, convertido en Rafel Cortés, Costura, Pere Onofre Cortés de Guillermo, cambiado en Rafel Cortés Cap de Trons. Del jesuita padre Sabater sale el padre Ferrando, y el autor de la abominable *Fe triunfante*, Francisco Garau, da pie al personaje del padre Amengual.

He cambiado nombres, apellidos y apodos aposta, para señalar así que mi libro no es historia sino ficción. En los dominios de la historia ningún material debe ser manipulado; en el de la novela, por muy histórica que sea, mientras se mantenga la verosimilitud, la verdad de cohesión, todo es válido y, en consecuencia, legítimo.

He procurado, evitando los anacronismos, dar al lector las pautas suficientes para que pudiera entender cómo vivieron y murieron los criptojudíos mallorquines a finales del siglo XVII, cómo fueron sus casas, sus costumbres, qué oficios tenían, y cómo algunos de ellos mantenían alianzas con los nobles en el negocio del mar, el corso, que enriqueció a buena parte de la aristocracia mallorquina.

Para llegar a esclarecer todo eso, he investigado en diversos archivos he leído la bibliografía *ad hoc* y he consultado con algunos especialistas, como Aina Pascual y Perico de Montaner, a quienes agradezco mucho sus informaciones y sugerencias.

Con respecto a la lengua, he procurado no utilizar palabras que a finales del siglo XVII no estuvieran ya documentadas, sin caer, no obstante, en el empleo de arcaísmos, de difícil comprensión. He incluido las pocas referencias que he encontrado en los papeles de los procesos al habla del gueto de Mallorca, que llamaba a los cristianos gente de Ca'n Peroni, ya que bajo el término *Peroni* se escondía el nombre de Cristo. Creo que en la versión original catalana se consigue que los diferentes registros lingüísticos fluyan con toda naturalidad, cosa que en castellano no me ha resultado nada fácil reproducir. Tanto que en ocasiones he preferido reescribir el texto que traducirlo. No obstante he optado por dejar los nombres y apodos en mallorquín para tratar de conservar un mayor sabor local.

Quiero dar las gracias a Enrique Badosa, por la lectura atenta del manuscrito castellano. A Luisa Cotoner, por su ayuda en la revisión del texto. A Pilar Beltrán por su desinteresada colaboración a la hora de la corrección de pruebas.

*En el último azul* no tiene, aunque pueda parecerlo, ninguna intención polémica. No pretende hurgar en viejas heridas ni abrir tampoco otras nuevas, haciendo referencia a la intolerancia de buena parte de la sociedad mallorquina contra un grupo de mallorquines de procedencia judía, ya que quizá aún peores que los hechos de 1691 fueron sus trágicas consecuencias, que marginaron y humillaron durante siglos hasta hoy mismo a los descendientes de aquellos mártires judíos quemados en los autos de fe. A todos ellos, me parece que los mallorquines de buena voluntad debemos pedir perdón. Ésa es también una de las intenciones de la novela.

*Barcelona, enero, 1996*

## Dramatis personae

AGUILÓ, PERE ONOFRE: mercader. Establecido en Livorno. Organiza la huida.

AMENGUAL, VICENTE: jesuita. Rival del padre FERRANDO. Autor de *La vida de la venerable Eleonor Canals, muerta en loor de santidad* y de *El triunfo de la fe, en tres cantos*.

ANGELAT, BARTOMEU: cronista de la ciudad. Autor, entre otras obras, de una *Historia de Mallorca.*

BELLPUIG, ONOFRINA: marquesa de Llubí, esposa del Virrey.

BONNÍN, CATERINA: madre de MARÍA AGUILÓ, casada con GABRIEL VALLS. Tiene perturbadas sus facultades mentales. Ayuda, sin querer, a la detención de los falsos conversos.

BONNÍN, MIQUEL: colchonero. Experimenta con ingenios voladores. Es el padre de SARA DELS OLORS.

CABEZÓN Y CÉSPEDES: Inquisidor. Fue sustituido por RODRÍGUEZ FERMOSINO.

CORTÉS, AINA: hija de CAP DE TRONS; amante de JULI RAMIS, con quien tiene un hijo.

CORTÉS, RAFAEL: apodado COSTURA, malsín.

CORTÉS, RAFAEL: apodado CAP DE TRONS, fiel observante de la antigua ley; padre de BALTASAR, JOSEP, JOAQUIM y AINA.

FERRANDO, SALVADOR: jesuita. Confesor de COSTURA.

FORTESA, GABRIEL: administrador del conde DESCÓS.

FUSTER, AINA: mujer de GABRIEL FORTEZA. También llamada ISABEL FUSTERA.

HARTS, ANDREAS: capitán corsario.

HUGUETA, MADÓ: encargada del burdel.

LLABRÉS, JAUME: canónigo de la catedral y Juez de Bienes Confiscados por el Santo Oficio.

MARTÍ, JOAQUIM: acusa a su mujer ISABEL TARONGÍ ante el padre FERRANDO.

MARTÍ, PERE ONOFRE: llamado MOIXINA; casado con QUITERIA POMAR, con quien tiene dos hijos, uno de los cuales, sin querer, delata a los conversos.

MAS, BEATRIU: llamada LA COIXA, manceba del burdel; encausada por ayudar a RAFAEL ONOFRE VALLS.

MIRÓ, POLONIA: criada de COSTURA.

MOASHÉ, JACOB: rabí de Livorno.

MONTIS, NICOLAU: marqués de la Partida, presidente del Gran i General Consell.